本书受安徽财经大学著作出版基金资助

南朝文学批评意识的两个维度

潘慧琼　著

人民出版社

责任编辑:陈寒节

装帧设计:朱晓东

图书在版编目(CIP)数据

南朝文学批评意识的两个维度/潘慧琼 著. —北京:人民出版社,
　2017.5

ISBN 978 – 7 – 01 – 016563 – 9

Ⅰ. ①南…　Ⅱ. ①潘…　Ⅲ. ①中国文学 – 古典文学 – 文学评论
– 南朝时代　Ⅳ. ①I206.2

中国版本图书馆 CIP 数据核字(2016)第 184169 号

南朝文学批评意识的两个维度

NANCHAO WENXUE PIPING YISHI DE LIANGGE WEIDU

潘慧琼　著

人 民 出 版 社 出版发行

(100706　北京市东城区隆福寺街 99 号)

北京龙之冉印务有限公司印刷　新华书店经销

2017 年 5 月第 1 版　2017 年 5 月北京第 1 次印刷
开本:710 毫米×1000 毫米 1/16　印张:20
字数:317 千字

ISBN 978 – 7 – 01 – 016563 – 9　定价:56.00 元

邮购地址:100706　北京市东城区隆福寺街 99 号
人民东方图书销售中心　电话:(010)65250042　65289539

内容提要

　　作为中国历史上著名的乱世，魏晋南北朝为后世创造了一个别开生面的文学世界。其中偏安一隅的南朝在文学批评领域取得的成就尤为突出。在诸多研究中国古代文学批评发展的视角中，"批评意识"是较少为研究者关注的角度之一，同时也是南朝文学批评能够创造一个又一个理论高峰的内驱力。

　　南朝文学批评意识中有两条思维内线，一是审美意识，二是主体意识。审美意识决定着南朝文学理论的范畴，主体意识决定着南朝批评理论的风格与深度。南朝人的文学审美意识广泛渗透在当时文坛的创作类型、创作风格、文集编撰以及文体辩论中。高度自觉的审美意识促使南朝人持续不断地探索文学的特征和功能，孕育出既有传统诗学底蕴又包含时代宗教意蕴的"自然物感"创作论。这一时期部分作家在创作"宫体"文学作品的过程中对文学娱乐性的公然倡导极具先锋性。

　　中国古代文论中严重缺失的批评理论，在南朝时期也取得了卓越的成就，这与南朝时期作家、帝王、史官和其他热爱文学并具有强烈主体意识的士大夫广泛涉足文学评论有直接的联系。作家型文学批评虽然短小零散，却对创作技巧有独特而深刻的领悟。帝王型文学批评具有比较开阔的审美视野和辩证色彩。史官型文学批评具有强烈的批判意识，在批评理论的建设上取得了较高的成就。《诗品》与《文心雕龙》的出现，将中国古代文学批评的思辨水平推向了难以逾越的高峰。钟嵘的诗学批评成就与其强烈的好辩个性及五言诗裁判意识密切相关。刘勰的自我定位中混合了辞人、儒士以及批评专家等多重身份意识。多元化的主体意识的强力推动使刘勰建立起中国古代文学批评发展以来最完善的批评理论。南朝之后，诗话、词话、评注等批评性质较为随意的段落式评论成为中国古代文学批评的主流，理论的系统性与逻辑性淡化。南朝文学批评所散发出的情理兼容的耀眼光芒，注定停留在那乱而好文的年代。

目录

上编　审美意识

下编　主体意识

绪 论

国内外关于中国文学批评史的研究成果很丰富。日本铃本虎雄的《中国诗论史》是目前所见海外最早出版的关于中国文学批评史的专著。国内20世纪上半叶出现第一次文学批评史著述热潮。自1927年陈钟凡的《中国文学批评史》出版开始，20世纪上半叶国内陆续出版了郭绍虞《中国文学批评史》（上册）、方孝岳《中国文学批评》、罗根泽《中国文学批评史》（1）、朱东润《中国文学批评史大纲》、傅庚生《中国文学批评通论》等批评史专著。20世纪下半叶，批评史研究进入文献整理及批评史改编、新编的新阶段。由复旦大学集体编著、历时近十年陆续出版齐全的七卷本《中国文学批评通史》堪称批评史研究的集大成之作。这些文学批评通史的出版为后人了解中国文学批评发展的整体面貌提供了很大的帮助。

就魏晋南北朝时代而言，国内外也涌现出不少极具学术价值的断代史研究专著。例如万迪鹤《魏晋六朝文学批评史》，王运熙、杨明《魏晋南北朝文学批评史》，罗宗强《魏晋南北朝文学思想史》，王瑶《中古文学思想》等。这些专史的出现将南朝文学批评的研究推进到更为深入的层面。

早在1934年，罗根泽先生就在《中国文学批评史》周秦两汉卷的绪言中对"文学批评"提出了一个界说，认为狭义的文学批评只是"文学裁判"，而广义的文学批评应当包括文学裁判、批评理论及文学理论三大部分。"我们研究文学批评的目的，就批评而言，固在了解批评者的批评，而尤在获得批评的原理；就文学而言，固在藉批评者的批评，以透视过去文学，而尤在获得批评原理与文学原理，以指导未来文学。"① 笔者深表赞同。现有批评史专著在考察中国文学批评的发展演进时，主要集中在三个角度：一是时间，二是人物，三是基本问题（比如文学本体论、创作论等）。除了朱东润先生的《中国文学批评史大纲》以人物为线索展开阐述以外，其他批评史基本上是以时间为线索勾勒文论发展的进程。无论从哪一个角度切入，现存文学批评史著作都偏重考察文学的原理，对于文学裁判及批评原理的梳理并不深入。当然，人的存在总是与时间、空间共生的，从任何一个角度切入历史都必然有利有弊。罗先生两次提到要获得"批评的原理"，而原理的获得势必需要对一段时期之内的文学批评历史进行考察，尤其是对"批评"的历史而非"文学创作"的历史进行考察。因此，只有找到一个合适的角度来梳理文学批评的历史，才能在正确理解"文学批评"意义的基础上彰显出文学原理与批评原理各自的特性。

自从鲁迅先生在《魏晋风度及文章与药及酒之关系》一文中说"曹丕的一个时代可说是'文学的自觉时代'"②，"文学的自觉"或"人的自觉"就像口头禅一样，频频出现在魏晋南北朝文学的研究成果中。"自觉"是一个非常值得深入探讨的概念。什么是"自觉"？"文学的自觉"指的是文学创作的自觉还是文学批评的自觉？两者究竟有何联系与区别？文学创作的自觉能否同时代表文学批评的自觉？如果说创作和批评两者共同的"自觉"才是"文学自觉"的完整意义，那么"批评自觉"是否仍然始于"曹丕的一个时代"？在重新审视"文学批评"这一概念的内涵时，这些问题再次显示出思考的价值。

在批评史断代研究中，通常将南朝与曹魏、西晋、东晋并列为魏晋南北朝的一部分。以魏晋南北朝为一个整体，便容易忽略南朝时期文学批评的细微变化。南朝文学批评是魏晋南北朝文学批评的重要组成部分，这一时期的批评文献虽然与魏晋时期有密切的联系，但又有诸多特殊性。本书

---

① 罗根泽：《中国文学批评史》，上海书店出版社2003年版，第7页。

② 《鲁迅全集》，人民出版社1981年版，第504页。

选择以"南朝"为研究对象，期望能将这一时期的文学批评研究细化。经过众多学者将近一个世纪的整理研究，南朝文学批评的文献资料可以说基本搜集殆尽，本书将在此基础上，从文学批评意识的角度考察南朝文学批评的发展变化，重审南朝时期"文学原理"和"批评原理"的特征与贡献。

第一节 批评意识与文学批评的发生

"意识是特殊组织起来的物质即人脑的机能和属性，是客观物质世界在人脑中的主观印象。"① 意识是人类的精神活动，"有意识的生命活动把人同动物的生命活动直接区别开来"②。由于客观物质世界（即意识的对象世界）可以分为不同的领域，所以意识也有相应的不同形态，譬如政治意识、法律意识、哲学意识、伦理意识、宗教意识、自我意识等等。人类行为无一不受某种意识的驱动，批评行为更是人类有意识的生命活动之一。

在中国，"批"之本义与打斗有关，而且在很长时间内，"批"字的使用集中于"击打""撞击""冲击""攻击"等意思，语意中包含较为激烈的仇恨情绪。《左传·庄公十二年》载："（宋万）遇仇牧于门，批而杀之。"③ 说的是公元前 682 年，宋国大夫宋万在门前遇见自己的政敌，于是"批而杀之"，"批"即"用手击"。在这则史料中，宋万用凶狠的巴掌打死了对方，这是"批"字在中国古籍中的较早记录。"正是因为有了'批而杀之'的先例，国人面对'批'字就不免望而生畏，因而'批'一类的文章大都要遭到当事人的反驳甚至诅咒。"④ 直到唐宋后，"批"的含义才从激烈的"批击"本义引申出温和得多的"评选""批示""批答"

---

① 董学文、张永刚：《文学原理》，北京大学出版社 2001 年版，第 12 页。
② 马克思：《1844 年经济学哲学手稿》，人民出版社 1985 年版，第 53 页。
③ 《十三经注疏》，上海古籍出版社 1997 年版，第 1770 页。
④ 彭德：《中式批评》，湖南美术出版社 2002 年版，第 13 页。

之意。如宋代米芾《书史》云："王献之《日寒帖》，有唐氏杂迹，印后有两行谢安批。"① 元代姚桐寿《乐郊私语》："（杨维祯）遂运笔批选，止取鲍恂、张翼、顾文煜、金炯四首。"②

相对于带有攻击性语意的"批"，"评"的含义温和得多，是相对平等的对话或议论。《后汉书》卷六十八《许劭传》载："（许）劭与靖俱有高名，好共核论乡党人物，每月辄更其品题，故汝南俗有'月旦评'焉。"③

虽然"批"与"评"作为独立词汇的产生历史悠久，但"批评"连用却晚得多。明代杨慎《升庵诗话》卷一载：

> 庐陵刘辰翁会孟，号须溪，于唐人诸诗集及李杜苏黄大家，皆有批点。又有批评《三字口义》及《世说新语》，士林服其赏鉴之精博，然不知其节行之高也。④

杨慎提到宋代刘辰翁曾批评《三字口义》以及《世说新语》，这是最早使用"批评"之语的文献。清代黄虞稷撰《千顷堂书目》，其卷三十二记载元代仇远有《批评唐百家诗选》一书。笔者所见文献之中，宋元时期"批评"独立使用的语料不多，但在明清时期则较为常见。如茅坤《唐宋八大家文钞原叙》云：

> 于是手撮韩公愈，柳公宗元，欧阳公修，苏公洵、轼、辙，曾公巩，王公安石之文而稍为批评之，以为操觚者之券，题之曰八大家文钞。⑤

清代姜绍书《韵石斋笔谈》卷上《宣和玉杯记》云：

> 文石居平晨起，即科头坐快阁上，用五色笔批评古书数页，

---

① 米芾：《书史》，商务印书馆1937年版，第3页。
② 姚桐寿：《乐郊私语》，中华书局1991年版，第13页。
③ 范晔：《后汉书》，中华书局2005年版，第1509页。
④ 丁福保辑：《历代诗话续编》，中华书局2006年版，第887页
⑤ 高海夫主编：《唐宋八大家文钞校注》，三秦出版社1998年版，第2页。

巾栉后即把玩古彝鼎，展名画法书。①

从"批评"之语的使用情况来看，"批评"一语不见于宋代之前，也没有与"文学"搭配使用的情况。朱自清先生在评介郭绍虞先生《中国文学批评史》上卷时说："'文学批评'一语不用说是舶来的。"② 此话不假。但在中国，一个有趣的现象就是，"批评"一词虽然在古代没有与"文学"搭配使用的先例，但"批评"一词从诞生开始就与文学有直接的关联。"批评"的实践一直与广义文学的选文编辑相关，尤其偏重句读标点和简评。从宋代刘辰翁的批评《三字口义》及《世说新语》到元代仇远的《批评唐百家诗选》，"批"在大部分语境下都是用于断句、标点或标记。由于"批"在句读上的运用，"评"就部分地承担了现代意义上的"批评"的功能。说它是部分，还因为"评"紧随眉批而显得随意，类似注解文字，或是附带在选本选批之后的随意点评，精炼而不严谨。这一"批评"特点在明清得到广泛的体现。在今天看来，"批评"（Criticism）是批判、评论，是对事物加以分析比较，评定其是非优劣，其中包含概念、判断、推理的逻辑关系。而在古代中国，"批评"的含义原是指诗文选评，与今天意义上的"批评"含义确实相去甚远，与西方的"文学批评"（Literature Criticism）兼重文学原理与批评原理也有很大的不同。不过，这并不说明中国人缺乏批评意识。中国古代，最契合"批评"内涵的词语是"论"。中国古代"论"体的发达就是批评意识相当强烈的标志，能将"论"的水平发挥到极致的是古代子书。子书可以说是作者在强烈批评意识指导下的产物。在中国古代，有不少文学批评都是依附于子书的，例如王充《论衡》以及葛洪《抱朴子·外篇》中的相关篇章等，即便是曹丕的《典论·论文》和颜之推《颜氏家训·文章》这类专篇文学批评论文，也是作为子书的一个部分而存在的。

批评行为必须有批评意识作为原动力。完整意义上的人有两个层面的

---

① 姜绍书：《韵石斋笔谈》，中华书局 1985 年版，第 6 页。
② 朱自清：《朱自清古典文学论文集》，上海古籍出版社 1981 年版，第 541 页。

存在，一个是物质的存在，即我们的肉体、感官的存在，它们总是在自发地寻找着与自身相应的愉快和协调。此外是精神的存在，人有理性，也需要理性。从这个意义上来说，批评行为的存在颇能体现人类精神活动的自觉性。比利时著名文学批评家乔治·布莱（Georges Paulet）指出，读者面对一部作品，作品所呈露的那种存在虽然不是他的存在，他却把这种存在当作自己的存在一样加以经历和体验。这样，在读者和"隐藏在作品深处的有意识的主体"——作者之间，就通过阅读这种行为产生一种共同的"相毗连的意识"，并因此在读者一边产生一种"惊奇"。"这种感到惊奇的意识就是批评意识。"① 笔者以为，乔治·布莱所说的"惊奇的意识"，类似中国的"感"，也就是阅读中最初的触动，这种触动能够表明某种差距或显露某种认同。这说明，文学批评作为批评的一类，其发生和任何一部子书的写作一样，都依赖于批评意识。

总体而言，"文学批评是对于文学作品以及与此有关的创作现象、阅读鉴赏现象等进行分析、研究和阐释的一种认识活动，它的终极目的是获得对文本的理性认识"②。文学批评的发生当然是文学批评意识的直接产物。文学批评特殊的研究对象决定了文学批评意识的构成要素中既有任何批评意识都具备的要素，又有自己独特的要素。

第二节　文学批评意识中的审美意识

周作人曾于1918年撰写《人的文学》一文，认为"我们现在应该提倡的新文学，简单的说一句，是'人的文学'"③。因为"中国文学中，人的文学本来极少。从儒教和道教出来的文章，几乎都不合格"④。这番言论在当时是对文学本质非常新锐的认知，也使"文学是人学"成为古今

---

① ［比］乔治·布莱：《批评意识》，郭宏安译，百花洲文艺出版社1993年版，第13页。
② 敏泽、党圣元：《文学价值论》，社会科学文献出版社1999年版，第376页。
③ 周作人：《周作人自编文集：艺术与生活》，河北教育出版社2001年版，第8页。
④ 周作人：《周作人自编文集：艺术与生活》，河北教育出版社2001年版，第12—13页。

中外对"文学是什么"的回答中最富有开放性的答案。或许有人会质疑这一理解太过空泛，缺乏学科定义应有的精密性，但笔者却认为，尽管人类所有伟大的文化成果都根植于人的创造，但只有文学能够以语言文字最大限度地传达人类从谋求生存到道德追求等各个层面的审美感受。"人学"致力于探究人之所以为人的秘密，这秘密中所潜藏的人性的丰富性、差异性和不稳定性，恰恰是文学创作永不枯竭的源泉。接受"文学是人学"这一命题，才能为文学批评中的审美意识找到基本的立场。这一命题包含人情、人性、人道等丰富内涵。在某种程度上，文学是人对自我生存状态的一种确认与安慰。并且，不管这确认与安慰是希望还是绝望，它总是以人为指归的，始终是心灵在场的。一个作家的创作如果不是站在"人学"的立场，那么他通过文本所表达的就不会是具有跨时代、跨民族意义的人类情感，而是某种特定时期或特殊环境下的思想观念。换言之，作家只有把文学创作建立在具有广泛共性的人类的生存情感上，而不是建立在个人的语言、观念等非文学本质的因素上，"文学是人学"这一命题的价值才不会迷失和旁落。文学的这一特点也给文学自己带来了特殊的属性——情感性。但是，在强调文学的"人学"内涵的同时，我们也不应忽视审美之于文学创作和文学批评的生成意义。"文学艺术是一种特殊的意识形式，其与众不同之处就在于他的审美性和情感性。"① 审美的发生在于爱与美，审美是对美的感受，是审美主体对于审美对象所发生的一种特殊的思维运行活动，同时也是一种需要调动主体全部感觉、意识、心理能力和神经功能全身心投入的整体性精神活动。审美主体在想象中调动人性进入艺术境界中，感受、体验、分享艺术形象，获得精神愉悦。也正因为审美活动具有这样的特性，文学才得以与科学实践、社会伦理、宗教道德区别开来，体现出自身的存在价值。

　　审美不是文学创作的专利，审美同样是文学批评所具有的特性之一。文学创作和文学批评都需要审美，都离不开审美意识的触动，可是审美意

---

① 董学文、张永刚：《文学原理》，北京大学出版社 2001 年版，第 12 页。

识在文学创作与文学批评中的表现与作用却有区别。文学创作与文学批评是思维走向不同的两种精神活动。文学创作作为一种对现实的反映，它在性质上属于情感的反映方式而不属于认识的反映方式。但"文学批评与批评对象之间的关系，并不是一种犹如自然科学与它的认识对象之间那样的纯客观的认知关系，亦即不是简单的认识与被认识，反映与被反映的关系"，"反映的内涵要比认识内涵大得多，自从柏拉图把人的心灵分为理智、激情和欲望三部分，并相应地认为人有求知、御侮和克制欲望三种能力之后，知、意、情三分说就逐渐为哲学家和心理学家所接受"。① 很显然，文学创作是以情感为主的反映，而文学批评却是认识的反映，它们有内涵大小的区别以及性质上感性与理性的区别。这使文学创作行为与文学批评行为中的审美意识也有了差异。对创作而言，作家的审美对象始终是涌动在作家心中那些复杂的情感体验，文学创作的审美总是以满足自我愉悦为基础，侧重于人的内心与外界事物的审美关系，创作主体与审美对象之间是直接的情感碰撞与需要，遵循的是快乐原则，因此文学作品的产生是创作主体情感爆发的产物，作家在创作过程中所表现出的审美追求常常是潜在的、不自觉的。而文学批评的产生却是阅读的产物。阅读是对创作者主体情感的二次体验，面对作品提供的生机无限又难以捉摸的快感，认识有时纯属多余，有时力不从心，有时反而阻塞或削减了作品的意味。此外，在阅读过程中，作品面临着批评者一系列审美经验的审察，这种审察混合着感情与责任。这说明，文学批评的审美意识包含着对文学作品的感性体验，又潜藏着理性的审美判断。对于文学批评来说，由于理性经验的介入，其审美意识带有先天的功利性。文学批评中的审美意识从最初的惊奇感上升到明确的审美认识，通常已经加入价值的选择和判断。价值判断总是不可避免地带有时代烙印，这也是审美观念具有时代发展变化特征的理论依据。

当然，无论文学创作与文学批评，其审美意识的萌生始终是以人性为

---

① 王元骧：《文学原理》，广西师范大学出版社 2002 年版，第 23 页。

内在心理基础的，它们的生理动力都是人对身心快感的感知与追求。人类对美的感知与需求程度是取决于人类文明的进化程度的。如果说所有文学批评著作的发生都源于作者面对文学相关问题时所萌发的"惊奇的意识"，那么这"惊奇的意识"中的一个基本因素就是审美。文学创作中的审美意识促使作家创作出丰富多样的作品，文学批评中的审美意识则将批评主体导向对文学原理的不断思考和追问。

第三节 文学批评意识中的主体意识

"主体意识"是人对自我存在以及个人特质的感知。《尚书·泰誓》云："惟天地万物父母，惟人万物之灵。"孔安国为之传曰："灵，神也。天地所生，惟人为贵。"① 认为"万物之灵"的"灵"就是"神"。《说文解字》云："天神，引出万物者也。"② 《泰誓》篇虽然已经被学术界定为汉人伪托之作，不能代表先秦时期的思想观念，但自西汉起便作为《尚书》的组成部分而流传不衰。"灵"自然包含了人类的想象、制造、思考、表达等与大脑运行密切相关的诸多方面，而且这任何一个方面，都存在着复杂的等级状态。人类能够从万物中将自己区别开来，并将自己归为天地所造万物中最强大的一类存在，这的确是一次智力进化的飞跃，代表着人作为"类"的主体意识的觉醒。然而，必须强调的是，这种以"类"为视角的主体意识的觉醒，即便是普遍性的，也并不代表人对作为个体存在的自我认知。自汉代以来，儒家大一统的思维模式总是试图淡化作为"个体"的人在道德理想上的差异性，将人的价值纳入以"类"为基础的道德体系中，作为无数"灵"中的个体存在是没有太高地位的。即使不存在某种意识形态的刻意引导，也不是每一个人都会意识到自己作为一个特殊"个体"的存在。纵观世界文化史的进程，不难发现，人能够成为

---

① 廖名春等整理：《尚书正义》，北京大学出版社 2000 年版，第 321 页。
② 许慎：《说文解字》，中华书局 1963 年版，第 8 页。

文化创造的核心力量，并非仅仅源于人类普遍优于其他物种的智力水平，还有赖于人类个体差异所带来的创造性和可能性。仅就思想这一点而言，人类尽管都能意识到思想（Thinking）的存在，但思想本身却存在"感觉""记忆""回忆""幻想""研索""推理""判断""意欲"等各种情状①，更别说在个体成长中，外部环境对每一种思想情状的影响。也就是说，文学创作和文学批评虽包含人类主体意识的某些共性，但文学批评却比文学创作更能展示出人类主体意识的个性差异。

上一节曾提到，文学创作在性质上属于情感的反映方式，而文学批评则属于认识的反映方式。无论情感与认识，"主体意识"都在创作或批评中起着关键的作用。主体意识的觉醒与强烈程度直接关系着文学活动的自觉程度。在文学创作中，主体意识几乎伴随着作品的产生而产生。"我"作为抒情的主体常常在作品中得到重复和强调，作者的主体意识表现在对自我情感的张扬中。凡是客体能够满足主体的主观需要的，主体就会对它产生肯定的情绪体验。置身于情感反映中的创作主体，"与感性对象自始至终保持着直接的依赖关系，它不仅产生于生动的感性直观，而且只有凭借感性对象才能获得生动的表现"②。这是文学创作主体的特点，也正符合文学创作作为情感的反映的特性。

文学批评中的主体，也具有文学创作主体情感反映的某些特点。"批评只有吸取了感情交流的力量才能变为创造性的批评。"③ 但"在具体的批评过程中，尤其是在批评家解读文本时，他必然要从自己的主体需要和意识出发，从自己已经形成的哲学、文化意识以及文学观念、审美情趣、审美理想出发，来审视作品以及与之有关的创作现象，以其能否满足以及在多大程度上满足批评主体的需要来形成自己的批评意见"④。文学批评

---

① ［英］约翰·洛克：《人类理解论》，关文运译，商务印书馆1981年版，第196—197页。
② 王元骧：《文学原理》，广西师范大学出版社2002年版，第24页。
③ ［法］蒂博代：《六说文学批评》，赵坚译，生活·读书·新知三联书店2002年版，第208页。
④ 敏泽、党圣元：《文学价值论》，社会科学文献出版社1999年版，第376页。

作为一种认识反映，是一种更为自觉的理性活动，情感的抒发不是最终的目的，批评主体所依赖的也不是外在的感性对象，而是自身的理论资源。

主体意识在文学批评活动中的作用也是审美意识无法取代的。首先，主体意识直接影响着批评理论的客观性与深度，将批评与鉴赏区别开来。批评与鉴赏有共同的层面，但毕竟有区别。鉴赏的起点与终点都是审美享受，文学批评虽然必须在审美的基础上进行，甚至免不了会以自己的审美需要和审美理想作为评价的尺度，但是文学批评的主要任务却是在一定的文学价值观念的指导下，对文学诸问题加以理性的阐释，追求的不仅仅是审美的愉悦，还有结论的理性与客观。"认识既然是为了达到对事物本质属性的把握，所以它所要判断的是'是什么'的问题，并以陈述判断的形式表现出来。因而，在认识活动中，为了达到认识的客观性和科学性，就必须力图排除一切主观因素的干扰，否则，就可能导致片面甚至歪曲的反映，使结论失诸公允。"① 达到客观必须对这一领域的历史有自觉的回顾。可不是谁都有勇气或兴趣去对历史上曾经发生，或者是现实生活中正在发生的现象进行评判，即使有这个兴趣，却未必有这个能力。因此，批评活动中主体意识的萌生未必有文学创作那么理所当然，它不但受到批评资格的限制，还受到理论水平的限制。批评本是一种智力思考，批评的进行就是思维活动展开的过程，是逻辑推理的过程，它要求批评主体具有抽象与概括的素质。

其次，主体意识决定着批评的风格与理论独立的可能性。主体意识的基本含义是人对自我作为个体存在特征的认识。主体是批评文本的直接创造者，主体的自我认识直接决定了他的批评风格。"世间可想到可说出的话，从前人在大体上都已经想过说过；然而后来人却不能因此就不去想不去说，因为每个人有他的特殊的生活情境与经验，所想所说的虽大体上仍是那样的话，而想与说的方式却各不相同。变迁了形式，就变迁了内

---

① 王元骧：《文学原理》，广西师范大学出版社 2002 年版，第 24 页。

容。"① 主体意识强烈的批评者，在批评活动中，会根据自身的学养萌生个性鲜明的理论追求，这种追求决定着他的批评内容和言说方式，这内容与言说方式也直接关联着他的批评风格。

对从事文学批评的人来说，主体意识不仅仅是对自己的认识，还有对自己作为"批评者"身份的认识。不可否认，批评活动作为一种比审美感知更为高层的精神分析活动，从批评行为发生之始就是自觉的，但批评意识的自觉并不代表身份意识的自觉。批评理论的自觉和体系建设需要批评主体具有高度的身份自觉意识和责任感。责任感是与主体所从事的职业身份意识相关的。身份意识的强烈程度直接影响着批评理论中一系列原则的提出和完善，批评者只有对"批评者"这一身份有自觉的认识，才可能就"批评"本身提出独立的理论。"也可以这样说，批评家对自我身份及其所从事的活动的认识越准确，批评家对自我身份所应担负的责任认识越清楚，批评家对自我身份及其所从事的活动与其他文学活动——如文学创作与文学鉴赏——辨析得越明晰，其文学批评的自觉性与独立的程度也就越高。"② 这就是说，主体意识的自觉程度越高，批评的体系性越强，批评的力度越深，理论个性也越鲜明，批评理论独立和健全的可能性更大。

综上所述，文学批评的对象是文学，文学之所以为文学，离不开审美的特征。批评之所以成为批评，离不开主体意识的自觉。文学批评的特质正在于它是审美的，又是高度理性的智力成果。审美意识将文学批评导向对文学原理的思考和追问，主体意识则将文学批评导向批评理论的独立与完善。作为共存于同一思维主体的意识形态，审美意识与主体意识虽时有交叉，但它们对文学批评的影响却各有不同，是构成文学批评意识不可或缺的两个核心要素。

① 朱光潜：《朱光潜美学文学论文选集》，湖南人民出版社 1980 年版，第 270 页。
② 胡大雷：《传统文论的魅力模式与智慧》，凤凰出版社 2005 年版，第 90 页。

第四节 南朝文学批评在中国文学批评史上的特殊地位

从公元 420 年至公元 557 年，不到一百五十年时间，南朝历经宋、齐、梁、陈四朝更替，内部政权极不稳定，从天下一统的角度看仍属乱世。从另一个角度来看，频繁的政权更替反而容易滋生见惯不怪的心理，使世人具有与众不同的冷静心态。加上南朝政府偏安一隅，显得乱中有静。南北政权长时间对峙以及地方政权频繁更替所带来的动荡，并没有影响南朝文学、哲学、艺术的发展，反而空前繁荣。南朝时期的文学批评就是在这样"动荡不安"与"见惯不怪"交织的背景下，在成就斐然的魏晋文学批评的基础上展开的。历代研究者习惯于将魏晋南北朝作为一个整体的对象，是因为南朝时期的文学批评存在与魏晋文学批评诸多的共性，这是事实。但实际上，南朝文学批评比之魏晋，亦有自身的特殊成就。

一是文献的丰富性。

南朝之前，文学批评已经广泛渗透在诗歌创作、序文、书信、注疏、作家传记中。魏晋以前，文学批评文献大多不是专论，而是将文学意见寄生于其他内容中。魏晋时期出现了文学专论、选本等重要的文献形式。专论如曹丕《典论·论文》、陆机《文赋》等；选本如挚虞的《文章流别集》、李充的《翰林集》等。可以说，魏晋时期的文学批评无论在文献形式上还是论述的深度、广度上，都取得了很高的成就。就是在这样的基础上，南朝批评文献在数量上和形式上日趋丰富与专业，而且各时期也有自己的变化。

刘宋时期，批评形式主要是诗赋、序文、书信、表、作家传记、文集编撰以及依附于子史著作的部分段落。诗赋如谢灵运《山居赋》、鲍照《蜀四贤咏》、颜延之《五君咏》、颜延之《祭屈原文》、袁淑《吊古文》等；序文如谢灵运《山居赋序》《游名山志序》《拟魏太子邺中集诗序》、颜延之《陶征士诔并序》、裴骃《史记集解序》等；书信如范晔《狱中与诸甥侄书》、王微《与从弟僧绰书》《报何偃书》等；作家传记如宋明帝刘彧《江左以来文章志》、范晔《后汉书·班固传论》等；表如裴松之《请禁私碑表》等；总集如刘义庆《集林》等；依附于子史著作的如刘义庆《世说新语》、颜延之《庭诰》、檀道鸾《续晋阳秋》等书中的部分段落。此时期批评文献虽然形式丰富，但专业性并不强。没有出现类似曹丕《典论·论文》以及陆机《文赋》那样的文学专论，文论者多在诗文创作和子史著作中兼谈文章问题，很多意见属于写作时的随感，作者本身针对文学的批评意图不强。

南齐至梁初，文学批评的文献形式有相当大的变化。几种常见的形式依然丰富，诗如沈约《伤怀诗·伤谢朓》等；序文如张融《海赋序》《门律自序》、江淹《杂体诗序》等；书信如沈约《答陆厥书》《报博士刘杳书》等；作家传记如沈约《宋书·谢灵运传》《宋书·颜延之传》、江淹《自序传》等；选本如沈约《集钞》等。沈约为此期之中心人物，所作最多。尤为值得注意的是，这一时期虽然仍存在将文论意见杂于子、史著作的批评形式，如《宋书·谢灵运传》，但理论结构相当完整。而且，由于作者本身是有着丰富文学创作经验的作家，对文学内涵的认识都比较清楚，已经属于非常专业的文学批评论文。刘宋时期有所中断的单篇文学专论在此时期重现生机。任昉的《文章缘起》（梁时或名《文章始》），所论文体多达八十余种。最为可贵的是，这一时期还出现了《诗品》《文心雕龙》这两部批评专著。仅专著这一形式而言，南齐至齐梁时期批评文献已经是前无古人，尤其是批评理论的建设，分量较魏晋时期厚重得多。

梁、陈二代，参与文学批评的人数量更多，批评形式也更丰富，至少有12种。序文如萧统《文选序》《陶渊明集序》、萧纲《昭明太子集序》、萧绎《内典碑铭集林序》、萧子显《自序》、刘孝绰《昭明太子集序》、徐陵《玉台新咏序》、萧绮《拾遗记序》、刘师知《侍中沈府君集序》、顾野王《虎丘山序》等；书信如萧统《答晋安王书》《答湘东王求文集及诗苑英华书》、萧纲《诫当阳公大心书》《答新渝侯和诗书》《答张缵谢示集书》《与湘东王书》、萧绎《与刘孝绰书》、徐陵《与李那书》、李昶《答徐陵书》、陈叔宝《与詹事江总书》等；作家传记如萧统《陶渊明传》

等；论文如裴子野《雕虫论》、萧子显《南齐书·文学传论》等；令如萧统《与晋安王纲令》《答玄圃园讲颂启令》、萧纲《与湘东王论王规令》等；选本如萧统《文选》等；子书如萧绎《金楼子》等；墓志铭如萧纲《庶子王规墓志铭》、萧绎《黄门侍郎刘孝绰墓志铭》等；册文如王筠《昭明太子哀册文》等；表奏如萧纲《请尚书左丞贺琛奉述制旨毛诗义表》等；经论如慧皎《义解论》《经师论》《唱导论》等；注疏如刘孝标《世说新语注》等。梁陈批评文献以序文和书信为主。皇族成员热情参与文论是这一时期文论最显著的特色。在所存文献中，萧姓皇室成员所作占此时单篇文学批评文献（选本、子书除外）的 66%，而且基本上是此时最为专业的文学批评文献。可见文学批评的中心实际上就在萧氏皇族中。此外，僧人的涉足也是此时的一大特色。

总体而言，南朝文学批评文献不仅继承了先秦以来所有的文论形式，而且涌现出较多的专业论文，还出现了专门的文学批评专著，就形式与参与者的丰富程度而言，已经创造了中国文学批评发展的一座高峰。

二是理论的广泛性。

魏晋是文学批评真正自觉的时期，期间产生的文论涉及了文学批评中的诸多问题，热点问题主要有以下几个。

1. 论作家。曹丕的《典论·论文》，是第一篇文学批评专论，以论作家为主，包括作家作品的特点、作家的个性与风格、作家之间的风气等方面。《论文》还首倡"文气说"，对后世影响极大。

2. 论创作。西晋陆机《文赋》是文学批评史上第一篇专门讨论如何进行文学创作的文章，即陆机所谓"以述先士之盛藻，因论作文之利害所由"。其中涉及文学创作的诸多问题。如创作冲动的产生，创作中思维运作的特点，写作过程中的诸多困境，以及创作中的"灵感"问题，其中还包含对一些写作技巧（如剪裁、立意等）的总结提炼。

3. 论体裁。体裁研究是魏晋文学批评的重要内容。曹丕提出"奏议宜雅，书论宜理，铭诔尚实，诗赋欲丽"① 四科之说。陆机《文赋》又指出"诗缘情而绮靡，赋体物而浏亮。碑披文以相质，诔缠绵而凄怆。铭博约而温润，箴顿挫而清壮。颂优游以彬蔚，论精微而朗畅。奏平彻以闲雅，说炜晔而谲诳"②，所论文体拓展至十体。西晋挚虞的《文章流别论》与东晋李充的《翰林论》，虽仅存数条佚文，但原书规模甚大，所论文体众多，将魏晋体裁辨析推向了高峰。

4. 论文学发展。挚虞《文章流别论》论铭云："夫古之铭至约，今之铭至繁，亦有由也，质文时异，论则既论之矣。"③ 东晋葛洪《抱朴子·均世》指出："古者事事淳素，今则莫不雕饰。"④ 分别从个别体裁和文章整体方面概括了文学创作由质向文的发展规律。不过在整个魏晋时期，"文学"的范围仍然相当广泛。挚虞与葛洪对于文学由质趋文的意见还比较粗浅，只是就语言的简略质朴与丰富华丽而言。

5. 论文学功能。曹丕《典论·论文》认为，文章是"经国之大业，不朽之盛事"，将文学创作的地位抬到先秦以来的最高处。陆机在《文赋》末指出："伊兹文之为用，固众理之所因。恢万里而无阂，通亿载而为津。俯贻则于来叶，仰观象乎古人。济文武于将坠，宣风声于不泯。"⑤ 指出文章具有通古今、宣教化、感人心的巨大作用。显示出魏晋人在文学作用与地位的认识上更重视文学与社会国家的关系。但在具体的创作中，魏晋人也明确表达了创作对个人宣泄情志、消愁解闷的作用。例如陆机《悯思赋》云："故作此赋，以抒惨恻之感。"⑥ 类似的声明常见于许多作家的赋序中。

6. 论文学特征。陆机《文赋》本是指导写作的文章，但其中"诗缘情而绮靡"一语被认为代表了"诗言志"之外的又一种文学认识。魏晋

---

① 严可均辑：《全三国文》，商务印书馆1999年版，第83页。
② 金涛声点校：《陆机集》，中华书局1982年版，第2页。
③ 严可均辑：《全晋文》，商务印书馆1999年版，第820页。
④ 杨明照校笺：《抱朴子外篇校笺》，中华书局1991年版，第77页。
⑤ 金涛声点校：《陆机集》，中华书局1982年版，第5页。
⑥ 金涛声点校：《陆机集》，中华书局1982年版，第19页。

时期，人们的文学概念依然泛指各类体裁的文章，而无明确的纯文学概念，诗歌又是各体裁中文学性最强的代表，因而当时人对诗歌特征的认识也就基本代表了对文学特征的认识。陆机"诗缘情"之说在《文赋》中虽然只是简单带过，但由于"诗缘情"之后不再强调"止乎礼义"，就与先秦两汉承认诗歌"吟咏情性"、又要有益于教化的观念有了巨大的差异。"绮靡"与教化在审美与实用上的差别是显著的，因此陆机简单的一句"诗缘情而绮靡"，实际上代表着文学观念已经发生了巨大的变化，影响深远。

上述问题均在南朝为文论者继续关注并有所突破。南朝文论者广泛点评魏晋时期所涌现的大量作家作品。范晔《狱中与诸甥侄书》中部分文字以文章家的身份教育子弟如何写文章，着重阐述了"意"的重要意义。沈约着重探讨了创作中的声律问题。体裁辨析上，刘勰的《文心雕龙》与任昉的《文章缘起》广泛讨论了各类文章的缘起与特征，较之挚虞的《文章流别论》以及李充的《翰林论》更为全面系统。关于文学的发展，南朝许多文论者自觉以历史的眼光来回顾先秦至当时文学的发展变化，沈约、钟嵘、刘勰、萧统在这一问题上都表现出鲜明的发展眼光，承认文学创作语言的由质而文是自然现象，并从更多的角度说明了文学由质向文发展的合理性。对于文学特征、功能以及地位的认识，南朝文论者普遍继承了陆机"诗缘情而绮靡"的看法，并更加强调文学"吟咏情性"的性质以及文学的审美娱乐作用，文学与教化的关系进一步淡化。魏晋时期只为少数文论者所意识到的风格问题，在南朝受到普遍重视，不同文论者从个性、经历、时代、题材诸方面对风格的形成进行了探讨，大大丰富了文学风格批评的内容。此时文学批评中还论及过去未曾接触到的一些问题，例如诗歌声律以及文、笔之分的标准等问题。

三是行文的思辨性。

学者指出："在古代中国，并没有形成一种以理论的方式探讨知识的传统，这一点恰与古代希腊形成鲜明对照。……中国思维主要关心的是现象，他对于纯理论问题并无太大兴趣。"在传统文化背景下，"古代中国的哲人普遍持一种轻视言说的态度。在他们看来，伶牙俐齿、口若悬河并非是一件好事，反之，穷于言辞，拙于表达倒是一种美德"。① 的确如此，《老子·八十一章》云："信言不美，美言不信。善者不辩，辩者不善。"②《老子·四十五章》云："大巧若拙，大辩若讷。"③《论语·里仁》："君子欲讷于言而敏于行。"④ 可见善辩并不值得追求。正因为不好辩，对现象不作本质性的探析，只是遵循传统和经验就成为我国古典学术的一个重要特征。文学批评在这种文化传统中也形成了忽视理论建构的特点。"中国古代文论偏重于直觉、顿悟和对感悟体验的描述，这是学界比较一致的看法。"⑤ 中国文论的这种特色在南朝之后越来越成为传统文论的主流。南朝文学批评却是以思辨性见长，这一特点使南朝文学批评散发着异样的色彩。

文学批评的昌盛依赖于良好的文学氛围，依赖于批评主体的自觉意识，也依赖于批评主体的理论水平。根据人类文明的进化规律，人类的成长过程，总是与人类思维和语言能力的提高相平行的，在任何一个民族的发展历程中，必然地会发生对于提高思维力和语言表达力的追求。我国先秦时期的诸子已经表现出相当强的逻辑论辩水平，魏晋玄学更是开启了论辩的热潮。佛教传入之后，其精深的言论所包含的超强解释力更有力促进了人们思辨能力的提高。南朝的思想界，儒、玄、释、道四家思想都很有势力，又以佛学在南朝的影响最为显著。知识分子的思想比较驳杂、活跃。玄学大师何晏、王弼的《周易注》《老子注》，何晏的《论语集解》等经典，是文人必读之书。佛学析理透辟，体系周密，在方法上给予文学批评新的启发。南朝的文学批评者主要是显贵文人，这一些文人与魏晋时代相比，总体文化水平和文学修养都更高，在批评自觉意识的驱动下，此

① 吾淳:《中国思维形态》，上海人民出版社1998年版，第368页。
② 朱谦之校释:《老子校释》，中华书局2004年版，第310页。
③ 朱谦之校释:《老子校释》，中华书局2004年版，第183页。
④ 程树德集释:《论语集释》，中华书局1990年版，第278页。
⑤ 朱立元:《走自己的路——对于迈向21世纪的中国文论建设问题的思考》，《文学评论》2000年第3期，第5页。

时期的文学批评对前人开启的文学问题进行了深度的拓展，文论者普遍体现出很强的论辩能力。

例如，在论证中运用丰富的推理方法，是南朝文论思辨色彩的表现之一。相对于文学创作的感性，批评是更为理性自觉的，批评的展开不仅仅是对现象的陈述，而是对现象的辨析。"辨"是一定要借助推理形式的。如下定义。"定义意味着精确"，在客观世界中，任何具体事物都是个别存在着的个性的东西，物体的属性则是寓于各种具体物体中的共性的东西。因此，事物与其属性的关系实质上是个性与共性的关系。南朝文论者在进行文体辨析的时候尤其重视"定义"的作用，其中《文心雕龙》尤其注重对各体裁的"释名"。此外，南朝文论者在文笔之别的辨析中也常用定义之形式来概括文、笔的特征。

又如比类推演。比类本是"譬"的一种，先秦辩者惠施认为："譬"是表述和论证思想的主要方法。比类推演与简单的比喻不同，是以排比连缀不同类的事物来实施论证，南朝文学批评中用于论证的类范围极广，如自然现象、社会现象、文学现象等。通过寻找"类"来推演共同点，这种方法也成为南朝文论者论述问题常用的推理方法。如刘勰为论证"文"之存在意义，就广泛联系天文、地文、人文等与"文"相关的现象，来推演文章存在的意义。与比类推演接近的比喻论证也是南朝文论者常用的推理方法，这在沈约、刘勰、钟嵘、萧绎、萧子显的文论中都有所表现。

再如，注重对差异现象的辨析，也是南朝文学批评思辨色彩的重要表现。自古以来，力图论证和辨别事物的差异性都是非常困难的事情。从中国的逻辑学发展史看，辨析差异需要具有辩证思维，运用辩证思维首先必须有"类"的概念，然后才能在"类"的概念与辨析中理解世间万物的差异性。中国人并不缺乏辩证思维，对差异性的认识在《诗经》以及最初的文字记载中已经有所描述，但仅限于自然现象。先秦诸子中，名家建立起来的概念推演传统在中国子书中得到了较为广泛的运用。在文学批评领域，从曹丕的《典论·论文》开始，文论者的辨证思维突出地表现在对文体特征和作家风格的提炼中。无论是体裁分类与辨析，还是风格的体认与归纳，都可见南朝文论者对差异现象的观察与思考。例如颜延之对四言、五言、七言、九言之差别的认识，钟嵘对五言与四言之差异的认识，萧绎对"文""笔"不同特征的辨析，江淹、沈约、刘勰诸人对风格与时代关系的认识，萧子显对风格在同一时代不同作者之间差异的辨析等等。南朝文论者不仅热衷于辨析各个作家风格的差异，还有不同文体的差异以及这些差异之间的不可替代性。最可贵的是，在发现差异之后，南朝文论者通常表现出一种刨根究底的求知思辨精神，使得对差异现象的辨析不停留在现象，而是有充分的理论依据。像刘勰、钟嵘这样主体意识高扬的批评家，有着自觉理论追求，求全求深，他们的著作自然充满思辨色彩。而范晔、沈约、萧子显、萧绎等人的论述，也是充满思辨色彩的。他们的文论或注重回顾历史，或旁征博引，或贯穿知人论世、类比推演等方法，都体现出"论"所应有的思辨性。

在论述的深度上，南朝时期的文学批评也达到了同领域思维水平的极致。学者指出，此时期文人对哲学领域中的几对基本范畴进行了深入的讨论，当时陆续兴起的"名实""本末""有无""言意""形神"以及才性四本（同、异、合、离）等艺术辩难，其规模之大，争辩之烈，见解之深入，方法之细致，都已远超前代。"总地看来，这一时期的文人探讨学术时可谓雍容大度，他们进行辩难时，不以势凌人，不作意气之争，一般说来，也不大用政治手段强行压制。他们认真地追求真理。尽管这一时期的文人语涉浮虚，实则他们的研究方法已经不大像先秦时期的思想家那样总是想把结论直接归结到政治伦理的运用上。他们的研究方法更具有思辨的性质，总是围绕着论题而作深入的探讨，针锋相对，层层剖析。这种风气的出现，说明南朝时期的思想家分析事物的能力已经达到了新的高度。"①

任何文献发展积累到一定的时间，都会形成一定的轨迹。南朝四代，将近一百四十年间的时间，相对于历史的长河来说很短暂，然而这期间文

---

① 周勋初：《魏晋南北朝文学论丛》，江苏古籍出版社1999年版，第178页。

学批评所达到的思维水平，却足够让人惊叹。"汉末魏晋六朝是中国政治上最混乱，社会上最苦痛的时代，然而却是精神上极自由、极解放、最富于智慧、最浓于热情的一个时代，因此也就是最富有艺术精神的一个时代。"① 有激情，有能力，造就了南朝文学批评"前无古人，后无来者"的高峰地位。南朝之后，以鉴赏与点评为主的诗话成为文学批评的主要形式，思辨性的理论思考，尤其是批评理论后继无人。南朝文学批评所散发的这种情感冲动与理性逻辑兼具的光芒也注定停留在那乱而好文的年代。以审美意识与主体意识作为文学批评意识的两个维度来考察南朝文学批评发展，或许能较为清晰地揭开南朝文学批评的真实面貌及其之所以令人惊叹的原因。

---

① 宗白华：《美学散步》，上海人民出版社1998年版，第177页。

上编

审美意识

第一章 "丽" 的复兴与追求

从"丽"在文学评论中的实际运用情况来看，以"丽"赏文，在汉代已经颇为常见。如《史记》卷一百三十《太史公自序》云：

> 《子虚》之事，《大人》赋说，靡丽多夸，然其指风谏，归于无为。①

《汉书》卷八十七《扬雄传》载：

> 雄以为赋者，将以风之也，必推类而言，极丽靡之辞，闳侈巨衍，竞于使人不能加也，既乃归之于正，然览者已过矣。②

《汉书》卷六十四《王褒传》载汉宣帝云：

> 辞赋大者与古诗同义，小者辩丽可喜。③

《论衡·定贤》云：

> 以敏于赋颂，为弘丽之文为贤乎？则夫司马长卿、扬子云是也。④

从评论对象来看，汉人以"丽"赏文主要用于评论赋的创作，而只有当赋的创作本身表现出某种与众不同的特色时，才会广泛地引起评论者

---

① 司马迁：《史记》，中华书局 1982 年版，第 3285 页。
② 班固：《汉书》，中华书局 2005 年版，第 2653 页。
③ 班固：《汉书》，中华书局 2005 年版，第 2135 页。
④ 王充：《论衡》，岳麓书社 1991 年版，第 421 页。

的注意。西汉著名辞赋家司马相如在《答盛擥论作赋》一文中说："合綦组以成文，形锦绣而为质。一经一纬，一宫一商，此作赋之迹也。赋家之心，苞括宇宙，总揽人物，斯乃得于内，不得其传也。"① 司马相如眼中的辞赋之"丽"，是作者心中的一种有意识的审美追求，包含着作者对创作内容的复杂期望，这种期望中最主要的还是思想情感而非语言的形式。作为点评赋作的高频词汇，"丽"在点评语境中很少单纯作为文辞华美的意义使用。众人用"靡丽""丽靡""弘丽""辩丽"等词来描述赋的特征，显然都与汉代辞赋家好用奇字僻字、大量使用偶句、竭力铺陈景物以及力图表现广博的内容有关。在汉人以"丽"论文的评论中，又以扬雄"诗人之赋丽以则，辞人之赋丽以淫"② 一语影响最为深远。扬雄在认可文学以"丽"为基本特征的基础上，指出了"则"与"淫"的差别，也就是文学的表达是否适度的问题，这种审美意识中也是包含语言形式和表达内容的双重期待的。

自从曹丕提出"诗赋欲丽"的观点，诗赋作者对作品的文辞日益讲究。曹丕所论"诗赋欲丽"的"丽"，一般解释为华丽，是语言华美之义，"反映诗赋创作中讲究词藻，追求彩丽的趋势"③。"丽"的本义是"偶对"，与语言修辞有直接的关联，这是"丽"通常被理解为文辞华美的语义依据。但是，"丽"也有美好、光彩焕发之义。《楚辞·招魂》："被文服纤，丽而不奇些。"王逸注："丽，美好也。"④ 唐人吕向在注《文选》时仅释"诗赋欲丽"之"丽"为"美也"⑤。文辞是思想情感的表达形式，形式虽然有独立的审美价值，但在曹丕的时代，还没有纯粹的形式美的批评理念。曹丕是以气论文的，这"丽"绝不仅仅指文辞的华美，还要以作品内容的刚健与否为参照。因此，将"丽"理解为美好，

① 严可均辑：《全汉文》，商务印书馆 1999 年版，第 221 页。
② 扬雄：《法言·吾子》，中华书局 1985 年版，第 5 页。
③ 李壮鹰、李春青主编：《中国古代文论教程》，高等教育出版社 2005 年版，第 129 页。
④ 洪兴祖撰：《楚辞补注》，中华书局 1983 年版，第 210 页。
⑤ 李善等注：《六臣注文选》，中华书局 1987 年版，第 967 页。

应该更接近曹丕对文学的审美期待。建安之后，阮籍、嵇康等人对文学之丽虽无明确主张，但是前者"才藻艳逸"，后者"文辞壮丽"，雕饰与气韵并重，成为后人追慕的对象。西晋文坛的代表人物陆机、潘岳，更是在文辞的华丽繁复上引领时代潮流，"绮靡""浏亮"成为诗赋最理想的风格。这一发展趋势在东晋有所中断，至南朝，文学创作又开始恢复对文学之丽的追求。

许多学者都指出，南朝文风总体而言是华丽绮靡的，这华丽绮靡又主要指的是文辞的形式主义。这样的定位的确抓住了南朝文学最为显著的面貌特征。南朝人对文采极其讲究，这种讲究不仅体现于作为纯文学的诗赋作品中，还广泛体现在各种实用文体的写作当中。一些本来只需要"辞达而已矣"的经国实用文体，如诏、册、令、教等，都写得文采飞扬。但是，将南朝文学之华丽绮靡仅仅局限于语言的形式，却有失偏颇。毕竟，"丽"这一概念本身也不是专为文学而造，它可以用来描述任何给人以美的印象的事物，甚至是抽象的事物。如《汉书·东方朔传》中，东方朔对汉武帝提出了"以道德为丽"①的建议。因此，"丽"只是一个感觉色彩浓厚的词语，本身只是代表一种审美印象。南朝文学之"丽"，也并不只是追求文辞的华美，而是包含着文与质两方面的审美要求。南朝文学的逐丽之风表现在三个不同的阶段。一是宋文帝元嘉时期，语言密丽典雅，情感深沉厚重；二是齐武帝永明前后，语言流畅明快，情感世俗自然；三是梁大同以后，语言精致新巧，情感细腻轻艳。这三次变化中，追求文学之"丽"是其共同核心，表现了作者对文学之"丽"高度自觉的追求，直接体现着时人审美观念的变化。

第一节 元嘉之富丽

沈约在《宋书·谢灵运传》中指出："自建武暨乎义熙，历载将百，

---

① 班固：《汉书》，中华书局 2005 年版，第 2157 页。

虽缀响联辞，波属云委，莫不寄言上德，托意玄珠，遒丽之辞，无闻焉尔。仲文始革孙、许之风，叔源大变太元之气。爰逮宋氏，颜、谢腾声。灵运之兴会标举，延年之体裁明密，并方轨前秀，垂范后昆。"① 同时代的萧子显也在《南齐书·文学传论》中发表了类似看法："江左风味，盛道家之言：郭璞举其灵变；许询极其名理；仲文玄气，犹不尽除；谢混情新，得名未盛。颜、谢并起，乃各擅奇，休、鲍后出，咸亦标世。"② 沈约和萧子显都指出，从东晋到刘宋，文坛创作风格出现了变化，其中涌现的代表作家是谢灵运、颜延之、鲍照、汤惠休等人。刘勰则将这种变化总结为"宋初文咏，体有因革。庄老告退，而山水方滋；俪采百字之偶，争价一句之奇"③。刘勰认为，从东晋到刘宋，出现了讲究雕饰、穷力追新的文风。史学家裴松之甚至专门上呈《请禁私碑表》，尖锐批判当时碑铭创作华繁失实的不良创作风气。碑铭本属以"实"为本的应用文，而从裴松之的不满中，也可看出这些诗赋之外的文体创作也走上了讲究辞藻的道路。

实际上，刘宋六十年，文学创作并非只有一种风格，不过在宋文帝元嘉前后，文坛的确出现了与东晋玄言诗风相去甚远的新风格，重新开始追求义学之丽。这一时期的人们普遍表示出对诗文之"丽"，甚至是"艳"的欣赏。《宋书》卷四十一《文帝袁皇后传》载：

> 上甚相悼痛，诏前永嘉太守颜延之为哀策，文甚丽。④

《宋书》卷四十三《傅亮传》载：

> 亮布衣儒生，侥幸际会，既居宰辅，兼总重权。少帝失德，内怀忧惧，作《感物赋》以寄意焉。其辞曰："游翰林之彪炳，嘉美手于良工。辞存丽而去秽，旨既雅而能通。虽源流之深浩，

---

① 沈约：《宋书》，中华书局 1974 年版，第 1778 页。
② 萧子显：《南齐书》，中华书局 1972 年版，第 908 页。
③ 詹锳义证：《文心雕龙义证》，上海古籍出版社 1989 年版，第 208 页。
④ 沈约：《宋书》，中华书局 1974 年版，第 1284 页。

且扬榷而发蒙。"①

此外，谢灵运"才高辞盛，富艳难踪"②，追求"巧似"；颜延之追求"错彩镂金"③ 的美，朝雕琢典丽的方向用力；稍后的鲍照"虽乏精典，而有超丽"④。刘宋时期的作家虽然都追求"诗赋欲丽"，但是在"丽"的表现手法和尺度上却各有不同。

与作家之间不约而同以"丽"为欣赏标准品赏作品不同，一些文论者对文学之丽的肯定是以对玄言诗的批判来表达的。如檀道鸾《续晋阳秋》认为："许询有才藻，善属文。自司马相如、王褒、扬雄诸贤，世尚赋颂，皆体则《诗》《骚》，傍综百家之言。及至建安，而诗章大盛。逮乎西朝之末，潘、陆之徒，虽时有质文，而宗归不异也。正始中，王弼、何晏好庄、老玄胜之谈，而世遂贵焉。至江左李充尤盛，故郭璞五言，始会合道家之言而韵之。询及太原孙绰转相祖尚，又加以三世之辞，而《诗》《骚》之体尽矣。询、绰并为一时文宗，自此作者悉体之。至义熙中，谢混始改。"⑤ 檀道鸾对汉代至东晋的文学发展作了史的概括，客观剖析了玄言诗的发生演变，可以说是刘宋时期最关注文学发展历史的文论者。檀道鸾认为，西汉至魏正始以前，从司马相如到潘岳、陆机，此间诗风之变虽然"时有质文"之异，但"宗归不异"，"皆体则《诗》《骚》"。诗歌创作没有离开《诗经》与《离骚》所开创的诗歌艺术之路。而到了许询与孙绰的时期，玄风大盛，"《诗》《骚》之体尽矣"，明确将玄言诗与《诗》《骚》归为两个不同的阵营，认为是东晋的玄言诗中断了《诗》《骚》所代表的诗歌传统。从檀道鸾言辞之间的感慨可知，他对玄言诗偏离《诗》《骚》的诗风是不满的。《续晋阳秋》还记载了这样一段文字：

虎少有逸才，文章绝丽。曾为《咏史诗》，是其风情所寄。

---

① 沈约：《宋书》，中华书局1974年版，第1340页。
② 陈延杰注：《诗品注》，人民文学出版社1998年版，第2页。
③ 陈延杰注：《诗品注》，人民文学出版社1998年版，第43页。
④ 严可均辑：《全齐文》，商务印书馆1999年版，第256页。
⑤ 转引自余嘉锡笺疏：《世说新语笺疏》，上海古籍出版社1993年版，第262页。

少孤而贫，以运租为业。镇西谢尚时镇牛渚，乘秋佳风月，率尔与左右微服泛江。会虎在运租船中讽咏，声既清会，辞又藻拔，非尚所曾闻，遂往听之，乃遣问询。答曰："是袁临汝郎诵诗。"即其咏史之作也。①

根据刘孝标《续晋阳秋》注，文中的"虎"为"袁宏小字"，檀道鸾从文学鉴赏的角度高度评价了袁宏的文学才华和《咏史诗》。他用"声既清会，辞又藻拔"形容袁宏的《咏史诗》，又盛赞袁宏"文章绝丽"，可见檀道鸾之所以不满世人皆模仿许询、孙绰创作玄言诗，是因为此类作品缺乏感染力。而"情辞兼备"正是"《诗》《骚》之体"得到无数文论者拥护的根本原因。

其实，认为玄风中断了《诗》《骚》的传统也是不完全正确的。从文辞的性质来说，理辞也是辞藻的一种，在文学创作中，情辞与理辞对接受者的审美感知要求不同。情与理在发生学的层面上是根本无法兼容的。情辞因其具有最广泛的大众心理体验基础而容易为读者所感知，而理辞则对读者的审美体验提出了更高的要求，对玄理的体悟更是普通大众极少有机会获得的审美高峰体验。《诗经》与《楚辞》一向被视为中国文学发展的两大渊薮，是历代文士写作美文所效法的典范。魏晋时期的文论者也指出诗赋是抒情言志和赋物造形的。而《离骚》不但创造了文人以诗抒情的传统，同时也是"丽藻"的源头。无论《诗》《骚》，都没有赋予诗歌演绎抽象义理的功能。这种传统观念以一代代人的创作实践相传承，显示出巨大的惯性。正如陈允吉先生所说："如是之定势的不易改变，与其归因于诗人的主观感情倾向，毋宁说是民族文化本身具备的特质使然。"② 汤用彤《魏晋玄学与文学理论》一文也指出："各种文化必有其特别具有之精神，特别采取之途径，虽经屡次之革新与突变，然罕能超出其定型。"③

---

① 转引自余嘉锡笺疏：《世说新语笺疏》，上海古籍出版社1993年版，第268页。
② 陈允吉：《古典文学佛教溯缘十论》，复旦大学出版社2002年版，第11页。
③ 汤用彤：《魏晋玄学论稿》，上海古籍出版社2001年版，第194页。

先秦两汉的一些优秀散文虽然在内容上兼容了情感与哲理等丰富的精神内涵，但诗歌领域始终没有给 "说理" 足够的空间。玄言诗以说理之姿态突然进入以抒情为核心的创作传统中，未免太过突然。许询之 "才藻"，也就长期被排除在文学之 "丽" 的范畴之外。

虽然刘宋时期文坛作者对文学之 "丽" 的标准没有达成共识，但这一时期的文学作品却有一种追求富丽之美的共性。《论语·颜渊》云："富哉言乎！" 何晏《论语集解》引孔安国注曰："富，盛也。"① "富丽" 是一个非常印象化的概念，"富" 具有 "充裕" "丰厚" 之义，元嘉时期文学审美意识中的 "富丽"，绝不仅仅是针对玄言之枯燥而向文采的简单回归，它有自己的时代内涵。

一、"辞" 的雕琢

无论 "丽" 与任何词语组合，都无法回避 "丽" 与语言的关系。"富丽" 也是一样，元嘉之富丽，其内容之一就是对文辞的讲究，这也是谢灵运、颜延之、鲍照等人的共同点。他们都自觉或不自觉地考究语言的修辞，重视诗赋写作的形式之美。

例如对句。此时的诗歌创作普遍运用对句。谢惠连、谢庄、颜延之、鲍照等许多诗人都有全首对句的诗作。对句成为当时诗歌创作中一种普遍追求的技巧。② 这一点已经为学界所公认，此不赘述。

又如连类、比物、用典等修辞手法。刘宋时期的诗歌创作，用事用典是普遍的倾向。这一时期的创作着力于拟古以及遣词琢句，"极貌写物" "穷力追新"。有时候，为了这一效果而吸取辞赋中的词汇，大量使用典故，以至于读起来 "颇以繁芜为累"③，或者是 "铺锦列绣，雕缋满眼"④。钟嵘《诗品》云："颜延、谢庄，尤为繁密，于时化之。" 可见用

---

① 《十三经注疏》，上海古籍出版社 1997 年版，第 2504 页。
② 罗宗强：《魏晋南北朝文学思想史》，中华书局 1996 年版，第 210 页。
③ 陈延杰注：《诗品注》，人民文学出版社 1998 年版，第 29 页。
④ 李延寿：《南史·颜延之传》，中华书局 1975 年版，第 881 页。

典之风的普及。刘宋时期的用事用典还常常采用"连类"的方式。《史记》卷八十三《邹阳传》："邹阳辞虽不逊，然其比物连类，有足悲者，亦可谓抗直不桡矣。"① 所谓"连类"，即把同类事物联系在一起。创作中运用"连类"，可以达到很好的起兴效果，增强文章的感染力。刘宋时期的作家对这一方法甚是喜爱。颜延之在《清者人之正路》中以"连类合章，比物集句"概括"咏歌之书"的特点，又在《祭屈原文》中以"比物荃荪，连类龙鸾"赞美屈原的创作。王微在《与从弟僧绰书》中自评"文好古，贵能连类可悲"② 。可见"连类""比物"是当时诗文作者非常欣赏并自觉使用的手法。

再如诗歌的声律问题。《世说新语》中记载了不少当时人对于文学语言的要求，如《世说新语·文学》载，"孙兴公作《天台赋》成，以示范荣期。云：'卿试掷地，要作金石声。'"③ 颜延之《庭诰》云："《柏梁》以来，继作非一，所纂至七言而已。九言不见者，将由声度阐诞，不协金石。"④ 从声调和谐与否的角度分析了七言、九言的区别。此外，范晔与谢庄对诗歌声律也较为重视。范晔《狱中与诸甥侄书》云：

> 性别宫商，识清浊，斯自然也。观古今文人，多不全了此处，纵有会此者，不必从根本中来。言之皆有实证，非为空谈。年少中谢庄最有其分，手笔差易，文不拘韵故也。⑤

钟嵘《诗品序》云：

> 齐有王元长者，尝谓余云："宫商与二仪俱生，自古词人不知之。唯颜宪子乃云'律吕音调'，而其实大谬。唯见范晔、谢庄颇识之耳。……"⑥

---

① 司马迁：《史记》，中华书局 1963 年版，第 2479 页。
② 严可均辑：《全宋文》，商务印书馆 1999 年版，第 175 页。
③ 余嘉锡笺疏：《世说新语笺疏》，中华书局 1983 年版，第 267 页。
④ 严可均辑：《全宋文》，商务印书馆 1999 年版，第 359 页。
⑤ 严可均辑：《全宋文》，商务印书馆 1999 年版，第 142 页。
⑥ 陈延杰注：《诗品注》，人民文学出版社 1998 年版，第 5 页。

　　范晔认为他对诗歌语言 "清" "浊" 和音乐性的识别，是一种与生俱来的能力，从范晔仅存的两首诗，很难判断他是否已经自觉将声律知识运用于诗歌的创作。范晔又称赞谢庄在青年一辈中最有天分，钟嵘也引王融之语指出范晔和谢庄颇懂诗歌韵律。《文镜秘府论》载："王玄谟问谢庄，何者为双声？何者为叠韵？答云：'玄瓠'为双声，'磝碻'为叠韵。时人称其辨捷。"① 后人传谢庄已经能自觉辨别诗句的 "声" 和 "韵"，虽无更早的文献可以印证，但谢庄对语言韵律的认识和实践，在当时应当颇受认可。

　　文学作品（尤其是诗歌）的声调之美，是文学形式美的一个重要方面，刘宋之前也早有作者已经意识到这一点。如前文所引司马相如在论 "作赋之迹" 时分享的 "一经一纬，一宫一商" 的创作经验，要求赋的语言能够把不同的声调交叉组织起来，从而具有悦耳的音响之美。对文学作品语言韵律之美的意识，同样率先在作家中产生并日渐受到重视。西晋陆机强调 "文徽徽以溢目，音泠泠而盈耳" "暨音声之迭代，若五色之相宣"②，要求诗赋创作音节响亮，不同声调相互交替变化，好像五色搭配使色彩更加鲜明。这些经常从事文学创作的作者都不同程度地感受到字音的声调是有差别的，但是他们都不约而同地用音乐的 "宫商" 来简单类比或对应诗歌的声调，可谓知其然而不知其所以然，毕竟声调与音乐的音律还是有区别的。范晔等人对声律的认识则有所不同。范晔不但注意到古今文人已经有 "会此者"，例如司马相如和陆机，但认为这些人的认识 "不必从根本中来"，显然他认为自己在这个问题的认识上比司马相如和陆机要进步，他所提出的 "清" "浊" 概念，也已经不是曹丕所提 "气之清浊有体" 的意义，但他所说的 "清" "浊"，是否仍然是音乐领域的清浊，并不明确。颜延之虽然细腻地体察到七言、九言在声调上的差异，也还是继续了司马相如和陆机在诗歌声调上与音乐宫商的简单比附。

---

① ［日］遍照金刚撰：《文镜秘府论》，人民文学出版社 1975 年版，第 194 页。
② 金涛声点校：《陆机集》，中华书局 1982 年版，第 3 页。

应该说，注重文辞之修饰是元嘉文学追求富丽之美的一个重要内容。在文学言辞之"丽"的追求上，刘宋时期的作家们对于文学语言如何形成形式之美的问题基本都注意到了。这种现象与时人对诗赋作用的认识有直接的关系。在传统的儒家诗教理论中，诗歌的创作虽然可以表达个人的情志，但总归要"有补于世"。但是，此时人们却只强调创作对于个人的意义。如谢灵运《山居赋》自注云：

> 谓少好文章，及山栖以来，别缘既阑，寻虑文咏，以尽暇日之适。便可得通神会性，以永终朝。①

他认为自己是以写作为怡情悦性的工具。齐梁时期，裴子野批评颜延之、谢灵运的诗歌徒有文辞而缺少"劝美惩恶"的功能，正反映出刘宋作家文学观念的某些变化。既然文学写作主要是满足个体的精神需要，那么如何能让自己感到愉悦便是由作家自己来决定的了，作家们对文辞的雕琢修饰的普遍喜好反映了时人对文学审美作用的肯定。

二、"意"的追求

陆时雍《诗镜总论》云："诗至于宋，古之终而律之始也。体别一变，便觉声色俱开。"② 刘宋文学开了声色是事实，但绝对不仅仅是对文辞格律的讲究，还包含着对充实内容的强调。此时文学创作已经由东晋之追求哲理回到了表达个人性情。从史书中的记载及诗赋作者自己的诗赋序来看，此时期虽然存在不少公宴应诏的歌功颂美之作，但更多的是有感而发的作品。例如鲍照在《观漏赋》中认为，生命的长短如同弦上的弓箭，箭能到达多远，并非箭本身能控制，"为生者我也，而制生非我之情"。人虽然可以让自己存活，能活多久却不是个人意愿可以决定的。"凭其不可恃，故以悲哉。况乎沉华密远，轻波潜耗，而感神婴虑者，又自外而伤

---

① 严可均辑：《全宋文》，商务印书馆1999年版，第308页。
② 丁福保辑：《历代诗话续编》，中华书局1983年版，第1406页。

寿，以是思生，生以勤矣，乃为赋云。"① 在这篇赋中，鲍照出于对时间的感慨，用 "聊弭志以高歌，顺烟雨而沉逸" "进赋诗而展念，退陈酒以排伤" 来概括了自己创作诗文的主要动机。像鲍照这样有明确情感来源的诗赋作品在刘宋时期较为常见。王素作《蚻赋》，因 "山中有蚻虫，声清长，听之使人不厌，而其形甚丑"②，于是作赋以自况。范泰作《鸾鸟诗》，是因为看到藩王所精心喂养的鸾鸟三年不鸣，但是看到镜中的自己后 "睹形感契，慨然悲鸣，哀响中霄，一奋而绝"③，于是范泰悲从中来，"嗟乎兹禽，何情之深"。宋孝武帝刘骏拟汉武帝《李夫人赋》，源于痛失殷贵妃，其子刘子鸾 "临过丧车，悲不自胜"，他 "亡事弃日，阅览前士词苑，见《李夫人赋》，凄其有怀，亦以嗟咏久之，因感而会焉"④。傅亮因 "少帝失德，内怀忧惧" 而作《感物赋》。范晔、谢灵运、吴迈远等人作《临终诗》以寄其意。这些为人所传颂的诗赋或作于临终之时，或作于困顿之际，或有寄托，或触景生情，创作动机大多来自人生中最为常见的夫妻相思、人生无常或朋友情谊。被称为 "江左三大家" 的谢灵运、颜延之、鲍照，他们的作品内容虽然因为各自的出身、性格、经历等方面的差异而文风相异，但是在表现人生际遇和世间情感上都有着相似的情感力度。

　　前文指出，此时人们喜好以 "丽" 赏文，并以 "丽" 为核心，延伸出丰富的文学之 "丽"。例如沈约评鲍照 "文辞赡逸，尝为古乐府，文甚遒丽"；评谢惠连 "又为《雪赋》，亦以高丽见奇"；评颜延之 "道中作诗二首，文辞藻丽"⑤。王濬赞沈璞给他的回信 "瑰丽之美，信同在昔"⑥。刘宋时人所评价的 "遒丽" "高丽" "藻丽" "瑰丽"，都不是仅仅指语言辞藻的华丽，而是与作品的内容相关。沈璞被王濬赞为 "瑰丽" 的书信

---

① 严可均辑：《全宋文》，商务印书馆 1999 年版，第 454 页。
② 沈约：《宋书》，中华书局 1974 年版，第 2296 页。
③ 严可均辑：《全宋文》，商务印书馆 1999 年版，第 139 页。
④ 沈约：《宋书》，中华书局 1974 年版，第 2063 页。
⑤ 沈约：《宋书》，中华书局 1974 年版，第 1894 页。
⑥ 沈约：《宋书》，中华书局 1974 年版，第 2462 页。

现已不存，史书既载其"因事陈答"，当是条理与文采兼备的。鲍照的"遒丽"与古乐府的写作有直接的联系，他的乐府诗以七言和杂言最为著名，许多乐府诗，抒发的是下层士人怀才不遇的情感，感情奔放，骨力强劲，属于时代的变徵之音。鲍照作品中对社会腐朽的批判深刻激烈，在整个南朝都罕见，故时人称之"遒丽"。《南史·颜延之传》载："延之尝问鲍照己与灵运优劣，照曰：'谢五言如初发芙蓉，自然可爱；君诗若铺锦列绣，亦雕缋满眼。'"①虽然鲍照用"铺锦列绣""雕缋满眼"来概括颜延之的创作风格未必就代表"劣"，但是他对谢灵运"如初发芙蓉，自然可爱"的评价绝对是赞美，这赞美中透露着他对清新自然之语言的欣赏。

颜延之被誉为"文辞藻丽"的"道中作诗二首"，即《北使洛诗》与《还至梁城作诗》，作于他去洛阳的途中。《北使洛诗》云：

> 改服饬徒旅，首路踯险艰。振楫发吴洲，秣马陵楚山。途出梁宋郊，道由周郑间。前登阳城路，日夕望三川。在昔辍期运，经始阔圣贤。伊瀍绝津济，台馆无尺椽。宫阶多巢穴，城阙生云烟。王猷升八表，嗟行方暮年。阴风振凉野，飞云瞀穷天。临途未及引，置酒惨无言。隐悯徙御悲，威迟良马烦。游役去芳时，归来屡徂愆。蓬心既已矣，飞薄殊亦然。

《还至梁城作诗》云：

> 眇默轨路长，憔悴征戍勤。昔迈先祖师，今来后归军。振策睇东路，倾侧不及群。息徒顾将夕，极望梁陈分。故国多乔木，空城凝寒云。丘垄填郛郭，铭志灭无文。木石扃幽闼，黍苗延高坟。惟彼雍门子，吁嗟孟尝君。愚贱同埋灭，尊贵谁独闻。曷为久游客，忧念坐自殷。

《北使洛诗》将故国之思与行役的艰辛结合，描绘中原的残破，气氛悲凉沉重，《还至梁城作诗》与《北使洛诗》相似，还抒发了流离故国的

---

① 李延寿：《南史》，中华书局1975年版，第881页。

忧伤。这两首诗歌感情真挚，都不是徒具形式之美的作品。《南齐书·文学传论》说："张际摘句褒贬，颜延图写情兴，各任怀抱，共为权衡。"①钟嵘《诗品序》也提到"颜延论文，精而难晓"②。颜延之应该曾对文学提出过较为深刻的见解，内容颇与情兴相关，可惜不存。

谢惠连的《雪赋》在体制上沿袭了汉赋主客问答的形式，对瑞雪初降的场面有多角度的描绘，最后的乱辞曰：

> 白羽虽白，质以轻兮。白玉虽白，空守贞兮。未若兹雪，因时兴灭。玄阴凝不昧其洁，太阳曜不固其节。节岂我名，洁岂我贞。凭云升降，从风飘零。值物赋象，任地班形。素因遇立，污随染成。纵心皓然，何虑何营？

这段结尾歌颂白雪随物而化，不改高洁，"玄阴凝不昧其洁，太阳曜不固其节"，颇有玄理，时人赏为"高丽"，也与此赋的立意高妙相关。

当时的重臣兼文学家傅亮在《感物赋》中以"辞存丽而去秽，旨既雅而能通"③为自己的创作追求，其中"丽"是对语言与修辞的审美要求，"雅"则是对文章主题思想的审美要求。可见，元嘉所推崇的"富丽"之文，绝不是只求文辞的华美，还包含着充实的内容与厚重的情感，这种内容上的审美要求体现在理论上，就是作家在创作中对"意"的主动追求。

谢灵运《山居赋序》云："意实言表，而书不尽，遗迹索意，托之有赏。"④谢灵运认为自己所写的"山野草木水石谷稼之事"，已经突破了前人"京都宫观游猎声色"的传统题材。谢灵运用汉大赋铺张扬厉的风格来写隐居之事，的确是前所未有。对于自己的这篇赋，谢灵运要求读者"咏于文则可勉而就之，求丽邈以远矣"，不要在此文中寻找丽辞。因为

---

① 萧子显：《南齐书》，中华书局1972年版，第907页。
② 陈延杰注：《诗品注》，人民文学出版社1998年版，第4页。
③ 严可均辑：《全宋文》，商务印书馆1999年版，第244页。
④ 严可均辑：《全宋文》，商务印书馆1999年版，第308页。

自己已经"废张、左之艳辞，寻台、皓之深意，去饰取素，傥值其心耳"。谢灵运个性张扬，行为放荡，他创作山水诗是为了"尽暇日之适"，"通神会性"，以表达一种怡神养性的闲适情趣。但这种闲适情趣又不是毫无内容，而是有"深意"的，由于意深，"但患言不尽意，万不写一耳"，尽管如此，还是期望有人能够读出他作品中的这份深意，"遗迹索意，托之有赏"。这一段自我注释较为明确地表达了谢灵运在山水诗创作上的审美追求，描写山水不仅要写出山水的外形，还要传达遨游山水的意趣。

史官范晔也表达了对"意"的高度重视。范晔不但了解历史，还精通音乐和书法，《宋书》本传称其"善谈琵琶，能为新声"①，他自己也说，"吾于音乐，听功不及自挥，但所精非雅声"②。因为有音乐演奏的实践，所以深得"其中体趣"，强调"弦外之意，虚响之音"对演奏的重要性。这种思想也反映在其文学主张之中。在《狱中与诸甥侄书》中，范晔认为，"文以意为主""以意为主，以文传意"。上文提到，范晔对诗歌声律的自觉意识是此时期最为突出的，他对诗文声律之美的特征也是肯定的。不过，他也指出了文章的音律固然重要，但要出于自然，"能济难适轻重"才好，要为"意"服务。"韵"与"意"相比，范晔认为"意"更重要，他尤其反对"义牵其旨，韵移其意"或是"事尽于形，情急于藻"。是否有"意"才是范晔创作与论文的最主要的审美标准。

又如当时颇有名声的王微，也颇重视"意"。王微书画俱佳，通医术，兼解音律。钟嵘认为他的诗风"务其清浅，殊得风流媚趣"③。他在《与从弟僧绰书》中提出"文词不怨思抑扬，则流澹无味。文好古，贵能连类可悲，一往视之，如似多意"④。王微以"味"概括文学艺术的魅力，认为最有"味"的作品要"怨思抑扬""连类可悲，一往视之，如似多

① 沈约：《宋书》，中华书局1974年版，第1820页。
② 严可均辑：《全宋文》，商务印书馆1999年版，第143页。
③ 陈延杰注：《诗品注》，人民文学出版社1998年版，第45页。
④ 严可均辑：《全宋文》，商务印书馆1999年版，第175页。

意",要求文章应当抒发一种起伏跌宕的悲怨之情。情感虽然悲怆强烈,但含意要丰富蕴藉而不是单调浅显,让人回味无穷。谢灵运、范晔、王微等人都从作家创作的角度将"意"作为创作的追求。

在《世说新语》中,"意"在元嘉之间就已经作为审美标准之一用于文学评论。《世说新语·文学》载:

> 庾子嵩作《意赋》成,从子文康见,问曰:"若有意邪,非赋之所尽;若无意邪,复何所赋?"答曰:"正在有意无意之间。"①

庾子嵩是东晋人,当时玄风正盛,"言意之辨"更是玄学论辩的特点话题。时代风气下,庾子嵩也曾"自谓老、庄之徒",喜好以"意"论文。他认为自己创作的《意赋》主题在"有意无意之间",这种对"意"的表述方式充满玄学格调。《世说新语》中还记载庾子嵩曾读《庄子》,"开卷一尺便放去,曰:'了不异人意。'"庾子嵩未读《庄子》之前,以为《庄子》所言是"至理",但是读了《庄子》一会儿便感觉"正与人意暗同"。② 在他的审美期待中,玄学之"意"是"至理",而普通人的感受仅是"人意",这就自觉地拉开了玄理与创作的距离。在他心目中,玄学"至理"在抽象性与深刻性上是远超文学创作之"人意"的。

处于刘宋与东晋交接的年代,知识分子的文化生活还直接承袭着东晋的一些传统。此时文论者将"意"明确作为自己创作的追求,并以之作为鉴赏作品的标准,可以说是延续了玄学风行之时以"意"赏文的习惯。从刘宋时期文学界对"意"的追求和品赏角度来看,文人对于谈玄虽然不再如东晋时期那般如痴如醉,玄学思潮也不知不觉淡出了社会思想主潮,但两晋刮起来的玄风并未彻底消歇。从刘宋时期诸位诗赋作家对"意"的阐述来看,此时的"意"不再仅仅是老庄玄学之理,其内涵重心因人而异。范晔所追求的"意",指向独到深刻的见解。在《后汉书·班

---

① 余嘉锡笺疏:《世说新语笺疏》,上海古籍出版社1993年版,第256页。
② 余嘉锡笺疏:《世说新语笺疏》,上海古籍出版社1993年版,第204页。

固传论》中，他认为自己的《后汉书》与班固的《汉书》比较，特点就在意精旨深，笔势放纵，体大思精而文约意长。范晔是非常以自己的真知灼见自豪的，他强调"意"这个东西"皆得之于胸怀"，实际上要求非常高，越深刻越好。范晔较少创作诗赋，他对"意"的要求是以著作的写作为前提的。而王微所看重的"意"，则与"怨"情相关，侧重于情感的起伏。

谢灵运所追求的"意"最为复杂。他曾认为《老子》与《庄子》"此二书最有理，过此以往，皆是圣人之教，独往者所弃"①，而且钻研佛理，著《辨宗论》，申述道生顿悟之义。又曾注《金刚般若经》，与慧观、慧严等高僧修改大本《涅槃经》，他在流连山水时渴望被读者所赏识的"意"，应该包含他在研习佛道过程中的某些领悟，亦即玄思佛理。但从他的个性与经历来看，又绝不仅仅是玄思佛理。谢灵运常常用"趣"来代替"意"。在《山居赋》中，谢灵运多次言及山水之"趣"，如：

> 清溪秀竹，回开巨石，有趣之极。②
> 去岩半岭，复有一楼，回望周眺，既得远趣。……刊翦井筑，此焉居处，细趣密玩，非可具记，故较言大势耳。③

《山居赋》自注云：

> 往反经过，自非岩涧，便是水径，洲岛相对，皆有趣也。④

这些"远趣""细趣""有趣"充分说明，谢灵运所渴望知音领悟的"意"，不仅仅是佛道玄理。学者张明非在《论佛学与谢灵运山水诗的影响》一文中指出，"理性的思考哪怕再合理也未必能真正解决感情层次的问题，充其量只能补偿心理的暂时需求，是用以说服自己的理由"⑤。"和

---

① 严可均辑：《全宋文》，商务印书馆 1999 年版，第 307 页。
② 严可均辑：《全宋文》，商务印书馆 1999 年版，第 299 页。
③ 严可均辑：《全宋文》，商务印书馆 1999 年版，第 305 页。
④ 严可均辑：《全宋文》，商务印书馆 1999 年版，第 306 页。
⑤ 见葛晓音主编：《汉魏六朝文学与宗教》，上海古籍出版社 2005 年版，第 304 页。

东晋人的淡漠迥异其趣。谢灵运在诗歌中所流露的傲岸、忧虑、焦躁,其浓烈的程度,不仅在东晋一百年的诗歌中绝无仅有,下及齐、梁,也极为少见。"① 可见,谢灵运所要表达的 "深意" 中,还包含人生情趣,他在山水诗中不厌其烦地申说玄言佛理,是试图以此消除自己现实中的情感困境。

总体而言,"意" 是富丽之美对充实内容的理论要求,包括人生哲学之道理、深刻的见解或丰富的情感。魏晋以来玄学领域展开的 "言意之辨",对南朝文学批评依然有显著的影响,只是这种影响并不直接体现在由诗赋创作者从纯粹哲学的角度对老、庄思想进行概念上的思辨,而是分解在诗赋作者的创作 "人意" 中,成为士大夫人生追求、生活情趣、思想归属、生活方式等方面不可分割的部分。

三、文贵形似

元嘉文学所欣赏的富丽,还表现为作者刻画事物时对 "形似" 的追求。《文心雕龙·物色》指出:"自近代以来,文贵形似,窥情风景之上,钻貌草木之中。"② 钟嵘认为谢灵运与颜延之的诗均 "尚巧似"③,评鲍照 "善制形状写物之词"④,追求形似是刘宋时期许多著名诗人的特色。刘勰在指出近代 "文贵形似" 的特点之后,又特地补充以 "窥情风景之上,钻貌草木之中",可见追求形似的做法也主要表现在山水题材的作品中。

山水题材为何一定要追求形似?笔者以为,这与作者试图以山水之形传精神之 "意" 有关。谢灵运在《游名山志》中曾说:"夫衣食人生之所资,山水性分之所适。"⑤ 又在《佛影铭序》中说:"北枕峻岭,南映滮涧,摹拟遗量,寄托青彩。岂唯像形也笃,故亦传心者极矣。"⑥ 谢灵运

---

① 曹道衡、沈玉成:《南北朝文学史》,人民文学出版社 1991 年版,第 36 页。
② 詹锳义证:《文心雕龙义证》,上海古籍出版社 1989 年版,第 1749 页。
③ 陈延杰注:《诗品注》,中华书局 1998 年版,第 43 页。
④ 陈延杰注:《诗品注》,中华书局 1998 年版,第 47 页。
⑤ 严可均辑:《全宋文》,商务印书馆 1999 年版,第 319 页。
⑥ 严可均辑:《全齐文》,商务印书馆 1999 年版,第 323 页。

将山水视为性情的皈依，认为摹画外界山水是为了"传心"。他追求在山水诗赋创作中穷尽山水之形，不遗余力地以"形似"来再现山水，并非纯粹追求形貌的逼真，而是内心深处拥有丰富的审美意趣，并且相信只有山水能够在最大程度上承载他内心复杂的"意"。

不仅是诗歌，此时期的绘画艺术也表现出对山水进行"形似"刻画的追求。如王微《报何偃书》云：

> 又性知画缋，盖亦鸣鹄识夜之机，盘纡纠纷，或记心目，故兼山水之爱，一往迹求，皆仿像也。①

王微自谓爱好作画，对山水画尤其追求"仿像"，亦即相似逼真。谢赫《古画品录》评王微画风为"细"。张彦远《历代名画记》卷六载王微曾作《叙画》，认为绘画中的物体是"以一管之笔，拟太虚之体；以判躯之状，画寸眸之明。"虽然画中的景物无法再现事物的真实比例，但客观世界中千姿百态、各式各样的山水器物却是引发画家丰富情绪的直接源泉。"宫观舟车，器以类聚；犬马禽鱼，物以状分，此画之致也"，"望秋云，神飞扬，临春风，思浩荡"，"披图按牒，效异山海，绿林扬风，白水激涧"。② 看到细致逼真的绘画作品，就如同真实景物的再现，自然能引发"多意"，这是"画之情"。

同时代画家宗炳在《画山水序》中说"夫圣人以神发道，而贤者通，山水以形媚道，而仁者乐，不亦几乎？"又说"神本亡端，栖形感类，理入影迹，诚能妙写，亦诚尽矣"。③ 认为山水画可以传达悠远的意趣，将山水视为"道"的体现，认为"神"就栖息于山水形体之内，因而能够感人。若能很好地描绘山水，"神"就能在画中。宗炳所言之"神"，乃是广义之精神、心神，不仅仅是玄远的哲理，也包含观赏者的审美感受。

王微与宗炳均为中国最早的山水画画家，他们都认为山水之形可以承

---

① 严可均辑：《全齐文》，商务印书馆1999年版，第177页。
② 张彦远：《历代名画记》，中华书局1985年版，第213页。
③ 严可均辑：《全齐文》，商务印书馆1999年版，第192页。

载哲学意趣。实际上，山水可以传达深意，是刘宋时期许多人的看法。同时代雷次宗在《与子侄书》中说："于时师友渊源，务训弘道，外慕等夷，内怀怵发，于是洗气神明，玩心坟典，勉志勤躬，夜以继日。爰有山水之好，悟言之欢，实足以通理辅性，成夫亹亹之业，乐以忘忧，不知朝日之晏矣。"① 认为山水之美与读圣人之书一样有"通理辅性"的效果。在山水诗与山水画的创作者眼中，山水不仅仅是山水，还承载着他们所追求的"深意"与"多意"。他们也坚信，真实地再现山水能够表达出内心的深意。

刘宋时期，山水牵动了人们的审美思绪，因而山水题材大量进入诗文。上述"尚巧似"的诗画作者所创作的富有"形似"特色的作品，共同题材也是山水景物。"文贵形似"概括了南朝山水文学乃至当时一切山水艺术最显著的艺术特色。

这种观念对整个南朝影响深远，南朝高僧慧皎在《义解论》中指出：

> 圣人资灵妙以应物，体冥寂以通神，借微言以津道，托形象以传真。②

这里"圣人"指佛陀，"微言"指经典，"形象"则是指佛陀妙好庄严的自身。谓佛陀一方面使用深微的言辞来宣传教义，另一方面用"形象"来传达"真理"。③ 佛教的"形象"概念，一指直观的具象，即寺塔造像等，再一方面是指经典的表述、使用形象的方式。佛教造佛形象的本来意义，是通过再现佛的色身来启发、坚定人的信心，借以思念佛、追忆佛的教诲。佛教造像又不以单纯模拟人的形貌为目的，在它们身上寄托着另外更深远的意义。就是说，佛的具体形象要表现它的精神境界并进而表现宣传它的教义。佛教关于造像的说教理论欲在说明形而下的具体形象是体现形而上的佛道的。虽然并未确指山水，但很容易影响到对待山水的态

---

① 严可均辑：《全齐文》，商务印书馆1999年版，第284页。
② 严可均辑：《全梁文》，商务印书馆1999年版，第816页。
③ 孙昌武：《文坛佛影》，中华书局2001年版，第113页。

度。谢灵运酷爱山水，与当时著名高僧慧皎、慧观等也有密切的交往，其适情山水的态度也深受释家思想的影响，因此深信山水乃情性之体现，描摹山水能够"传心"。谢灵运在《辨宗论》中提出"不可学而至"的顿悟思想，亦即认为思想是需要领悟的。而在文学创作中，再华美的语言文辞，本身也不是形象，而只是描绘外物的工具，内心之意又不能不表达，因此，只有尽可能地让语言再现山水的面貌，即形似，才能确认"意"已经表达出来。

除了佛教的启示，在中国的本土文化思想中，谢灵运等人以追求"形似"来传意的思维模式也有自己的渊源，那就是哲学中的"立象尽意"之说。《庄子·外物》云：

> 荃者所以在鱼，得鱼而忘荃。蹄者所以在兔，得兔而忘蹄。言者所以在意，得意而忘言。①

《周易·系辞上》云：

> 子曰："书不尽言，言不尽意。然则圣人之意，其不可见乎？"子曰："圣人立象以尽意。"②

王弼《周易注》卷十《明象》云：

> 夫象者，出意者也；言者，明象者也。尽意莫若象，尽象莫若言。言生于象，故可寻言以观象；象生于意，故可寻象以观意。意以象尽，象以言著，故言者所以明象，得象而忘言，象者所以存意，得意而忘象。③

庄子强调语言只是为了表达某种思想，只要领悟到了言者所要表达的意思，语言就不重要了，未提及"象"的作用。《周易》指出，文字无法完全代表人们想说的意思，说出来的语言也无法完全表达人们的思想认

---

① 王先谦集解：《庄子集解》，中华书局1954年版，第66页。
② 《十三经注疏》，上海古籍出版社1997年版，第82页。
③ 楼宇烈校释：《王弼集校释》，中华书局1980年版，第610页。

识，所以圣人"立象以尽意"，用"立象"的方法来传达深奥的思想。在二者的基础上，王弼进一步阐述了"言""象""意"三者的关系，认为圣人选择"立象以尽意"，在于"言生于象，故可寻言以观象"，即语言是客观事物的反映，所以通过语言可以感觉客观世界。"象生于意，故可寻象以观意"。客观事物是"意"的体现，所以通过感觉客观事物的存在就能够理解它所包含的全部意义。王弼不再将"言"作为"意"的直接载体，而是将"象"作为"意"的载体。认为"言"也是从"象"中来的，所以真正承载"意"的不是"言"而是"象"。"象"与"意"是异体同质的，所以"意"能以"象尽"。谢灵运等人追求以形似来达"意"，也应当有"立象尽意"之理论作为创作动力。

更进一步来看，"人只有凭借现实的，感性的对象才能表现自己的生命"①。因此，王弼对"立象尽意"的论证与佛教造像理论有类似之处，其理论共性在于重视具体形象的存在意义。这种意义显然为元嘉诗人所吸取，他们以追求形似的努力，揭示出文学自身的一个重要特征，那就是形象性。对文学而言，无论要表现的内容多么抽象，它在表现形式上也应当是具体的，"艺术的内容本身不应该是抽象的。这并非说，它应该象感性事物那样具体——这里所谓'具体'是就它和看作只是抽象的心灵性和理智性的东西相对立而言。因为在心灵界和自然界里，凡是真实的东西在本身就是具体的，尽管它有普遍性，它同时还包含主体性和特殊性"②。只有借助形象，情感的传达才是有效的。否则，就只是哲学或者其他的学科，玄言诗的失败不正在形象的缺乏吗？

追求"形象"本是中国文学创作的传统之一。汉代大赋的创作就表现出对外物"形象"的追求，只是还比较粗浅。司马相如、张衡等人在京都、羽猎等题材的大赋中以纪实或想象的方式对所要描绘的事物进行最大限度的铺陈，这种追求种类齐全、倾向于知识的"量"的展示方式，

---

① 《马克思恩格斯全集》第四十二卷，人民出版社1979年版，第168页。
② ［德］黑格尔．《美学》第一卷，朱光潜译，商务印书馆1997年版，第87—88页。

尽管体现出一些追求恢弘广博的审美意识，但显然还没有意识到"形象"的选择对传情答意及构筑言外之意的重要作用。因此"两汉魏晋最重大赋，非大学问家不敢作"①。而元嘉诗人对形似的追求与汉人作大赋已经不同，他们已经认识到"形象"的重要意义。只是，他们的创作又过于依赖语言与形象，渴望语言能够完全"立象"，这就影响了传情答意的效果。毕竟以文字来达到"形似"并不是文字的优势，语言再现事物原貌的能力显然不及造像、绘画等艺术。况且，以文字来追求形似难免要借助更长篇幅的文字（谢灵运诗歌达到百字或者超过百字的篇章比较多），容易影响读者情感体验的流畅性。这似乎是文学发展的一个必经阶段。陆机曾在《文赋》中感叹"恒患言不称物，文不逮意"，谢灵运也有同样的烦恼，虽然他们努力"立言以尽象"，仍然感到不能"尽意"，还没意识到以形象来以少胜多的可能性，形成含蓄之美的认识。因此，他们对外物的精心刻画只是展示了文字"图物写貌"的潜力。难怪萧纲《与湘东王书》批评当时文人"学谢则不届其精华，但得其冗长"②，钟嵘也说谢灵运"颇以繁富为累"。

通览刘宋时期的创作与文论，可以看到，知名诗人以各自的方式表达着或繁杂、或深沉、或浓烈的情感。谢灵运的情感繁杂浓郁，颜延之的情感含蓄渊深，鲍照的情感强烈直接，他们不约而同地自觉锤炼文辞，以尽可能逼真的文学形象来传达深情厚意，并在理论上加以申述。综上所述，讲究文辞，追求深意，崇尚形似，这才是元嘉所追求的富丽之美。这种审美追求说明，刘宋时期的审美观念是修辞与内容并重的，虽然这两者在作品中并不能做到完美融合，但作者并不厚此薄彼，在文学审美中力求一种平衡。

---

① 范文澜：《中国通史简编》（修订本），人民出版社 1965 年版，第 414 页。
② 严可均辑：《全梁文》，商务印书馆 1999 年版，第 115 页。

第二节　永明之清丽

南齐持续了二十三年，虽然时间不长，但是期间文风颇有差别。齐初六七年间，古体诗占主导地位，文风基本上承袭宋末，时人多欣赏古雅繁缛的文风，以陆机、颜延之、谢灵运为学习对象。《南齐书》卷三十五《萧晔传》：

> 晔刚颖俊出，工弈棋，与诸王共作短句，诗学谢灵运体，以呈上，报曰："见汝二十字，诸儿作中最为优者。但康乐放荡，作体不辨有首尾，安仁、士衡深可宗尚，颜延之抑其次也。"①

《南齐书》卷四十三《谢瀹传》：

> 世祖尝问王俭："当今谁能为五言诗？"俭对曰："谢瀹得父膏腴，江淹有意。"②

从齐初的评论来看，模仿陆机、颜延之、谢灵运的诗歌风格应该是这一时期的主流，具有类似文风的还有谢超宗、丘灵鞠、刘祥、颜则、顾则心、钟宪、檀超等人，钟嵘《诗品》认为他们都是学陆机、颜延之的诗体。谢瀹的父亲是谢庄，钟嵘在《诗品》中将其与颜延之并提。萧晔自己在和其他兄弟作诗的场合也模仿谢灵运，但是齐高帝萧道成认为潘岳、陆机和颜延之才是好的学习榜样，明确表示了对以陆机、颜延之为代表的古雅文风的喜爱。而谢灵运则被评为"放荡"，"作体不辨有首尾"。当时江淹文名高于沈约，他的诗也颇多古奥的字语。

齐武帝永明时期，尤其是永明三四年至永明七年，竟陵王萧子良西邸建立，文风有显著的变化。沈约、谢朓、王融等"竟陵八友"成为文坛创作的佼佼者。除了传统的应诏酬唱之作，他们创作了很多类似民歌的小

---

① 萧子显：《南齐书》，中华书局1972年版，第624—625页。
② 萧子显：《南齐书》，中华书局1972年版，第764页。

诗，与齐初所流行的诗歌风貌有较大不同，南朝文风的第二次显著变化也就发生于此时。元嘉时期所崇尚的富丽之美转向了对清丽之美的追求。永明文人所欣赏的清丽之美，是一种类似清水芙蓉的美，这种美在语言要求和情感意蕴上都与元嘉时期有一些不同。

一、语言的自然和谐

永明时期，文坛总体上仍然欣赏文辞之华丽绮艳。《南齐书》卷四十七《王融传》载：

> 九年，上幸芳林园禊宴朝臣，使融为《曲水诗序》，文藻富丽，当世称之。①

江淹《伤友人赋》云：

> 既思游兮百说，亦穷精兮万里。爱时文之绮发，赏赋艳兮锦起。②

江淹喜好将文学创作喻为"雕文"，曾作《池上酬刘记室诗》："怀赏入旧襟，悦物览新赋。惜我无雕文，报章惭复素。"江淹认为自己没有润色文学（"雕文"）的技能，不能写出最受时代推崇的"绮"文、"艳"赋，这虽明显是自谦之辞，仍足见时人对文辞修饰的重视程度。实际上，这一时期对文辞的修饰已不同于元嘉时期雕琢痕迹显著的修饰，而是力求自然和谐。这种审美观念在作家中以谢朓为代表。《南齐书》卷四十七《谢朓传》说谢朓"文章清丽"。谢朓也对诗歌之美发表过看法。《南史》卷二十二《王筠传》载：

> （沈）约尝启上言，晚来名家，无先筠者。又于御筵谓王志曰："贤弟子文章之美可谓后来独步。谢朓常见语云，'好诗圆美

---

① 萧子显：《南齐书》，中华书局1972年版，第821页。
② 严可均辑：《全梁文》，商务印书馆1999年版，第360页。

流转如弹丸'。近见其数首，方知此言为实。"①

　　沈约对王志提起，谢朓说过 "好诗圆美流转如弹丸"。这是现存唯一一段关于谢朓诗歌思想的记载，"圆美流转" 正是对诗歌语言的要求。钟嵘《诗品》论及谢朓，说 "朓极与余论诗，感激顿挫过其文"。可见他曾与钟嵘论诗，从 "感激顿挫过其文" 看，作为当时最负盛名的作家，谢朓对诗歌应该还有不少系统的看法，可惜今不存。而沈约是极赞赏谢朓的，《谢朓传》载其 "善草隶，长五言诗，沈约常云 '二百年来无此诗也'"。谢朓死后，沈约谓贤人已逝，自己意兴都绝。对诗歌语言具有同样审美要求的还有沈约。他在御宴上当众引用谢朓的话，加以赞赏，可见他也是持同样观点的。

　　此外，《颜氏家训·文章》载：

　　　　沈隐侯曰："文章当从三易：易见事，一也；易识字，二也；易读诵，三也。"②

　　沈隐侯即沈约，"文章" 自汉代以来就逐渐指向独立成篇的文字，其中诗赋一直是文学创作的重心。当代学者王瑶先生曾指出："追求采缛的结果便发展凝聚到声律的谐调。"③ 从沈约 "三易" 之说可以看出，永明时人并非不重视对偶、隶事等文辞修饰，但要求自然明白。这应当是对元嘉时期谢灵运、颜延之、鲍照等人用典过多、用语生新、读起来有些板滞的反思。要求对偶、隶事自然无痕，这是对文学形式的更高要求。尤其是要求文章 "易诵读"，既回应了谢朓对诗歌语言 "圆美流转" 的要求，又显示了永明时期审美的新焦点：声韵谐调。

　　关于文章音声之美，沈约之前也有不少具有丰富诗歌创作经验的作家论及，如司马相如、曹植、陆机、范晔、谢庄等。沈约也指出了前人诗作中有声韵协和的作品，但在他看来，那些都是作者 "暗与理合" 的偶然

---

① 李延寿：《南史》，中华书局 1975 年版，第 609—610 页。
② 赵曦明注：《颜氏家训注》，中华书局 1985 年版，第 92 页。
③ 王瑶：《中古文学史论》，北京大学出版社 1998 年版，第 283 页。

行为，他们并不懂得使诗歌声韵平仄相间、抑扬相对的方法。故沈约在《答陆厥书》中说：

> 自古辞人，岂不知宫羽之殊、商徵之别。虽知五音之异，而其中参差变动，所昧实多。故鄙意所谓，此秘未睹者也。(《全梁文》卷二十八)

"此秘未睹"一语表明，沈约不满足于诗歌创作只能被动等待音韵自然而然的和谐，也不相信文字能永远自然和韵，所谓"宫商之声有五，文字之别累万。以累万之繁，配五声之约，高下低昂，非思力所学，又非止若斯而已也。十字之文，颠倒相配，字不过十，巧历已不能尽，何况复过于此者乎！"他还发现了藏在诗歌音节之间的秘密规律，并以此作为比较诗歌优劣的基本标准之一。《宋书·谢灵运传》云：

> 若夫敷衽论心，商榷前藻，工拙之数，如有可言。夫五色相宣，八音协畅，由乎玄黄律吕，各适物宜。欲使宫羽相变，低昂互节，若前有浮声，则后须切响。一简之内，音韵尽殊；两句之中，轻重悉异。妙达此旨，始可言文。至于先士茂制，讽高历赏，子建"函京"之作，仲宣"霸岸"之篇，子荆"零雨"之章，正长"朔风"之句，并直举胸情，非傍诗史，正以音律调韵，取高前式。①

沈约认为前代那些为人所传颂的名篇佳作，无一不是情感的自然流露，而且无须刻意引经据典，尤其是在声韵方面成就突出。沈约对诗歌声律的探索是卓有成效的，他总结出确保诗歌音韵和谐动听的写作方法，就是"欲使宫羽相变，低昂互节，若前有浮声，则后须切响。一简之内，音韵尽殊；两句之中，轻重悉异"。"浮声"与"切响"都是指声调的飞沉，"一简之内，音韵尽殊；两句之中，轻重悉异"，则是要求五言诗一句之内一定要有声调的抑扬，一联五言诗的两句之间，声调要错综对应。有学

---

① 沈约：《宋书》，中华书局1974年版，第1779页。

者称之为"抑扬规则"。"抑扬规则的出现，证明永明诗人追求的是一种对称的均衡的美。这种均衡的美的特征，是有一种有规则的交错变化的和谐的美。和谐，不是相同，而是相异间的呼应，是交错中的对称。"① 对诗歌的声韵问题，从未有过永明时期这般自觉的探索与追求。既然诗歌声韵包含着规律，何以至永明时期才为作者所察觉？从音韵学之发展过程来看，中国音韵学者对声韵的认识，是从五音开始的。中国学者对诗文声律的认识，亦从五音开始。陈澧《切韵考》卷六《通论》指出："古无平上去入之名，借宫商角徵羽以名之。"戴震《书刘鉴〈切韵指南〉后》一文也说道："方未有四声之前，就用韵比类区分拟于五音。"这当然与中国早期诗乐一体的传统有关。当诗与乐脱离之后，很自然地便会把乐调移来附会诗的声调，这应当就是以五音论诗文声律的初始原因。这种认识在永明时期有了新突破。《南齐书》卷五十二《陆厥传》载：

> 汝南周颙善识声韵。约等文皆用宫商，以平上去入为四声，
> 以此制韵，不可增减。世呼为"永明体"。②

从这段文献的内容来看，永明时期声律论的基础在于四声的发现。众所周知，汉字由形、音、义三方面构成，四声便是对汉字音调高低的认识。四声的发现，是永明时期音韵学的重大收获。学者对此研究颇详，此不赘述。而四声的发现显然引起了诗人的极大兴趣，当时周颙撰《四声切韵》，沈约撰《四声谱》，对汉字的音调从四声上进行了归纳，进而总结出"前有浮声，则后须切响。一简之内，音韵尽殊；两句之中，轻重悉异"的音调调节方法，在诗歌创作中大力推行，以至于世人将这种特别注重音韵变化的诗歌称为"永明体"。从今天的语言学研究成果来看，汉字的音调显然不止四种，在方言中，有的方言音调多至七种。但在当时，以四声来调节诗歌中所需要用到的汉字，已经能够保证诗句形成抑扬顿挫的美感。

---

① 罗宗强：《魏晋南北朝文学思想史》，中华书局1996年版，第239页。
② 萧子显：《南齐书》，中华书局1972年版，第898页。

追求语言的自然流畅，不仅是谢朓、沈约二人的诗歌思想，谢朓以自己出色的创作引领了一批具有同样清新明丽风格的追随者，使之成为当时的一种审美倾向。《梁书》卷三十三《王筠传》记载：

> （沈）约制《郊居赋》，构思积时，犹未都毕，示筠草。筠读至"雌霓（五激反）连蜷"，约抚掌欣抃曰："仆常恐人呼为霓（五几反）。"次至"坠石磓星"及"冰悬埳而带坻"，筠皆击节称赞。约曰："知音者希，真赏殆绝，所以相要，政在此数句耳。"①

沈约作赋构思良久，尚未完成就迫不及待地请王筠欣赏，唯恐王筠将其赋作中的"霓"字声调读错。王筠不仅准确诵读了沈约所在乎的字句音调，他最欣赏的句子和沈约的自我感觉不谋而合，让沈约大叹"知音者希，真赏殆绝，所以相要，政在此数句耳"。沈约对自己在诗赋声律上的掌控能力已经有一些自我陶醉。《梁书》卷四十九《庾肩吾传》载：

> 齐永明中，文士王融、谢朓、沈约文章始用四声，以为新变，至是转拘声韵，弥尚丽靡，复踰于往时。②

永明诗人以自己的新发现为荣，对诗歌音调抑扬之美的追求颇为沉迷，对声韵的讲究波及诗歌之外的文体。对不符合抑扬原则的情况也开始总结，文献记载为"八病"。不过，我们看现存沈约的有关论述，并没有提到"八病"。还有学者从现存沈约诗作中多犯"八病"证明沈约等并未提出过"八病"。钟嵘《诗品》提到："蜂腰鹤膝，闾里已具。"意谓当时民间已注意"蜂腰""鹤膝"这两种诗病，并未明言为沈约所提出。又说"王元长倡其首，谢朓、沈约扬其波……于是士流景慕，务为精密，所谓襞积细微，专相凌驾"。可见，当时诗歌创作中避免蜂腰、鹤膝两病已是事实。所谓"务为精密""襞积细微"，可能就是沈约所说的"十字之文，

---

① 姚思廉：《梁书》，中华书局 1973 年版，第 485 页。
② 姚思廉：《梁书》，中华书局 1973 年版，第 690 页。

颠倒相配，字不过十，巧历已不能尽"。能够明确证明沈约对声律认识的表述只有沈约所著《宋书·谢灵运传》中"五色相宣，八音协畅，由乎玄黄律吕，各适物宜。欲使宫羽相变，低昂互节，若前有浮声，则后须切响。一简之内，音韵尽殊；两句之中，轻重悉异"一语。启功《诗文声律论稿》认为，在沈约的声律理论中，"起首'五色'四句是泛说诗文应讲音调，'欲使'以下，则是实说他的办法，沈约虽倡四声之说，而在所提的具体方法中，却只说了宫与羽（李延寿说宫与商、角与徵），低与昂，浮声与切响，轻与重，都是相对的两个方面，简单说即是扬与抑，事实上也就是平与仄。……从他们实际注意声调抑扬这现象上看，可知沈约等人在音理上虽然发现了'四声'，但在写作运用上却只是要高低相间和抑扬相对"①。声律论的提出大大提高了诗歌语言在听觉上的愉悦性，成为当时诗歌创作实现"圆美流转"的保证。考察沈约等人的创作实践，虽然他们的作品没有做到回避"八病"，但大量作品符合在一句之内与两句之间抑扬交替的规则，创作了许多律句与律联。律句与律联的形成，为律诗的发展准备了最基本的条件，也形成了律诗最基本的特点，是永明声律说最重要的贡献。

　　声律论在当时产生的巨大影响标志着人们对文学语言声音之美的自觉追求。很显然，调节声律是一种实现声韵抑扬和谐的技巧。对于抒情文学来说，技巧问题远不如情感重要。陆机《文赋》虽然专论创作，也传授了一些应对创作中常见困难的方法，但都大而化之，更多地是强调"心"的作用，即等待灵感的降临。文学创作的技巧问题长期以来并没有受到太大重视。《庄子·天道》云："臣也以臣之事观之。斫轮，徐则甘而不固，疾则苦而不入，不徐不疾，得之于手而应于心，口不能言，有数存乎其间。臣不能以喻臣之子，臣之子亦不能受之于臣，是以行年七十而老斫轮。"② 提倡天才，藐视方法。曹丕《典论·论文》认为"文以气为主"，

---

① 启功：《诗文声律论稿》，中华书局2002年版，第109—110页。
② 王先谦集解：《庄子集解》，中华书局1954年版，第120页。

"气"又是"清浊有体，不可力强而致"① 的，也是偏向"天才创造"说。这种过于强调创作天分的看法容易引发文学创作与批评的神秘主义，并不利于揭示文学创作中属于技巧部分的客观规律。

即使诗歌创作的声律与音韵问题已经作为技能在方法论的层面为作家所意识到，这种技术钻研式的精雕细琢也不受作者自己的重视。较早意识到诗歌音乐之美的范晔就认为"文患其事尽于形，情急于藻，义牵其旨，韵移其意"，"常谓情志所托，故当以意为主，以文传意"。② 即使偶有所得，也不过是"工巧图缋"，价值不高，主张写作以"意"为主，写什么比怎样写重要。与沈约同时的张融"文章之体，多为世人所惊"，他在《门律自序》中坦言文学创作并没有固定不变的格式，"汝可师耳以心，不可使耳为心师也"③，主张标新立异、文不拘体，更谈不上方法。稍后的萧子显也主张文章创作需要自然而然，"每有制作，特寡思功，须其自来，不以力构"④，反对苦思经营。

永明时期诗人对诗歌声律的狂热追求，并将之作为一种值得炫耀的技巧，这不能不说是永明时代的特产。当时人非常重视集体创作中诗人用韵的能力，往往喜欢限韵限时赋诗，才思敏捷、用韵自如者最为人钦赏。如《南史》卷五十五《曹景宗传》载：

> 景宗振旅凯入，帝于华光殿宴饮连句，令左仆射沈约赋韵。景宗不得韵，意色不平，启求赋诗。帝曰："卿伎能甚多，人才英拔，何必止在一诗？"景宗已醉，求作不已，诏令约赋韵。时韵已尽，唯余竞病二字。景宗便操笔，斯须而成，其辞曰："去时儿女悲，归来笳鼓竞。借问行路人，何如霍去病？"帝叹不已。约及朝贤惊嗟竟日，诏令上左史。于是进爵为公，拜侍中、领军

---

① 严可均辑：《全三国文》，商务印书馆 1999 年版，第 83 页。
② 严可均辑：《全宋文》，商务印书馆 1999 年版，第 142 页。
③ 严可均辑：《全齐文》，商务印书馆 1999 年版，第 151 页。
④ 严可均辑：《全齐文》，商务印书馆 1999 年版，第 259 页。

将军。①

又如《南史》卷五十九《王僧孺传》载：

> 竟陵王子良尝夜集学士，刻烛为诗。四韵者则刻一寸，以此为率。（萧）文琰曰："顿烧一寸烛，而成四韵诗，何难之有？"乃与令楷、江洪等共打铜钵立韵，响灭则诗成，皆可观览。②

这两则史料非常传神地记录了当时诗人的即席创作活动。第二则史料中先是以刻烛来限制写诗的时间，大家犹嫌简单，所以提出打铜钵立韵，要求"响灭则诗成"，可见这种即席作诗在当时已成为一种诗思敏捷的竞赛。即席创作体现出群体之内以诗为乐的风气，对于诗人的才思也是一种考验。在这样的场合中，诗歌创作当然已经不完全是情志的载体，也是技巧的产物了。既然是技巧，自然应当有"术"可寻。而且南朝文学世家之盛，能文者之多，前无古人。谢朓之后最为沈约所欣赏的王筠在《与诸儿书论家世集》中说：

> 史传称安平崔氏及汝南应氏并累世有文才，所以范蔚宗云："世擅雕龙，然不过父子两三世耳，非有七叶之中，名德重光，爵位相继，人人有集，如吾门世者也。"沈少傅约常语人云："吾少好百家之言，身为四代之史。自开辟已来，未有爵位蝉联，文才相继，如王氏之盛者也。汝等仰观堂构，思各努力。"③

王筠对自己家族在文章写作能力上的长久兴盛感到无比自豪，教导子女要继承门风，倍加努力。在南朝，"文才"高下常常成为一个家族与另一个家族攀比的内容。由于南朝文学批评者多数是当时著名的作家，无论是出于教育下一代的需要，还是与朋友之间的交流，都要讨论创作的具体问题。这些文学创作的现实都呼唤着技巧的出现。沈约在发现四声的特点

---

① 李延寿：《南史》，中华书局1975年版，第1356页。
② 李延寿：《南史》，中华书局1975年版，第1463页。
③ 严可均辑：《全齐文》，商务印书馆1999年版，第718页。

之后，以之运用于诗歌声律的合成调配，正是力图为诗歌写作提供一种可以掌握的技巧。在这种技巧论背后，我们不难发现，文学的作用距离曹丕所期待的"经国之大业"已经渐行渐远，与刘宋时期王微所提倡的"文词不怨思抑扬，则流澹无味"也已有所不同。文学不用承担经国大业，也不必专注抒发内心的抑郁与哀伤，而是在一定程度上与个人仕途和家族荣誉捆绑，具有了较强的竞技性、装饰性与娱乐性。

二、情感的细俗通透

学者王钟陵认为，齐代诗歌"精致与庸俗并存"，并指出这种俗不同于鲍照之俗。鲍照之俗是一种寒士之俗，而沈约之俗，则是一种高等士族之俗，有没落之衰而无寒士之苦。① 对永明文学之俗，一般认为在于文人多写阿谀应诏、咏物唱和以及男女之情的乐府之作，尤其是创作咏物、游戏、女色诗，格调不高。在笔者看来，这些所谓的无聊之作并不是诗人追求的重心。南齐一朝，皇室多关心文学。这个时期的君主藩王都爱在公开场合与朝臣赋诗论诗，皇族宴饮赋诗比刘宋时期更为频繁。《南齐书》卷二《高帝纪》载：

> 戊申，车驾幸宣武堂宴会，诏诸王公以下赋诗。②
> 己亥，车驾幸乐游苑宴会，王公以下赋诗。③

《南齐书》卷三《武帝纪》：

> 八月丙午，车驾幸旧宫小会，设金石乐，在位者赋诗。④

《南齐书》卷二十六《王敬则传》：

> 世祖御座赋诗，敬则执纸曰："臣几落此奴度内。"⑤

---

① 王钟陵：《中国中古诗歌史》，人民出版社 2005 年版，第 421 页。
② 萧子显：《南齐书》，中华书局 1972 年版，第 35 页。
③ 萧子显：《南齐书》，中华书局 1972 年版，第 36 页。
④ 萧子显：《南齐书》，中华书局 1972 年版，第 49 页。
⑤ 萧子显：《南齐书》，中华书局 1972 年版，第 484 页。

《南齐书》卷三十八《萧颖胄传》：

> 颖胄好文义，弟颖基好武勇，世祖登烽火楼，诏群臣赋诗。[1]

王融《三月三日曲水诗序》：

> 有诏曰：今日嘉会，咸可赋诗。凡四十有五人，其辞云尔。[2]

南齐自高帝萧道成以来，君王多次组织群臣赋诗。那些被认为无聊的应诏、咏物、女色之作，大多产生于这些侍宴陪游之时，他们在统治者和自己心目中都没有太高的地位。齐武帝萧赜告诫他的儿子萧子懋："及文章诗笔，乃是佳事，然世务弥为根本，可常记之。"[3] 齐武帝还说："学士辈不堪经国，唯大读书耳。经国，一刘系宗足矣。沈约、王融数百人，于事何用？"[4] 统治者如此看中政治才能，且明确表态文学创作不是坏事却也非世务之根本。对作家而言，那些颂美消遣、装点文化氛围的作品自然也不能完全代表他们的真实情感和对文学的真实态度。

纵览永明诗人的其他作品可以发现，文学创作在帝王心中虽不具有极其重要的地位，但对作者本人而言，仍然承载着他们执着的审美追求。永明诗人的文学审美标准，已经与元嘉诗人有所不同，不言其"富"而言其"清"。他们不仅在意语言的和谐动听，还强调情感的自然动人。元嘉诗作所呈现的深厚浓郁之情，此时已转为自然细俗。《南齐书·谢朓传》载：

> 朓道中为诗寄西府曰："常恐鹰隼击，秋菊委严霜。寄言蔚罗者，寥廓已高翔。"[5]

著名诗人谢朓在行旅途中所作的这首《暂使下都夜发新林至京邑赠西

---

[1] 萧子显：《南齐书》，中华书局 1972 年版，第 665 页。
[2] 严可均辑：《全齐文》，商务印书馆 1999 年版，第 124 页。
[3] 萧子显：《南齐书》，中华书局 1972 年版，第 710 页。
[4] 李延寿：《南史》，中华书局 1975 年版，第 1927 页。
[5] 萧子显：《南齐书》，中华书局 1972 年版，第 825 页。

府同僚诗》，已经是他诗歌中情感较为浓烈的诗作，其情感强烈程度也止于忧虑。谢朓早年曾在《七夕赋奉护军命作》中称赞他人作品"壮思风飞，冲情云上"①，他自己创作的一些以登高临远作为观察视角的诗作也颇有"壮思风飞，冲情云上"的风神，但这样的情感与谢灵运的深情烦躁或是鲍照的慷慨浓烈相比，已经柔和许多。永明时期另一位著名诗人王融，其诗作也具有情感细腻的特点。《古意二首》细腻地写出妇女思念丈夫的心情，最受人称赏。

　　当时最讲究声律的沈约，也非常重视文学中的情感，欣赏文质兼备的作品。在其最著名的文学评论作品《宋书·谢灵运传》中，沈约指出："若夫平子艳发，文以情变，绝唱高踪，久无嗣响。至于建安，曹氏基命，二祖陈王，咸蓄盛藻，甫乃以情纬文，以文被质。"高度赞扬张衡以及三曹作品文质兼备，批评东晋玄言诗缺乏"遒丽之辞"。"以情纬文"的赞美指出了建安诗文以抒情为主的倾向。沈约从文学发展史的角度，第一次总结出建安文学感情饱满的特色。他对建安文学的认同，他对清丽之美的追求，并不只在于音韵的流畅自然，还有情感的自然。虽然他自己认为掌握了诗歌创作中"四声"的调配规律，但又在《答陆厥书》中坦承："曲折声韵之巧，无当于义训，非圣哲立言之所急也。"承认诗歌的音声之美并不是文章写作的当务之急。在他的"三易说"当中，"易见事"为首而"易诵读"最末，可见内容的通俗易懂才是文学创作的关键。沈约之诗以"清怨"著称，于平淡中见韵味。如著名的《别范安成诗》：

　　　　生平少年日，分手易前期。及尔同衰暮，非复别离时。勿言
　　一樽酒，明日难重持。梦中不识路，何以慰相思！②

　　此诗写出了少年离别与老年离别之不同心境，人类在面临无奈离别之时那种复杂难言的情感，在此诗中以明白易懂之语言道出。"梦中不识路，何以慰相思"一语虽用典故，而与自身情感浑然一体，情感之细腻自

---

① 严可均辑：《全齐文》，商务印书馆1999年版，第234页。
② 陈庆元校笺：《沈约集校笺》，浙江古籍出版社1995年版，第399页。

然，为元嘉富丽之美所无。

　　至于永明诗作清丽之中所包含的"俗"，主要在于乐府诗作的题材。刘宋时期，鲍照、汤惠休大力写作乐府，已经为时人所轻视，如颜延之就认为是"委巷中歌谣"，不屑学习。钟嵘也指出鲍照诗"颇伤清雅之调。故言险俗者，多以附照"①，批评当时人学习鲍照，"次有轻薄之徒，笑曹、刘为古拙，谓鲍照羲皇上人，谢朓今古独步"②。萧子显更是在《南齐书·文学传论》中将鲍照的作品比为"五色之有红、紫，八音之有郑、卫"，③谓其艳俗。尽管受到争议，但鲍照诗歌的"险俗"却颇受欢迎。南朝乐府多为情歌，素来以风雅自居的士族阶层倾心于模拟乐府创作，颇慕"才秀人微"的鲍照。钟嵘《诗品》评沈约："详其文体，察其余论，固知宪章鲍明远也。"④ 文坛领袖沈约尚且学习鲍照，足见时人对"俗情"之喜好。齐末钟嵘虽然对沈约倾心于声律之经营颇为不满，但对受乐府民歌影响较深的文人，也颇为欣赏。如评谢惠连"工为绮丽歌谣，风人第一"⑤；评吴迈远"善于风人答赠"⑥；评鲍行卿"甚擅风谣之美"⑦。这些都说明，乐府民歌中的俗情，以其自然动人与清新明丽进入了士大夫的审美视野，成为其审美追求的一部分。

　　值得注意的是，南齐诗文依然追求形似，而且其题材由刘宋时期专情于山水扩展至动物、植物或室内静物。沈约称赞王筠为自己新建的阁斋所写的《草木十咏》"指物呈形，无假题署"⑧，王筠所作的《草木十咏》直接书写于壁上，"直写文词，不加篇题"。而沈约认为写得很逼真，一看便知所写何物，无需加题目，表现了他对形似的欣赏。刘宋时期，谢灵

---

① 严可均辑：《全梁文》，商务印书馆 1999 年版，第 604 页。
② 严可均辑：《全梁文》，商务印书馆 1999 年版，第 600 页。
③ 萧子显：《南齐书》，中华书局 1972 年版，第 908 页。
④ 陈延杰注：《诗品注》，人民文学出版社 1998 年版，第 52 页。
⑤ 陈延杰注：《诗品注》，人民文学出版社 1998 年版，第 46 页。
⑥ 陈延杰注：《诗品注》，人民文学出版社 1998 年版，第 69 页。
⑦ 陈延杰注：《诗品注》，人民文学出版社 1998 年版，第 75 页。
⑧ 姚思廉：《梁书》，中华书局 1973 年版，第 485 页。

运等人致力于立言尽象，不惜自造生僻词语来刻画外物之貌，虽然主观上是为了传达内心的深意，但效果上却使情、景分离。永明诗人在表现山水形似上，因为有着对自然圆融之美的自觉追求，山水诗作中的"景"和"情"都有了意象化的色彩。

"意象是一个既属于心理学，又属于文学研究的题目，在心理学中，'意象'一词表示有关过去的感受或知觉上的经验在心中的重现或回忆，而这种重现和回忆未必一定是视觉上的。""意象的功用在于它是感觉的'遗存'和'重现'。作为几个诗歌运动的理论家，庞德（E. Pound）对'意象'作了如下的界定：'意象'不是一种图像式的重现，而是'一种在瞬间呈现的理智与感悟的复杂的经验。'是一种'各种根本不同的观念的联合。'"[1] 由此反观永明诗歌，可以认为，永明诗人在山水形象的塑造上，已经有了将客体形象与主观感受融合的效果。以谢灵运与谢朓的作品为例。谢灵运《于南山往北山经湖中瞻眺诗》：

> 朝旦发阳崖，景落憩阴峰。舍舟眺回渚，停策倚茂松。侧径
> 既窈窕，环洲亦玲珑。俯视乔木杪，仰聆大壑淙。石横水分流，
> 林密蹊绝踪。解作竟何感，升长皆丰容。初篁苞绿箨，新蒲含紫
> 茸。海鸥戏春岸，天鸡弄和风。抚化心无厌，览物眷弥重。不惜
> 去人远，但恨莫与同。孤游非情叹，赏废理谁通！[2]

谢灵运此诗以"舍舟眺回渚"开始引出对南山与北山之间景色的描绘。"初篁苞绿箨，新蒲含紫茸。海鸥戏春岸，天鸡弄和风"几句，对春雨之后新笋出土、群鸟嬉戏的描绘颇有清新喜悦的气氛，但"侧径既窈窕，环洲亦玲珑。俯视乔木杪，仰聆大壑淙。石横水分流，林密蹊绝踪"几句则纯属对山水的临摹。最后以"抚化心无厌，览物眷弥重。不惜去人远，但恨莫与同。孤游非情叹，赏废理谁通"直抒胸臆，表达对美丽山水

---

① ［美］勒内·韦勒克、［美］奥斯汀·沃伦：《文学原理》（修订版），刘象愚等译，江苏教育出版社 2005 年版，第 211—212 页。
② 逯钦立辑校：《先秦汉魏晋南北朝诗》，中华书局 1983 年版，第 1172 页。

的留恋与世间情理难以理解的感慨。情、景、理之分隔较为显著，像这样的诗歌在谢灵运的山水诗作品中已属上乘之作。

谢朓对山水景物的描绘则有较大不同。如《郡内高斋闲望答吕法曹诗》：

> 结构何逶递，旷望极高深。窗中列远岫，庭际俯乔林。日出众鸟散，山暝孤猿吟。已有池上酌，复此风中琴。非君美无度，孰为劳寸心。惠而能好我，问以瑶华音。若遗金让步，见就玉山岑。①

这是一首临窗怀友的诗，诗中描绘了山峰、树木、飞鸟、猿猴等景物。我们可以看到，谢朓对它们的描绘都不那么精细，时空的跨度也比较大。"窗中列远岫，庭际俯乔林"，远山与近林仿佛只是一眼所及。"日出众鸟散，山暝孤猿吟"，日出与日落也在瞬息之间。最重要的是，这种视角重心在主体自己，是"我"在看这些景，而不是这些景在等待我的发现。谢灵运也写到类似的远山和树木，如《田南树园激流植援诗》中写道："卜室倚北阜，启扉面南江。激涧代汲井，插槿当列墉。群木既罗户，众山亦当窗。靡迤趋下田，迢递瞰高峰。"谢灵运将庭间、窗外的山水树木密集地展示在人们眼前，交代其方位形态，"我"自己的情感并不鲜明。相比之下，谢朓对山水的描绘不是伐山取道时刻意浏览式的"寓目辄书"，而是在日常生活的各种场合，以"我"的心境去看景。这种态度看到的景就不那么全方位了。同样在庭间窗中看景色，谢朓只写"众鸟散""孤猿吟"，不求全面而只求切合自己的心境。又如《移病还园示亲属诗》中写道："停琴伫凉月，灭烛听归鸿。凉薰乘暮晰，秋华临夜空。"因为生病幽居园中，所见为"凉月""凉薰""秋华"，所听为"归鸿"，这一切都属于黄昏夜空。"伫""听"等行为动词将"我"置身于所见所听之中，情语与景语不再那么泾渭分明，病中独居的疲惫凄凉，读之油然

---

① 逯钦立辑校：《先秦汉魏晋南北朝诗》，中华书局 1983 年版，第 1427 页。

而生。这种物我相融的诗句在谢朓诗中颇为常见。正如日本学者盐见邦彦在《大历十才子与谢朓》中所言:"谢朓诗的精神——着眼于努力将细致微妙的变化着的自然,衰亡下去的瞬间的事物,对逝去的美好而又可惜的时光之眷恋等,总之即纤细的精神具象化。"①"具象化"便是情感在山水形象中自然投射。形象与意象的建构过程都是语言运作的过程。一般认为,语言是人类发明的一种符号系统,作为一种共义化的符号系统,语言的含义所指是普通的、一般的,本身并不存在具体的感性含义,但形象是具体的、特殊的,所以,共义化的语言如何能形成个性化的形象被认为是一个理论难题。元嘉山水诗作努力以语言来塑造形象,已经显示出这种艰难,永明诗人以语言来塑造意象的方式的变化,使得作者和读者对文字"立象尽意"的可能有了真切的感受。这种差别正反映了永明审美观念的变化,在形象与情感之间,永明诗人不再追求丰富与全面,而是追求一种细腻通透的"清",追求用简练的篇幅迅速地传达当下的感受。虽然他们对意象的塑造是不自觉的,但表达效果是极为明显的,情感传达有效,作品的感染力迅速提升。这一时期的诗人在文学创作中几乎没有再表现出"言不尽意"的痛苦。亲自经历了永明新体诗风的钟嵘,以"文已尽而意有余"来定义诗歌之"兴",可见"立象"不但可以"尽意",而且还能创造"象"之外的"意",使得"意有余"。齐末刘勰《文心雕龙·定势》云:"赋颂歌诗,则羽仪乎清丽。"② 将清丽视为诗赋类作品的标准风格。钟嵘与刘勰的这些看法虽然没有直接说明来源,但任何审美认识都来自对作品的审美体验,他们对谢朓都是极为欣赏的。"清丽"作为一种审美范畴的确立,与永明诗人在创作上的积极探索相和。

---

① 转引自蒋寅:《大历诗风》,上海古籍出版社 1992 年版,第 27 页。
② 詹锳义证:《文心雕龙义证》,上海古籍出版社 1989 年版,第 1125 页。

第三节　大同之艳丽

永明诗风新变之后，南朝作者对文学之丽的追求愈发热情与自觉。永明时期所倡导的文风，在沈约逝世之后的普通年间已经有所转变，但再次以"新风"的面貌呈现出来，是在梁大同以后。梁简文帝萧纲所倡导的"宫体"文学的流行，标志着南朝文学审美意识又出现了新的变化。

萧纲是梁武帝第三子。《梁书》卷四《简文帝纪》载：

> 雅好题诗，其序云："余七岁有诗癖，长而不倦。"然伤于轻艳，当时号曰"宫体"。①

《梁书》卷三十《徐摛传》载：

> 摛文体既别，春坊尽学之，"宫体"之号，自斯而起。②

由史书的记载来看，"宫体"之兴，在萧纲未成为太子时已经兴起，代表人物是徐摛，只是在萧纲入东宫以后才风行。那么，究竟"宫体"是一种什么风格的诗歌呢？《隋书》卷七十六《文学传》云：

> 梁自大同之后，雅道沦缺，渐乖典则，争驰新巧。简文、湘东，启其淫放，徐陵、庾信，分路扬镳。其意浅而繁，其文匿而彩，词尚轻险，情多哀思。③

类似记载又见于《隋书》卷三十二《经籍志》：

> 梁简文之在东宫，亦好篇什，清辞巧制，止乎衽席之间，雕琢蔓藻，思极闺闱之内。后生好事，递相放习，朝野纷纷，号为宫体。流宕不已，讫于丧亡。陈氏因之，未能全变。④

---

① 姚思廉：《梁书》，中华书局1973年版，第109页。
② 姚思廉：《梁书》，中华书局1973年版，第447页。
③ 魏征等：《隋书》，中华书局1973年版，第1730页。
④ 魏征等：《隋书》，中华书局1973年版，第1090页。

"大同之后"，即萧纲入东宫的两年之后。魏征认为，"宫体"的特点是"意浅而繁"，"文匿而彩，词尚轻险，情多哀思"，或是"清辞巧制，止乎衽席之间，雕琢蔓藻，思极闺闱之内"，批判"宫体"作品题材的狭隘、文辞的雕琢和情感的浅薄。《梁书》卷四十九《庾肩吾传》则云：

> 初，太宗在藩，雅好文章士，时肩吾与东海徐摛、吴郡陆呆、彭城刘遵、刘孝仪、仪弟孝威，同被赏接。及居东宫，又开文德省，置学士，肩吾子信、徐摛子陵、吴郡张长公、北地傅弘、东海鲍至等充其选。齐永明中，文士王融、谢朓、沈约文章始用四声，以为新变，至是转拘声韵，弥尚丽靡，复逾于往时。①

魏征所撰《隋书》，用"淫放""轻险""止乎衽席之间"来形容"宫体"，认为是一种遍及朝野的文风，视之为亡国之音。姚思廉在《梁书》中只称"轻艳"，认为它是永明新变的继续，只不过是更为"丽靡"而已，宫体只是萧纲及其周围文人的文风，波及只在春坊。"淫放"或"轻艳"，其矛头都指向宫体诗作的艳情题材。

罗宗强先生指出，"宫体是一种文风，一种文学思潮，不能把它理解为写衽席之间、闺阁之内这种题材的一种诗"②。笔者认为，"宫体"所代表的是一种追求艳丽的审美新变意识。永明年间，沈约等人对诗歌声韵津津乐道，引以为"新变"，但对于文学性质的认识并未显示出多少新变色彩，而萧纲等宫体诗人的新变意识则尤为显著。萧纲《与湘东王书》云：

> 比见京师文体，懦钝异常，竞学浮疏，争为阐缓，玄冬修夜，思所不得，既殊比兴，正背风骚。……裴氏乃是良史之才，了无篇什之美。是为学谢则不届其精华，但得其冗长，师裴则蔑绝其所长，惟得其所短，谢故巧不可阶，裴亦质不宜慕。③

---

① 姚思廉：《梁书》，中华书局1973年版，第690页。
② 罗宗强：《魏晋南北朝文学思想史》，中华书局1996年版，第414页。
③ 严可均辑：《全梁文》，商务印书馆1999年版，第115页。

"比见京师"一语说明这封《与湘东王书》写于萧纲入主东宫之后。萧纲在此书开端公然批评京城文体"懦钝异常"。当时京师文体，除了被他视为"了无篇什之美"的裴子野一派，也还有元嘉体与永明体。书中又提出：

> 文章未坠，必有英绝，领袖之者，非弟而谁？每欲论之，无可与语，思吾子建，一共商榷。①

湘东王即萧纲之弟萧绎，萧纲鼓动萧绎与自己一起倡导新文风，倡导的途径是"辨兹清浊"，确立明确的标准。萧纲还热情推举萧绎为新诗风的领袖，实际上表现的是他自己的新变热情。应该说，萧纲试图通过文学批评来引导诗歌新变的意图是很明确的。

另一位宫体诗人萧子显的新变意识更为鲜明。《南齐书》卷五十《文学传论》云：

> 习玩为理，事久则渎，在乎文章，弥患凡旧。若无新变，不能代雄。②

明确提出"若无新变，不能代雄"的主张，认为只有文学创作只有进行新变才能有所突破。宫体诗人对艳丽之美的追求就是在这样的新变口号中展开的。

一、文辞之"巧"

所谓"巧"，即"工巧""精致"。《尚书·泰誓下》云："郊社不修，宗庙不享，作奇技淫巧以悦妇人。"孔颖达疏曰："淫巧，谓过度工巧。二者大同，但技据人身，巧指器物为异耳。"③ 追求文辞修饰之工巧精致，是文学作品呈现艳丽之美的重要成分。具体而言，包括几方面的内容。

---

① 严可均辑：《全梁文》，商务印书馆1999年版，第116页。
② 萧子显：《南齐书》，中华书局1972年版，第908页。
③ 《十三经注疏》，上海古籍出版社1997年版，第182页。

其一，声韵要工巧。

姚思廉指出，"宫体"是"永明体"的继续，只是"转拘声韵，弥尚丽靡，复逾于往时"。"转拘声韵"是永明体的核心内容，但永明诗人对诗歌声韵只求抑扬和谐，宫体诗人则要求格律精致。萧纲在《与湘东王书》一文中大批京师文体"儒钝""浮疏""阐缓"，都是对诗歌语言的批评。其《劝医论》云：

> 又若为诗，则多须见意，或古或今，或雅或俗，皆须寓目，详其去取。然后丽辞方吐，逸韵乃生，岂有秉笔不讯，而能善诗，塞况不谈，而能善义？①

萧纲用"丽辞"和"逸韵"来描述诗歌的特征。"丽辞"较为常见，"逸韵"却是一个较为新颖的词，表现了萧纲对诗歌的声调、音韵的重视。在《临安公主集序》中，萧纲称赞对方创作"文同积玉，韵比风飞"。《答新渝侯和诗书》一文赞赏对方所作的三首诗歌"风云吐于行间，珠玉生于字里"。"珠玉"正是比喻对方诗作音律的动听。

同时代的萧子显在《南齐书·文学传论》中提出，文学应当"言尚易了，文憎过意，吐石含金，滋润婉切。杂以风谣，轻唇利吻，不雅不俗，独中胸怀"。"吐石含金"以及"轻唇利吻"就是对诗歌音律上的要求。从他们对诗歌声律的形容来看，宫体诗人对诗歌声律之美已经不满足于永明体"前有浮声，后需切响"，而是更自觉的追求乐律之美。学者刘跃进在《永明文学研究》一书中对宋、齐、梁的部分诗人诗作作了一次统计，结果是严格律句在全部诗句中所占比重呈上升趋势，颜、谢占35%，王融占58%，沈约占63%，谢朓占64%，萧纲兄弟占70%。这说明宫体诗人在声律的追求上更加讲究，声调的协和动听在宫体诗创作中绝对是美文的必备条件。

其二，用词要华美。

---

① 严可均辑：《全梁文》，商务印书馆1999年版，第120页。

魏征批评宫体诗歌"雕琢蔓藻",姚思廉也指出宫体诗歌"弥尚丽靡"。讲究文辞的华美,也是工巧的重要内容。从宫体诗的创作来看,所谓的"蔓藻"与"丽靡",主要表现为在诗歌中堆砌华美的词语。如萧纲《和湘东王名士悦倾城诗》:

> 美人称绝世,丽色譬花丛。经居李城北,住在宋家东。教歌公主第,学舞汉成宫。多游淇水上,好在凤楼中。履高疑上砌,裾开特畏风。衫轻见跳脱,珠概杂青虫。垂丝绕帷幔,落日度房栊。妆窗隔柳色,井水照桃红。非怜江浦佩,羞使春闺空。①

"宋家东"出自宋玉《登徒子好色赋》中的"东家之子",暗指萧纲所描绘的这位艳丽如花的美人出身豪门。接着展示这位美女的舞蹈特长和着装以及居住环境。她出入豪华的宫廷,有着精湛的舞技,流连于"凤楼""淇水"之间,服饰轻盈华贵,闺房"垂丝绕帷幔",四周花红柳绿。

又如《和徐录事见内人作卧具诗》:

> 密房寒日晚,落照度窗边。红帷遥不隔,轻帷半卷悬。方知纤手制,讵减缝裳妍。龙刀横膝上,画尺堕衣前。熨斗金涂色,簪管白牙缠。衣裁合欢褶,文作鸳鸯连。缝用双针缕,絮是八蚕绵。香和丽丘蜜,麝吐中台烟。已入琉璃帐,兼杂太华毡。且共雕炉暖,非同团扇捐。更恐从军别,空床徒自怜。②

此诗写妻子夜晚缝制卧具,华丽的辞藻更为密集。整个卧室色彩斑斓,"红帷遥不隔","熨斗金涂色,簪管白牙缠",使用的缝制工具以及卧室内的用具、寝具也无一不是精致豪华的,室内还弥漫着名贵香料的气息。在宫体诗人的诗作中,对美人的描绘必定与华服美景等优美华丽的事物相毗连,成为"丽靡"的"雕琢蔓藻"。

其三,构思要新巧。

---

① 逯钦立辑校:《先秦汉魏晋南北朝诗》,中华书局 1983 年版,第 1938 页。
② 逯钦立辑校:《先秦汉魏晋南北朝诗》,中华书局 1983 年版,第 1939 页。

宫体诗多为咏物与艳情，咏物又多咏女性。由于宫体作品多着力于描绘人物所处的室外环境、室内陈设或所咏对象的材质、形状或体态，其创作动因通常不来自情感的触动，这种作品要体现构思之"巧"，只能靠作者在大篇幅的描绘之后设法从静态的"物质"回归到动态的"精神"。例如萧纲的《戏赠丽人诗》：

> 丽妲与妖嫱，共拂可怜妆。同安鬟里拨，异作额间黄。罗裙宜细简，画屧重高墙。含羞未上砌，微笑出长廊。取花争间镊，攀枝念蕊香。但歌聊一曲，鸣弦未肯张。自矜心所爱，三十侍中郎。①

全诗十四句，前十二句都在描绘这位"丽人"梳妆打扮等行为。只有最后一句"自矜心所爱，三十侍中郎"，揭示出她的心思，原来所有的准备都是为了等待意中人的到来。"宫体诗大都具有这样的篇章结构：诗的前半部分围绕女性进行描摹，环境、服饰、容貌、姿态，后半部分试图一改前面的堆砌，显示出兴奋点。"② 也就是说，宫体诗人多选择在大规模的描摹程序之后，以叙事或抒情的笔调来点明一点"思"与"意"，诗人要表现的"巧意"也通常就在这一部分。

二、情性之"放"

陆机《文赋》云"诗缘情而绮靡"，暗示了情感类型对作品语言风格的决定性作用。宫体作品既被史家评为"轻险""丽靡"，自然与作品情感基调的放荡有必然联系。所谓"放"，即放纵，不受约束。《汉书·东方朔传》："指意放荡，颇复诙谐。""放荡"即是无拘无束地表达自己的情感。宫体诗人好作艳情之诗，但艳情并不是宫体诗作唯一的感情。萧纲《答张缵谢示集书》云：

---

① 逯钦立辑校：《先秦汉魏晋南北朝诗》，中华书局1988年版，第1939页。
② 胡大雷：《宫体诗研究》，商务印书馆2004年版，第170页。

至如春庭落景，转蕙承风，秋雨且晴。檐梧初下，浮云生野，明月入楼。时命亲宾，乍动严驾，车渠屡酌，鹦鹉骤倾，伊昔三边，久留四战，胡雾连天，征旗拂日，时闻坞笛，遥听塞笳，或乡思凄然，或雄心愤薄。是以沉吟短翰，补缀庸音，寓目写心，因事而作。[1]

其中提到诗赋创作的多种内容，认为各种各样的外界景物与事物都能引发创作欲望。"春庭落景，转蕙承风，秋雨且晴。檐梧初下，浮云生野，明月入楼"为自然景物；"时命亲宾，乍动严驾，车渠屡酌，鹦鹉骤倾"为亲友宴集；"伊昔三边，久留四战，胡雾连天，征旗拂日，时闻坞笛，遥听塞笳，或乡思凄然，或雄心愤薄"为军旅边塞，着墨最多，并没有提及男女之情。可见"宫体"不仅仅是艳情题材，还有咏物、边塞等题材。"萧纲和其他所谓宫体诗人，并非只作宫体诗，他们更有大量作品，以游宴、登临、行旅、赠答、时令等为题材，与宫体诗派以外的诗人并无什么区别。"[2] 但萧纲在《答新渝侯和诗书》一文中又说：

垂示三首，风云吐于行间，珠玉生于字里，跨蹑曹、左，含超潘、陆。双鬟向光，风流已绝，九梁插花，步摇为古。高楼怀怨，结眉表色，长门下泣，破粉成痕。复有影里细腰，令与真类，镜中好面，还将画等，此皆性情卓绝，新致英奇。故知吹箫入秦，方识来凤之巧；鸣瑟向赵，始睹驻云之曲，手持口诵，喜荷交并也。[3]

新渝侯即号称"东宫四友"之一的萧暎，他给萧纲看的三首和诗，写的都是女子的容貌、体态、服饰以及愁怨。萧纲称赞这样的诗作是"性情卓绝"的，而且"新致英奇"，是"吟咏性情"的杰出作品。这又说明，在引发创作欲望的情感中，还有男女之情。在各种情性中，男女之情

① 严可均辑：《全梁文》，商务印书馆1999年版，第114页。
② 王运熙、杨明：《论萧纲的文学思想》，《文学评论》1991年第2期。
③ 严可均辑：《全梁文》，商务印书馆1999年版，第115页。

无疑最具有"感荡心灵"的力量。萧纲明确倡导"文章且须放荡",虽然他没有限定"放荡"的范围,但从他自己的实际创作来看,在他现存的294首诗歌中,有112首是写妇女或男女情怀,占了差不多40%,这还不包括那些咏物而涉及男女情怀的诗作。其他宫体诗人如徐摛、庾肩吾、萧子显、萧绎等人的作品的题材和艺术特点也大抵如此,他们作品中所表现的"情性",旨趣重点乃在男女艳情。

歌咏女性或是男女之情,在宫体诗人之前的文人诗歌创作中,并不乏先例。例如《诗经·国风》中就有不少表现男女欢会的作品。《卫风·硕人》就是描绘女性的名篇。屈原作品多自比女性,宋玉之《神女赋》更是开创了以铺陈之法描摹女性的历史。此后描绘女性或者吟咏男女之情一直不乏创作者。何以宫体诗人以自己的艳情创作为抒情的新变?学者胡大雷指出,宫体诗人对艳情的抒发与先秦以来各个时期都有所不同。在宫体诗出现之前,类似题材的作品的抒情都属于"教诲式的抒情",那样的诗作并不试图引导人们去观赏女性美貌与男女交往,甚至是以美色为烦恼,其导向是严肃的道德教诲。而南朝宫体诗的抒情是一种"诱惑式的抒情"。这种情感的抒发是通过引导人们观赏美色这一中间环节来实现的。这种诱惑式的抒情以宫体诗作中总是有意将美色引向床帷之间为典型。学者胡大雷认为,"引向床帷之间确实是男女交往在某种程度上的深化,但这不是情感的深化,也不会成为诗歌情感抒发的深化。当男女交往缺乏现实内容时,或许诗人以为引向床帷之间就是深化情感抒发的方式"①。因此,追求情感之"放",亦即完全不受道德传统的束缚,自由体验情感(尤其是男女之情)的本色,这就是宫体诗人在情感抒发上引以为"新"的地方。正因为这一点,在中国古代,宫体诗风基本上没得到什么好名声,历代评价基本沿袭魏征等唐代史官的贬斥意见。近代以后,研究者对宫体诗风进行了更全面的梳理,评价始终褒贬不一。贬斥者如章炳麟在《国故论衡》中批评宫体是"床笫之言,扬于大庭"。范文澜说:"梁陈诗

---

① 胡大雷:《宫体诗研究》,商务印书馆2004年版,第156页。

人敢于说出真性情，虽然这种真性情多是污秽的。"① 褒扬者则认为，宫体诗"写自然景色的美、歌舞的美、人体的美等等，就成为一时的风尚，遭人诟病的宫体诗，就是这样一种致力于创造美的文学"②。新时期以来，学者从文学自身的继承发展、人性的需求、乐府民歌的影响、佛教妇女观的影响以及政治斗争的需要等各个方面分析宫体诗的产生，对宫体诗人倾心于男女艳情创作的评价也日益客观。

　　笔者认为，对宫体诗具体创作的评价与宫体诗人所提出的新变理论的评价应当有所区别。宫体诗歌的创作在文辞技巧上展示了诗人强大的艺术创新力，只是由于时代局势与生活环境的局限，其境界难以打开。正如曹道衡先生所言，"在创作倾向上，宫体诗不值得肯定。诗歌并不一定要看到社会生活，但如果看不到一丝性情，则其价值就值得商讨了。前人用浮艳、卑弱来形容宫体，其实那些真正下流、色情的诗歌在宫体诗中为数甚少，一些闺怨、宫怨、离别、相思之作也不是全无血性，但是终究给人轻浅之感，咏物诗也大多是命题分咏，不具备积极的意义。内容的贫乏肤浅是宫体诗歌的致命弱点"③。宫体诗风的蔓延也确实带来了不良的社会效果，即"文艳用寡，华而不实，体穷淫丽，义罕疏通，哀思之音，遂移风俗"④。但笔者认为，宫体诗除了文辞修饰上的成就，就艳情一体而言，也并非一无可取。从刻画女性的题材来说，宫体诗歌中的舞女、歌女、嫔妃、倡女本是当时生活中真实的群体，宫体诗人以玩赏或幻想的心态去描绘这些女性，恰恰是对南朝女性群像的一种塑造。宫体文学爱好者对历史上的陈皇后、班婕好、王昭君、卓文君等真实的女性人物，或高唐神女、弄玉、织女等传说中的女性人物，也一律从女性的生理和心理特征去加以幻想、吟诵，这种看起来将女性姿态的描绘导向男女交往的特点未必不是这些女性的真实情态。在女性缺乏人格独立或有所图谋的时候，无论舞女

---

① 范文澜：《中国通史简编》第二编，人民文学出版社1964年版，第413页。
② 章培恒：《关于魏晋南北朝文学的评价》，《复旦大学学报》1987年第1期，第85页。
③ 曹道衡、沈玉成：《南北朝文学史》，人民文学出版社1991年版，第243页。
④ 李延寿：《南史》，中华书局1975年版，第252页。

歌姬还是贵族千金，企图以美色诱人何尝不是这些女性自己的本色追求或刻意选择？将宫体文学中的女性描写一概归之于男性作家因宗教引导或体验缺失而做出的过度幻想是不够客观的。

宫体诗人在创作过程中所提出的新变理论，比文学创作本身有更值得肯定的价值。

首先，新变理论张扬了文学的娱乐性。

对文学功能的认识，先秦以来一直交织着两种意见：一是教化论，二是审美论。

两汉时期，对文学功能的认识以教化论为重心。教化论脱胎于先秦诗教理论，孔子云："《诗》可以兴、可以观、可以群、可以怨。"这种对《诗经》功能的认识对后世文学教化论的形成影响很大。孔子之"群"，是"互相帮助，共同提高"，"怨"乃是"批评讽刺"，无论"群""怨"，均来源于政治，人的情绪只因国家的治或乱而起。因此，教化论非常强调文学的实用性质，"是一种直接的、功利的政治价值判断"。而教化论所使用的概念如"美刺""比兴"之类，"是汉人从《诗经》研究中承袭得来的，然后又用来评价以辞赋为代表的当代文学"。① 当时人将赋视为"古诗之流"，对赋的功能也着眼于是否通于古诗之讽谏。

当时人对辞赋审美之功能也有所认识，如《汉书》卷六十四《王褒传》载：

> 上（汉宣帝）令褒与张子侨等并待诏，数从褒等放猎，所幸宫馆，辄为歌颂，第其高下，以差赐帛。议者多以为淫靡不急，上曰："'不有博弈者乎，为之犹贤乎已！'辞赋大者与古诗同义，小者辩丽可喜。辟如女工有绮縠，音乐有郑、卫，今世俗犹皆以此虞说耳目，辞赋比之，尚有仁义风谕，鸟兽草木多闻之观，贤于倡优博弈远矣。"顷之，擢褒为谏大夫。②

---

① 刘明今：《中国古代文学理论体系·方法论》，复旦大学出版社 2000 年版，第 67 页。
② 班固：《汉书》，中华书局 2005 年版，第 2134—2135 页。

在大多数人都认为辞赋是"淫靡不急"的时候,汉宣帝加以维护,认为辞赋"大者与古诗同义,小者辩丽可喜","尚有仁义风谕,鸟兽草木多闻之观",比博弈等娱乐游戏强得多。汉宣帝在游猎之时命令王褒等文学侍从作赋,实际上并不是认为辞赋具有与朝政相关的重大意义。只是一种助兴。"辩丽可喜"一语已经指出了辞赋在审美上的作用。

教化论本身是有其存在合理性的,传统诗教理论认为诗可以兴、观、群、怨,甚至是认识客观世界、外交、修身的必要工具。就当时《诗经》的性质来说,《诗经》兼具历史文献与文学作品等多重性质,的确能实现那样的功能。但辞赋不同,"辞赋大者与古诗同义"的现象并不常见,也不可能实现,"辩丽可喜"才是辞赋实际上的功能。当这种功能逐渐为人所察觉,文学的价值也随之受到否定。如扬雄在意识到文学只不过是供君王的愉悦之物,辞赋作者的地位与倡优并无大异之后,"辍不复为",斥之为"雕虫篆刻",并指出"文丽用寡,长卿也"。因此,在汉代,尽管人们对辞赋的审美功能有明确的认识,在价值上却并没有给予肯定,还将审美与实用的功能对立起来。

东汉依然如此。王符《潜夫论·务本》云:"诗赋者,所以颂善丑之德,洩哀乐之情也,故温雅以广文,兴喻以尽意。"[1] 还是以功利角度看待有明显审美特性的赋。文学之审美功能与文学的教化功能在价值判断上仍以对立的姿态存在。王充直接提出文学的审美功能在价值上低于实用功能。《论衡·定贤》篇云:"以敏于赋颂,为弘丽之文为贤乎?则夫司马长卿、扬子云是也。文丽而务巨,言眇而趋深,然而不能处定是非,辩然否之实。虽文如锦绣,深如河、汉,民不觉知是非之分,无益于弥为崇实之化。"[2] 揭示了汉赋华美而无益于实用教化的悖论。扬雄、王充等人认识到辞赋在现实社会中不可能担当重要的讽喻教化作用,因而贬低辞赋。看到辞赋的非实用性而轻视它,这种审美态度在本质上仍然是认同教化功

---

① 汪继培笺:《潜夫论笺校正》,彭铎校正,中华书局1985年版,第19页。
② 黄晖撰:《论衡校释》,中华书局1990年版,第1117页。

能的。

东汉时期出现的鸿都门学，一度彰显着文学的娱乐气质。鸿都门学是最早专门招揽"能为文赋者"与"为尺牍工书鸟篆者"的部门。像汉灵帝那样大规模、大范围地召集文学艺术人才，是历史上不曾有过的现象。这一部门的设立极大地提高了文学艺术人才的地位。但这种地位是因为他们被任用的"刺史""太守""尚书""侍中"等官职而得到证明。而作为文人本身，却仍得不到尊重和认同。这都是因为他们所做的事情是以讲故事等方式取悦皇帝。这种越级待遇对大部分无法认同文学娱乐价值的官员来说是过分的，所以鸿都门学所遭受的负面评价特别多。

文学实践没有因为人们主观上渴望文学承担起教化功能就向着教化的方向创作。文学创作本来也就不是只有教化这一种目的，文学最初也不是只承担着纪实与教化的责任的，也有娱乐的传统。如宋玉接受楚襄王的委托作《神女赋》《高唐赋》等，就已经展示了作赋助兴的娱乐功能。五言诗在汉末蓬勃兴起，文学创作更是逐渐成为个人行为。《古诗十九首》作为典型的抒情之作被诗人奉为圭臬，魏晋时期的诗赋创作都以抒发个人情感为主，即使是政治抒情诗也常常不带有政治教化的目的。西晋张华《答何劭诗》其一云："良朋贻新诗，示我以游娱。"[1] 将诗赋创作视为娱乐的形式。

在文学的娱乐性质有所彰显的事实面前，魏晋时期，文学的实用教化功能与审美娱乐功能有所调和。文论者对文学功能的认识普遍交织着实用教化和审美娱乐两方面。曹丕云"盖文章，经国之大业，不朽之盛事"，[2]同时在《与吴质书》中又问吴质："顷何以自娱，颇复有所造述否？"[3]《三国志·魏书·鲍勋传》载，曹丕曾经问臣下："猎之为乐，何如八音？"[4] 萧涤非先生在《汉魏六朝乐府文学史》中指出："文帝视乐府，实

---

① 逯钦立辑校：《先秦汉魏晋南北朝诗》，中华书局 1983 年版，第 681 页。
② 严可均辑：《全三国文》，商务印书馆 1999 年版，第 83 页。
③ 严可均辑：《全三国文》，商务印书馆 1999 年版，第 67 页。
④ 陈寿：《三国志》，中华书局 1982 年版，第 385 页。

在是与田猎游戏之事无异。"① 可见曹丕也对文学的愉悦性有所意识，只是主要针对乐府创作。又如曹植《与丁敬礼书》云："顷不相闻，覆相声音，亦为怪。故乘兴为书，含欣而秉笔，大笑而吐辞，亦欢之极也。"② 对创作表示了热爱，同时又认为"辞赋小道"，表示轻视。杨修《答临淄侯笺》劝慰曹植云："若乃不忘经国之大美，流千载之英声，铭功景钟书名竹帛，斯自雅量，素所畜也，岂与文章相妨害哉？"③ 认为文章与经国大业乃是两回事，并不需要因为文章不能实现社会意义而焦虑，而是应当视为一种"雅量"。此外，陆机《文赋》指出文学创作有愉悦的作用，"伊兹事之可乐，固圣贤之所钦"，同时也强调了文章对"济文武于将坠，宣风声于不泯"的社会教化功能。葛洪《抱朴子》卷三十二《尚博》中指出，当时有人批评著书立说没有现实意义，所谓"著述虽繁，适可以骋辞耀藻，无补救于得失，未若德行不言之训"，④ 但葛洪对此观点的回应是"德行"与"文章"各有其价值，毕竟德行是一种行为，一旦有所表现就很容易判断出高下，但"文章微妙，其体难识"，"易见者粗也，难识者精也"⑤。他个人认为富含深意的文章著述比只需要眼睛就能判断的道德行为更有价值。

由此可见，文学创作的实际虽然已经远离政教，日益凸现着自己的审美力量，但理论上的肯定却总是落后于文学创作的实践。魏晋文论者对文章经国教化的作用给予很高的评价，虽然他们没有因此而贬低文学的审美娱乐功能，但也没有完全肯定审美娱乐功能的价值。

在汉代，虽然统治阶级中有许多人士爱好来自民间的俗乐，尤其爱好那种情感激荡的悲歌苦调，但儒家文艺思想稳居统治地位，这些审美思想是遭受正统思想压抑的。这种对于强烈情感的审美追求在汉代始终未能作

---

① 萧涤非：《汉魏六朝乐府文学史》，人民出版社 1998 年版，第 123 页。
② 严可均辑：《全三国文》，商务印书馆 1999 年版，第 161 页。
③ 严可均辑：《全后汉文》，商务印书馆 1999 年版，第 528 页。
④ 杨明照校笺：《抱朴子外篇校笺》（下），中华书局 1991 年版，第 106 页。
⑤ 杨明照校笺：《抱朴子外篇校笺》（下），中华书局 1997 年版，第 617 页。

为一种明确的审美理想表达出来。随着社会生活的日益丰富，原来通常由歌舞来实现的娱乐功能也逐渐传染给了文学创作，使文学创作成为人们娱乐生活的形式之一。这一功能也正在南朝文学创作现实中逐渐加强。至于梁陈出现的宫体诗，更只是供宫廷娱乐之用。南朝的文学创作无论从哪一个角度辩护，都已经无法承担太多的社会责任，尽管在各种文体中，我们还是能找到一些宣扬政治教化的作品，但是对大部分作品而言，已经朝着唯美化、贵族化的趣味迅速发展，梁代后期，文坛上几乎只剩下萧纲一派的作品了。

文学创作实际中的娱乐趋势既然一直在延续，而且愈演愈烈，势必需要理论上的认同。南朝文论者几乎就是文学创作的实践者，他们自然对文学之娱乐功能给予了最大程度的肯定。萧纲《诫当阳公大心书》云：

> 立身之道，与文章异，立身先须谨重，文章且须放荡。[1]

这里的"放荡"一词，是无所拘束之意，他认为做人应当谨慎，写文章则根本不需要有任何的束缚。这种思想很锐利，他完全摆脱了传统思想中，"文风"必然与"德行"相关联的僵化因素。因此，萧纲虽然醉心于在诗歌中描摹女色与男女之情，却不认为应当这样生活。《梁书·简文帝纪》载：

> 初，太宗见幽絷，题壁自序云："有梁正士兰陵萧世缵，立身行道，终始如一，风雨如晦，鸡鸣不已。弗欺暗室，岂况三光，数至于此，命也如何！"[2]

萧纲认为自己的一生始终谨慎行事，落到囚禁之境地实在是命中注定。故明代张溥在《梁简文帝集题词》中认为，萧纲"立身先须谨重，文章且须放荡"之语是"其生平所处也"。[3] 宫体诗风的创始者徐摛也是

---

① 严可均辑：《全梁文》，商务印书馆 1999 年版，第 113 页。
② 姚思廉：《梁书》，中华书局 1973 年版，第 108 页。
③ 张溥编选：《汉魏六朝百三家集》，江苏古籍出版社 2002 年版，第 165 页。

如此。《梁书》卷三十《徐摛传》载：

> 摛文体既别，春坊尽学之，“宫体”之号，自斯而起。高祖闻之怒，召摛加让，及见，应对明敏，辞义可观，高祖意释。因问《五经》大义，次问历代史及百家杂说，末论释教。摛商较纵横，应答如响，高祖甚加叹异，更被亲狎，宠遇日隆。①

徐摛是萧纲文风的启蒙人物。虽然他文风轻艳，一度受到梁武帝责难，然而同时也精通经典百家，为人谨重，进而日益受到武帝赏识。将做人与作文分别对待，这应当是宫体诗作者普遍的人生准则。在他们看来，他们并不逃避社会责任，只是认为这不是诗歌所应当承担的，诗歌只需“吟咏情性”，无拘无束地表达自己的喜好而已。因此，在理论上提出将作文与做人相区别，张扬了文学自身的独立性质。由于这种独立性，文学就与经国教化没有了必然的因果关系，这种思想无疑是合理的。

但是，为何文学创作又“且须放荡”呢？这就与他们对待自己创作的态度有关了。为了宣扬宫体新风，萧纲组织人员编选了诗集《玉台新咏》，专选“艳诗”。其中的《玉台新咏序》虽是徐陵所作，也代表了萧纲的意思。从序中，我们可以发现“文章且须放荡”的原因。《玉台新咏序》和一般的序不同，不开门见山的谈编书之缘由、体例，而是描写后宫丽人居室、体貌、歌舞、才情之美。用形象的描绘、象征的手法与骈丽的文字来表现编选主张。徐陵在综合历代佳人之美的基础上，虚构了一位“倾国倾城，无对无双”的绝代“丽人”，她色艺俱全，“妙解文章，尤工诗赋”，但生活日渐无趣。《玉台新咏序》云：

> 虽复投壶玉女，为欢尽于百娇；争博齐姬，心赏穷于六箸。无怡神于暇景，惟属意于新诗。庶得代彼皋苏，蠲兹愁疾。……撰录艳歌，凡为十卷。②

① 姚思廉：《梁书》，中华书局1973年版，第447页。

② 严可均辑：《全陈文》，商务印书馆1999年版，第378页。

序中所虚构的佳丽们，将写诗和赏诗都视为闺阁之中的一种消遣，此书的编撰也主要供消闲娱乐之用。这就说明，文章之所以可以"放荡"，正在于它的娱乐性。宫体诗作的题材无外乎酬唱、闲适、游乐、妇人，的确显示了较强的娱乐性，宫体诗人追求文学情感的无所拘束，甚至在创作以诱惑性情感为主的女色诗时，完全没有道德负担，都是以娱乐的态度为心理支撑的。从某种意义上来说，渴望创作不需要受到束缚是"宫体诗"写作的理论诉求，认可了这种人、文相分的思想，就更能促进"宫体诗"写作的自由。因此，萧纲高调提出为文与为人分开的观点，就是将文学定位于娱乐的结果。

从当时的社会风气来看，文学要承担起社会责任已经不可能。梁陈时期，风俗奢靡，史书有许多记述。如《梁书》卷三十八《贺琛传》记载贺琛上奏说：

> 今之燕喜，相竞夸豪。积果如山岳，列肴同绮绣。露台之产，不周一燕之资，而宾主之间，裁取满腹，未及下堂，已同臭腐。又歌姬舞女，本有品制，二八之锡，良待和戎。今畜妓之夫，无有等秩，虽复庶贱微人，皆盛姬姜，务在贪污，争饰罗绮。故为吏牧民者，竞为剥削，虽致赀巨亿，罢归之日，不支数年，便已消散。盖由宴醑所费，既破数家之产；歌谣之具，必侯千金之资。所费事等丘山，为欢止在俄顷。乃更追恨向所取之少，今所费之多。如复傅翼，增其搏噬，一何悖哉！其余淫侈，著之凡百，习以成俗，日见滋甚，欲使人守廉隅，吏尚清白，安可得邪！①

贺琛指出，皇室之中，互竞奢华，不分等级，均肆意蓄养歌姬舞女，为官者更是依靠贪污追求享受，"其余淫侈，著之凡百，习以成俗，日见滋甚"。在这样的社会风气下，文学创作有什么能力宣扬教化，拯救社

---

① 姚思廉：《梁书》，中华书局 1973 年版，第 544 页。

会？诗歌自身也成为娱乐的一部分。"与北方文学传统相比，南方抒情有两个特点十分突出。一则，身——抒情主体从家、国及天下的连锁关系中抽取出来，如前所述，描绘心理变化的语词通贯于政治、道德、卫生、养生等层面。……南人抒情纯粹是个体行为。……南土即是在汉代，也缺乏深广的经学土壤，至南朝尤甚。"①"宫体"之日渐风行，正是整个社会流行享乐之风以及南方特有的抒情特点的折射。身为统治者，萧纲倡导"立身之道与文章异"，正是希望人们不要将作品中的趣味与他个人的生活作风等同。不仅是在那样的社会风气下，诗歌创作承担重大社会责任不可能，即是在风气清明的时代，以抒情为本质的诗歌也不具备承担社会责任的力量。"文学是很个人的东西，承担不了太多的社会责任。"②当诗歌无法承担社会责任的时候，萧纲独立出文学的娱乐价值，不去与教化相提并论，这种将文学向娱乐性方向的调整其实是进步的。而且，重视文学的娱乐性本是与认可文学的审美价值相关联的。"艺术之所以为艺术，其根本特征和价值根源在于审美。审美价值是艺术的其他社会价值的安身立命之所。……但审美价值绝非艺术的惟一价值，在艺术的审美价值之中，就同时包含着艺术的其他价值。"③在宫体诗人以娱乐的态度来从事诗歌创作的时候，他们对艳丽之美的各种实践也是为了满足自己对文学之美的审美需要。

实用教化的文学观是儒家的文艺观，其产生以来一直是官方文艺观，要突破这种文艺观，对文学的娱乐性做出价值肯定，显得格外艰难。而且《诗经》与《楚辞》作为中国文学的源头，起点就是将抒情与崇高的道德追求合而为一的，《诗经》中明明存在不少咒语式的痛快淋漓的发泄抒情诗歌，《楚辞》中更有明显用于欢宴场合的娱乐文字，可是由于经典的地

---

① 汪春泓：《论南朝文学之抒情》，见南开大学文学院中文系编：《魏晋南北朝文学与文化论文集》，南开大学出版社 2002 年版，第 125 页。

② 张抗抗：《你是先锋吗？——张抗抗访谈录》，文汇出版社 2002 年版，第 7 页。

③ 敏泽：《"纯审美论"辨析》，见敏泽：《文化·审美·艺术：论文三辑》，山西人民出版社 2002 年版，第 284—285 页。

位以及屈原为人公认的高尚品格，文学的娱乐功能一开始就输给了道德力量。在南朝，希望文章有补于世的儒家审美观念也没有被文论者正式抛弃。南朝裴子野高扬复古旗帜，鼓吹文学的教化功能。萧统、萧纲也说过少量诗歌与政教相关的话，如萧统《文选序》云："《关雎》《麟趾》，正始之道著；《桑间》《濮上》，亡国之音表。"萧纲《昭明太子集序》："文籍生，书契作，咏歌起，赋颂兴，成孝敬于人伦，移风俗于王政。"① 不过，从刘宋到梁陈，作者们重新追求文学之"丽"，从形式的日趋精致到情感的无所拘束，文的地位高于笔。文学之实用教化的功能日益淡出了人们的审美视野，教化与审美的地位也随之改变。作家们对文辞的雕琢修饰的普遍喜好反映了时人对文学审美作用的肯定。

　　整个南朝，文学创作成为贵族青年的普遍爱好，文学创作也完全成为自由抒发个人情感的工具，虽然这种"个人情感"在文学集团频繁进行集体创作的风气下有时会表现为群体的情感。但伴随着对这种文学性质理解的深化，南朝对文学功能与价值的认识发生了巨大的变化。文论者对文学功能的认识重心已经转向了文学对个人之审美娱乐作用。文学之审美娱乐的作用得到了文论者的普遍肯定。钟嵘认为，诗歌的作用在于"使穷贱易安，幽居靡闷"，将诗歌价值定位于个人的情感的抒发与满足。萧统《文选序》指出，各体好文章都给人以美的享受，"譬陶、匏异器，并为入耳之娱；黼、黻不同，俱为悦目之玩。"梁简文帝更是直接抨击轻视文学的言论，其《答张缵谢示集书》云：

　　　　纲少好文章，于今二十五载矣。窃尝论之：日月参辰，火龙黼黻，尚且著于玄象，章乎人事，而况文辞可止，咏歌可辍乎？不为壮夫，扬雄实小言破道；非谓君子，曹植亦小辩破言。论之科刑，罪在不赦。②

　　文学因为自身的审美价值而存在，这种价值比起教化的价值一点也不

---

① 严可均辑：《全梁文》，商务印书馆1999年版，第125页。
② 严可均辑：《全梁文》，商务印书馆1999年版，第114页。

低贱。认为那些看不起诗赋创作的人都应该判死刑。萧纲还倡导"立身之道，与文章异，立身先须谨重，文章且须放荡"，这一诗歌新变理论张扬了文学的娱乐性，彻底打破文学功能在教化与审美之间的游移。

应该看到，萧纲对文学功能的认识虽然具有相当的进步性，但他低估了将文学纯粹定位为消遣娱乐的实际影响。文学的娱乐性在体现了文学审美价值的同时，也并非没有影响"立身"的力量，如果完全沉溺于作文的放荡，就很难再坚守立身的谨重。做人与作文的截然区分并非人人都能做到，陈后主就是典型的例子。陈代文学创作基本上沿袭着梁大同以后的文风，陈后主时期更是高扬"宫体"余波。他的诗歌创作大多取材于妇女生活，格调伤于轻靡。《与江总书悼陆瑜》云：

> 吾监抚之暇，事隙之辰，颇用谈笑娱情，琴樽间作，雅篇艳什，迭互锋起，每清风明月，美景良辰，对群山之参差，望巨波之澒瀁，或玩新花，时观落叶，既听春鸟，又聆秋雁，未尝不促膝举觞，连情发藻，且代琢磨，间以嘲谑，俱怡耳目，并留情致。[1]

虽然文中还是提到清风明月、春鸟秋雁这些感发人心的自然景物，也有"雅篇"，但"谈笑娱情""艳什""玩新花""间以嘲谑""俱怡耳目"等对文学活动的归纳，已经将诗歌审美的性质公然锁定了娱乐。这种趣味与萧纲"宫体"诗风尽管有题材上的承袭，但是将这样的艳情诗用于"琴樽间作"，专门用于演唱欣赏，这样的程度已经不是作文的放荡，其行为本身已经不属于立身之谨重了。因此，萧纲之新变理论虽然新颖，还是过于理想主义。

在今天看来，只强调实用教化功能会使社会责任心变成文学创作的一种干扰，而只肯定文学的娱乐功能无疑会使文学最终沦为情绪的宣泄，其实不论是哪一派的文学批评，都是承认人的情感不能压抑的。只是文学的

---

[1]　严可均辑：《全陈文》，商务印书馆1999年版，第321页。

教化功能要求情感的抒发有所节制和规范，而文学的娱乐功能却刺激着情感的抒发自由随性。但是"性情"本身就是形形色色、因人而异的，随性必然不能要求一致，可以说实用教化与审美娱乐这两者之间本来就是矛盾的。如果没有一种辨证的思维来均衡这两种创作动机，必然会陷入厚此薄彼的境地。从刘宋时期文质并重的审美观念，到梁陈时期的唯乐是从，这种审美意识的变化既有符合个性解放的某些规律，又带着自我陶醉的盲目乐观。

其次，新变理论肯定了乐府的价值。

郭茂倩《乐府诗集》卷六十一《杂曲歌辞》题解引《宋书·乐志》云：

> 自晋迁江左，下逮隋、唐，德泽浸微，风化不竞，去圣逾远，繁音日滋。艳曲兴于南朝，胡音生于北俗。哀淫靡曼之辞，迭作并起，流而忘反，以至陵夷。原其所由，盖不能制雅乐以相变，大抵多溺于郑、卫，由是新声炽而雅音废矣。昔晋平公说新声，而师旷知公室之将卑。李延年善为新声变曲，而闻者莫不感动。其后元帝自度曲，被声歌，而汉业遂衰。曹妙达等改易新声，而隋文不能救。呜呼，新声之感人如此，是以为世所贵。虽沿情之作，或出一时，而声辞浅迫，少复近古。①

郭茂倩称，"艳曲兴于南朝"，属于"哀淫靡曼之辞"，艳曲作为"新声"风行的原因，在于"不能制雅乐以相变，大抵多溺于郑、卫"。"昔晋平公说新声，而师旷知公室之将卑。李延年善为新声变曲，而闻者莫不感动。其后元帝自度曲，被声歌，而汉业遂衰。曹妙达等改易新声，而隋文不能救。呜呼，新声之感人如此，是以为世所贵。"指出了乐府新声超强的感染力，只是这种感染力往往被史家视为"亡国"的前奏。《南史》卷七十《循吏传》：

---

① 郭茂倩编：《乐府诗集》，中华书局1979年版，第885页。

> 永明继运，垂心政术，杖威善断，犹多漏网，长吏犯法，封
> 刃行诛。郡县居职，以三周为小满。水旱之灾，辄加振恤。十许
> 年中，百姓无犬吠之惊。都邑之盛，士女昌逸，歌声舞节，绚服
> 华妆。桃花渌水之间，秋月春风之下，无往非适。①

这一段史料生动地展示了南朝渡江之后逐渐稳定的社会环境和丰富多彩的都市生活。南方经济发达，生活富裕，局势太平，风气开放，"都邑之盛，士女昌逸"，故世人多好歌舞。而南朝乐府以情歌为主，这不仅是因为男女之情的题材具有最广泛的群众基础，而且还有南朝偏安一隅之后日渐发达的经济水平作为都市娱乐生活的催化剂。但由于乐府来自民间，为典型的大众通俗文学，这又使乐府在价值上一直无法与诗赋等正宗"雅"文学相提并论。东晋时候，乐府已经在南方兴起，但正统文人视之为俗，并抨击其流行。刘宋时期，虽然"歌谣舞蹈，触处成群"，但在上层文人眼中地位依然不高。文人仍然以雅正为尊。例如范晔善奏新声，但他却以自己所奏不为雅声为遗憾。颜延之也对乐府民歌以及受民歌影响的文人诗抱轻视态度，讥评当时汤惠休的诗是"委巷中歌谣，方当误后事"。把鲍照也视为与汤惠休同类的诗人。

刘宋之后，吴歌、西曲大量涌入宫廷，帝王贵族拟作乐府的现象日益普遍，"家竞新哇，人尚谣俗"②，"声伎所尚多郑、卫，而雅乐正声鲜有好者"③。《南史》卷二十二《王俭传》载：

> （齐高帝）幸乐游宴集，谓俭曰："卿好音乐，孰与朕同？"
> 俭曰："沐浴唐风，事兼比屋，亦既在齐，不知肉味。"帝称善。
> 后幸华林宴集，使各效伎艺。褚彦回弹琵琶，王僧虔、柳世隆弹
> 琴，沈文季歌《子夜来》，张敬儿舞。④

---

① 李延寿：《南史》，中华书局1975年版，第1696—1697页。
② 沈约：《宋书》，中华书局1974年版，第553页。
③ 萧子显：《南齐书》，中华书局1972年版，第811页。
④ 李延寿：《南史》，中华书局1975年版，第593页。

从文献记载的史实来看，上层社会在宴饮之时已经堂而皇之地歌唱《子夜来》等民间流行歌曲了。刘勰《文心雕龙·乐府》一篇，只肯定了先秦雅乐雅章，对汉魏两晋流行的乐曲大加贬责，认为"若夫艳歌婉娈，怨诗诀绝，淫辞在曲，正响焉生？"对南朝兴起的吴歌、西曲更是只字不提。但贵族们不再掩饰对乐府的喜爱，文人拟乐府之作日益增多。萧纲《与湘东王书》总结的"故玉徽金铣，反为拙目所嗤，巴人下里，更合郢中之听"，可以说一语道破俗乐的实际魅力。提倡创新的萧子显更是在理论上明确提出了向乐府学习的要求。《南齐书·文学传论》曰：

> 若夫委自天机，参之史传，应思悱来，勿先构聚。言尚易了，文憎过意，吐石含金，滋润婉切。杂以风谣，轻唇利吻，不雅不俗，独中胸怀。①

"杂以风谣"一语最值得注意。"风"本是乡土乐曲、民间歌谣。刘勰《文心雕龙·乐府》云："匹夫庶妇，讴吟土风，诗官采言，乐胥被律。""谣"指歌唱而不用乐器伴奏。《诗经·魏风·园有桃》："心之忧矣，我歌且谣。"《毛传》："曲合乐曰歌，徒歌曰谣。"萧子显所言之"风谣"，就是乐府。"杂以风谣"就是要在一定程度上吸取民间歌谣。

除了萧子显提出文学创作应当"杂以风谣"，萧绎在《金楼子·立言》中也说到"吟咏风谣，流连哀思者，谓之文"，将乐府情感激荡的特征作为文学的必要条件。宫体诗人大力肯定乐府中情感的感人力量，并自觉吸收于诗歌创作，又以此反观雅文学的弊病，即"酷不入情"。萧子显《南齐书·文学传论》指出：

> 今之文章，作者虽众，总而为论，略有三体。一则启心闲绎，托辞华旷，虽存巧绮，终致迂回。宜登公宴，本非准的。而疏慢阐缓，膏肓之病，典正可采，酷不入情。此体之源，出灵运而成也。次则缉事比类，非对不发，博物可嘉，职成拘制。或全

---

① 萧子显：《南齐书》，中华书局1972年版，第908—909页。

借古语，用申今情，崎岖牵引，直为偶说。唯睹事例，顿失精
采。此则傅咸《五经》，应璩《指事》，虽不全似，可以类从。
次则发唱惊挺，操调险急，雕藻淫艳，倾炫心魂。亦犹五色之有
红、紫，八音之有郑、卫。斯鲍照之遗烈也。①

萧子显所谓当时的文章"三体"，第一体就是萧纲在《与湘东王书》
中指出的"效谢康乐"体，第二体则应当是以裴子野为代表的古体派，
第三体则是鲍照体。这三体在当时仍然有众多的追随者。在萧子显看来，
"托辞华旷""缉事比类"的写法虽然"典正可采""博物可嘉"，但情感
太"迂回""拘制"，使人只见到一堆事例，而"顿失精采"，是读者感受
诗歌情感的一大障碍，因此不值得提倡。对当今三体的否定，正是以乐府
之情感感染力为参照的。乐府这种体裁第一次在上层文人的理论中得到如
此大力度的肯定。虽然宫体诗人很欣赏民歌情感的激荡，对其语言的直白
浅俗却不认可。宫体诗人借鉴了乐府小巧的形式和诱人的内容，却修饰以
华丽的语言，精巧的构思，以及高度和谐的声韵。可见宫体诗人们是自觉
把自己的作品与吴声、西曲的俗情区别开来的，他们追求在"侧艳"之
题材上开创自己不雅不俗的新风。

第四节　南朝审美趣味的多元化

趣味作为一种较为稳定的审美偏好，其形成通常杂糅了时代、地域、
童年经验、后天引导等多种影响因子。就像烹饪，完全同样的食材在不同
比例的调配下会呈现出不同的口味。因此，审美趣味的多元化是中国古代
任何一个时代都普遍存在的，即使是在经学一统天下的汉代，文学界的审
美趣味也一直存在个体的差异。差别只在于多元化的程度的高低而已。南
朝元嘉、永明、大同三个时期的文学趣味分别呈现出不同于前代的审美个
性，带有较强的创新意识。同时以裴子野和萧统为代表的文学流派也在积

---

①　萧子显：《南齐书》，中华书局 1972 年版，第 908—909 页。

极捍卫传统的文学观念，不同文学趣味的理论交锋将南朝推向了一个审美意识高度自觉的时期。

一、庄重古雅的裴子野派

裴子野是梁代著名文士。根《梁书》本传记载，裴子野与其兄裴黎、其弟裴楷、裴绰"并有盛名，所谓'四裴'也"。他"少好学，善属文"，为文快速敏捷，"或问其为文速者，子野答云：人皆成于手，我独成于心，虽有见否之异，其于刊改一也"。① 可见其创作上的天分。裴子野出色的写作能力不但得到梁武帝萧衍的高度赞许，也获得了众多的追随者。《梁书·裴子野传》载：

> 子野与沛国刘显、南阳刘之遴、陈郡殷芸、陈留阮孝绪、吴郡顾协、京兆韦棱，皆博极群书，深相赏好，显尤推重之。普通七年，王师北伐，敕子野为喻魏文，受诏立成，高祖以其事体大，召尚书仆射徐勉、太子詹事周舍、鸿胪卿刘之遴、中书侍郎朱异，集寿光殿以观之，时并叹服。高祖目子野而言曰："其形虽弱，其文甚壮。"俄又敕为书喻魏相元叉，其夜受旨，子野谓可待旦方奏，未之为也。及五鼓，敕催令开斋速上，子野徐起操笔，昧爽便就。既奏，高祖深嘉焉。自是凡诸符檄，皆令草创。子野为文典而速，不尚丽靡之词。其制作多法古，与今文体异，当时或有诋诃者，及其末皆翕然重之。②

从这一段记载可以看出，裴子野因快速写作"喻魏文"而成名，他的文章创作风格"典而速，不尚丽靡之词。其制作多法古，与今文体异"。裴子野还删略沈约《宋书》而成《宋略》，"其叙事评论多善"，沈约感叹"吾弗逮也"；萧励、张缵"每讨论坟籍，咸折中于子野焉"。③ 裴

---

① 姚思廉：《梁书》，中华书局1973年版，第443页。
② 姚思廉：《梁书》，中华书局1973年版，第443页。
③ 姚思廉：《梁书》，中华书局1973年版，第443页。

子野的创作趣味得到了包括萧衍、刘显、刘之遴、殷芸、阮孝绪、顾协、韦棱、傅昭、周舍、徐勉、朱异等人的高度认可，形成了一个以裴子野为创作楷模的文学集团。

值得注意的是，裴子野一派成员与梁武帝关系非常密切，在当时颇有势力，他们大都生活于梁代前期，属于萧梁王朝中年龄大的一辈。裴子野比萧统大三十二岁，比萧纲大三十四岁，他们当中除了谢征和萧统年纪相仿，其他人中年龄最小的朱异，也比萧统大十八岁。这一集团中的许多人都是博学、理性的史学家兼朝廷重臣，"博极群书" 几乎成了这一集团成员的共同特点。如《梁书》卷四十《刘显传》：

> 显博闻强识，过于裴、顾，时魏人献古器，有隐起字，无能识者，显案文读之，无有滞碍，考校年月，一字不差，高祖甚嘉焉。①

《梁书》卷四十《刘之遴传》：

> 之遴好古爱奇，在荆州聚古器数十百种……好属文，多学古体。……之遴笃学明审，博览群籍。时刘显、韦棱并强记，之遴每与讨论，咸不能过也。②

《梁书》卷三十《顾协传》：

> 协博极群书，于文字及禽兽草木尤称精详。③

《梁书》卷四十一《殷芸传》：

> 励精勤学，博洽群书。④

《梁书》卷十二《韦棱传》：

---

① 姚思廉：《梁书》，中华书局 1973 年版，第 571 页。
② 姚思廉：《梁书》，中华书局 1973 年版，第 572 页。
③ 姚思廉：《梁书》，中华书局 1973 年版，第 446 页。
④ 姚思廉：《梁书》，中华书局 1973 年版，第 596 页。

以书史为业，博物强记，当世之士，咸就质疑。①

史传对裴子野一派成员的记载显示，这一派的成员老成持重，学问扎实，至少精通一经。这一集团的审美趣味以裴子野《雕虫论》中的表述最为明确。《雕虫论》云：

> 古者四始六艺，总而为诗，既形四方之气，且彰君子之志，劝美惩恶，王化本焉。而后之作者，思存枝叶，繁华蕴藻，用以自通。若悱恻芳芬，楚骚为之祖；靡曼容与，相如扣其音。由是随声逐响之俦，弃指归而无执。赋歌诗颂，百揆五车，蔡邕等之俳优，扬雄悔为童子。圣人不作，雅郑谁分？其五言为诗家，则苏、李自出，曹、刘伟其风力，潘、陆固其枝柯。爰及江左，称彼颜、谢，箴绣鞶帨，无取庙堂。宋初迄于元嘉，多为经史；大明之代，实好斯文，高才逸韵，颇谢前哲，波流相尚，滋有笃焉。自是闾阎少年，贵游总角，罔不摈落六艺，吟咏情性。学者以博依为急务，谓章句为专鲁。淫文破典，斐尔为功。无被于管弦，非止乎礼义。深心主卉木，远致极风云，其兴浮，其志弱，巧而不要，隐而不深。②

裴子野在《雕虫论》中高扬复古旗帜，坚守《诗大序》的文学精神，特别强调文学的政治教化作用。在历代作品中，裴子野只肯定了《诗经》。对追随屈原、司马相如之风的"后之作者"，都进行了批评，认为这样的作者只知道追求文辞的美丽，而不顾文章服务于政教的作用。是"思存枝叶，繁华蕴藻，用以自通"。裴子野集中力量抨击了刘宋时期以来的文风，对"闾阎年少，贵游总角，罔不摈落六艺，吟咏情性"的现象大为不满。《诗大序》本也有"吟咏情性"之语，熟读《诗经》的裴子野用批评的口吻来使用"吟咏情性"，因为此时年轻人所创作的诗歌"情

---

① 姚思廉：《梁书》，中华书局1973年版，第225页。
② 严可均辑：《全梁文》，商务印书馆1999年版，第575—576页。

性"已经完全不能"止乎礼义",而是"深心主卉木,远致极风云",充斥着风花雪月。这些对政治教化都没有帮助。这一派的审美观念,是一种比较典型的汉代文艺观。汉代人多"依经立义",所有的文学创作都以《诗经》为参照,尤其注重以内容和社会作用来衡量作品的价值,对文辞非常轻视。这种观念在魏晋以来已经被诗赋作者以及许多文论者所淡化,却在裴子野一派中重新活跃起来。这种活跃带有很强的针对性,就是宋大明以后儒学衰落、诗歌创作蔚然成风的现象。

从裴子野的创作风格和《雕虫论》所发表的审美意见不难看出,这是一个重"笔"尚"质"的文学流派。这一派成员的创作以"笔"为主。如顾协策书写得好,沈约"览其策而叹曰:'江左以来,未有此作。'"①刘显、殷芸、刘之遴、阮孝绪等好几个人都受过任昉的赏识或推荐,任昉当时号称"沈诗任笔",以奏、书、表、启等"笔"类文章著称,因此可知裴子野集团的成员大多以"笔"的写作为主。"辑事比类,非对不发。"正如钟嵘《诗品》指出的"昉既博物,动辄用事,所以诗不得奇。"② 萧纲《与湘东王书》亦云:"又时有效谢康乐、裴鸿胪文者,亦颇有惑焉……裴氏乃是良史之才,了无篇什之美。……谢故巧不可阶,亦质不宜慕。"③ 点出了裴子野一派写作上"质"的特点。梁武帝本人不好"四声",这等于不追求修辞上的精雕细琢,而且他对描写风花雪月的内容也不太爱好。《梁书·徐摛传》记载,徐摛喜好"宫体",他辅佐萧纲的时候,曾被梁武帝召见加以责问,这也是裴子野集团成员的普遍趣味。

刘宋时期,统治者对文学的扶持还有附庸风雅的意味,但随着文学水平的提高,统治者对文学创作的参与日益自觉,热情日益增加,由诏敕而进行的文学活动越来越多,文才出众者还能由此获得物质奖励或擢升官阶的机会。如《梁书》卷四十一《褚翔传》载:

---

① 姚思廉:《梁书》,中华书局 1973 年版,第 445 页。
② 陈延杰注:《诗品注》,人民文学出版社 1998 年版,第 52 页。
③ 严可均辑:《全梁文》,商务印书馆 1999 年版,第 115 页。

中大通五年，高祖宴群臣乐游苑，别诏翔与王训为二十韵诗，限三刻成。翔于座立奏，高祖异焉，即日转宣城王文学，俄迁为友。时宣城友、文学加它王二等，故以翔超为之，时论美焉。①

《梁书》卷四十一《王规传》：

（梁武帝）诏群臣赋诗，同用五十韵。规援笔立奏，其文又美，武帝嘉焉，即日授侍中。②

《南史》卷二十五《到洽传》：

御华光殿，诏洽及沆、萧琛、任昉侍宴，赋二十韵诗，以洽辞为工，赐绢二十匹。③

统治者的喜好自然带来了朝野竞相创作的盛况。裴子野等人显然无法理解这种现状，他们将文学创作与政治教化紧紧捆绑在一起，完全忽视文学的其他审美功能，虽然其审美主张有其现实的针对性，但其审美视域还是过于狭隘。

二、文质彬彬的萧统派

裴子野一派的审美观念充满复古色彩，重视内容而轻视文辞。当时以萧统为首的另一文学集团则没有裴子野那么排斥辞藻，而是宣扬一种"文质彬彬"的审美趣味。

《梁书》本传云："太子生而聪睿，三岁受《孝经》《论语》，五岁遍读五经，悉能讽诵。"④萧统三岁便被立为太子，可谓资质过人。"性宽和容众，喜愠不形于色。引纳才学之士，赏爱无倦。恒自讨论篇籍，或与学

---

① 姚思廉：《梁书》，中华书局1973年版，第586页。
② 姚思廉：《梁书》，中华书局1973年版，第582页。
③ 姚思廉：《梁书》，中华书局1973年版，第404页。
④ 姚思廉：《梁书》，中华书局1973年版，第165页。

士商榷古今；闲则继以文章著述，率以为常。于时东宫有书几三万卷，名才并集，文学之盛，晋、宋以来未之有也。"① 他不仅自己擅长创作，还利用组织太子官属的机会召集文学之士，萧统组织本集团成员编撰了很多大型书籍，例如《正序》十卷、《英华集》（亦即《古今诗苑英华》）二十卷、《遍略》等，可惜这些书多数未能保存下来，只有《文选》存留。从萧统的文学创作及言论可以看出，萧统一派对文学创作的文辞与内容都比较重视。

萧统一派首先认为，文学的"增华"是必然的历史趋势。在《文选序》中，萧统说明了《文选》不收《尚书》《论语》之类经典言论，不收诸子之说，不收贤人、忠臣的言论，不收历史书的理由。提出选文的条件为"综缉辞采""错比文华""事出于沉思，义归乎翰藻"，② 说明文学作品应当具有文辞之美。此集团的重要成员刘勰更自觉地为"文采"存在的合理性进行了详细的论证，认为"圣贤书辞，总称文章，非采而何？"③ 将文采作为文学最醒目的标志，并在《文心雕龙》中特辟《情采》篇论述内容与文辞的关系。

同时，这一派也非常强调内容的雅正充实。《文选》选文要求"事出于沉思"，就是对作品思想内容的重视。萧统诗文丰富，颇具文采，基本上没有写过宫体诗。他在《陶渊明集序》中惋惜陶渊明"白璧微瑕，唯在《闲情》一赋"④，对高洁的陶渊明有这样一篇艳情作品感到非常遗憾。如此看来，对比陶渊明《闲情赋》更为出格的宫体诗，他应该也是不认可的。萧统《答湘东王求文集及〈诗苑英华〉书》云：

> 夫文典则累野，丽亦伤浮。能丽而不浮，典而不野，文质彬彬，有君子之致。吾尝欲为之，但恨未逮耳。⑤

---

① 姚思廉：《梁书》，中华书局 1973 年版，第 167 页。
② 严可均辑：《全梁文》，商务印书馆 1999 年版，第 223 页。
③ 詹锳义证：《文心雕龙义证》，上海古籍出版社 1989 年版，第 1147 页。
④ 严可均辑：《全梁文》，商务印书馆 1999 年版，第 221 页。
⑤ 严可均辑：《全梁文》，商务印书馆 1999 年版，第 216 页。

萧统对文辞过丽和内容过俗都表示不满，要求"典而不野，文质彬彬"，这就是萧统一派的审美理想。这种文质彬彬的审美观念在萧统一派的许多成员的文论中都有体现。刘孝绰是萧统文学集团中最享有盛名的，他的诗风大致继承了永明体而又有所创新。可以说是处于永明和宫体转变之间的诗人，在《昭明太子集序》中，刘孝绰表达了与萧统同样的看法：

> 窃以属文之体，鲜能周备。长卿徒善，既累为迟。少孺虽疾，俳优而已。子渊淫靡，若女工之蠹；子云侈靡，异诗人之则。孔璋词赋，曹祖劝其修令；伯喈笑赠，挚虞知其颇古。孟坚之颂，尚有似赞之讥；士衡之碑，犹闻类赋之贬。深乎文者，兼而善之，能使典而不野，远而不放，丽而不淫，约而不俭，独擅众美，斯文在斯。①

所谓"典而不野，远而不放，丽而不淫，约而不俭"就是既要求文辞华丽得当，也要内容充实端庄。此外还有萧子范。萧子范和萧统关系比较密切，萧统去世，就是萧子范上表盛赞萧统。《求撰昭明太子集表》认为，周公、孔子等历史上著名的贤人都只是在某一个领域"各称小善，靡擅雕虫"，过去最有名气的太子曹丕"虽诗赋可嘉，规范顿阙"，人品有不足，萧统则"缘情体物，繁弦缛锦，纵横艳思，笼盖辞林"，请求编萧统文集，显示出他对德行与文采兼具的萧统的欣赏。他的文风也和萧统比较接近。

萧统一派的审美主张比较中庸，有着浓厚的原始儒家色彩。"文质彬彬"之说就是源于先秦儒家。原始儒家文艺观与经学时代的儒家诗教理论不同，既重视内容，也重视文采，强调"中和"。所以，无论内容和形式，儒家都明确表态应该讲究，但又作出一定的限制。

除了萧统集团内部的成员，这种文质彬彬的审美趣味也见于其他作者。例如萧统弟萧绎《内典碑铭集林序》云：

---

① 严可均辑：《全梁文》，商务印书馆 1999 年版，第 672 页。

能使艳而不华，质而不野，博而不繁，省而不率。文而有质，约而能润；事随意转，理逐言深。所谓菁华，无以间也。①

萧绎提倡文章"艳而不华，质而不野""文而有质"，表现了与萧统类似的审美趣味。

此外如王僧孺在《詹事徐府君集序》中说：

至于专心六典，精赜必深，汎游群籍，菁华无弃，搦札含毫，必弘靡丽，摛绮縠之思，郁风霞之情，质不伤文，丽而有体。②

文质彬彬的审美观在小说领域也有所表现。梁代人萧绮整理《王子年拾遗记》十卷，在《拾遗记序》中，他对《拾遗记》表示了两点不满，一是"纪事存朴"，辞彩修饰有所不足；二是荒诞有余，真实不足。萧绮虽然"删其繁紊"，但并不是简单地保留其"纪实"的内容，也会依据小说所记事迹的年代进行文辞的调整。"世德近者，则文存靡丽。"最终实现"编言贯物，使宛然成章"的整理目的。这种做法，也正是对文质彬彬的一种肯定。

纵观文学审美意识在南朝不同时期或隐或显的变化，崇文之风扑面而来。这是一个文学审美意识高度自觉的时代。裴子野、萧统与萧纲所引领的文学思潮，都拥有较为清晰的理论纲领和数量可观的实践群体，形成一种三足鼎立的审美格局。其中裴子野一派与萧纲一派之间审美理想的差异之大，已经造成剧烈的审美冲突。对于文学批评来说，没有什么比同一时期并存着不同的审美诉求，而且每一种诉求的声音都如此嘹亮更能显示文学批评的活力与成熟了。

---

① 严可均辑：《全梁文》，商务印书馆1999年版，第194页。
② 严可均辑：《全梁文》，商务印书馆1999年版，第549页。

第二章 "体"的意识与深化

　　南朝作家与文论者对文学之"丽"有着自觉的追求，同时，对文体也表现出持续的审美热情。"体"的本义是身体，即对人的全身作为一个整体的称谓，后引申为人的体貌、事物的形状等含义。《说文》曰："体，总十二属也。""体"作为独立范畴用于文体批评是对"体"之本义的引申。"文体"合称，在西汉已经出现。贾谊《新书·道术》云："动有文体谓之礼，反礼为滥。"①"文体"指文雅有节的体态，无关文学。孔臧在《与侍中从弟安国书》一文中对孔安国说："顾惟世移，名制改变，文体义类，转意难知。"②此处的"文体"含义较为模糊，若与"义类"相搭配，或指文字或词语的字形与结构。东汉以后，"文体"的含义逐渐倾向于"文章之体"。卢植《郦文胜诔》："自龁末成童，著书十余箱，文体思奥，烂有文章，箴缕百家。"③魏晋以来，"文体"（有时又简称为"体"）在文学领域的使用渐多，"体"在文学批评中的义项也变得繁多，如字体、体制、风格、结构、体裁等，其中较为常见的涵义有三个。一是篇章体制，如"体势"等；二是体裁，如"赋体""颂体"等；三是文章风格，如"宫体""吴均体""三体"等。由于一篇文章通常同时包括体裁、篇制、风格三个方面，人们在谈论文章时就可能兼指不同的含义。例如西晋傅玄《拟四愁诗四首并序》称张衡《四愁诗》"体小而俗"，"小"是指此诗的篇制，"俗"又是指此诗的风格。南朝对"文体"的理解也是一

---

①　贾谊：《新书》，辽宁教育出版社1998年版，第59页。
②　严可均辑：《全汉文》，商务印书馆1999年版，第125页。
③　严可均辑：《全后汉文》，商务印书馆1999年版，第809页。

样，文论家引入"体"的概念时，常常兼顾内容与形式，义界广狭随语境而变，即使在同一篇评论中，"体"的含义也不一定完全一致。如"《周颂》体"的"体"就无法贸然判断是体裁、题材、格式还是语言风格，因为《周颂》作为产生年代较早、具有较高文学地位的作品，无论在体裁格式还是题材风格上都为后人提供了学习的范式。因此，对"体"的含义的理解只能在具体的语境中进行。

文体辨析的基本内容是辨析文体的类别、风格和源流。在南朝，"体"在文学批评中最为常用的涵义是体裁与风格，也就是将"体"运用于体类与体貌。南朝文论者除了通过实际的文学创作，通过评论写作内容和表达技巧来直接宣扬自己的审美观念，也通过对体裁的分类、风格的归纳或文集的编撰来彰显自己的文学审美观念。从元嘉时期的"富丽"，到永明时期的"清丽"，再到大同时期的"艳丽"，南朝文人在审美意识自觉程度上的不断深化是与对文体的辨析同时展开的。

第一节 文体分类

一、作者依体创作

在现存的南朝文学作品中，有不少作品都包含序文，这些序文的共同特点之一就是主动解说自己创作的文体类型或动机。如范晔《双鹤诗序》：

> 客有寄余双鹤者，其一扬翰皎洁，响逸九皋；其一翅折志衰，自视缺然。余因叹玩之，遂为之诗。（《全宋文》卷十五）

谢灵运《赠宣远诗序》：

> 从兄宣远，义熙十一年正月作守安成。其年夏赠以此诗，到其年冬有答。（《全宋文》卷三十三）

王叔之《伤孤鸟诗序》：

偶得二鸟，将欲放之，俄顷而一者死，一者既放，屡顾悲鸣。感微禽之有心，遂为诗以伤之。(《全宋文》卷五十七)

鲍照《卖玉器者诗序》：

见卖玉器者，或人欲买，疑其是珉，不肯成市，聊作此诗，以戏买者。(《宋诗》卷九)

谢灵运《感时赋序》：

夫逝物之感，有生所同，颓年致悲，时惧其速，岂能忘怀，乃作斯赋。(《全宋文》卷三十)

谢朓《野鹜赋序》：

有门人毙一野鹜，因以为献。予时命以登俎，用待宾客，客有爱其羽毛，请予为赋。其词曰：……(《全齐文》卷二十三)

释慧琳《新安寺释玄运法师诔序》：

外禀哽识，内咨恻魂，慕题往迹，行实净言。乃作诔曰：……(《全齐文》卷二十六)

南朝诗文序中随处可见"作此诗""作斯赋""为之诗""为之赋""乃作诔"等点名体裁的自注之语。梁代还留下许多以"赋体"为名的作品，如萧衍《赋体》、王僧孺《赋体》、陆倕《赋体》、柳恽《赋体》等，这些"赋体"都是首尾不全的残言断语，推想其原文，应当是比较完整的《××赋》。其他如"笺""诏""策""表""碑""铭""论""墓志"等体裁，作品题目均由篇名和体裁两部分构成，或以序强调，此不繁举，这种点明体裁的做法说明作者在写作之前就有着明确的体裁意识。

有学者认为，"古代文论家以生命的眼光看待文学，古代文体论也渗透着浓重的生命意识。这主要表现在两个方面：第一，文体的确立和使用受主体生命精神、生命态度的制约，也就是刘勰所述的'因情立体'。作家创作使用何种文体是按情感表达的需要，按主体生命精神的表现需要而

确定的，因而，文体与作家的生命精神相一致"①。古代文学体裁丰富，
体裁的创造是否和主体的生命精神相关联，仍可商榷。不过，作家因体写
作，这种体裁分类意识在中国起源甚早。以最早的文学体裁诗歌来说，其
产生之时就带有明确的体裁标志。先秦时代的 "歌" "谣" "辞" "谚"，
都会在题目中直接标明，如先秦的《杂辞》《蜡辞》《祠田辞》《诗》《石
鼓诗》《佹诗》《书后赋诗》《古谚语》《六韬引谚》等。汉代以来也是如
此，如汉代有《柏梁诗》，韦孟《讽谏诗》，东方朔《七言》《六言》，班
固《灵台诗》；魏晋有王粲《赠蔡子笃诗》，曹丕《芙蓉池作诗》，曹植
《献诗》《闺情诗》《诗》，陆机《讲汉书诗》等等。其他体裁也一样，例
如司马相如、扬雄、蔡邕等人在动笔作文之时，就知道自己要写的是辞赋
还是碑铭。也就是说，在文学审美意识中，体裁意识的自觉与独立远远早
于文学特征、文学功能等其他文学理论要素。

南朝是文学创作的高峰，各种体裁的创作都非常活跃。起源甚早的体
裁分类意识在南朝成了作者高度自觉的写作习惯，其中体裁分类最为细致
的是诗歌，其分类之细，有四言、五言、七言、断句、绝句、联句、连句
等，大大超过前代。

如 "四言"：

　　及将行，设祖道，赠以四言诗曰：姜诗入贡，汉朝咨嗟。
（《宋书》卷九十一《潘综传》）

　　出为吴兴太守，俭赠孝嗣四言诗曰："方轨叔茂，追清彦辅。
柔亦不茹，刚亦不吐。"（《南齐书》卷四十四《徐孝嗣传》）

"五言"：

　　惠连先爱会稽郡吏杜德灵，及居父忧，赠以五言诗十余首，
文行于世。（《宋书》卷五十三《谢惠连传》）

　　（袁）粲位任虽重，无经世之略，疏放好酒。步屟白杨郊野

① 黄霖、吴建民、吴兆路：《原人论》，复旦大学出版社 2000 年版，第 273 页。

间，道遇一士大夫，便呼与酤饮。明日，此人谓被知顾，到门求通，粲曰："昨饮酒无偶，聊相要耳。"竟不与相见。尝作五言诗云："访迹虽中宇，循寄乃沧州。"盖其志也。（《南齐书》卷一《高帝本纪》）

世祖尝问王俭，当今谁能为五言诗。（《南齐书》卷四十三《谢瀹传》）

"七言"：

文惠太子作七言诗，后句辄云"愁和谛"。（《南齐书》卷十九《五行志》）

萧衍《清暑殿效柏梁体七言》（《梁诗》卷一）

"断句"：

（刘昶）在道慷慨为断句曰："白云满鄣来，黄尘半天起。关山四面绝，故乡几千里。"（《南史》卷十四《刘昶传》）

"连句"：

隐士雷次宗被征居钟山，后南还庐岳，何尚之设祖道，文义之士毕集，为连句诗，怀文所作尤美，辞高一座。（《宋书》卷八十二《沈怀文传》

临死为连句诗曰："伟哉横海鳞，壮矣垂天翼。一旦失风水，翻为蝼蚁食。"（《宋书》卷四十四《谢晦传》）

谢世基《连句诗》（《宋诗》卷一）

颜测《七夕连句诗》（《宋诗》卷六）

鲍照《与谢尚书庄三连句》《月下登楼连句》（《宋诗》卷九）

谢朓《阳雪连句遥赠和》（《齐诗》卷四）

萧绎《狱中连句》（《梁诗》卷二十五）

"联句"：

宋孝武帝刘骏有《华林都亭曲水联句效柏梁体诗》(《宋诗》卷五)

颜测《九日坐北湖联句诗》(《宋诗》卷六)

鲍照《在荆州与张使君李居士联句》(《宋诗》卷九)

谢朓《联句诗》(《齐诗》卷四)

梁武帝萧衍《联句诗》(《梁诗》卷二十五)

何逊《送褚都曹联句诗》《拟古三首联句》《范广州宅联句》《相送联句》《至大雷联句》《赋咏联句》《临别联句》《增新曲相对联句》《照水联句》《折花联句》《摇扇联句》《正钗联句》《答江革联句不成》(《梁诗》卷九)

江革《赠何记室联句不成诗》(《梁诗》卷九)

到溉《仪贤堂监策秀才联句诗》(《梁诗》卷十七)

萧纲《曲水联句诗》(《梁诗》卷二十二)

"绝句":

(梁简文帝)崩后,王伟观之,恶其辞切,即使刮去。有随伟入者,诵其连珠三首,诗四篇,绝句五篇,文并凄怆云。(《南史》卷八《梁简文帝本纪》)

在幽逼,求酒饮之,制诗四绝。(《南史》卷八《梁元帝本纪》)

"××体":

刘孝威《古体杂意诗》(《梁诗》卷十八)

鲍照《学刘公干体诗五首》《学陶彭泽体诗》(《宋诗》卷九)

王素《学阮步兵体诗》(《宋诗》卷十)

何子朗《学谢体诗》(《梁诗》卷二十六)

从这些史料与作品可看出,南朝作者对诗歌这一体裁体认格外精细,诗题除了以传统的《××体》为名，还有许多更为详细的命名。作者在创作时也自觉说明作的是四言、五言、七言，或联句、连句、断句，可谓相当自觉地因体而作。更值得注意的是，与前代作诗必定在题目中标明"诗"不同，南朝时期的诗已经出现以内容命名的方式，许多咏物类的诗歌也不全都冠以"诗"名，如谢朓《咏竹火笼》《镜台》《灯》《烛》《同咏坐上所见一物》等。南齐王融有乐府《三妇艳诗》，而在此之前，"诗"与"乐府"因为雅俗地位的差距而各自延续着自己的创作题材与语言风格，文人所创作的乐府类作品在题目中也仅是沿用旧题而不加"诗"字的，但是在南朝人笔下，乐府与诗在命名方式上已经开始有所融合。像《永明乐十首》《王孙游》之类的五言四句诗，与乐府民歌中的五言四句小诗在形式上已经没有区别。南朝作家所表现出的这些写作习惯，充分体现了体裁发展演变的某些规律。

首先，体裁传承具有稳定性和潜在规约性。

任何一种体裁，产生之初都有其现实需要，正是这种需要，使得体裁在某一阶段得以命名并确立其基本体制。体裁生成的这种特质带来了体裁的稳定性与潜在规约性，制约着新体裁的产生。例如南朝最为兴盛的"连句"（或称"联句"）。刘宋时期有不少联句体作品，南齐较少，梁代又出现了大量的"联句"。从他们的作品来看，都是五言四句。"联句"通常有两人以上同作，"连句"则是一人所作。"绝句""断句"也是五言四句，应当属于"联句"的一种。只是"断句""绝句"都写在危难之际或临终之时，因无人可"联"而临时定名为"断"或"绝"。从联句的兴盛来看，五言四句体是南朝诗人所认可的最小篇制。总体而言，这种确认只是对"诗"这一体裁的细分，并未创造出"诗"之外的新体裁。何况联句体刘宋之前也已有之，如贾充有《与妻李夫人联句》，谢道韫有《咏雪联句》，陶渊明亦有《联句》。可见，在南朝，人们并不注重对新体裁的创造，而是自觉延续前代已有的体裁。魏晋时期，拟作之风就颇为盛行，南朝拟作更多，出现了大量对前人作品亦步亦趋的模拟之作，这在诗歌中表现得尤为突出。模仿是学习文学创作的基本途径之一，它能使写作者更直接、更真切地把握体裁特性，积累体裁经验，并以此为基础写出新的作品。而且，能够被模仿的作品通常是为当时人所喜爱的名作。名作的影响力不仅仅在于题材内容的感染力，其本身也非常容易因为思想内容的被接受而同时成为体裁格式的范本。鲍照、王素等人以"陶彭泽体""刘公干体""阮步兵体"为名，都是主动点明自己的学习对象。萧统《文选》诗歌中就辟有"杂拟"一类。体裁就在这种模拟中进一步确立起自己的规范。其他实用性文体更在参考模拟的基础上形成程式化的写作规范。这说明作者们对原有体裁有很强的依赖性，同时也说明，体裁一旦产生，必然具有这种稳定性与潜在规约性。体裁的稳定性与潜在规约性不但制约着新体裁的出现，也制约着作者的写作。这与体裁自身的发展有关。先秦至汉，人们需要运用文字写作，但许多场合所需的文字写作都没有现成的文体可供模仿，故文章的写作伴随着文体的产生。汉魏以后，因为有先秦文章可供模仿借鉴，故作者们自觉按体写作，变成文体的存在促使文章的写作。这也能看出南朝作家在体裁创造力上的不足。

其次，体裁发展具有局部性。

虽然南朝在体裁的原创性方面乏善可陈，但这并非说明体裁是永恒不变的。体裁的稳定性虽然时时影响着作家的创作，但作家本身总是不甘于趋同而努力追求变化，力图有所超越，甚至以破体为荣。例如南齐张融自诩"文体英绝，变而屡奇"，故"多为世人所惊"。作者虽努力破体，但体裁的稳定性赋予人们的文体规范意识常常带来审美的心理定势，从而对文体审美观念进行束缚。对贸然背离文体基本特征的"破体"与"乖体"，读者通常无法接受。齐太祖"见融常笑曰：'此人不可无一，不可有二。'"[1] 钟嵘较为宽容，认为这种做法"纵有乖文体，然亦捷疾丰饶，差不局促"。又如刘勰《文心雕龙·诔碑》云：

> 陈思叼名，而体实繁缓。文皇诔末，百言自陈，其乖甚矣！[2]

---

[1] 萧子显：《南齐书》，中华书局1972年版，第727页。
[2] 詹锳义证：《文心雕龙义证》，上海古籍出版社1989年版，第436页。

　　曹植虽然享誉南朝，但刘勰对他写作诔文太不守常规提出批评，还专列《定势》篇，专论各类体裁的基本要求。刘孝绰《昭明太子集序》云：

　　　　孟坚之颂，尚有似赞之讥；士衡之碑，犹闻类赋之贬。①

　　班固与陆机都是知名作家，但时人对班固写颂好像赞、陆机作碑好像赋，导致文类混淆的做法颇为贬责。可见当时人们体裁规范意识的自觉与强烈。"体"一旦确立，是不能轻易改变的。体裁规范往往潜移默化地进入到作家的思维中，使作家与论者都不知不觉受到它的影响和制约。那么，南朝人如何进行体裁的发展与传承呢？

　　纵观南朝文学各体裁的创作，可以发现，作者们一方面对前人体裁有一种习惯性的依赖，一方面又设法在依赖中寻找变化，从而完成对该体裁的发展和传承。晋代傅玄在《七谟序》中称这种现象为"承其流而作之"，《文心雕龙·杂文》又称为"叠相祖述"。"承流而作"的方式是多种多样的，最为常见的是以该体裁的前代作品作为参照来创作该体裁的系列作品，如"七"体，均是依傍前人作品而作，进一步丰富着"七"体。或在阅读前人作品的精神共鸣中引发自己的创作，如江淹《倡妇自悲赋序》曰：

　　　　汉有其录，而亡其文。泣蕙草之飘落，怜佳人之埋幕，乃为辞焉。②

　　张融《海赋》云：

　　　　古人以之颂其所见，吾问翰而赋之焉。③

　　或是对前人之作进行补充。如萧统《咏山涛王戎诗二首序》曰：

　　　　颜生《五君咏》不取山涛、王戎，余聊咏之焉。④

────────────

① 严可均辑：《全梁文》，商务印书馆1999年版，第672页。
② 严可均辑：《全梁文》，商务印书馆1999年版，第358页。
③ 严可均辑：《全齐文》，商务印书馆1999年版，第145页。
④ 逯钦立辑校：《先秦汉魏晋南北朝诗》，中华书局1983年版，第1795页。

《梁书》卷三十三《张率传》：

> 少好属文，而《七略》及《艺文志》所载诗赋，今亡其文者，并补作之。[①]

刘宋颜延之作《五君咏》，只咏了竹林七贤中的五人，遗漏山涛、王戎，或许是刻意遗漏，但萧统因此而"聊咏之"，进行补充。张率更是直接填补前代有题无文的作品。这类补亡之作也可算是对原体裁的承袭。

作者既好承流而作，论者也常以"源"而论"流"。《梁书》卷三十五《萧子显传》：

> 尝著《鸿序赋》，尚书令沈约见而称曰："可谓得明道之高致，盖《幽通》之流也。"

沈约认为萧子显的《鸿序赋》是承班固《通幽赋》而来，"明道"是从陆机同类作品《遂志赋序》中"昔崔篆作诗以明道述志"一语直接提取而来，故直接以原作为参照评论萧子显的作品，认为继承了原作的精神。

就体裁的审美意识而言，南朝人对于某一类体裁创作之初所呈现的规范是不加怀疑、自觉遵守、共同维护的。当个人的写作意图与体裁规范有所冲突时，南朝人多采取变通的方式，以序的方式略作说明，但绝不会在体裁命名上另造新概念，他们在体裁内部的细微调整尚不能构成新文体。由于顾及体裁的稳定性，大部分作家对文体的超越显得小心翼翼。事实上，在此时期，各种体裁都还处于发展之中，还在努力走向成熟，确实也未到山穷水尽之时，因此不但缺乏创造新体裁的大环境，也很少有人主张"破体"，这种从局部入手对体裁进行改造和发展的做法在南朝作家中是比较普遍的。

[①]　姚思廉：《梁书》，中华书局1973年版，第429页。

二、编者依体编撰

《隋书·经籍志》云:

> 总集者,以建安之后,辞赋转繁,众家之集,日以滋广。晋代挚虞苦览者之劳倦,于是采摘孔翠,芟剪繁芜,自诗赋下,各为条贯,合而编之,谓为《流别》。是后文集总钞,作者继轨,属辞之士,以为覃奥,而取则焉。①

《隋书》指出,总集的编撰,始自挚虞的《文章流别集》,是供"属辞之士"取法所用。《文章流别集》为各体文章的汇集,因而具有"以类相从"的特点。文集编撰"以类相从",按照体裁类别来进行,源于《七略》中的《诗赋略》。不过,刘歆编《七略》时,文体种类比较少,能称得上文学体裁的也只有辞赋与诗歌。"文章各体,至东汉而大备。"② 文体分类也在东汉及以后的个人别集编撰中有所体现。《后汉书》卷八四《班昭传》云:

> 昭年七十余卒,皇太后素服举哀,使者监护丧事。所著赋、颂、铭、诔、问、注、哀辞、书、论、上疏、遗令,凡十六篇。子妇丁氏为撰集之,又作《大家赞》焉。③

《大家赞》可能是《班昭集》的序言,从当时人对她的作品的整理情况看,《班昭集》的撰集也是按照文体类别编排。不过,《后汉书》为刘宋范晔所作,他所提及的十二种文体未必就是当时班昭后人所编文集中的所有文体。

南朝人对体裁的编辑分类显示了该体裁在当时生活中的实际面貌,其中单体总集的编撰最能代表该体裁的重要性,并催生相应的文体审美观

---

① 魏征等:《隋书》,中华书局1973年版,第1089—1090页。
② 陈引驰编:《刘师培中古文学论集》,中国社会科学出版社1997年版,第19页。
③ 姚思廉:《梁书》,中华书局1973年版,第511页。

念。魏晋时期，曹丕《典论·论文》以及《答卞兰教》共计论及奏、议、书、论、铭、诔、诗、赋、颂九种文体。① 西晋挚虞所编的《文章流别集》和东晋李充的《翰林集》两书收录体裁应当更加丰富，可惜原书已佚，仅存《文章流别论》和《翰林论》残篇。《文章流别论》残篇尚存赋、诗、颂、七、箴、铭、诔、哀辞、哀策、碑、设论、图谶12种体裁，《翰林论》残篇只存赋、诗、赞、表、驳、论、奏议、盟檄几种。随着文章写作的日益增多，按照体裁分类来进行单体总集的编撰也开始出现，如西晋傅玄所编《七林》。不过晋人所编多为各体文章的总集，单体总集并不多。从刘宋时期开始，南朝文人就热衷于编撰分体文集，这些文集的编撰面貌颇能显示时代的审美观念。笔者根据《隋书·经籍志》《旧唐书·经籍志》《新唐书·艺文志》《通志·艺文略》以及《补宋书艺文志》进行了初步统计，刘宋时期文章总集的编撰情况如下表：

表 2 - 1　刘宋时期文章总集编撰情况

	体裁类别	书名卷数	编者	总数
1	综合类	《集林》二百卷	刘义庆	2
		《妇人集》三十卷	殷淳	
2	赋	《赋集》九十二卷	谢灵运	5
		《赋集》五十卷	刘义宗	
		《赋集》四十卷	宋明帝	
		《射雉赋注》一卷	徐爰	
		《百赋音》十卷	褚诠之	
3	颂	《颂集》二十卷	王僧绰	2
		《木连理颂》二卷	王僧绰	
4	刻石	《秦帝刻石文》一卷	褚淡	16

---

① 《答卞兰教》："赋者，言事类之所附也。颂者，美盛德之形容也。"见严可均辑：《全三国文》卷六，商务印书馆1999年版，第61页。

续表

5	诗	《妇人诗集》二卷	颜竣	16
		《诗集》五十卷（梁五十一卷）	谢灵运	
		补谢灵运《诗集》一百卷	张敷、袁淑	
		《诗集》百卷，并例、录二卷	颜峻	
		《诗集》四十卷	宋明帝	
		《诗集新撰》三十卷	宋明帝	
		《杂诗》七十九卷	江邃	
		《杂诗》二十卷	刘和	
		《诗集》二十卷	刘和	
		《诗集钞》十卷	谢灵运	
		《诗英》十卷	谢灵运	
		《元正宴会诗集》四卷	谢灵运	
		《元嘉西池宴会诗集》三卷	颜延之	
		《元嘉宴会游山诗集》五卷	不详	
		《庐山唱和诗》不知卷	张野	
		《妇人诗集》三十卷	殷淳	
6	歌辞	《歌辞》四卷	张永	2
		《宋太始祭高禖歌辞》十一卷	不详	
7	回文	《回文集》十卷	谢灵运	1
8	训诫	《妇人训诫集》十一卷	徐湛之	2
		《四帝诫》三卷	王诞	
9	赞	《赞集》五卷	谢庄	1
10	诔	《诔集》十三卷	谢庄	1
11	七	《七集》十卷	谢灵运	1
12	碑	《碑集》十卷	谢庄	2
		《长沙景王碑文》三卷	不详	
13	连珠	《设论连珠》十卷	谢灵运	2
		《陆机连珠注》一卷	何承天	
14	书	《杂逸书》六卷（梁二十二卷）	徐爰	1

15	策	《宋元嘉策孝秀文》十卷	不详	3
		《策集》六卷	谢灵运	
		《元嘉策》	不详	
16	俳谐	《俳谐文》十卷	袁淑	2
		《俳谐文》一卷	沈宗之	
17	杂传	《博阳秋》一卷	辛邕之	1
18	诏	《义熙以来至于大明诏》三十卷	不详	19
		又《晋宋杂诏》九卷（隋书作八卷）	王韶之	
		《宋永初杂诏》十三卷	不详	
		《诏集》百卷，起汉讫宋	不详	
		《武帝诏》四卷	不详	
		宋《元熙诏令》五卷	不详	
		《永初二年五年诏》三卷	不详	
		《永初已来中书杂诏》二十卷	不详	
		《宋孝建诏》一卷	不详	
		《宋景平诏》三卷	不详	
		《宋元嘉副诏》十五卷	不详	
		梁有《宋元嘉诏》六十二卷	不详	
		《宋孝武诏》五卷	不详	
		《宋大明诏》七十卷	不详	
		《宋永光、景和》五卷	不详	
		《宋泰始、泰豫诏》二十二卷	不详	
		《宋义嘉伪诏》一卷	不详	
		《宋元徽诏》十三卷	不详	
		《宋升明诏》四卷	不详	
19	乐府	《新撰录乐府集》十一卷	谢灵运	1

从上表可见，刘宋时期文章总集的编撰比此前更为繁荣。此时有两种总集，一是不分体裁编撰的文章总集，二是分体裁编撰的单体总集。二者中单体总集是主体，按照不同体裁编撰的单体总集达到了 64 部，涉及体

裁近 20 种，在数量上远远超过了汇聚多种体裁而成的文章总集。范晔作《后汉书》，在作家传记中所列举的文体虽然有部分沿袭《汉书》，但也有不同，所涉及的体裁已经达到三十多种，虽所论为东汉，却可视为刘宋时期对体裁种类的认识。单体总集中，诏、诗、赋类数量较多，又以诏类为最，但诏类的编撰多属于纪录性质，大多无姓名可考，实际上时人最为热衷的还是诗集的编撰，上表中按照不同标准编选的诗歌总集达 16 部。

　　文体审美意识的萌生首先来自创作者本身。曹丕在《典论·论文》中提出，"文非一体，鲜能备善"，"能之者偏也，唯通才能备其体"。① 他以一个创作者的实际创作体验率先意识到了文体之间的差异。这一看法在南朝得到了著名才子谢灵运的共鸣。谢灵运在《山居赋》自注中提出："援纸握管，会性通神。诗以言志，赋以敷陈。箴铭诔颂，咸各有伦。"② 作为南朝最负盛名的作家之一，谢灵运本人也是南朝单体总集的编撰中的佼佼者。在刘宋时期所编撰的 64 部单体总集中，谢灵运一人所编之书就有 10 种，占总数的六分之一，这还不排除有遗失的可能。他的文集编撰涵盖诗、赋、回文、七、连珠、策、乐府七种体裁，体裁数占据刘宋时期文集体裁总数的三分之一。正是在广编众体的基础上，谢灵运提出"文体宜兼，以成其美"的审美理想，表现出对"通才"的渴望，这种审美理想就是以文学体裁的多样化为理论起点的。

　　刘宋之后，文体的分类更为细密。齐末刘勰在《文心雕龙》中设立专篇系统阐述的文体就有三十三类，即诗、乐府、赋、颂、赞、祝、盟、铭、箴、诔、碑、哀、吊、杂文、谐、隐、史传、诸子、论、说、诏、策、檄、移、封禅、章、表、奏、启、议、对、书、记等。加上《辨骚》中的骚体，则为三十四类。各体之中，往往又细分小类，如诗分四言、五言、离合、回文、联句等，史传分《尚书》《春秋》、纪、传、书、表、志等，这种大类之下的次文类又有四十余种。附于《书记》《杂文》两篇

---

① 严可均辑：《全三国文》，商务印书馆 1999 年版，第 83 页。
② 严可均辑：《全齐文》，商务印书馆 1999 年版，第 307 页。

之后略作说明或仅列其目的也达四十余种。全书所涉文体，总计一百二十余类，几乎穷尽了当时流行的一切文体。《文心雕龙》文体分类之细密，品目之繁多，显得特别引人注目。梁代萧统编《文选》，收录文体三十九类。齐梁间任昉编撰《文章缘起》，其《文章缘起序》自云"沿著为文章名之始，故因暇录之，凡八十四题"，选列八十四种文体，是南朝文献中有意识分类收录文体最多的一部论著，大约搜集了秦汉以来古代文体的所有名目，收录之全，分类之细，前无古人。从刘宋至齐梁，不过几十年的时间，何以体裁分类从三十余种变成了八十四种之多？这与任昉的兴趣与专长有关。《梁书》卷十四《任昉传》记载任昉"坟籍无所不见，家虽贫，聚书至万卷，率多异本"。任昉一生致力于图书的收藏，他藏书之富之精，堪比当时的沈约、王僧孺。天监三年（504）至六年，任昉出任秘书监，掌管国家典籍，有抄书之便，这是他藏书数量的保证。至于"率多异本"，则是任昉努力经营藏书的成果。民间多珍本，任昉在义兴、新安两地任太守期间，不惜资财大力求购异书，以致家贫。加上任昉出生于书香门第，家传秘本自是有一些。《任昉传》还说："（昉）卒后，高祖使学士贺纵共沈约勘其书目，官所无者，就昉家取之。"① 可见任昉还开私家目录之先河。他死后，梁武帝派沈约、贺纵共勘其目，官所无者就昉家取之，这部被沈、贺二人查对的书目显然就是任昉的私人藏书书目。由于任昉藏书丰富，所见自然广博。《文章缘起》一书宋代已佚，现存条目由唐人张绩所补，其中论及"表"，又有"让表"，有"书"，又有"上书"，还有"谢恩""劝进""三言诗""九言诗"等，根本没有统一的分类标准。四库馆臣评曰："检其所列，引据颇疏。"② 如果张绩所补确为任昉原作，这种一字不同便另列条目的机械罗列，只能说明其所见文章之多，并不能显示他对文体特征的学理认识。《文心雕龙》与《文选》的出现，才标志着文学体裁的分类在齐梁时期进入了又一个高峰。

---

① 姚思廉：《梁书》，中华书局1973年版，第254页。
② 永瑢等：《四库全书总目提要》，商务印书馆1931年版，第95页。

三、南朝文体分类的思维特点

南朝文体分类的主要特点是细密，这是有现实基础的。文章在南朝世人的生活中具有非常重要的地位，是有效的谋生工具之一。《南史》卷五十九《江淹传》云："二汉求士，率先经术；近代取人，多由文史。观江、任之所以效用，盖亦会其时焉。"① 江淹、任昉皆因擅长写文章而获得高官厚禄，朝廷重要公文通常都由当时文章大家起草，这种现实使得人们对文章技巧的研究日趋精严。总集的编撰，本是为了方便写文章的人取法，分类越细，自然越方便揣摩技法。因此，为了把文章写好，编撰者在文体分类上也不厌其细。

就文体的名目种类来说，南朝以《文章缘起》所分最多，其次为《文选》。《文选》虽然在体裁分类的种类上不如《文章缘起》全面，但其文体分类不仅仅是在体裁与体裁之间，还在体裁内部进行了更为细致的分类，其分类形式最能显示南朝人在文体分类上的共同特点。

一是唯题是从。

"唯题是从"是以作品题目为确立体裁的依据，也可以称作"题目决定论"。《文选》收录文体三十九类，以"唯题是从"定类的文体就有赋、七、诏、册、令、教、策文、表、上书、启、弹事、笺、书、移、檄、难、对问、辞、序、颂、赞、论、连珠、箴、铭、诔、哀、碑文、墓志、行状、吊文、祭文 32 种。可见，"唯题是从"是《文选》文体类的首要原则，其中有几种文体的定类最能体现这一思维特点。

如"赋"类。《文选》收"赋"十部十五类共 52 篇作品，这些作品在题目上无一例外都有明确的体裁标志"赋"。

又如"辞"类。《文选》收"辞"两篇，即汉武帝《秋风辞》以及陶渊明《归去来》。汉武帝的《秋风辞》，在《汉书·艺文志》中是归为"赋"类的，萧统却因题目中无明确的"赋"字而另立为"辞"类，是典

---

① 李延寿：《南史》，中华书局 1975 年版，第 1463 页。

型的唯题是从。陶渊明《归去来》，虽然题目无"辞"，但也有所依据。实际上，《南史·陶潜传》记载陶渊明"赋《归去来》以遂其志"。《宋书·陶潜传》则云："即日解印绶去职，赋《归去来》。"虽然此处"赋"有"作"的意思，但汉代以来许多作家都有以"赋××"来说明体裁的叙述习惯，这"赋"也暗示了《归去来》是陶渊明的赋。但由于《归去来》不明确以"赋"题名，萧统便不归入赋类，无疑也是受到了"唯题是从"思维的牵制。

再如"上书"类。《文选》"上书"类收录李斯《上书秦始皇》、邹阳《上书吴王》与《狱中上书自明》、司马相如《上书谏猎》、枚乘《上书谏吴王》与《上书重谏吴王》、江文通《诣建平王上书》6篇作品。除了江淹的《诣建平王上书》，其余均为西汉以前的作品。在秦汉时期，臣下向朝廷或者诸侯提出书面建议都可称"上书"，后来此类文章增加了许多名目，如表、启、奏等。《文选》"上书"类所选的作品，与后来的表、奏、启明显是同一性质的作品，但是题目上又没有"奏""启"字样的体裁标志，于是专门分出"上书"类。

此外还有"难"类。《文选》"难"类仅收司马相如的《难蜀父老》一篇作品。这篇文章本来就属于"檄""移"类文章。《文心雕龙·檄移》说："移者，易也，移风易俗，令往而民随者也。相如之《难蜀老》，文晓而喻博，有移檄之骨焉。"用司马相如这篇《难蜀父老》来说明"移"的写作特点。可是由于题目中没有像另外几篇一样带有"檄""移"字样，故萧统为此篇另立"难"类。据学者考证，"难"作为一种文体"从东汉以来就已作为独立文体被著录"[1]，萧统很可能没有注意到"难"已经独立，如果已经知道，更可能由于该作品题名没有"檄""移"为文体标志而理直气壮地单立一体。

《文选》"诗"类所选录的作品达到了445篇，即使分出了补亡、述德、劝励、献诗、公宴、祖饯、咏史、百一、游仙、招隐、反招隐、游

———————————

[1] 傅刚：《〈昭明文选〉研究》，中国社会科学出版社2000年版，第191页。

览、咏怀、临终、哀伤、赠答、行旅、军戎、郊庙、乐府、挽歌二十一类，仍然有一百六十首无类可去，其中还有失题的，即使想遵循"唯题是从"的原则给它因篇立体，也无从下手，于是设"杂"类。"杂"是体裁分类走到窘境才出现的临时设类。一直以来，《文选》的选文标准是文选研究的热点。笔者比较赞成作品能否入选，最重要的原因还不在于是否符合萧统"事出于沉思，义归乎翰藻"的审美趣味，而是这篇作品是否有足够的名声和影响，就是说是否属于历史或当代的名篇。由于所选篇目古今杂陈，从战国至梁皆有，跨度很大。萧统在选文时，既要为当时流行的体裁提供有名的范本，又要兼顾历史名篇，如果古代名篇在题目上与时代稍后的作品相一致最好，如果不一样，就可能临时设类。这种临时设类虽然使得《文选》的分类显得尤其繁琐，但是从结构上来看，正由于采取临时设类的方法，才能使必须选入的每一篇作品都有类可去，避免了"杂"类包含过多。我们注意到，《文选》中属于"杂"类的文章并不多，只有在为诗歌划分小类时候，设立了"杂歌""杂诗""杂拟"三类。出现一篇作品一类的情况，也属于临时设类。"唯题是从"的分类思维是造成《文选》出现杂类与一篇作品一类的根本原因。

二是约定俗成。

前文曾述，《文选》中的大部分作品都是比较容易归类的，因为作者会在题目或行文中明确表明文体。但是并不是所有文体的第一篇作品都在题目中给自己明确归了类。《文选》收录的作品中，还有一些是从题目中无法看到体裁提示的，甚至是先秦以来题目中从未出现的。当"唯题是从"的思维无处可施时，萧统采取的是约定俗成的做法。《文选》三十九种文体中，诗、骚、奏记、设论、符命这5种文体基本上就是依据约定俗成的原则来确定的。

诗作为一种体裁，起源甚早，诗歌之题目从最初明确带上"诗"之标签逐渐变得多样化，所以判断诗歌体裁无需依赖题目。自古以来，诗这一体裁就是古人文体分类当中的传统体裁。《文选》收录的诗歌作品，并不是所有作品题目都有"诗"字，这是很自然的约定俗成做法。

再如"骚"类。骚类收录的是楚辞作品。屈原《九歌·东君》云："翾飞兮翠曾，展诗兮会舞。"①《九章·悲回风》又云："介眇志之所惑兮，窃赋诗之所明。"② 屈原称自己的作品为"诗"。可是诗人自己的声明似乎没什么作用，屈原之后，由于其作品被视为赋之先祖，故汉代人称屈原作品为赋，《九章》与《九歌》在汉代被归入了"楚辞"类，"楚辞"在魏晋时期又归入了"骚"类。虽然屈原《九歌》《九章》都有"九"，却没有像"七"那样独自立体，类似屈原《九歌》的"九"类作品，也因为《九歌》《九章》已经先入"楚辞"类而无法再独立为"九"体。萧统对屈原的作品既不列于"诗"也不列于"赋"，而是立"骚"体，就是遵循了魏晋以来以屈原之作归于"骚"类的惯例。

又如"设论"类。设论类收录东方朔《答客难》、扬雄《解嘲》和班固的《答宾戏》三篇文章，所选文章题目中并无"设论"，但《隋书·经籍志》记载有东晋人编撰的《设论集》，可见《设论集》在东晋已经出现，并将此类文章归类为"设论"。"设论"之名绝非萧统杜撰，而是沿袭了前人的习惯。

此外，"奏记"类仅收阮籍《诣蒋公》一篇作品，题目并无"奏记"之体裁标识。但"奏记"却是实际存在的一种体裁。《汉书》卷八十三《朱博传》云："文学儒吏，时有奏记称说云云。"③ 可见"奏记"在西汉时就是向公府等长官陈述意见的文书。刘勰《文心雕龙·书记》云："迄至后汉，稍有名品，公府奏记，而郡将奉笺。"将"奏记"列入"书记"类。《文选》李善注引臧荣绪《晋书》云："太尉蒋济闻（阮）籍有才俊而辟之，籍诣都亭奏记。"认为阮籍写给蒋济的这篇文章是一篇奏记。所以，萧统并不以"唯题是从"的思维为《诣蒋公》这篇作品列"诣"类，而是遵从前人已有的体裁定位。

在诗、骚、奏记、设论、符命这五种文体中，"符命"类是否出于约

---

① 金开诚等：《屈原集校注》，中华书局1996年版，第259页。
② 金开诚等：《屈原集校注》，中华书局1996年版，第617页。
③ 班固：《汉书》，中华书局1964年版，第3400页。

定俗成最可商榷。"符命"类收司马相如《封禅文》、扬雄《剧秦美新》、班固《典引》三篇作品。这三篇作品在《文心雕龙》中均归于"封禅"类，任昉《文章缘起》也列有"封禅书"一类。刘勰、任昉与萧统对这三篇文章的归类差异，说明它们的体裁是不明确的。但这三篇作品都是南朝人所熟知的名作。《宋书》卷五十一《刘义庆传》记载刘义庆"拟班固《典引》为《典叙》，以述皇代之美"①。《南齐书》卷二十三《王俭传》记载王俭"因跪上前诵相如《封禅书》"②。这三篇作品虽然出名，但后继之作都不再以此为名，凡有言"封禅"之意的文章都以表、奏形式上呈，与司马相如的《封禅文》行文差异较大。

《汉书》卷九十九《王莽传》载：

> 是月，前辉光谢嚣奏武功长孟通浚井得白石，上圆下方，有丹书著石，文曰："告安汉公莽为皇帝。"符命之起，自此始矣。……秋，遣五威将王奇等十二人班《符命》四十二篇于天下。③

从班固的记载来看，"符命"流行于西汉末，本是一种符兆，一种显示上天预示帝王受命的符兆。制造符命者多将符命之辞依附于石、碑之上。

"封禅"则是先秦以来古代帝王祭天地的大典。《史记》专列《封禅书》一章记载封禅之事。因此，无论符命与封禅，本身都不代表一种体裁。刘勰认为，"扬雄《剧秦》，班固《典引》，事非镌石，而体因纪禅"④，扬雄与班固之作是与司马相如《封禅文》同类的作品。实际上这三篇作品的写作动机与内容都不同。司马相如作《封禅文》称颂"大汉之德"，主张举行封禅典礼，其体裁性质更接近上书。扬雄的《剧秦美

---

① 沈约：《宋书》，中华书局 1974 年版，第 1477 页。
② 萧子显：《南齐书》，中华书局 1972 年版，第 435 页。
③ 班固：《汉书》，中华书局 2005 年版，第 2996 页。
④ 詹锳义证：《文心雕龙义证》，上海古籍出版社 1989 年版，第 809 页。

新》"诡言遁辞""兼包神怪",有浓厚的"符命"色彩。《后汉书》卷二十八《桓谭传》载:

> 当王莽居摄篡弑之际,天下之士,莫不竞褒称德美,作符命以求容媚。①

王莽之时,许多人都作了"符命"以讨好王莽,刘歆就向扬雄学习怪词奇字作了符命。扬雄《剧秦美新》也是歌颂王莽新朝之文,虽然他自己并没有对此文的性质作出说明,但《汉书》卷八十七《扬雄传》记载当时他"爱清静,作符命",是以"符命"的性质来看待扬雄之作的。班固的《典引》则是对汉家王朝歌功颂德的作品,作于汉代太平之时,既没有封禅之论,也没有使用神秘谶语。因此,以这三篇作品的差异性来看,要各自独立作为一类文体,缺乏着手之处。但是这三篇作品又有明显的共同之处,就是为当朝统治者歌功颂德。章学诚《文史通义·诗教》下说:"若夫《封禅》《美新》《典引》,皆颂也。称符命以颂功德,而别类其体为'符命。'"② 符命在汉以后不乏作者,其中称颂当朝美德以制造登基依据是其主体。这三篇作品,虽然不依附于石、碑等物质,但从它的内容重心来看,更贴近"符命"。因此,笔者认为,萧统应当就是依据时人对"符命"性质的普遍理解来类列这三篇文章的,也算有约定俗成之意。

在《文选》的体裁分类中,也有"唯题是从"与"约定俗成"交织的情况。前文曾述,范晔在《后汉书·文苑传》中所记载的体裁已经达到了三十种。《文选》中的三十九体,许多体裁都已经为人们所熟知。如"七"体。《文心雕龙·杂文》说:"智术之子,博雅之人,藻溢于辞,辩盈乎气。苑囿文情,故日新殊致。"③ 才学富丽的作家总是能够在激情才华的推动下创出新的文体。"七"体在枚乘首作之时,并没有把它作为

<hr>

① 范晔:《后汉书》,中华书局 2005 年版,第 640 页。
② 叶瑛校注:《文史通义校注》,中华书局 1985 年版,第 81 页。
③ 詹锳义证:《文心雕龙义证》,上海古籍出版社 1989 年版,第 489 页。

一种新体裁，其写法仍然属于典型的汉大赋，只是后来沿袭者不少。傅玄、谢灵运，都曾将这类有"七"作题目的作品汇编成集，与其他体裁并行，使"七"在形式上成为和"诗""赋"平行的体裁之名。梁时卞景编辑《七林》，当时还有无名氏之《七林》三十卷，萧统本人也著有《七契》。萧纲赞扬萧统"铭及盘盂，赞通图象，七高愈疾之旨，表有殊健之则，碑穷典正"①，将"七"与铭、赞、表、碑并列。刘孝绰《昭明太子集序》亦云："书令视草，铭非润色。七穷炜烨之说，表极远大之才。"②"七"与书、铭、表并列，这都说明在梁代，"七"体作为独立的一种文体算是当时的公论。萧统不将"七"归入"赋"而单列一类，既是继承了傅玄、谢灵运所开启的将"七"独立的做法，也是时代风气使然。因此，在某种程度上来说，"唯题是从"也未尝不算一种约定俗成。

此外，在诗、赋二体的二次分类中，更体现出"唯题是从"与"约定俗成"交织的特点。诗、赋是文选收录作品最多的两类体裁。由于为数众多，萧统进行了二次分类，二次分类的主要依据是题材。赋类分甲、乙、丙、丁、戊、己、庚、辛、壬、癸十部，又于十部下分京都、郊祀、耕籍、畋猎、纪行、游览、宫殿、江海、物色、鸟兽、志、哀伤、论文、音乐、情等十五小类。诗类分甲、乙、丙、丁、戊、己六部，六部之下分补亡、述德、劝励、献诗、公宴、祖钱、咏史、百一、游仙、招隐、反招隐、游览、咏怀、临终、哀伤、赠答、行旅、军戎、郊庙、乐府、挽歌、杂歌、杂诗、杂拟二十四小类。在体裁之下再按照题材分类，这是传统目录学的做法。两汉时期，有关文体分类的意识体现在对古籍的整理和目录的分类之中。刘歆《七略》将所能见到的典籍分为六艺、诸子、诗赋等七大类，其中诗赋类又分出屈原赋、陆贾赋、荀卿赋、杂赋、歌诗五类，杂赋中又分客主赋、杂行出及颂德赋、杂四夷及兵赋等 12 种。在今天看来，赋中所分出的屈原、陆贾、荀卿三类，就存在内容上抒情、说理、效

① 严可均辑：《全梁文》，商务印书馆 1999 年版，第 127 页。
② 严可均辑：《全梁文》，商务印书馆 1999 年版，第 672 页。

物的差别。但刘歆的分类是否就是依据题材，他没有说明，也就不得而知。《文选》对诗、赋的二次分类，也应当是参照了传统目录分类的体例。

"赋"类中的"京都""宫殿""江海""鸟兽"以及"诗"类中的"补亡""述德""百一""游仙""招隐""反招隐""临终""挽歌"，所选作品全部在题目中有相应题材标志。那些没有在题目中明确标明题材的作品，萧纲也应当有所参考。例如《文选》将江淹《杂体诗三十首》全部收录，江淹这三十首诗对三十位拟作对象的作品在题材上"言志""游览""咏怀""述哀""杂述""从军""戎行""赠友"等类别的概括，就与《文选》诗、赋中所分类的一些题材名称基本相同。

诗、赋是文人必作之体裁，诗、赋总集的编撰也最为兴盛。《隋书·经籍志》著录的赋总集就有二十多部，其中不乏《乐器赋》《伎艺赋》《皇德瑞应赋颂》等按照题材编撰的赋集。萧统之父梁武帝萧衍编《历代赋》十卷，当中也应当有题材的分类。分类诗集更多，如干宝《百志诗》九卷，应贞注《古游仙诗》一卷，应璩《百一诗》八卷，无名氏《杂祖饯宴会诗集》一百四十三卷，《齐释奠会诗》一十卷，《齐宴会诗》十七卷等。这些诗、赋集的编撰应当给萧统诗、赋的题材分类提供了诸多的借鉴，成为他"约定俗成"的来源。

无论是"唯题是从"还是"约定俗成"，这两种思维方式都显示了南朝文体分类重名轻实的倾向。"重名轻实"乃是中国传统的文化习惯，所谓"名不正则言不顺"，萧统之前，刘勰已经在《文心雕龙》中穷究体裁之名的来源，充分展示了对正名传统的维护。萧统似乎贯彻得更为彻底，更务求细密。体裁的科学分类，本来必须是逻辑分类，"逻辑分类乃是概念的分类。概念就是历历分明的一组事物的观念，它的界限是明确标定的"①。如果概念本身是模糊的，就不可能实现科学的分类。以"唯题是

① ［法］爱弥尔·涂尔干、［法］马赛尔·莫斯：《原始分类》，汲喆译，上海人民出版社2000年版，第93页。

从"或"约定俗成"所分出来的类，基本上不存在概念的界定。"唯题是从"的原则，虽然因为机械而显得肤浅，但是绝对可以避免阐释的主观性。如果题目中没有明显的体裁标志，就会带来体裁认定的分歧。严可均《全上古三代秦汉三国六朝文》和逯钦立《先秦汉魏晋南北朝诗》中同时收入相同的作品，就可说明这种分歧。而被不同体裁的文章选集所重复收录的作品，往往都是题目中没有明确体裁标志的。以"赋"为例，在汉大赋产生之后，许多文章可以说都是"赋"的衍生，赋本身带了"体"的丰富内涵，可以指体裁，也可以指创作方法等，在不同层面上给许多体裁的写作以借鉴。如果从写作手法、行文、内容或者其他角度去归类，七体、辞、连珠、设论等体裁都可以归入赋类。不同体裁之间虽然有差异，但如果不是起源泾渭分明的，细究之下终有通融的余地，这样往往更容易窜类，造成混乱。如果题目明确为"赋"，反而是唯一权威的。因此，无论"唯题是从"还是"约定俗成"，都是萧统在面对大量必须入选的作品时的权宜之策，并不是萧统在体裁上有多么深思熟虑的研究。

《文选》立文体三十九类，以"唯题是从"与"约定俗成"确定的占了37类。这37类可视为萧统在文体分类上最无创造力的部分。只有"史论"以及"史述赞"两类，最有特色。但"史论"与"史述赞"本身不能算是一种独立的文体，它们只是史书的一部分。《文选序》曰：

> 至于记事之史，系年之书，所以褒贬是非，纪别异同，方之篇翰，亦已不同。若其赞论之综缉辞采，序述之错比文华，事出于沉思，义归乎翰藻，故与夫篇什，杂而集之。①

在这篇序中，萧统较为明确地说明了自己对入选文章的选编标准，以"实录"为编写原则的史书是萧统公开声明不入选的，但史书中的"史论"与"史述赞"部分，通常是独立成段的一部分文字，不但有完整的结构和观点，语言也最能体现作者的文采，是史书中唯一能够允许作者自

---

① 严可均辑：《全梁文》，商务印书馆1999年版，第222—223页。

由发挥的一部分,故不但具有"篇什"的实际形式,还可能呈现出"综缉辞采""错比文华""事出于沉思,义归乎翰藻"的面貌,这些特点也正是萧统所要入选的名篇名作的特色,故萧统将其选入《文选》中,单独立体,以方便学习写文章的人借鉴。这一分类使部分入选"史述""史述赞"类的篇目以单篇形式广为流传,这才是萧统在文体分类上的贡献。

当然,不管萧统的分类受到研究者怎样的质疑,唯题是从与约定俗成的分类思维充满中国哲学的传统思维特色,幼稚中不乏深奥,粗陋中也显精妙,倒也符合最简单的往往是最经典的道理的。

第二节 文体辨析

体裁分类通常伴随着文体辨析,但并不一定是准确的体裁定义。两汉时期,文体辨析意识主要体现在史书编撰、古籍整理和目录设置之中。史书对文体的著录带有一定的辨析色彩,不过其主要任务是对实际存在文类的客观纪录,辨析意味不强。古籍整理中的编目也是如此。例如班固《汉书·艺文志》中的《诗赋略》,将"屈原赋""孙卿赋""陆贾赋""杂赋""歌诗"各列一类,这种分类受到章炳麟、刘师培等学者的重视,认为班固已经有了区分以表现情感为主和以注重辞藻描绘为主的作品的概念。[①] 但这只是现代人的理解,班固对赋的二次分类有体裁辨析的意味,但还非常粗略。汉人对赋与诗之关系的讨论,是对赋这一文体的初级辨析。

文体分类从文体大备的东汉才真正开始,文体辨析也是到东汉才逐渐兴盛。汉末蔡邕作《铭论》,论及铭的规程和制度。又作《独断》,将天子令群臣之文分为策、制、诏、戒四类,又将臣子上天子之文分为章、表、奏、驳议四类。《独断》是一部考析汉代典章制度、品式、称谓的著作,可见蔡邕是把文体作为典章制度来考察的。汉末刘熙《释名》第十

---

① 章太炎:《国故论衡·辨诗》,中华书局1983年版,第185页。

九《释书契》与第二十《释典艺》，考释了奏、檄、诗、赋等近二十种文体名称的来源和含义，其辨析性质与蔡邕相似，也是将文体以一种客观存在物的视角来关注界定的。这样的文体辨析虽然有比较强的辨析色彩，却淡化了体裁与文学本质特征之间的内在关系。魏晋时期，文体辨析的专业性有所加强。建安时期桓范的《政要论》批评了当时部分文体写作中互相混淆的状况，现存的《序作》《赞象》《铭诔》三篇，已经体现了对体裁辨析中"名"与"实"规范的重视。曹丕在《典论·论文》中指出"文本同而末异"，论及奏议、书论、铭诔、诗赋四科，并以"宜"字带出了四科文体所应有的面貌。曹丕的文体辨析虽然文字简短，所论文体也只有八种，但曹丕明确将这八体归于"文"的统领之下，体裁本身不再是笼统的客观事物，而具有了明确的性质归属。之后陆机《文赋》论及十类文体的性质与特点，挚虞《文章流别论》与李充《翰林论》论及文体更多，都自觉维护着体裁的"文章"本位，大大提高了体裁辨析的专业性，并开创了体裁辨析的一些基本角度和论说模式。南朝文体辨析极为兴盛，在辨析的深度上大大超越了前代。

一、体裁的探源溯流

南朝的体裁辨析，有的是单论一体的，如裴松之《请禁私碑表》，论及碑之体，钟嵘《诗品》专论诗歌。有的是综论各体的，如刘勰的《文心雕龙》与任昉的《文章缘起》，文体众多；萧统《文选序》论及诗、颂、箴、戒、论、铭、诔、赞的起源与用途，又提及辞、序、碑碣志状、诏诰教令、表奏笺记、书誓符檄、"吊祭悲哀之作""答客指事之制""三言八字之文"，不过种类不及《文心雕龙》与《文章缘起》。无论数量多少，南朝文体辨析的重心之一是对体裁进行探源溯流，其中又以《文心雕龙》《文章缘起》以及《诗品》最有代表性。

《文心雕龙·序志》云：

　　若乃论文叙笔，则囿别区分，原始以表末，释名以章义，选文以定篇，敷理以举统。①

刘勰将"原始以表末"作为自己"论文叙笔"的方法之首。"原始以表末"就是对文体的探源溯流，这种方法在《明诗》至《书记》二十篇文体辨析中得到了全面的实践。对各个体裁的源流，刘勰通常在考证该体裁的命名之后开始追溯其历史。如《颂赞》论颂曰："颂者，容也，所以美盛德而述形容也。昔……"这几乎是刘勰文体辨析的标准思路。为了证明体裁命名的合理性，刘勰对各体裁进行了多方面的训诂，或因声，或因形，或因其语源，以求对每一体裁做到探其根本。与前人对体裁辨析的点到即止不同，刘勰之探源溯流致力于言之有据。如《明诗》论诗曰："诗者，持也，持人情性；三百之蔽，义归'无邪'，持之为训，有符焉尔。"②《铭箴》论铭则曰："先圣鉴戒，其来久矣。故铭者，名也，观器必也正名，审用贵乎慎德。"③ 或尽可能在解释某体裁的名称意义之后补充以"《诗》云""《易》称"等权威经典言论，以提供体裁存在的依据。《文心雕龙·书记》云："公干笺记，丽而规益，子桓弗论，故世所共遗。"④ 一般人只会依赖前人已经发现的文体，只讨论已经被人讨论的文体，没被人提过的就轻易放过。刘勰特地指出这一点，表现出他在体裁辨析上力求周全、不盲从前人的严谨态度。在刘勰对文体的全面考据中，各种体裁的命名、功能、流变都变得有史可寻，有据可依，充满实证色彩。故《文心雕龙》对各种体裁的"原始以表末"部分往往被视为分体文学史，备受后人称扬。

任昉的《文章缘起》，探源的特色更为鲜明。《文章缘起》一书，《隋志》著录称《文章始》一卷，然有录无书。两《唐志》著录一卷，题张绩补。既有补亡，说明唐代亦无此书。《四库提要》指出，宋人修《太平御览》，收书一千六百九十种，也没有收此书。北宋嘉祐中，王得臣《麈

---

① 詹锳义证：《文心雕龙义证》，上海古籍出版社 1989 年版，第 1924 页。
② 詹锳义证：《文心雕龙义证》，上海古籍出版社 1989 年版，第 171 页。
③ 詹锳义证：《文心雕龙义证》，上海古籍出版社 1989 年版，第 394 页。
④ 詹锳义证：《文心雕龙义证》，上海古籍出版社 1989 年版，第 939 页。

史》云："梁任昉集秦汉以来文章名之始，目曰《文章缘起》，自诗、赋、《离骚》至于势、约，凡八十五题，可谓博矣。"① 又说明北宋已有此书。《四库》馆臣猜测大概是张绩所补之书，后人误以为任昉原作。证明此书存在最可靠有力的证据当属《文选序》吕向注所引《文始》，其文字与今本《文章缘起》相同。就张绩补书而言，张绩是唐人，所补《文章始》必有所据，八十四类文体的记载也不至于离开原貌太远。因此，任昉作《文章缘起》，应当是事实。②

任昉以"始"作为自己著作的名称，表明了追溯文体之源的编撰目的。本书在论南朝文体分类的时候，曾指出《文章缘起》选列八十四种文体，是南朝文献中论述文体最多的一部著作。收录之全，分类之细，前无古人。从现存的《文章缘起》看，任昉于每一种文体之下，列一篇他认为是该体起源的作品。由于他的编撰重心在"始"，故注重搜集各大体裁之中小类的起始之作，亦即首篇作品，故显得体裁繁多。《文章缘起》重"源"，对各体之"流"所论甚少，使得文体探源成为文献排序，这种"选"而不论的方式可显任昉阅读之广，却不能显其批评之精，辨析力度并不强。

在文体的探源溯流上，以钟嵘之《诗品》最为系统。《诗品》论各作家之诗歌，均以"源出于某某"开端。在所有的"源"中，钟嵘整理出《诗经》《楚辞》两大系统。在所评的 123 位诗人中，追溯了 36 位诗人的风格渊源，其他诗人虽未明确指出"源出于"谁，但具体品第文字却以这 36 位诗人为参照。因此，这 36 位诗人又仿佛是一个整体的坐标，分流于其他诗人的某一可取之处。学者指出，这些数字包含了钟嵘的结构思想与良苦用心。五言诗的流派演变在钟嵘的"溯流别"中显得清晰可辨。

追溯文体之源的做法，在《七略》以及《汉书·艺文志》中早已经有所体现。在文学批评领域，文体辨析也是从一开始就自觉进行文体溯源

---

① 见永瑢等：《四库全书总目提要》，商务印书馆 1931 年版，第 95 页。
② 参阅傅刚：《〈昭明文选〉研究》，中国社会科学出版社 2000 年版，第 90—91 页。

的。挚虞《文章流别论》与李充的《翰林论》，都是先追溯各体源流，再辨别各类文学体裁体制特点的。任昉勤奋好学，在私人藏书、校雠学、目录学方面都有一定的成就，《七略》《汉志》这些史学名著自然不陌生。《七略》《汉志》流传甚广，世人习见，尤其受学者重视，可以说是文士必读之书。何况，在不打破历史传统的前提下小心翼翼地进行创造或变通，一直是古代知识分子最普遍的学习习惯。"这种重视传统，强调'通变'的特色实际也是中国古代文化精神的一个方面。这种精神贯注到学术，就形成学术上重视师承的传统；这种精神作用于文学，便形成文学史上的摹拟传统；这种精神影响及文学批评，就形成了批评史上的'推源溯流'法。"① 因此，南朝文论者在文体辨析中特别重视探源溯流，实际上是对中国"考镜源流"之学术传统的直接继承。

即使不是具体的文体辨析，南朝也习惯从源流的角度谈论文学问题。如沈约《宋书·谢灵运传》云：

> 自汉至魏，四百余年，辞人才子，文体三变。相如巧为形似之言，班固长于情理之说，子建、仲宣以气质为体，并标能擅美，独映当时。是以一世之士，各相慕习，原其飙流所始，莫不同祖《风》《骚》。徒以赏好异情，故意制相诡。

沈约在总结自汉至魏四百余年文学创作风格的变化之后，认为"原其飙流所始，莫不同祖《风》《骚》"，就是对这种变化进行探源，认为这些辞人才子的创作都属于《诗经·国风》与《离骚》的流变。

又如萧子显《南齐书·文学传论》云：

> 今之文章，作者虽众，总而为论，略有三体。一则启心闲绎，托辞华旷，虽存巧绮，终致迂回。宜登公宴，本非准的。而疏慢阐缓，膏肓之病，典正可采，酷不入情。此体之源，出灵运而成也。……次则发唱惊挺，操调险急，雕藻淫艳，倾炫心魂。

---

① 张伯伟：《钟嵘〈诗品〉研究》，南京大学出版社1999年版，第348页。

亦犹五色之有红、紫，八音之有郑、卫。斯鲍照之遗烈也。①

萧子显对当时文坛所流行的文风进行总结的时候，也自觉地进行探源，或认为"此体之源，出灵运而成也"，或认为"斯鲍照之遗烈也"。由此可见，探源溯流之法虽有自己的学术传统，也在于历史意识的推动。

历史意识的存在是人类文明前进的基本动力之一。"如果所发生的事件是前所未有的，那么，历史就必然是对现在的一种不完全的解释。在漫长的过去以及在过去和现在之间，必然有重复和相似之处，人们才能从过去中吸取经验教训。正是由于有许多重复和相似之处，历史才能给我们某种关于过去的说明和关于现在的解释。这样，我们的选择至少能部分地得到指引。"② 中国的历史意识导源于史官，"史"的存在与独立都早于"文"。儒家所推崇的六经也正是夏、商、周三代以来的史籍。孔子早就在自己的学说中传达了以史为鉴的思想。"鉴往知来"本是史学的功用与目的。魏晋南北朝社会属于乱世，朝代频繁更替，史学家也格外重视修史，在六朝，"以史为鉴不仅仅成为史家意识，而是社会共同的心声"③，强烈的历史意识在南朝文体辨析的过程中也充分体现出来。沈约与萧子显均为史学家，其自觉以史观文尚不足怪，而探源溯流之法在文体辨析中的普遍运用，则显示出南朝文论者普遍强烈的历史意识。

同时也应当看到，并不是具有历史意识就必然带来南朝文体辨析所达到的深刻程度。"对人类事务进行全面研究的要求出于某些动机。在这些动机中，有些是永久性的，有些是暂时性的，有些系出于公心，有些系出于私心。其中最强烈、最可贵的一种就是好奇，这是人性最显著的特征之一。尽管人们的好奇程度可以说千差万别，但我们似乎还找不出一个完全没有好奇心的人。在人事范围内，正是好奇促使我们注意全面观察问题，以便获得真实的认识，这是人的思想可能理解问题的关键所在。"④ 虽然

---

① 萧子显：《南齐书》，中华书局 1972 年版，第 908 页。
② ［英］汤因比：《历史研究》，刘北成、郭小凌译，上海人民出版社 2000 年版，第 425 页。
③ 郝润华：《六朝史籍与文学》，中华书局 2005 年版，第 219 页。
④ ［英］汤因比：《历史研究》，刘北成、郭小凌译，上海人民出版社 2000 年版，第 23 页。

文学批评领域探源溯流之方法早在挚虞的《文章流别论》中已经开始实践，但是，对体裁的源与流，却从未有人像南朝人这样进行细致深刻的分析。这也反映出南朝文论者对文体流变的好奇心更甚于前人。任昉以自己的博见广泛考证各体之"始"，文献价值自不必多说。刘勰以声训、义训等方式详细考释各体名称与体制之源，钟嵘《诗品》对具体诗人风格的探源溯流，二者更有系统性。南朝文体辨析探源溯流之全面，使得文体的"真实性"得到了最大限度的开掘。

探源溯流之方法对文体辨析的意义无疑是巨大的。然而，对"源"的刻意追索容易导致文学批评的宗经观念，当文论者也像目录学家那样，将所有文章都视为六经之流时，就非常容易产生经书为文章之源的思维定势。但凡注重文体之流别者，都将文章的起源归功于经典。晋代傅玄在《傅子》中就说："《诗》之《雅》《颂》，《书》之《典》《谟》，文质足以相副，玩之若近，寻之若远，陈之若肆，研之若隐，浩浩乎其文章之渊府也。"① 挚虞《文章流别论》在文体探源时，将诗歌一体的三至九言以及各杂言诗的源头都追溯至《诗经》，都划入《诗经》一类。任昉与刘勰也未能免俗。《文章缘起序》云：

> 六经素有歌、诗、书、诔、箴、铭之类。《尚书》帝庸作歌，《毛诗》三百篇，《左传》叔向贻子产书，鲁哀孔子诔，孔悝《鼎铭》，虞人《箴》，此等自秦汉以来，圣君贤士沿著为文章名之始。②

将文章各体的源头都溯于六经，这是任昉对文体的总体认识。不过在涉及到具体的文类之源时，任昉并不唯经是从，如三言诗为"晋散骑常侍夏侯湛诗"，四言诗为"前汉楚王傅韦孟谏楚夷王戊诗"，五言诗为"汉骑都尉李陵与苏武诗"，九言诗为"魏高贵乡公所作"，并不强行从《诗经》中找依据，体现了一种尊重文学史事实的可贵精神。相比之下，刘勰

---

① 严可均辑：《全晋文》，商务印书馆1999年版，第506页。
② 严可均辑：《全梁文》，商务印书馆1999年版，第464页。

的文章宗经观就显得比较绝对。《文心雕龙·宗经》云：

> 故论、说、辞、序，则《易》统其首；诏、策、章、奏，则
> 《书》发其源；赋、颂、歌、赞，则《诗》立其本；铭、诔、
> 箴、祝，则《礼》总其端；纪、传、盟、檄，则《春秋》为根：
> 并穷高以树表，极远以启疆，所以百家腾越，终入环内者也。①

不仅认为各体文章都源出六经，更一一指出何体文章源出何部经典。这种充满实证意味的论述，使各体文章与儒家经典的关系显得更为具体明确，不容置疑。因此，自刘勰此说一出，文体源于六经几成定论。后世不少作家或批评家都把经书视为后代文章写作取之不尽的源泉。六经本是早期社会生活的反映，包含着社会生活各方面所需要的文字制作。后世各体文章也正是因适应社会生活的需要而产生、发展起来的。因此，这种看法自有其合理性。但过于依赖经书，把后世各种文体与六经一一对应，则有失客观。即使是刘勰自己，也无法一一指明六经之后所有文体与经书之间特别明确的继承关系，《杂文》中说宋玉"始造《对问》"，枚乘"首制《七发》"，扬雄"肇为连珠"，这就给人以自相矛盾或论据不足的印象。可以说，"唯经是源"的观念是历史意识在文学批评领域中催生的极端产物。

二、体裁整合中的文学特征体认

体裁的辨析刺激着人们思考体裁之间的联系与区别。在体裁辨析过程中，对各体裁进行整合是文体辨析的最后一步，在整合中，文学与非文学的区别将逐渐为人们所认识，文学最为本质的特征也将逐渐独立出来。

东汉是文体辨析真正自觉的时候，文体辨析中已经略见对文章各体裁之间的整合。蔡邕《独断》所考据的策、制、诏、戒、章、表、奏、驳议，都是应用性极强的文体，刘熙《释名》中考释的"诗""赋"是放在

---

① 詹锳义证：《文心雕龙义证》，上海古籍出版社 1989 年版，第 78—79 页。

"六艺"中进行解释的, 其余各体也都是应用性文体。《后汉书》卷六《孝顺帝本纪》曰:

> 辛卯, 初令郡国举孝廉, 限年四十以上, 诸生通章句, 文吏能笺奏, 乃得应选。①

《后汉书》卷四十四《胡广传》:

> 时, 尚书令左雄议改察举之制, 限年四十以上, 儒者试经学, 文吏试章奏。②

从东汉的人才选拔来看, "经学"与"章奏"对应的是不同人才的选拔条件。儒生考经学, 文吏考章奏。"通章句"与"能笺奏"是儒生与文吏的职能区别。这说明, 通经者未必善于写作公文, 文章与经学有区别已经成为共识。应用性文体也因为与经学的明确区分获得了自己的独立地位, 而且善写应用性公文的文吏地位颇高。《论衡·程材》云:

> 论者多谓儒生不及文吏, 见文吏利便, 而儒生堕落, 则诋訾儒生以为浅短, 称誉文吏谓之深长。……儒生有阙, 俗共短之; 文吏有过, 俗不敢訾。③

王充《论衡》一书对当时人们对"文吏"与"儒生"的看法多有记录。他指出, 同样是为朝廷效力, 但当时的人们尊文吏而贬儒生, 擅长公文写作的文吏在人们眼中的地位明显高于儒生。文吏所擅长的应用性文体的写作与儒生对经典的章句注疏在社会地位上也已有高下之分。《论衡·程材》云:

> 儒生摘经, 穷竟圣意; 文吏摇笔, 考迹民事。④

---

① 范晔:《后汉书》, 中华书局 2005 年版, 第 174 页。
② 范晔:《后汉书》, 中华书局 2005 年版, 第 1016 页。
③ 王充:《论衡》, 岳麓书社 1991 年版, 第 188 页。
④ 王充:《论衡》, 岳麓书社 1991 年版, 第 192 页。

《论衡·量知》云：

> 或曰："文吏笔札之能，而治定簿书，考理烦事，虽无道学，筋力材能尽于朝庭，此亦报上之效验也。"①

由"文吏摇笔""文吏笔札之能"等语可知，表、章、奏、笺等文吏所写之文被称作"笔"或者"笔札"。《论衡·定贤》云：

> 以敏于笔，文墨雨集为贤乎？……以敏于赋颂，为弘丽之文为贤乎？②

王充以"敏于笔""敏于赋颂"对举，"丽美之文"与"笔札"分别言之。这"丽美之文"，就是王充屡次以"丽"称之的赋颂。显然"赋颂"是与"笔"区别甚大的文体。"文墨雨集"是笔的特点，"弘丽"是赋颂的特点。"文墨"泛指文书辞章，亦指写文章、从事文字工作。《论衡·超奇》云："古昔之远，四方辟匿，文墨之士，难得记录。"又如《论衡·程材》云："夫儒生材非下于文吏，又非所习之业非所当为也，然世俗共短之者，见将不好用也。将之不好用之者，事多己不能理，须文吏以领之也。"明确指出文吏很受重用，是因为官员的事务太多，需要文吏来分担，而儒生缺乏的正是处理政府事务的能力。《程材》篇还指出："文吏以事胜，以忠负；儒生以节优，以职劣。"文吏的职责就是辅助官府处理政务，"以笔札之能，而治定簿书，考理烦事"。簿书是官署中的文书簿册，具体而言就是撰写公文，整理官府文件。故"文墨雨集"就是指迅速大量地写作公文。《论衡·自纪》云："笔瀧漉而雨集，言溢涌而泉出。"可见"文墨雨集"正是对"笔"之写作特点的概括。

赋颂之特点是"弘丽"。王充对赋颂特征的认识，是明确以司马相如和扬雄的作品为对象的。赋颂之所以"弘丽"，是因为赋颂内容丰富，篇幅巨大，需要酝酿构思。在迅速大量地写作公文与缓慢酝酿弘丽的赋颂之

---

① 王充：《论衡》，岳麓书社1991年版，第194页。
② 王充：《论衡》，岳麓书社1991年版，第421页。

间，王充要作出价值判断。《论衡·书解》云：

> 或曰："著作者，思虑间也，未必材知出异人也。居不幽，思不至。使著作之人，总众事之凡，典国境之职，汲汲忙忙，何暇著作？试使庸人积闲暇之思，亦能成篇八十数。文王日昃不暇食，周公一沐三握发，何暇优游为丽美之文于笔札？"①

《论衡·定贤》云：

> 夫笔之与口，一实也。口出以为言，笔书以为文。口辩，才未必高；然则笔敏，知未必多也。且笔用何为敏？以敏于官曹事。……文丽而务巨，言眇而趋深，然而不能处定是非，辩然否之实。虽文如锦锈，深如河、汉，民不觉知是非之分，无益于弥为崇实之化。②

写文章总是需要时间的。王充认为创作需要一个安静悠闲的环境，如果每天要处理很多事务，无论"文"还是"笔"都不可能有时间去写。但是真正写起来，"笔"与"文"的功能是不同的。从王充对"笔"与赋颂的态度可以确知，"笔"与赋颂的区别在于实用与不实用。"笔"属于实用性文章，"敏于笔"就等于敏于为官之道。而"敏于赋颂"则不一样，赋颂属于非实用性文章，"丽"是其特点，没有实用价值。在王充心中，"笔"的写作是与现实的需要紧密结合的，而"文"对现实生活没什么实际作用，所以他特别欣赏擅长写作实用性文章的人。《论衡·超奇》云：

> 长生死后，州郡遭忧，无举奏之吏，以故事结不解，征诣相属，文轨不尊，笔疏不续也。岂无忧上之吏哉？乃其中文笔不足类也。③

---

① 王充：《论衡》，岳麓书社1991年版，第433页。
② 王充：《论衡》，岳麓书社1991年版，第421页。
③ 王充：《论衡》，岳麓书社1991年版，第216页。

"长生"就是周长生，是当时最擅长写作奏、书的文吏，在他死后，"笔疏不续"，没有人能接班，纵使为政事操心想要上奏的，写出来的奏章也无法和周长生的作品相比。此处所称呼的"文笔"，当是泛指文章写作的内容体式。

曹魏时期，"文笔"之称也还是比较少见，通常是泛指文章。如曹操《选举令》：

> 国家旧法，选尚书郎，取年未五十者，使文笔真草有才能谨慎，典曹治事，起草立义。①

不过，此时对"非笔"的认识，已不仅限于赋颂。魏人《典略》云：

> （繁）钦既长于书记，又善为诗赋。②

魏人在记录繁钦的才能时，特地记载他能兼善书记与诗赋，言下之意是"书记"与"诗赋"并非同一类型的文体，这两种文类对写作能力的要求甚至可能存在一定程度的冲突。而"赋"很早就被归入"丽文"一类，作为与之相对的"书记"显然正是与"丽文"相对的"笔"类了。比之王充与"笔"对举的"赋颂"，曹魏时期的"丽文"队伍中又增加了"诗"类。曹丕《典论·论文》提及八体，虽然没有对属于"笔"与"非笔"的具体文类作出归纳，但从"诗赋欲丽"一语，可见对于非实用性文体，曹丕时代仍然以"丽"为特征。曹丕所论八体，以奏议居首，诗赋最末，可见实用性文章在曹丕那个时代依然具有绝对价值，故曹丕称"文章经国之大业，不朽之盛事"。实用性文体的地位仍然高于非实用性文体。

西晋陆机在《文赋》中分文为"十体"，依次为诗、赋、碑、诔、铭、箴、颂、论、奏、说，陆机对这些体裁的特征进行了概括，却并没有进行有意识的归类整合。从排列顺序来看，论、奏、说三体是已经为东汉

---

① 严可均辑：《全三国文》，商务印书馆1999年版，第14页。
② 陈寿：《三国志》，中华书局1982年版，第603页。

人所明确的 "笔"。陆机以诗赋居首而奏说最末，可见实用性文体在他心目中的地位有所下降。

东晋葛洪表现出比较明显的体裁整合意识。《抱朴子·外篇自叙》陈述他自己的作品：

> 凡著《内篇》二十卷，《外篇》五十卷，碑颂诗赋百卷，军书檄移章表笺记三十卷，又撰俗所不列者为《神仙传》十卷，又撰高尚不仕者为《隐逸传》十卷，又抄五经七史百家之言，兵事方伎短杂奇要三百一十卷。①

葛洪将子书、历史传记与单篇文章分开，"碑颂诗赋"与"军书檄移章表笺记"相区别，两者各自编为一集，可见他自觉将有关政事的文体与非实用性文体区别对待。"军书檄移章表笺记"是典型的"笔"，那么"非笔"类又更明确有"碑"。

李充《翰林论》秉持大文学观念，认为"孔文举之书，陆士衡之议，斯可谓之文矣"②。他的划分标准是思想的创造性与语言艺术的结合，故认为议、书等"笔"类也属于"文"，不过他已经把这些文章与经书、史书作了划分。

两晋时期，"文笔"一词已经颇为常见，用于对各体文章的总称。《晋书》中多有"文笔皆行于世"或"以文笔著称"之语。而在这之前，泛指各体文章的概念都是"文章"。两晋"文笔"与"文章"二者同时存在，"文章"有时还指文才或"笔"之外的体裁。如传记中经常记载某人"少好学，有文章"。"文章"有时还专指辞赋。《晋书》卷九十二《袁宏传》记载，袁宏撰《北征赋》，为世人推崇，认为"当今文章之美，故当共推此生"，以"文章"称其《北征赋》。可见"文笔"与"文章"已经隐约有了各自的代表文体。

从上述情况来看，南朝以前，体裁之间的整合在于将各种体裁归于

---

① 杨明照校笺：《抱朴子外篇校笺》，中华书局1997年版，第682页。
② 严可均辑：《全晋文》，商务印书馆1999年版，第559页。

"笔"与"非笔"两大类。虽然南朝之前的文学评论没有明确划定"笔"与"非笔"的具体名目，但在表述中却几乎都是以"诗"为开端，按照其情感与文辞的结合度依次举例的。"笔"主要是文吏所写的公文如表、奏、笺、书记、檄、移等，"非笔"类的体裁随着时代发展，逐渐增多，比较明确的有诗、赋、颂、碑、诔等。对于"笔"类，并没有统一的特征，诗赋则称"丽"。应该说，以"丽"概括诗赋的特征是比较笼统的，不具有属于文学的唯一性。也就是说，文学自身的独特性并没有得到最本质的认识。南朝时期，"笔"与"非笔"的区别引起了文论者的高度重视，体裁之间的整合以文、笔之辨展开并贯穿整个南朝，文学的特征也在文笔之辨中得到了充分的揭示。

第三节 文笔之辨

"文笔"在南朝依然泛指文章写作。如齐武帝《斩王奂下诏》：

> 逆贼王奂，险诐之性，自少及长。外饰廉勤，内怀凶愿，贻庆乡伍，敢弃衣冠。拔其文笔之用，擢以显任，出牧樊阿，政刑驰乱。[1]（《全齐文》卷四）

萧纲《悔赋》：

> 才为时出，陆离儒雅，照烂文笔。[2]（《全梁文》卷八）

萧统《与晋安王纲令》：

> 近张新安又致故，其人文笔（《张率传》作"才笔"）弘雅，亦足嗟惜，随弟府朝，东西日久，尤当伤怀也。[3]（《全梁文》卷十九）

---

① 严可均辑：《全齐文》，商务印书馆 1999 年版，地 29 页。
② 严可均辑：《全梁文》，商务印书馆 1999 年版，第 86 页。
③ 严可均辑：《全梁文》，商务印书馆 1999 年版，第 207 页。

值得注意的是，南朝用于指称文章的词汇更为丰富，除了传统的文章、文笔之外，又有 "诗笔" "辞笔" 等。如《宋书》卷一百《沈璞传》：

> （沈璞）所著赋、颂、赞、祭文、诔、七、吊、四五言诗、笺、表，皆遇乱零失。今所余诗笔杂文凡二十首。①

《南齐书》卷四十《萧子懋传》：

> 及文章诗笔，乃是佳事。②

《南齐书》卷四十八《孔稚珪传》：

> 太祖为骠骑，以孔稚珪有文翰，取为记室参军，与江淹对掌辞笔。③

"笔" 还是指实用性的公文，如《南史》卷三十七《沈庆之传》云："庆之曰：'君但当知笔札之事。'"④ 此外，《梁书》卷十四《任昉传》云："（昉）雅善属文，尤长载笔，才思无穷，当世王公表奏，莫不请焉。起草即成，不加点窜。沈约一代词宗，深所推挹。" 又云："梁台建，禅让文诰，多昉所具。"⑤ 梁元帝萧绎在《金楼子·立言》中也认为任昉 "才长笔翰"⑥，这里透露了任昉所擅长的 "笔" 至少有 "王公表奏" "禅让文诰"。

朝廷重要公文还被称为 "大手笔"。《陈书》卷二十六《徐陵传》载：

> 世祖、高宗之世，国家有大手笔，皆陵草之。⑦

① 沈约：《宋书》，中华书局 1974 年版，第 2465 页。
② 萧子显：《南齐书》，中华书局 1972 年版，第 710 页。
③ 萧子显：《南齐书》，中华书局 1972 年版，第 835 页。
④ 李延寿：《南史》，中华书局 1975 年版，第 956 页。
⑤ 姚思廉：《梁书》，中华书局 1973 年版，第 253 页。
⑥ 萧绎：《金楼子》，中华书局 1985 年版，第 75 页。
⑦ 姚思廉：《陈书》，中华书局 1972 年版，第 335 页。

南朝不但在"文笔"之外出现"辞笔""诗笔"之称，而且"丽"也不仅用于描述诗赋，还常用于评论"笔"的写作。何之元《梁典·总论》云：

> 世祖听明特达，才艺兼美，诗笔之丽，罕与为匹。① （《全陈文》卷五）

既然"笔"与"非笔"皆丽，那么，"笔"与"非笔"的区别到底在何处？面对体裁众多的"文笔"，南朝人开始了更深入的辨析，形成"文笔之辨"。

一、文笔之辨的开始

《文心雕龙·总术》云：

> 今之常言，有"文"有"笔"，以为无韵者"笔"也，有韵者"文"也。夫文以足言，理兼《诗》《书》，别目两名，自近代耳。②

刘勰认为，"文"与"笔""别目两名，自近代耳"。刘勰所说的"近代"是指刘宋时代。前文曾述，南朝之前，人们早已对体裁中"笔"与"非笔"两大类的存在有所认识，但"文笔"始终是一个完整的词汇。这一情况在刘宋时期有所变化。《宋书》卷七十五《颜峻传》曰：

> 太祖问延之："卿诸子谁有卿风？"对曰："竣得臣笔，测得臣文，奂得臣义，跃得臣酒。"③

颜延之将"文""笔"对举，可算"别目两名"。《宋书》卷七十三《颜延之传》：

---

① 严可均辑：《全陈文》，商务印书馆 1999 年版，地 333 页。
② 詹锳义证：《文心雕龙义证》，上海古籍出版社 1989 年版，第 1622 页。
③ 沈约：《宋书》，中华书局 1974 年版，第 1959 页。

先是，子竣为世祖南中郎咨议参军。及义师入讨，竣参定密谋，兼造书檄。劭召延之，示以檄文，问曰："此笔谁所造？"延之曰："竣之笔也。"又问："何以知之？"延之曰："竣笔体，臣不容不识。"①

这段文字三次使用"笔"，此处"笔"明确指的是颜竣所写的檄文，属于应用性文体。此外，刘勰在《文心雕龙·总术》中还记载颜延之曾说：

笔之为体，言之文也；经典则言而非笔，传记则笔而非言。②

这段话被认为出自颜延之的《庭诰》。《庭诰》全文已佚，为家训之体，行文较为随意，点到即止，用语也并不严密。颜延之认为"笔"就是"言之文"。黄侃认为，此处"文"是"文采"的意思。③笔者认为并不尽然。此处的文当还有"美""善"之义。《礼记·乐记》曰："礼灭而进，以进为文；乐盈而反，以反为文。"郑玄注："文，犹美也，善也。"颜延之强调经典只是质朴的口语，而笔则是修饰过的美的语言，与实际生活中使用的语言是不同的。所以颜延之将经过了文字润色的传记列入"笔"类，而认为经书只是"言"。联系"竣得臣笔，测得臣文"一语，可知在颜延之的心中，文章实际上有言、文、笔三类，他从语言风格上区别笔、言，但并没有明确指出笔的特点。

颜延之《清者人之正路》中还有一段话值得注意：

挚虞《文论》，足称优洽；《柏梁》以来，继作非一，所纂至七言而已，九言不见者，将由声度阐诞，不协金石。至于五言流靡，则刘桢、张华；四言侧密，则张衡、王粲。④

① 沈约：《宋书》，中华书局1974年版，第1903页。
② 詹锳义证：《文心雕龙义证》，上海古籍出版社1989年版，第1627页。
③ 黄侃：《文心雕龙札记》，上海古籍出版社2000年版，第215页。
④ 严可均辑：《全宋文》，商务印书馆1999年版，第359页。

挚虞《文章流别论》曾说："雅音之韵，四言为正。"五言"于俳谐倡乐多用之"，看不起五言在娱乐场合的运用。颜延之认为，五言流利华美，四言从容缜密，而诗歌之所以仅仅发展到七言，不再向九言发展，在于九言"声度阐诞，不协金石"，从语言的流畅性与音乐性去衡量诗歌的形式，虽然没有明确定义诗歌为有韵之文，却看出了声音之美的重要性。

前文曾述，刘宋时期范晔也曾论及文与笔。《狱中与诸甥侄书》云："年少中，谢庄最有其分，手笔差易，文不拘韵故也。"① 范晔认为，"手笔"因为不必拘泥于句末之韵而容易写作，比较明确地以无韵来概括"笔"。《狱中与诸甥侄书》中又说道，"公家之言，少于事外远致"。"公家之言"正是章、表、书、记这一类属于"笔"的文体。"少于事外远致"则点出了"笔"类文章就事论事的应用性，写作这类文章不但不需要押韵而"手笔差异"，还无法表现个人的意趣。范晔一直"耻作文士"，对"笔"则更加轻视，"以此为恨，亦由无意于文名故也"。可见文章写作在范晔心目中并没有东汉魏晋时期那样崇高的地位。

从颜延之与范晔对文、笔的认识来看，刘宋时期着重于讨论"笔"，人们不再以"丽"作为区别文、笔的标准，而是以有韵无韵来区别文与笔。既然体裁整合中文笔之分的意识甚早，何以到刘宋时期才引起广泛的讨论，并且以是否有"韵"而不是其他的特征作为区别两者的标准呢？笔者以为，至少有以下几个原因。

首先，"韵"作为诗赋之丽的内容之一，较早为诗赋作者以及文论者所称道。

诗赋的声调之美，很早就为作者所意识到。相传司马相如总结赋的写作方法为"合纂组以成文，列锦绣而为质，一经一纬，一宫一商"，要求赋的语言能够把不同的声调交叉组织起来，从而具有悦耳之美。陆机《文赋》提到"普辞条与文律，良余膺之所服"，要求文章写作有声律之美。并强调"文徽徽以溢目，音泠泠而盈耳"，即认为诗赋创作要音节响亮，

---

① 严可均辑：《全宋文》，商务印书馆1999年版，第142页。

不同声调相互交替变化，"暨音声之迭代，若五色之相宣"，好像五色搭配使色彩更加鲜明。除了作者自己的经验分享，文学爱好者在品赏作品的时候也注重 "韵" 的作用。《晋书》卷九十二《袁宏传》载：

> （袁宏）从桓温北征，作《北征赋》，皆其文之高者。尝与王珣、伏滔同在温坐，温令滔读其《北征赋》，至 "闻所传于相传，云获麟于此野，诞灵物以瑞德，奚授体于虞者！疾尼父之洞泣，似实恸而非假。岂一性之足伤，乃致伤于天下"，其本至此便改韵。珣云："此赋方传千载，无容率尔。今于'天下'之后，移韵徙事，然于写送之致，似为未尽。"滔云："得益写韵一句，或为小胜。"温曰："卿思益之。"宏应声答曰："感不绝于余心，诉流风而独写。"珣诵味久之，谓滔曰："当今文章之美，故当共推此生。"①

《世说新语・文学》对这一事件也有记载：

> 桓宣武命袁彦伯作《北征赋》，既成，公与时贤共看，咸嗟叹之。时王珣在坐，云："恨少一句。得'写'字足韵，当佳。"袁即于坐揽笔益云："感不绝于余心，溯流风而独写。"公谓王曰："当今不得不以此事推袁。"②

桓温让袁宏作《北征赋》，写好以后，桓温和当时的贤达一同观看，大家都称赞文章写得好。当时王珣以少一句为遗憾，认为若能加上 "写"字韵一句会更好。袁宏随即在座位上拿起笔来添了一句："感不绝于余心，诉（溯）流风而独写。"补上这一句之后，《北征赋》在时人眼中堪称完美。时人以韵赏赋，可见韵在文学创作中的审美分量。《世说新语》为刘义庆所编，书中广集魏晋名人逸事，这些事当为刘宋文人所流传。不仅当时文坛作者在创作诗赋时对声韵更加重视，还在文笔之辨中独标有韵

---

① 房玄龄等：《晋书》，1974 年版，第 2398 页。
② 余嘉锡笺疏：《世说新语笺疏》，中华书局 1983 年版，第 270 页。

无韵为标准。南朝人已经发现，先秦以来产生的众多的作品中，一直潜藏着一种可以区分文学与非文学的特质。与南朝之前文坛普遍以"丽"为标准来识别文学特征相比，南朝人所提出的"韵"是一个比"丽"更有效的辨别文学与非文学的标准。因为满足这一标准基本上只需要具备基础的发音知识，比"丽"的内涵要简单得多。以此标准来重审南朝之前的体裁论，就可以更迅速地划分体裁类型。曹丕《典论·论文》中将八种体裁两两并提为四科，"奏议""书论"为无韵之文，"诗赋""铭诔"则是有韵之文。陆机《文赋》中所论的诗、赋、碑、诔、铭、箴、颂、论、奏、说十体中，诗、赋、碑、诔、铭、箴、颂七体为有韵之文，论、奏、说三体为无韵之文。葛洪在《抱朴子·外篇自叙》中所列举的体裁，碑、颂、诗、赋是单篇文章中的有韵之文，军书、檄、移、章、表、笺、记为无韵之文。曹丕没有提及的"碑"，却被陆机划入了"披文以相质"的文体行列，又在南朝被列入有韵之文，是因为碑与铭、诔本就是一类作品。"碑"本身只是物理性质的石碑，是承载铭与诔的工具，《文心雕龙·诔碑》云"碑实铭器，铭实碑文"，碑文才是真正的作品。"勒石赞勋者，入铭之域。树碑述亡者，同诔之区焉。"如果碑文的内容是记述功德的，就属于铭类，若碑文内容属于悼念亡者，则归于诔类。

前人对"文"与"笔"的认识，正是对文学与非文学的认识。南朝人眼中的无韵之"笔"，多为因公务需要而写作的公文。而文学创作只有在满足"韵"的基础上，才能进入"丽"的层次。因此，能够做到押韵的"笔"，也可赞之以"丽"。

其次，刘宋时期，文章写作的独立地位更为明确，诗赋创作重新繁荣。

《宋书》卷九十三《雷次宗传》云：

> 元嘉十五年，征次宗至京师，开馆于鸡笼山，聚徒教授，置生百余人。会稽朱膺之、颍川庾蔚之并以儒学监总诸生。时国子学未立，上留心艺术，使丹阳尹何尚之立玄学，太子率更令何承

天立史学，司徒参军谢元立文学，凡四学并建。①

不少文学史教材认为，宋文帝设立儒学、玄学、史学、文学四个学科，是魏晋南北朝时期文学自觉的标志之一。此外，范晔作《后汉书》，始设《文苑传》。范晔在记述《文苑传》中所录人物事迹时会着重强调其人的创作才华，最后以介绍其创作的体裁和作品数量作结，这与《儒林传》中重点介绍人物的德行与学术有了很大的区别。因此，范晔别立《文苑传》也被视为文学独立的重要标志。笔者认为，无论是宋文帝开设文学馆以区别于儒学、玄学、史学，还是范晔始设《文苑传》，只能视之为文学学科的自觉和独立。毕竟这时期的"文学"并非专指诗赋等抒情文学，"文学"一次在南朝语境中仍具有"官职""学科名称""文章"等"文学"一词诞生以来的广泛意义。但至少说明，文章写作的价值已经更为公认并得到官方的承认和推行，成为教育所必需的一部分。东汉文吏与儒生地位的高下已经显示了文吏地位的重要性，文学与经学也呈现出对立的势头。文章写作的专业性与社会需求的稳定，呼唤着国家成立专门机构负责培养此类人才。因此，刘宋时期，文学馆的成立标志着文章地位的正式独立，文学馆不是只重视有着诗赋创作才能的人，还肩负着培养公文写作人才（或可称作"笔士"）的责任。"笔士"与"文士"的集中，有利于凸显文学创作与儒生注经的差别。同时，泛文学观念下各种体裁之间的比较也有了更多的机会，各体裁之间的差别和文学的根本特征也自然更容易凸显出来。

在文学馆成立的同时，诗赋创作也重新展现出活力。刘宋时期，统治者虽是武将出身，出于各种复杂的心理原因，不少帝王有意识地提倡文学创作，或积极表现出对文学的爱好。宋武帝出身庶族，起自行伍，却爱好文学。其子文帝也喜好文学。宋明帝"每有祯祥及行幸宴集，辄陈诗展义，且以命朝臣，其戎士武夫，则请托不暇，困于课限，或买以应诏

---

① 沈约：《宋书》，中华书局 1974 年版，第 2293 页。

焉"①，还亲自编撰《晋江左文章志》，可见宋明帝对文学兴趣之浓。因此，虽然新朝初建，但宋代文学创作之风颇为兴盛，诗赋创作尤为突出。《宋书》卷五十四《孔季恭传》：

> 辞事东归，高祖饯之戏马台，百僚咸赋诗以述其美。②

《宋书》卷六十三《王昙首传》：

> 行至彭城，高祖大会戏马台，豫坐者皆赋诗，昙首文先成，祖览读，因问弘曰："卿弟何如卿？"弘答曰："若但如民，门户何寄。"高祖大笑。③

《宋书》卷七十七《沈庆之传》：

> 上尝欢饮，普令群臣赋诗，庆之手不知书，眼不识字，上逼令作诗，庆之曰："臣不知书，请口授师伯。"④

颜延之《三月三日曲水诗序》：

> 既而帝晖临幄，百司定列，凤盖俄轸，虹旗委旆……方且排凤阙以高游，开爵园而广宴。并命在位，展诗发志。则夫诵美有章，陈言无愧者欤？⑤（《全宋文》卷三十七）

《宋书》卷六十一《刘义恭传》：

> 每有符瑞，辄献上赋颂，陈咏美德。⑥

《宋书》卷八十五《谢庄传》：

> 时南平王铄献赤鹦鹉，普诏群臣为赋。……时河南献舞马，

---

① 裴子野：《雕虫论》，见严可均辑：《全梁文》，商务印书馆 1999 年版，第 575 页。
② 沈约：《宋书》，中华书局 1974 年版，第 1532 页。
③ 沈约：《宋书》，中华书局 1974 年版，第 1678 页。
④ 沈约：《宋书》，中华书局 1974 年版，第 2003 页。
⑤ 严可均辑：《全宋文》，商务印书馆 1999 年版，第 363 页。
⑥ 沈约：《宋书》，中华书局 1974 年版，第 1650 页。

诏群臣为赋。①

公宴作诗赋的风气之下，也颇有一些游戏性质的诗歌创作。《宋书》卷七十六《王玄谟传》：

> 孝武狎侮群臣，随其状貌，各有比类，多须者谓之羊。颜师伯缺齿，号之曰"齿彦"。刘秀之俭吝，呼为老悭。黄门侍郎宗灵秀体肥，拜起不便，每至集会，多所赐与，欲其瞻谢倾踣，以为欢笑。又刻木作灵秀父光禄勋叔献像，送其家厅事。柳元景、垣护之并北人，而玄谟独受"老伧"之目。凡所称谓，四方书疏亦如之。尝为玄谟作四时诗曰："堇荼供春膳，粟浆充夏飧。炮酱调秋菜，白羞解冬寒。"②

孝武帝为王玄谟所作的《四时诗》是典型的游戏打油诗。《文心雕龙·时序》云："明帝秉哲，雅好文会。"③ 统治者爱文而进行公宴赋诗，在曹魏时期就开风气之先，"魏武以相王之尊，雅爱诗章；文帝以副君之重，妙善辞赋；陈思以公子之豪，下笔琳琅。并体貌英逸，故俊才云蒸"④，故建安诸子"傲雅觞豆之前，雍容衽席之上，洒笔以成酣歌，和墨以藉谈笑"⑤。刘宋文风之盛可以说是恢复了这一传统。南朝作家的创作热情使得各文体的写作重新得到繁荣。经过了东晋枯燥乏味的玄言诗，文学之丽也重新为人们所欣赏。声韵问题自然在创作中重新呈现于人们面前，成为诗赋创作与公文写作最显著的差别。由此可见，文、笔之分在刘宋时期为文论者所关注，并以有韵无韵作为区别文、笔的标准，应该算是水到渠成。

---

① 沈约：《宋书》，中华书局 1974 年版，第 2175 页。
② 沈约：《宋书》，中华书局 1974 年版，第 1975 页。
③ 詹锳义证：《文心雕龙义证》，上海古籍出版社 1989 年版，第 1706 页。
④ 詹锳义证：《文心雕龙义证》，上海古籍出版社 1989 年版，第 1687 页。
⑤ 詹锳义证：《文心雕龙义证》，上海古籍出版社 1989 年版，第 1692 页。

二、文笔之辨的发展

刘勰指出，"今之常言，有'文'有'笔'，以为无韵者'笔'也，有韵者'文'也"，也就是说在齐梁时期，人们已经普遍认同以有韵无韵为区分文、笔的标准。对文与笔的问题，刘勰还是表示了不同意见。《文心雕龙》一书中，屡用"文笔"一词，或"文""笔"对举。如《风骨》：

> 若风骨乏采，则鸷集翰林；采乏风骨，则雉窜文囿；唯藻耀而高翔，固文笔之鸣凤也。①

《体性》：

> 然才有庸俊，气有刚柔，学有浅深，习有雅郑，并情性所铄，陶染所凝，是以笔区云谲，文苑波诡者矣。②

《声律》：

> 属笔易巧，选和至难；缀文难精，而作韵甚易。③

《章句》：

> 是以搜句忌于颠倒，裁章贵于顺序，斯固情趣之指归，文笔之同致也。④

《才略》：

> 傅玄篇章，义多规镜；长虞笔奏，世执刚中。⑤

他对刘宋时期文论者对文、笔的认识提出了异议。《总术》云：

---

① 詹锳义证：《文心雕龙义证》，上海古籍出版社 1989 年版，第 1064 页。
② 詹锳义证：《文心雕龙义证》，上海古籍出版社 1989 年版，第 1011 页。
③ 詹锳义证：《文心雕龙义证》，上海古籍出版社 1989 年版，第 1233 页。
④ 詹锳义证：《文心雕龙义证》，上海古籍出版社 1989 年版，第 1262 页。
⑤ 詹锳义证：《文心雕龙义证》，上海古籍出版社 1989 年版，第 1817 页。

　　颜延年以为：“笔之为体，言之文也；经典则言而非笔，传记则笔而非言。”请夺彼矛，还攻其盾矣。何者？《易》之《文言》，岂非言文？若笔为言文，不得云经典非笔矣。将以立论，未见其论立也。予以为发口为言，属翰曰笔，常道曰经，述经曰传。经传之体，出言入笔，笔为言使，可强可弱。六经以典奥为不刊，非以言笔为优劣也。[①]

　　颜延之是将文章归为言、文、笔三类的，经典是“言”，传记是“笔”。刘勰批驳了颜延之这一归类，认为“发口为言，属翰曰笔”，口头说的是言，但只要写成文字的就是笔。颜延之认为经典只是对圣人言论的记录，语言质朴，刘勰则针对这一点用《周易·文言》来反驳。因为《周易·文言》多有偶语韵辞，不但不质朴，而且名为“文”。所以刘勰认为经典、史传都是笔。颜延之对言、笔的归类是从语言风格着眼的，将“笔”理解为对口语文饰加工后的成果，这是当时文章写作的实际情况，即便是公文，也要讲究对偶或用典，这样的文字显然已经不是脱口而出的日常口语，儒家经典与这样的文章相比，当然显得质朴。而刘勰对言、文、笔的归类似乎没有统一的标准，刘勰将“笔”的范围拓宽，强调“不得云经典非笔”，主要支柱是文章与经书的关系，他的看法绝非当时人普遍的观点。儒家经典不只一部，有的质朴如口语，也有部分篇目略有文采，不能一概而论，故颜延之与刘勰对经典的归类都有以偏概全之嫌。

　　对于文、笔之别的标准，刘勰也并未提出比有韵无韵更明确的特征，可见他也是认同这一标准并自觉地贯彻于他的写作体例之中的。《序志》篇云：“若乃论文叙笔，则囿别区分”，他的区分在于将文、笔的具体体裁明确化，亦即明确了有韵之文与无韵之文分别包含哪些体裁。刘师培认为：

　　　　由第六迄于第十五，以《明诗》《乐府》《诠赋》《颂赞》

---

① 詹锳义证：《文心雕龙义证》，上海古籍出版社1989年版，第1627页。

《祝盟》《铭箴》《诔碑》《哀吊》《杂文》《谐隐》诸篇相次，是均有韵之文也；由第十六迄于第二十五，以《史传》《诸子》《论说》《诏策》《檄移》《封禅》（篇中所举扬雄《剧秦美新》，为无韵之文。相如《封禅文》唯有颂有韵。班氏《典引》，亦不尽叶韵。又东汉《封禅仪记》，则记事之体也）《章表》《奏启》《议对》《书记》诸篇相次，是均无韵之笔也：此非《雕龙》隐区文笔二体之验乎？①

《文心雕龙》的体例正是按照先文后笔的顺利排列的，而且文、笔数量相当，都各自为十类。《史传》与《诸子》归属"笔"，只是刘勰自己的看法，当时萧统就明确将史书与子书排除于"篇什"之外，不认为属于文章的范围。《文镜秘府论》西卷《文笔十病得失》引隋人《文笔式》一书云：

制作之道，唯笔与文。文者，诗、赋、铭、颂、箴、赞、吊、诔是也；笔者，诏、策、移、檄、章、奏、书、启等也。即而言之，韵者为文，非韵者为笔。②

隋代紧承南朝，所论文、笔的具体体裁少于刘勰所列，不过都在刘勰所列范围之内，这也应当是南朝最为常见的文、笔体裁。因此，文、笔之辨至于齐末，其体裁范围基本已经确立。

三、文笔之辨的飞跃

齐梁时期，总集编撰与体裁辨析进入了又一个高峰，对文、笔之分的标准有了新的看法。在有韵无韵之外提出了不同看法的是梁元帝萧绎。

萧绎对文、笔的辨析主要见于《金楼子》一书，直接辩论"文笔"的言论在《金楼子·立言》中共有两处。一处引《世说新语·排调》：

---

① 陈引驰编：《刘师培中古文学论集》，中国社会科学出版社1997年版，第102页。
② ［日］遍照金刚：《文镜秘府论》，人民文学出版社1975年版，第219页。

　　魏长高有雅体，而才学非所经。初官出，虞存嘲之曰："与
卿约法三章，谈者死、文笔刑、商略抵罪。"魏怡然而笑，无忤
色。更觉长高之为高，虞存之为愚也。①

　　这段话并不那么鲜明地针对"文笔"理论，但至少说明萧绎对他之
前的文笔言论的关注，对刘勰《文心雕龙》一书中所指出的人们普遍认
为有韵为文无韵为笔的看法也应当有所了解。刘勰谢世于梁大同四年
（538）或者五年，此时萧绎已经二十多岁。《文心雕龙》一书是否流布于
文坛，或者为萧绎所见，不能确知。萧绎《金楼子·立言》云：

　　管仲有言："无翼而飞者，声也；无根而固者，情也。"然则
声不假翼，其飞甚易；情不待根，其固非难。以之垂文，可不慎
欤？古来文士，异世争驱，而虑动难固，鲜无瑕病。陈思之文，
有才之隽也，《武帝诔》云"尊灵永蛰"，《明帝颂》云"圣体浮
轻"。浮轻有似于蝴蝶，永蛰可拟于昆虫，施之尊极，不其
嗤乎！②

《文心雕龙·指瑕》曰：

　　管仲有言："无翼而飞者声也；无根而固者情也。"然则声不
假翼，其飞甚易；情不待根，其固匪难。以之垂文，可不慎欤！
古来文才，异世争驱。或逸才以爽迅，或精思以纤密，而虑动难
圆，鲜无瑕病。陈思之文，群才之俊也，而《武帝诔》云"尊
灵永蛰"，《明帝颂》云"圣体浮轻"，浮轻有似于蝴蝶，永蛰颇
疑于昆虫，施之尊极，岂其当乎？③

　　这两段文字几乎一模一样，如此看来，萧绎对刘勰以有韵无韵区分文
笔的思想是了解的，但是他并没有停留与此，他的另一个论述文、笔之别

---

① 余嘉锡笺疏：《世说新语笺疏》，上海古籍出版社1993年版，第65页。
② 萧绎：《金楼子》，中华书局1985年版，第67页。
③ 詹锳义证：《文心雕龙义证》，上海古籍出版社1989年版，第1529页。

的观念，则历来受人重视。《金楼子·立言》又云：

> 然而古人之学者有二，今人之学者有四。夫子门徒，转相师受，通圣人之经者谓之儒，屈原、宋玉、枚乘、长卿之徒，止于辞赋则谓之文。今之儒博穷子史，但能识其事，不能通其理者，谓之学。至如不便为诗如阎纂，善为章奏如柏松，若此之流，泛谓之笔。吟咏风谣，流连哀思者，谓之文。而学（疑为"儒"）者率多不便属辞，守其章句，迟于通变，质于心用。学者不能定礼乐之是非，辩经教之宗旨，徒能扬榷前言，抵掌多识。然而挹源知流，亦足可贵。笔退则非谓成篇，进则不云取义，神其巧惠，笔端而已。至如文者，惟须绮縠纷披，宫徵靡曼，唇吻遒会，情灵摇荡。①

这段文字层次分明，其内容可分两部分。第一部分论古今学术分类的不同。所谓"古之学者有二"，是指古代学术分为儒和文两类，相当于汉代人将学术分为文学和文章两类，与这两类相关的人员也是两类，一类是孔门弟子包括曾被称作"文学"的子游、子夏及其再传弟子，负责解经释传，"谓之儒"。另一类是以屈原、宋玉、枚乘、司马相如为代表的一类人，只创作辞赋，"谓之文"。"今之学者有四"，是指儒分为儒（经学）和学（史学、玄学），文分为文和笔，总类为四。第二部分论述儒、学、笔、文各自的特点。形容笔，主要有三点，即"不便为诗""善为章奏"与"神其巧惠"。自从刘宋时期明确以无韵之文为笔之后，章奏一直是无韵之笔的典型体裁，在这一点上，萧绎与众人相同。"不便为诗"与"善为章奏"应有互文见义的修辞意味，但"不便为诗"的范围显然比"善为章奏"模糊得多，因为"不便为诗"也不代表就是"善为章奏"。这说明萧绎所认为的"笔"，范围是很宽的，但凡不是诗，都有可能是笔，只是他着重指出了"章奏"为代表。笔的特点是"神其巧惠"，形容

---

① 萧绎：《金楼子》，中华书局 1985 年版，第 75 页。

文，则详细得多。一是"吟咏风谣，流连哀思者，谓之文"，二是"至如文者，惟须绮縠纷披，宫徵靡曼，唇吻遒会，情灵摇荡"。这两处对于"文"的特征的描述，在全面性与唯一性上都大大超越了自文、笔辨析意识萌生以来所产生的"丽美之文""诗赋欲丽""诗缘情而绮靡"，或是"有韵为文"等观点。"吟咏风谣，流连哀思"主要指"文"的内容，"绮縠纷披，宫徵靡曼，唇吻遒会，情灵摇荡"，"绮縠纷披"是辞藻的华美，"宫徵靡曼，唇吻遒会"是声律的谐调动听，"情灵摇荡"则是情感的激荡动人。黄侃认为，萧绎对"文"的认识"于声律之外，又增情采二者"[①]。实际上，萧绎之前，论者以"丽"或"绮靡"来概括诗赋的特点，其中已经包含了情采，只是没有萧绎的归纳那么具体明确。

无论文与笔，都是文章，本书在上编第一章中，已经指出文章写作最根本的两个问题，即写什么与怎么写的问题，文与笔的区别，其根本也应当就在这两方面。萧绎以"吟咏风谣，流连哀思"以及"绮縠纷披，宫徵靡曼，唇吻遒会，情灵摇荡"来总结文的特征，就全面揭示了文在内容与表达上的本质特征。以华美的语言、动人的音律来抒发激荡人心的情感，就是"文"。在长期的文体整合中，文学之特征日益为人所重视，至萧绎，才真正在理论上得到了最充分的揭示。

应当看到，萧绎所提出的文、笔之别的新标准，其实是"诗""笔"之别的新标准。以传统的有韵无韵作为文笔之别的标准，可归纳出十多种体裁的"文"，而以"绮縠纷披，宫徵靡曼，唇吻遒会，情灵摇荡"作为标准，则"文"几乎就专指诗歌了。实际上，梁以后，与笔相对的文体也主要就是诗歌。《梁书》卷四十一《刘潜传》：

> 刘潜，字孝仪，秘书监孝绰弟也。幼孤，与兄弟相励勤学，并工属文。孝绰常曰"三笔六诗"，三即孝仪，六孝威也。[②]

萧纲《与湘东王书》：

---

① 黄侃：《文心雕龙札记》，上海古籍出版社2000年版，第213页。
② 姚思廉：《梁书》，中华书局1973年版，第594页。

　　诗既若此，笔又如之。徒以烟墨不言，受其驱染，纸札无情，任其摇襞。甚矣哉，文之横流，一至于此！至如近世谢朓沈约之诗，任昉陆倕之笔，斯实文章之冠冕，述作之楷模。①

徐陵《谏仁山深法师罢道书》：

　　躬无任重，居必方域，白璧朱门，理然致敬，夜琴昼瑟，是自娱怀，晓笔暮诗，论情顿足，其利三也。②

　　徐陵在劝诫仁山深法师不要轻易还俗时，总结了出家修行的"十利"，其中的第三个好处就是出家人不必背负工作上的俗事，早晚都有较为空闲的时间弹琴、写作。所谓"晓笔暮诗"，就是早晚都有空写作文章或诗歌。这些文献作者在谈论创作时，都是将"诗"作为与"笔"同属写作大类然而风格又有较大差别的体裁来使用的。对于非笔类文体，南朝人已经普遍以诗作为代表性体裁，而不再是赋。

　　在文、笔之别的标准重新得到认定的同时，文与笔的写作价值也在文章写作正式独立之后发生了转变。萧绎在讨论文笔之别的时候，重"文"轻"笔"的态度是很明显的。在《金楼子·自序》中，他曾坦言自己"性不耐奏对"。在他心目中，"笔"是不会写诗的人才可能去写的，尤其是"奏章"，只需要"神其巧惠"，最好的也就是"善辑流略"。为此，萧绎还特地提到擅长作笔的前辈任昉。"任彦升甲部阙如，才长笔翰，善辑流略，遂有龙门之名，斯亦一时之盛。"对任昉能因为写作"笔"而得到盛誉表示佩服。《南史》卷五十九《任昉传》记载，任昉"既以文才见知，时人云'任笔沈诗'"③。钟嵘《诗品》则云：

　　彦升少年为诗不工，故世称沈诗任笔，昉深恨之。④

---

① 严可均辑：《全梁文》，商务印书馆1999年版，第116页。
② 严可均辑：《全陈文》，商务印书馆1999年版，第374页。
③ 李延寿：《南史》，中华书局1975年版，第1455页。
④ 陈延杰注：《诗品注》，人民文学出版社1998年版，第52页。

虽然以 "笔" 的写作得到众人赞誉，但任昉对将自己归于擅 "笔"
却 "深恨之"，表示郁闷。可见与诗歌相比， "笔" 的写作价值已经完全
处于下风。

文、笔之辨的飞跃，不仅在于提出了最全面最明确的标准，还在于对
这一标准所进行的理论辨析。萧绎并没停留于对文、笔特征的概括，《金
楼子·立言》云：

> 而古之文笔，今之文笔，其源又异。至如象系风雅，名墨农
> 刑，虎炳豹郁，彬彬君子，卜谈 "四始"，李言《七略》，源流
> 已详，今亦置而弗辨。

> 潘安仁清绮若是，而评者止称情切，故知为文之难也。曹子
> 建、陆士衡，皆文士也，观其辞致侧密，事语坚明，意匠有序，
> 遗言无失。虽不以儒者命家，此亦悉通其义也。遍观文士，略尽
> 知之。至于谢元晖，始见贫小，然而天才命世，过足以补尤。任
> 彦升甲部阙如，才长笔翰，善辑流略，遂有 "龙门" 之名，斯亦
> 一时之盛。

> 夫今之俗，缙绅稚齿，间巷小生，学以浮动为贵，用百家则
> 多尚轻侧，涉经记则不通大旨。苟取成章，贵在悦目，龙首豕
> 足，随时之义；牛头马髀，强相附会。事等张君之弧，徒观外
> 泽；亦如南阳之里，难就穷检矣。……原宪云： "无财谓之贫，
> 学道不行，谓之病。" 末俗学徒，颇或异此。或假兹以为伎术，
> 或狎之以为戏笑。……王仲任言：夫说一经者为儒生，博古今者
> 为通人，上书奏事者为文人，能精思著文连篇章为鸿儒，若刘向
> 扬雄之列是也。盖儒生转通人，通人为文人，文人转鸿儒也。①

萧绎说 "古之文笔，今之文笔，其源又异"，在文笔辨析中引入王充
《论衡·超奇》中关于文人分类的言论，萧绎是力图从文人特点与文风演

---

① 萧绎：《金楼子》，中华书局 1985 年版，第 75 页。

变上探索文笔之别的形成。在上一段文字中，萧绎已经将当时士人分成了儒士、学士、文士、笔士四类，在这四类人中，除了文士，其他三类人都受到了不同程度的批评。儒士"博穷子史，但能识其事，不能通其理"，熟典章书籍却没有贯通之才。"学者不能定礼乐之是非，辩经教之宗旨，徒能扬榷前言，抵掌多识。"学士对国家礼乐制度的对错以及经典教义缺乏判断能力，只知道重复前人的言论，显得博学。笔士的创作细碎繁杂，毫无深意，即所谓"退则非谓成篇，进则不云取义"。而且现实生活中，这些人都道貌岸然，虚伪势利，"以浮动为贵，用百家则多尚轻侧，涉经记则不通大旨。苟取成章，贵在悦目，龙首豕足，随时之义；牛头马髀，强相附会"，根本没有古之儒生学士的道德精神。而对文士，则没有一句批评之词，并对文士所写作的文笔进行古今对比。就萧绎所论及的文士来看，最"古"者为屈原等，其文笔"止于辞赋"，这些人当时被称作"辞人"。与屈原不同的是曹植与陆机，"虽不以儒者命家，此亦悉通其义也"，这一类文士兼有文士与儒士的特点。最后一类是写作"今之文笔"的文士，以"吟咏风谣，流连哀思"的特点区别于儒士、学士与笔士。为什么萧绎会用"吟咏风谣，流连哀思"来概括文与文士？陆机《文赋》中提出"诗缘情"，此说影响巨大。萧绎的文学特征论可以视为对陆机"缘情"说的进一步阐释，在萧绎的审美经验中，这"情"是一种哀伤之情。

　　哀伤是一种情感体验，也是诗赋中非常普遍的情感。《诗经·小雅·四月》："君子作歌，维以告哀。"① 点出了抒写哀情是文学创作的原动力之一。汉代作者虽然好作气势磅礴的大赋，然在音乐上亦推崇可以使听者伤心流涕的音乐；建安文风慷慨悲凉；正始时期嵇康在《琴赋序》中言音乐"以悲哀为主""以垂涕为贵"②；陆机《叹逝赋》等许多作品都是抒发悲哀之情；鲍照有《伤逝赋》，还有《松柏篇》设想死后之境，以想

---

① 程俊英译注：《诗经译注》，上海古籍出版社1985年版，第414页。
② 严可均辑：《全三国文》，商务印书馆1999年版，第493页。

象之词写凄苦之境；江淹《恨赋》《别赋》更是写尽人生悲恨之情；萧纲则有《悔赋》表现悔恨之情。所谓"哀怨起骚人"，萧统编《文选》，于"赋"类专辟"哀伤"一种，这一类赋中绝大多数表现的是文人对命运、生活难以把握的茫然与忧郁。历史上的许多诗赋名篇都是抒发哀情的。

文人重哀伤，欣赏令人伤感的事物是文人的一种普遍趣味。《晋书》卷八十三《袁山松传》：

> 山松少有才名，博学有文章，著《后汉书》百篇。衿情秀远，善音乐。旧歌有《行路难》曲，辞颇疏质，山松好之，乃文其辞句，婉其节制，每因酣醉纵歌之。听者莫不流涕。初羊昙善唱乐，桓伊能挽歌，及山松《行路难》继之，时人谓之"三绝"。时张湛好于斋前种松柏，而山松每出游，好令左右作挽歌，人谓"湛屋下陈尸，山松道上行殡"。①

《世说新语·任诞》：

> 张驎酒后，挽歌甚凄苦。桓车骑曰："卿非田横门人，何乃顿尔至致？"②

刘宋以来，挽歌一直得到人们的欣赏，文论中也不乏以悲为美的观念，如《宋书》卷三十一《五行志》：

> 晋海西时，庾晞四五年中，喜为挽歌，自摇大铃为唱，使左右齐和。又燕会，辄令倡妓作新安人歌舞离别之辞，其声悲切。③

《宋书》卷六十九《范晔传》：

> 晔与司徒左西属王深宿广渊许，夜中酣饮，开北牖听挽歌为乐。④

---

① 房玄龄等：《晋书》，中华书局 1974 年版，第 2169 页。
② 余嘉锡笺疏：《世说新语笺疏》，上海古籍出版社 1993 年版，第 758 页。
③ 沈约：《宋书》，中华书局 1974 年版，第 903 页。
④ 沈约：《宋书》，中华书局 1974 年版，第 1820 页。

王微《与从弟僧绰书》：

> 文辞不怨思抑扬，则流澹无味。①

颜延之《清者人之正路》：

> 逮李陵众作，总杂不类，原是假托，非尽陵制。至其善写，有足悲者。②

《梁书》卷五十《谢几卿传》：

> 居宅在白杨石井，朝中交好者载酒从之，宾客满坐。时左丞庾仲容亦免归，二人意志相得，并肆情诞纵，或乘露车历游郊野，既醉则执铎挽歌，不屑物议。③

萧绎以"情灵摇荡"作为文的特征之一，尤其指出"流连哀思"之哀情的动人，可说是抓住了诗赋创作以悲为美的文学主潮。萧绎是宫体诗歌创作的积极参与者，他以"惟须绮縠纷披，宫徵靡曼，唇吻遒会，情灵摇荡"作为文的特点，应能包容当时宫体诗人所热衷创作的宫体诗。宫体诗歌多为艳情绮思，"情灵摇荡"的尺度颇为惊人，以至于简文帝萧纲为维护这种创作现状而提出"立身先需谨重，文章且须放荡"的主张，为自己的创作辩护的色彩比较突出，对文学的认识也显得过于狭隘。萧绎在这样的创作氛围中犹能看到"吟咏风谣，流连哀思"才是"文"，这种理性更难能可贵。把"吟咏风谣，流连哀思"作为文士之所以是文士、文学之所以为文学的特征，更是一种洞见。由于这一本质特征，文学之士不仅不同于儒士、学士与笔士，甚至不同于"虽不以儒者名家"，但作品"悉通其义"的曹植和陆机。正是这一类人才能写出"绮縠纷披，宫徵靡曼，唇吻遒会，情灵摇荡"的作品，文和笔的面貌才会出现如此鲜明的差异。文学是因为情感的特征而独立的，而不是其他，这就不仅仅是从体裁

---

① 严可均辑：《全宋文》，商务印书馆1999年版，第175页。
② 严可均辑：《全宋文》，商务印书馆1999年版，第359页。
③ 姚思廉：《梁书》，中华书局1973年版，第709页。

上将文学与史学、经学、哲学相区别，而是从情感本质上抓住了几者之间的差异。在文、笔之辨的发展史上，文学的根本特征也是第一次明确与文人自身的特征紧紧相连。萧绎对文、笔的辨析代表了南朝文体辨析的最高成就。

这一时期从情感而非有韵无韵来区分诗与笔的还有萧纲，《与湘东王书》云：

> 若夫六典三礼，所施则有地；吉凶嘉宾，用之则有所，未闻吟咏情性，反拟《内则》之篇；操笔写志，更摹《酒诰》之作。"迟迟春日"，翻学《归藏》；"湛湛江水"，遂同《大传》。①

《内则》出自《礼记》，《酒诰》出自《尚书》，《归藏》是古代《易》的代称，《大传》即《尚书大传》，"迟迟春日"和"湛湛江水"分别出自《诗经》与《楚辞》，"吟咏情性"则是指诗歌创作。萧纲认为，"吟咏情性"与"操笔写志"之作不同，不需要模仿经典的风格。文学篇章以"吟咏情性"而区别于政治、历史、哲学等领域的文章，着重强调了诗歌"抒情"的本质。

第四节 风格体认

中国古代的风格意识起源很早，《诗经·大雅·烝民》曰："吉甫作颂，穆如清风。"用"清风"来形容尹吉甫所作的这首诗给人的审美感受，已经体现出一定的风格体认意识。早期的风格体认一般以读者对具体作品的整体阅读感受为出发点，对风格的提炼比较感性，并不是建立在广泛阅读和比较基础上的类型化总结。相比之下，南朝刘勰在《文心雕龙》中对文学风格的总结在类型化方面达到了一个难以企及的高度。

《梁书》卷五十《刘勰传》云："（刘）勰撰《文心雕龙》五十篇，

---

① 严可均辑：《全梁文》，商务印书馆1999年版，第115页。

论古今文体，引而次之。"① 可见在当时人看来，刘勰《文心雕龙》的主旨乃是文体问题。但刘勰的文体研究绝不限于体裁辨析，他所论之"体"，本来就涵义丰富，其中也包含文学的风格。《文心雕龙》各篇，用了许多相近或相反的形容词组合来概括具体作家的创作或作品之风格，如疏与显、约与繁、清典、淫丽、明润、清峻、缛丽、轻清、清靡、伟丽、直、野、温雅、弘丽、繁缓、闲畅、清通、清畅、疏通、夸艳等等。刘勰对文学风格的整合与归纳既重整体，又兼顾个性。

整体风格就是将"风格"作为一个独立的审美范畴。《文心雕龙·体性》云：

> 若总其归途，则数穷八体：一曰典雅，二曰远奥，三曰精约，四曰显附，五曰繁缛，六曰壮丽，七曰新奇，八曰轻靡。②

这里所归纳的八种风格，就不是指具体作家或作品的风貌，而是指建立于个体风格之上的风格类型。"若总其归途，则数穷八体"，就是说，论文章风格，除此八体之外，更无其他。他还解释了这八种风格的具体涵义：

> 典雅者，熔式经诰，方轨儒门者也；远奥者，馥采曲文，经理玄宗者也；精约者，核字省句，剖析毫厘者也；显附者，辞直义畅，切理厌心者也；繁缛者，博喻酿采，炜烨枝派者也；壮丽者，高论宏裁，卓烁异采者也；新奇者，摈古竞今，危侧趣诡者也；轻靡者，浮文弱植，缥缈附俗者也。③

对于"典雅""远奥""显附""壮丽""新奇""轻靡"这六体，刘勰的解释都包含着内容与形式的成分。对于"精约"与"繁缛"这两体，就仅从形式而言，并未包括内容因素。故有学者认为，刘勰对所分八体的

---

① 姚思廉：《梁书》，中华书局1973年版，第710页。
② 詹锳义证：《文心雕龙义证》，上海古籍出版社1989年版，第1014页。
③ 詹锳义证：《文心雕龙义证》，上海古籍出版社1989年版，第1014页。

成分构成是没有明确认识的。"这种特点，正是中国传统的文章风格论之一特色，或从作家总体格调言，或从作家之文字特色言，或从作品之境界言，或从作品之情思义理之特征言，等等，对于每种风格类型究竟应具备何种之成分，并无统一之要求。"①

刘勰之前，不见有文论者将风格作为类型来讨论。班固、王逸虽论及作家作品之风格特色，然未涉及风格类型。曹丕提及不同体裁有雅、理、实、丽之不同风格，近似于风格类型，但每一种风格均明确与文章体裁对应，抽象范畴的色彩不浓。陆机在此之上加以拓展，也仍然属于体裁风格。挚虞对文章体裁有详细的分类，对作家作品风格的评论也较他之前的论者更为细腻而具体，但从现存文字看，他也未涉及风格类型之问题。刘勰提出"总其归途"，把一切不同的文章风格，尽归此八体中，可以说是把风格类型化了，这是他的理论创造。不过，既然八体是从各体风格中提炼出来的风格类型，那么，刘勰所概括的那些个体风格又该如何分配入这"八体"之中呢？这一点刘勰未有更明晰与详密的辨析，这也看出，"风格"作为独立美学范畴的研究是一个非常抽象的问题，刘勰纵然已经意识到它的存在，却仍然不能有一个完整的结论。

从人类认知的程序来说，感性的体认总要走向抽象的理论归纳。因此对风格作类型的探讨是风格审美的最高层次。但是，对于风格这一审美对象，这种探讨似乎缺乏足够的意义。任何一个有艺术生命力的具体文本都包含着独特的个性，它以自身的个体性抗拒着种类或共性观念的统治。既然每个人的风格不同，又如何能去统领？因此批评家要做的是叙述个别真正的文艺作品，而不是被类型的观念束缚。或许这就是南朝文论者在审美实践中只重视辨析个体之间风格差异的原因。

除了对文学风格的类型化提炼，南朝人对作品风格的审美认知还有其他的一些方式，其中以"体"为后缀对风格进行命名就是另一种较为普遍的方式。就审美层次来说，命名是比心理描述自觉程度更高的精神状

---

① 罗宗强：《魏晋南北朝文学思想史》，中华书局 1996 年版，第 347 页。

态。今将逯钦立《先秦汉魏晋南北朝诗》和南朝正史中所提及的以"体"命名风格的数量列于下表。

表 2-2　《先秦汉魏晋南北朝诗》和南朝正史中以"体"命名风格的统计情况

名称	来源	命名方式	总数
刘公干体	鲍照:《学刘公干体诗》(《宋诗》卷九)	以作家命名	9
陶彭泽体	鲍照:《学陶彭泽体诗》(《宋诗》卷九)		
阮步兵体	王素:《学阮步兵体诗》(《宋诗》卷十)		
景阳之体	《诗品·宋临川太守谢灵运》: "其源出于陈思,杂有景阳之体。"		
谢康乐体	《梁书》卷五十《伏挺传》:"及长,有才思,好属文,为五言诗,善效谢康乐体。"		
	何子朗:《学谢体诗》(《梁诗》卷二十六)		
谢惠连体	萧纲:《戏作谢惠连体十三韵诗》(《梁诗》卷二十一)		
吴均体	《梁书》卷四十九《吴均传》:(吴)均文体清拔有古气,好事者或效之,谓为"吴均体"。		
仲宣之体	《诗品·魏文帝》:"其源出于李陵,颇有仲宣之体。"		
永嘉之体	《诗品·晋弘农太守郭璞》: "始变永嘉平淡之体,故称中兴第一。"	以年号命名	2
永明体	《南齐书》卷五十二《陆厥传》:"约等文皆用宫商,以平上去入为四声,以此制韵,不可增减,世呼为'永明体'。"		
古体	《梁书》卷四十《刘之遴传》:"之遴好属文,多学古体。"《梁书》卷二三《萧藻传》:"藻性谦退,不求闻达。善属文辞,尤好古体。"《诗品·魏仓曹属阮瑀晋顿邱太守欧阳建》:"元瑜、坚石七君诗,并平典,不失古体。"刘孝威:《古体杂意诗》(《梁诗》卷十八)	以时代命名	2
今体	萧纲《答湘东王书》:"若昔贤可称,则今体宜弃"(《全梁文》卷十一)		
《周颂》体	《宋书》卷二十《乐志二》:"右《歌太祖文皇帝词》,依《周颂》体。"	以作品命名	3
骚体	江淹:《应谢主簿骚体》(《梁诗》卷四)		
百一体	何逊:《聊作百一体诗》(《梁诗》卷八)		
转韵体	何逊:《拟青青河畔草转韵体为人作》(《梁诗》卷八)	以表现手法命名	1
宫体	《梁书》卷四《简文帝本纪》:"(简文帝)雅好题诗,其序云:'余七岁有诗癖,长而不倦。'然伤于轻艳,当时号曰'宫体'。"	以题材命名	1

从上表可以看出，从刘宋到齐梁，南朝人对作家、作品的风格体认从简单的命名体认到试图有所统领，展现了非常多元化的审美视角。除了试图提炼文学的风格类型，他们对风格的思考还广泛涉及风格与个人、时代、体裁、题材、表现手法等方面的内在联系。南朝文论者对风格与这些因素的内在联系的思考，说明人们的审美力度在不断地深化，审美能力也在不断地提高。

一、风格与作者

曹丕在《典论·论文》中已经提出了风格与作者个性的关系问题。挚虞《文章流别论》也论及文人在写作同一体裁时候表现出来的风格差异。其论"对问"体曰："若《解嘲》之弘缓优大，《应宾》之渊懿温雅，《达旨》之壮厉慷慨，《应间》之绸缪契阔，郁郁彬彬，靡有不长焉。"[①] 同一体裁在不同人手中写出不一样的风格。刘宋时期，时人对文体非常重视，不过重心在于体裁的分类。风格与个人的关系率先为部分作家所察觉，如鲍照在诗题命名中也表现出一定的风格意识，但却无法阐明风格与个人的关系。

在南朝作家中，对风格与作者的关系有较为明确认识的是谢灵运。谢灵运的作品在当时最为风行，又广编文集，发表了不少关于文学的见解。他是将评论作家与自己的诗歌创作同时进行的，他对风格的认识主要表现在《拟魏太子邺中集诗序》中。在这篇序中，谢灵运以太子曹丕的口吻"撰文怀人"，表达了能和王粲、陈琳、徐干、刘桢、应玚、阮瑀、曹植七人在一起"朝游夕宴"的满足之情，同时也抒发了"岁月如流，零落将尽"[②] 的遗憾之情。谢灵运从个人籍贯、人生经历、性格抱负、职业特点等方面来逐个总结了王粲等七人的创作特点。例如王粲与应玚虽然来自不同的地方，但一个"遭乱流寓"，一个"流离世故"，人生际遇类似，

① 严可均辑：《全晋文》，商务印书馆1999年版，第819页。
② 严可均辑：《全宋文》，商务印书馆1999年版，第320页。

所以他们在创作上就有"自伤情多"和"颇有飘薄之叹"的相似之处。徐干不喜欢仕途,"有箕颍之心事,故仕世多素辞"。曹植"不及世事,但美遨游,然颇有忧生之嗟"。陈琳乃"书记之士",阮瑀"管书记之任","书记"一职既有富贵清闲的一面,也要为人世百态撰写文书,或"述丧乱事多",或"有优渥之言"。谢灵运能把这些作者的创作特点与他们个人的理想、经历联系起来,这虽然是对儒家"知人论世"的经典批评方法的一种承袭,但言之成理,能够在一定程度上揭示作品的产生原因,这样的评论就比较容易引起读者的认同感,使评论本身具备了传播基础,谢灵运个人的创作声誉也为这些评论增加了权威性。

谢灵运之后,南朝的风格研究有了多层面的拓展。刘勰对风格与个性的关系,作了进一步的证明。《文心雕龙·体性》云:

> 若夫八体屡迁,功以学成,才力居中,肇自血气;气以实志,志以定言,吐纳英华,莫非情性。是以贾生俊发,故文洁而体清;长卿傲诞,故理侈而辞溢;子云沉寂,故志隐而味深;子政简易,故趣昭而事博;孟坚雅懿,故裁密而思靡;平子淹通,故虑周而藻密;仲宣躁锐,故颖出而才果;公干气褊,故言壮而情骇;嗣宗俶傥,故响逸而调远;叔夜俊侠,故兴高而采烈;安仁轻敏,故锋发而韵流;士衡矜重,故情繁而辞隐。①

这里概括了十二位作者的风格与才性之关系。同篇中,刘勰又指出:

> 然才有庸俊,气有刚柔,学有浅深,习有雅郑,并情性所铄,陶染所凝,是以笔区云谲、文苑波诡者矣。故辞理庸俊,莫能翻其才;风趣刚柔,宁或改其气;事义浅深,未闻乖其学;体式雅郑,鲜有反其习:各师成心,其异如面。②

概括了影响作者文章风格的四个因素:才、气、学、习。才与气,刘

---

① 詹锳义证:《文心雕龙义证》,上海古籍出版社1989年版,第1022页。
② 詹锳义证:《文心雕龙义证》,上海古籍出版社1989年版,第1011页。

勰多处提及，才，是才华，气，是气质。他认为，"人之秉才，迟速异分"，才是天生的，才之不同，源于不同之气质，"才力居中，肇自血气"。气质或属阳刚或属阴柔，亦秉于天赋，它们决定着文章情趣的阳刚美或阴柔美。才与气属于先天所有，这种思想非刘勰所首倡。值得注意的是，刘勰在认为才由天资决定的同时，又认为天赋之才可经由后天学习加以补足，所谓"将赡才力，务在博见"，这后天可补足的"才"与他之前所标举的天禀之才有所区别。正因为主体才性与文章风格的关系非常密切，所以学习写作时要"摹体以定习，因性以练才"，即选择与自己性情相宜的文体类型加以学习，根据自己的性情气质来锻炼写作才能，这样，在写作过程中才能"唯才所安""随性适分"。

此外，刘勰强调了学、习在影响文章风格上的重要作用。"学"是学识，影响事义，"习"是陶染，影响格调的高下。"学慎始习""斫梓染丝，功在初化，器成采定，难可翻移"。把"学""习"强调到如此重要的地位，就将作家与风格之间先天与后天的联系因素都充分考虑到了。曹丕虽然认识到才性与文章风格的关系，但对什么样的个性适合于什么样的风格，其认识还是笼统、模糊的。刘勰通过对大量作家作品的分析，具体、明确地揭示了两者之间的必然联系，把对此问题的认识推到了一个新的高度。

应该指出的是，风格的特征之一便是独创性，这种独创性主要由作者独特的创作个性来实现。南朝文论者充分关注到风格与个性的问题，甚至从各个层面揭示了作者个性与风格形成之间的关系，其共同点是只强调风格与作者个性相一致的一面，而没有意识到作品风格与作者个性不一致的一面。这种认识就是将作者真实的个性与创作个性完全等同。实际上创作风格是与创作个性直接相关，但作品所表现的创作个性不一定就是作者本人的个性。在抒情性较强的作品创作中，作者的真实个性与创作个性比较一致，但对于抒情性质不强的作品，其风格与作家个性并没有直接的联系，个性不同的作家可以创作风格完全相同的作品。这一点是南朝文论者在讨论风格与个性的关系中不曾认识到的。

二、风格与时代

风格与时代的关系导致时代风格的形成。时代风格是同一时代写作群体所表现的共同风格。齐梁时期,文论者颇为注重研讨作家的风格特色以及由此发展而来的风格流派。江淹《杂体诗序》云:

> 夫楚谣汉风,既非一骨;魏制晋造,固亦二体。譬犹蓝朱成彩,杂错之变无穷;宫角为音,靡曼之态不极。故蛾眉讵同貌,而俱动于魄;芳草宁共气,而皆悦于魂。①

在江淹看来,时代风格的不同是文学发展的必然,"楚谣汉风,既非一骨;魏制晋造,固亦二体",显示出对各时代风格的尊重与认同。"兰朱成彩""宫角为音""蛾眉动魄""芳草悦魂"等描绘形象地说明不同的时代风格各具其美。序中还说:"五言之兴,谅非复古,但关西邺下,既已罕同;河外江南,颇为异法。""关西""邺下""河外""江南"虽偏指地理,但与远古相承接,也有泛指各朝各地之意。

江淹所关注的主要是诗歌。从时代变化的角度来观察文学风格变化的还有沈约和萧子显。沈约《宋书·谢灵运传》指出:"自汉至魏,四百余年,辞人才子,文体三变。"② 从时代的推进来考察文学风格的变化,并分别总结了西汉、东汉、建安三个时期杰出作家各自的特点。他对各个作家风格的把握主要是从作品的具体内容来归纳的,力图以某位代表作家的风格来概括一个时代的文学面貌。萧子显《南齐书·文学传论》云:"建安一体,《典论》短长互出;潘、陆齐名,机、岳之文永异。江左风味,盛道家之言。"③ 也是列举各个时代的代表人物来揭示不同时代文风的变化的,但他不赞成以某一作家的风格来代表时代风格,而是更强调同一时代不同作家风格的差异。如潘岳、陆机同属西晋,但"机、岳之文永

---

① 严可均辑:《全梁文》,商务印书馆1999年版,第405页。
② 沈约:《宋书》,中华书局1974年版,第1778页。
③ 萧子显:《南齐书》,中华书局1972年版,第908页。

异"。郭璞许询同属东晋，但"郭璞举其灵变；许询极其名理"。他对风格与时代的关系并没有进行深入的探讨。

对时代与风格的关系进行了深入研究的还是刘勰。《文心雕龙·时序》从"昔在陶唐"论至"明帝以下"，概括了各个时代文学风气的变化，以说明"故知文变染乎世情，兴废系乎时序"的规律，兼及对时代风格的总结，如"观其时文，雅好慷慨""正始余风，篇体轻澹"等。"良由""于时"等语明确指出了文学风格与它们所处的时代的直接关系。《通变》篇再次指出了不同时代文学风格的差异：

> 是以九代咏歌，志合文则。黄歌"断竹"，质之至也；唐歌在昔，则广于黄世；虞歌《卿云》，则文于唐时；夏歌"雕墙"，缛于虞代；商周篇什，丽于夏年。至于序志述时，其揆一也。暨楚之骚文，矩式周人；汉之赋颂，影写楚世；魏之篇制，顾慕汉风；晋之辞章，瞻望魏采。榷而论之，则黄唐淳而质，虞夏质而辨，商周丽而雅，楚汉侈而艳，魏晋浅而绮，宋初讹而新。[①]

刘勰着重强调了风格随时代变化的合理性。从《文心雕龙》的体裁辨析不难看出，刘勰是非常强调各类文体的写作规范的，但在面对风格与时代的关系时，他更注重变化。《通变》开篇云："夫设文之体有常，变文之数无方，何以明其然耶？凡诗赋书记，名理相因，此有常之体也；文辞气力，通变则久，此无方之数也。"[②]虽然风格与时代有密切的关系，但是由于作者使用的语言形式不像体裁本身的基本规格那样具有恒久性，"文辞气力"并没有一定的程式，所以他尤其强调"变"的准则，就是要在充分尊重各体裁之"名理"的基础上有所革新。

值得注意的是，江淹、沈约、刘勰、萧子显均为齐梁时期的人，风格与时代的关系在此时引起重视，一方面是因为各种体裁之发展已经经历了秦汉、魏晋、刘宋诸朝代，历时数百年，期间的变化已经较为分明；另一

---

① 詹锳义证：《文心雕龙义证》，上海古籍出版社 1989 年版，第 1084 页。
② 詹锳义证：《文心雕龙义证》，上海古籍出版社 1989 年版，第 1079 页。

方面，还因为这些人都有着深厚的史学基础，除了刘勰，其余诸人都是史学学者，沈约、萧子显的言论都出自专史的编撰之中，江淹也著有《齐史》。梳理历史是史学研究者的主要任务，以治史的经验而涉猎风格的研究，自然比较容易发现风格与时代之间的关系。

三、风格与题材

风格的形成，依赖于构成风格的各个要素。其中作品所要表现的内容对风格的形成也有关键的作用。作品表现的内容也就是题材，题材选择所蕴涵的审美感受影响着作品独特的格调与风貌。南朝之前，这个问题并没有引起注意，至江淹才开始察觉。

江淹作《杂体诗三十首》，模仿了汉魏以来三十家五言诗人的作品，因风格众多而统称"杂体"。江淹这三十首模拟之作对前人的摹拟可谓出神入化，以假乱真。如他模拟的《陶征君田居》，到宋代还瞒过了苏轼这样的大家，被认为是陶渊明的《归园田居》第六，误收入《陶渊明集》。《鲍参军戎行》一首中的"竖儒守一经，未足识行藏"两句，《南史·吉士瞻传》就误认为是鲍照的作品。故江淹《杂体诗三十首》在后世好评不断。宋代严羽赞赏《杂体诗三十首》曰："拟古惟文通最长。拟渊明似渊明，拟康乐似康乐，拟左思似左思，拟郭璞似郭璞。"[1] 元代陈绎曾《诗谱》评《杂体诗三十首》："善观古作，曲尽心手之妙。"[2] 因此，历代评论家多从文学及美学角度对《杂体诗三十首》加以评论，很少注意到它在风格辨析上的意义。《杂体诗三十首》以其独有的诗人序列和体目分类，显示出江淹对风格体认的见解。我们看他所制定的诗题，便可感受到这种独特的眼光。

《杂体诗三十首》在对象的选择上颇为费心。现将江淹所拟的三十首诗题稍作排列统计。

---

① 郭绍虞校释：《沧浪诗话校释》，人民文学出版社1983年版，第190页。
② 丁福保辑：《历代诗话续编》，中华书局1983年版，第631页。

汉代 3 人：无名氏《古离别》、李陵《从军》、班婕妤《咏扇》；

魏 4 人：曹丕《游宴》、曹植《赠友》、刘桢《感遇》、王粲《怀德》；

魏晋之交 2 人：嵇康《言志》、阮籍《咏怀》；

西晋 7 人：张华《离情》、潘岳《述哀》（李善注本《文选》作《悼亡》）、陆机《羁宦》、左思《咏史》、张协《苦雨》、刘琨《伤乱》、卢谌《感交》；

东晋 6 人：郭璞《游仙》、孙绰《杂述》、许询《自叙》、殷仲文《兴瞩》、谢混《游览》、陶潜《田居》；

刘宋 8 人：谢灵运《游山》、颜延之《侍宴》、谢惠连《赠别》、王微《养疾》、袁淑《从驾》、谢庄《郊游》、鲍昭《戎行》、休上人（汤惠休）《怨别》。

江淹在序中说明，他是因为具有博爱的趣味，欣赏不同时期不同作者的风格，所以要以模拟的方式表达这种欣赏，他要再现这三十位诗人的风格。但我们看，江淹在每首的题目中不仅仅列出了模拟的诗人，还在每个诗人后面用两字概括了他要模拟的具体对象。如"嵇中散言志""阮步兵咏怀""潘黄门述哀""左记室咏史""刘太尉伤乱""陶征君田居""郭弘农游仙"等。"言志""咏怀""述哀""游仙""悼亡"等等，这些显然都是内容题材。江淹所拟作的三十位诗人，都是五言诗史上的代表诗人，在后人眼中都具有自己独特的风格。他们在创作诗歌之时并非有意开创一种风格，甚至可能没有意识到他们有自己特别喜欢或者擅长的题材，江淹的模拟体例表明，他已经察觉到这些诗人独特的风格是与他们所创作的题材相联系的。

南朝人好拟古，他们对前人作品风格的欣赏通常就是通过模拟相同题材的创作来表现的。从南朝作者的实际创作来看，南朝文风在元嘉、永明、大同三个时期所表现的风格差异也与作者们所创作的题材有一定的联系。如元嘉诗人喜好山水题材，对山水之形貌的雕琢是元嘉诗歌呈现"富丽"之貌的原因之一。又如"宫体"之风格被后人视为"艳"，也与其诗作多为女性或男女之情相关。南朝文风整体的贫弱也与作者的写作题材多局限于狭小的宫廷环境有关，这样的题材也很难写得大气磅礴。可见在创作中，题材的选择对风格的形成是有内在的影响的。

四、风格与体裁

体裁对作品风格的影响虽然不是作品风格形成的关键，但文章的一些基本体貌与体裁却是相伴而生、水乳交融的。不同的体裁在产生之时就同时伴随着某种规范，这种规范本身就包含着某种大致的风格。曹丕提出"奏议宜雅，书论宜理，铭诔尚实，诗赋欲丽"，这不但是体裁分类，也直接点明了不同体裁与风格的直接联系。但曹丕没有说为什么诗赋之体裁就是"丽"的。陆机《文赋》指出，"诗缘情而绮靡，赋体物而浏亮"，比之曹丕简单的"诗赋欲丽"更为明确地揭示了体裁与风格的关系。诗是因为"缘情"所以"绮靡"，赋是因"体物"所以"浏亮"。"绮靡"与"浏亮"都是"丽"的内容，它们分别与各体裁的性质相联系。这种观念在南朝刘勰的《文心雕龙》中得到进一步的论证。

刘勰对风格与体裁之关系的认识，主要见于《明诗》至《书记》各篇的"敷理以举统"部分。这一部分具体细致地指出了各个体裁的体制特色与规格要求，更设立《定势》篇作为理论呼应，专门论述这一问题：

> 夫情致异区，文变殊术，莫不因情立体，即体成势也。势者，乘利而为制也。……是以括囊杂体，功在铨别，宫商朱紫，随势各配。章表奏议，则准的乎典雅；赋颂歌诗，则羽仪乎清丽；符檄书移，则楷式于明断；史论序注，则师范于核要；箴铭碑诔，则体制于弘深；连珠七辞，则从事于巧艳。此循体而成势，随变而立功者也。①

刘勰指出，文体的产生源于表现情感的需要，各种文体的基本风貌与

---

① 詹锳义证：《文心雕龙义证》，上海古籍出版社 1989 年版，第 1124 页。

范式是依附于体裁而形成的，各种文体由于表现内容不同，或使用场合不同，匹配的风格自然不同，这就是"因情立体，即体成势"。从"章表奏议，则准的乎典雅；赋颂歌诗，则羽仪乎清丽"等表述来看，这"势"包含着风格的规范。比起曹丕与陆机所论及的体裁，刘勰所论更广，论及章、表、奏、议、诗、赋、歌、颂、符、檄、书、移、史、论、序、注、箴、铭、碑、诔、连珠、七辞等二十多种体裁，并根据这些体裁风格的相近程度归于"典雅""清丽""明断""核要""弘深""巧艳"六种风格之下，认为这就是"循体而成势"。应该说，刘勰对体裁与风格之关系的论证是符合事实的，章表、奏议之类的文章，是向上级汇报情况，态度比较严肃，语言自然典雅。其他不同的体裁，由于内容与用途的差异，自然具有不一样的面貌。为了加强这种观点的力量，刘勰使用了大量的比喻来说明体裁与风格的关系，例如，弩机所发出的矢呈现出直线的姿态，而曲涧的湍流自然具有回转的姿态，这都是为了强调体裁与风格之间的天然联系。

第五节 文学创作中的 "情" 与 "物"

南朝所展开的文笔之辨，将文章明确划分为文、笔两大类，其中的"文"，就是现代文学理论所界定的纯文学，其中又以诗为典型代表。南朝人对文学性质的认识，也主要包含在他们对诗这一体裁的认识当中。南朝文论者普遍认为，诗是"吟咏情性"的，钟嵘、萧绎、萧纲均以"情性"作为写诗作赋的理由。在南朝文学批评中，"情性"有时又被称为"情""性灵""性情""情虑""情志"等。例如伏挺《致徐勉书》云：

> 怀抱不可直置，情虑不能无托，时因吟咏，动辄盈篇。[①]

萧子显《南齐书·文学传论》云：

---

① 严可均辑：《全梁文》，商务印书馆 1999 年版，第 430 页。

文章者，盖情性之风标，神明之律吕也。①

王筠《昭明太子哀册文》云：

吟咏性灵，岂惟薄伎；属词婉约，缘情绮靡。字无点窜，笔不停纸；壮思泉流，清章云委。②

范晔《后汉书》卷八十《文苑传赞》云：

情志既动，篇辞为贵。③

刘勰《文心雕龙·明诗》云：

人禀七情，应物斯感，感物吟志，莫非自然。④

萧衍《孝思赋序》：

想缘情生，情缘想起，物类相感，故其然也。……情切于衷，事形于言，乃作孝思赋云尔。⑤

萧统《答晋安王纲书》：

炎凉始贸，触兴自高，睹物兴情，更向篇什。⑥

那么，"情"又是如何产生的呢？在南朝文学批评中，最为普遍的理解是"情"动源于"物"感。钟嵘在《诗品序》中总结了诸多"感荡心灵"的"物"。萧纲《答张缵谢示集书》也列举了系列"寓目写心"的场景。此类强调外物对人类情感刺激作用的观点在南朝文学批评中尤为常见。例如《文心雕龙·诠赋》云：

① 萧子显：《南齐书》，中华书局1972年版，第907页。
② 严可均辑：《全梁文》，商务印书馆1999年版，第720页。
③ 范晔：《后汉书》，中华书局2005年版，第1194页。
④ 詹锳义证：《文心雕龙义证》，上海古籍出版社1989年版，第173页。
⑤ 严可均辑：《全梁文》，商务印书馆1999年版，第1页。
⑥ 严可均辑：《全梁文》，商务印书馆1999年版，第215页。

原夫登高之旨，盖睹物兴情。①

《文心雕龙·物色》云：

> 春秋代序，阴阳惨舒，物色之动，心亦摇焉。盖阳气萌而玄驹步，阴律凝而丹鸟羞，微虫犹或入感，四时之动物深矣。若夫珪璋挺其惠心，英华秀其清气，物色相召，人谁获安？②

萧子显《自序》：

> 天监十六年，始预九日朝宴，稠人广坐，独受旨云："今云物甚美，卿得不斐然赋诗。"……若乃登高目极，临水送归，风动春朝，月明秋夜，早雁初莺，开花落叶，有来斯应，每不能已也。③

何逊《与建安王谢秀才笺》：

> 睹物托兴，乏澹雅之才。④

从南朝文学理论中对文学创作动机的认识来看，文学创作的动因是"缘情"，"情"的萌动在于"物感"。这些共识在继承传统诗论的同时又渗透着南朝的时代特色。

《诗大序》云："情动于中而形于言。"又云："国史明乎得失之迹，伤人伦之废，哀刑政之苛，吟咏情性，以风其上，达于事变而怀其旧俗者也。"陆机《文赋》云："诗缘情而绮靡。"《诗大序》之"诗"，是《诗经》中的篇章，虽然其中已经明确将诗的创作与情的萌动联系在一起，但这"情"要与"止乎礼义"相搭配；"吟咏情性"也与"以风其上"，即讽谏天子的目的直接相关。陆机"诗缘情而绮靡"之论，继承了传统诗教理论的"缘情"之意，而不再强调止乎礼义，将缘情与绮靡结合，突

---

① 詹锳义证：《文心雕龙义证》，上海古籍出版社1989年版，第304页。
② 詹锳义证：《文心雕龙义证》，上海古籍出版社1989年版，第1728页。
③ 严可均辑：《全梁文》，商务印书馆1999年版，第259页。
④ 严可均辑：《全梁文》，商务印书馆1999年版，第655页。

出了诗歌情感与文采的特征。① 南朝文论者对文学"吟咏情性"性质的认识，是对陆机"诗缘情"理论的直接继承。

在南朝之前，文学创作中"物"对情感的触动也早为一些作家所意识到。如汉代无名氏的《古诗五首》其一：

兰若生春阳，涉冬犹盛滋。愿言追昔爱，情款感四时。②

曹魏时期乐府《长歌行》：

静夜不能寐，耳听众禽鸣。大城育狐兔，高墉多鸟声。坏琮何寥廓，宿屋邪草生。中心感时物，抚剑下前庭。③

陆机《感时赋》：

猿长啸于林杪，鸟高鸣于云端。矧余情之含瘁，恒睹物而增酸。历四时之迭感，悲此岁之已寒。抚伤怀以呜咽，望永路而泛澜。④

陆机《怀土赋》：

余去家渐久，怀土弥笃，方思之殷，何物不感？曲街委巷，罔不兴咏，水泉草木，咸足悲焉。故述斯赋。⑤

陆机《思归赋》：

彼离思之在人，恒戚戚而无欢，悲缘情以自诱，忧触物而生端。……伊我思之沉郁，怆感物而增深。⑥

陆机对自己做赋动机的阐释有着鲜明的"物感"特色。他在《文赋》

---

① 陈良运：《中国诗学体系论》，中国社会科学出版社 1992 年版，第 154 页。
② 逯钦立辑较：《先秦汉魏晋南北朝诗》，中华书局 1983 年版，第 335 页。
③ 逯钦立辑校：《先秦汉魏晋南北朝诗》，中华书局 1983 年版，第 415 页。
④ 严可均辑：《全晋文》，商务印书馆 1999 年版，第 1016 页。
⑤ 严可均辑：《全晋文》，商务印书馆 1999 年版，第 1021 页。
⑥ 严可均辑：《全晋文》，商务印书馆 1999 年版，第 1020 页。

中提出"遵四时以叹息，瞻万物而思纷"，可以说是对自己创作经验的直接概括。陆机第一次在文学理论中明确了"物感"与文学创作的关系。不过，陆机对"情"与"物"之间关系的认识并不是很全面，大部分时候是"方思之殷，何物不感?""恒睹物而增酸""怆感物而增深"。"物"加重人类内心已经存在的感情而不是引发感情。

除了传统诗学中蕴藏的"物感"观念，中国传统哲学对心与物的关系也较早作出了深刻的解释。

《礼记·乐记》云："乐者，音之所由生也。其本在人心之感于物也。"① 最早注意到人心与外物的关系，但这个"物"在《礼记》中还仅仅是泛指心之外的客观世界。汉代王延寿的《鲁灵光殿赋》有"诗人之兴，感物而作"之说，张载注云："见可嗟之物，为作诗作赋。"② 参照其下文"物以赋显，事以颂宣"，可知王延寿所论之"物"是泛指外界存在物，作"赋"与咏"物"的关系已经比较明确了。潘尼《安石榴赋序》云："安石榴者，天下之奇树，九州之名果。是以属文之士，或叙而赋之，盖感时而骋思，睹物而兴辞。"③ 潘尼对"物"在引发作者创作欲望方面的作用做出了极高的评价。张少康《南朝的佛教和文艺理论》一文指出："心物关系是文艺理论批评上的一个中心问题，它体现了对文艺创作中主体和客体关系的认识。在中国古代文艺思想上，很早就提出这问题。但是，'心''物'两者之中，究竟是哪一方面起主导作用，对这个问题的认识有一个发展过程。《诗经》中，自然界的外物被孔子看作有'多识于鸟兽草木之名'的功能，物只有认识的功能，尚未与人的情志直接联系。早期儒家'诗言志'，'志'是指的'心'，《礼记·乐记》，'物'是心中的情和志由静而动的关键。"④ 很显然，南朝人对文学创作动机的认识也是在继承传统"物感"说的基础上展开的。南朝文论者充分

① 杨天宇译注：《礼记译注》（下），上海古籍出版社 2004 年版，第 468 页。
② 见李善等注：《六臣注文选》，中华书局 1987 年版，第 216 页。
③ 严可均辑：《全晋文》，商务印书馆 1999 年版，第 1001 页。
④ 见葛晓音主编：《汉魏六朝文学与宗教》，上海古籍出版社 2005 年版，第 21—23 页。

挖掘了动情之"物"的范围，尤其是钟嵘，将人生际遇等社会生活的内容也纳入"物"的范畴中，使自古以来激发诗歌创作的"外物"在钟嵘的诗学理论中得到了全面的总结。虽然"物感"作为文学发生论在南朝以前就已经充分表现于诗赋创作中，文学批评中却从未正式出现过以"文学"为对象的文学发生论。"诗言志"与"诗缘情"也只是对诗而言。除了钟嵘，南朝其他文论者对"物"的体认无一例外是针对自然景物的，这是南朝文论的一大特色。

为何客观世界中的自然物在南朝会如此普遍地进入文学的发生原理中？前文曾述，由于作家介入文学批评的特殊优势，南朝的文学理论几乎是为批评者自己的文学创作寻找理论依据的。南朝文学创作在内容上的突出特点就是描写自然景物，尤其是自然山水。既然文学作品已经如此自觉地对自然景物进行二次再现，批评作为对文学作品的关照自然加以强调。而且，南朝文论者普遍认为，在文学创作中，"物"与"情"的关系不是如陆机所陈述的那样，"我已有情而外物助之"，而是"物"使情生，"物"就是催生人类初始情感的直接原因。这种将自然景物的触动视为文学创作核心驱动力的理论认识，不仅是继承了《礼记·乐记》等典籍中关于"心""物"关系的认识，还渗透着南朝佛教中原人论与心性论的色彩。

佛教的根本目的是教导人们得到解脱。佛理博大精深，其中最有思想分量、对文学批评影响最大的当属原人论与心性论。原人论阐述的是佛教对人的存在与特性的深刻认识，包括解释人的自然构成、人的心性、人的来源和归宿等。心性论重点阐述的是"心"与"性"的关系，心的本质以及心性的作用、意义的。印度佛学心性论认为，人心本性是清净，但开始以来被客尘污染着，因此不能解脱，故主张"心性本净，客尘所然"。人们要想得到解脱，只需按照佛教教导，去掉客尘，使清净的本心恢复其本来面貌就可以了。佛教认为这是可以做到的，因为客尘是"客"，不与本心同类,只要努力就可以去掉。① 这种思想早在东汉桓帝时期,就随同佛教学说的传入而传入中土,只是这种思想在中国士大夫中的准确传播经历了较长的时间。东晋末年,佛教大翻译家、大理论家鸠摩罗什入长安,翻译出大量佛教典籍,使得中国士大夫能够较为便利地了解佛学思想。鸠摩罗什的得意门生僧肇深得其思想精髓,撰《般若无知论》,详细讲解《放光》《道行》《宝积》等佛经中关于"般若无所知"和"圣心无所知,无所不知"的内涵与缘由,《般若无知论》引经云:"真般若者,清净如虚空,无知无见,无作无缘。"② 僧肇有时候把般若叫做"圣心",正因为"圣心"清虚明净,所以能够抵挡"智"与"聪"的限制而"独觉冥冥",也就是无所不知。因为无论"智"与"聪",都是有边界的。僧肇对"圣心无知"的解读与佛教"心性本净,客尘所染"的指导思想一脉相承,推进了思想界关于心与外物之关系的探索。

与《礼记》对"心""物"关系的说明相比,佛教对"心""物"关系的推演显然深刻得多。因为《礼记》中并没有明确指出心"动"的是情还是志,而在佛教"般若无所知,无所不知"的设定下,"心"被强调为与物(或者说"客")没有必然联系的两类存在了。这样一来,"心"与"物"的互动就自由得多,"物"只是"客"而非"尘",故不必去除。佛教之心性论比原人论更为深刻地分析了人心与外物关系构成之原理,可以说是给《礼记·乐记》中的"物感"理论提供了更有力的解释,也给文人认识创作中情与物的关系提供了直接的依据。"心"是"情"与"神"的生理基础,是"情"的载体,"心"与"物"的关系清楚了,"情"与"物"的关系自然也清楚了。情如心,心本净,物使之然。"情"的自然属性和"神"一样,自然并且永恒,与外物"随缘而会"。

僧肇死后不久,中国进入南北朝时期,在这一历史阶段,心性论成为中国人探究的重要问题。在心性论中,由"心"向外展开的关系主要有

---

① 参阅汤用彤:《汉魏两晋南北朝佛教史》,北京大学出版社1997年版。
② 严可均辑:《全晋文》,商务印书馆1999年版,第1804页。

四个方面：一是心与意、识、神的关系；二是心与外界万物的关系；三是心与理（本质、本性）的关系；四是心与佛的关系。① 其中，心与物的关系与南朝文学创作论最为契合。梁代高僧慧皎在《经师论》中说："夫篇章之作，盖欲伸畅怀抱，褒述情志。咏歌之作，欲使言味流靡，辞韵相属。故《诗序》云：情动于中，而形于言。言之不足，故咏歌之也。"② 可见此时僧人也承认文学之创作是情感萌动的自然产物。南朝佛教昌盛，文士有许多机会聆听与辨析佛理，对这一原始佛教的基本思想应当有所领会。作为文化修养极高的知识阶层，他们异口同声地抒发"物感"之情，强调"物感"之用，除了南渡以来对自然山水的发现与喜爱，应该也与佛教原人论所揭示的"心性本净，客尘所染"以及心性论中对心物关系的辨析有关。

要理解南朝文学理论中"情由物感"的特殊意义，就不能不知道在南朝之前，"情"与"性"在人们思想认识中的实际地位。两汉时期，孟子的"性善说"和荀子的"性恶说"已经经过改造，融合演变成了汉儒普遍接受的阴阳性情论。阴阳性情论的基本特点是认为人性具有性、情两个方面，性是善的，以天的阳气为依据，情是恶的，以天的阴气为依据。首倡此说的是汉代大儒董仲舒。董仲舒从批评孟子的"性善说"出发，建构了性有善恶的理论。他的理由是："情亦性也，谓其性善，乃其情何？"③ 还有："王教在性外，而性不得不遂，故曰性有善质而未能为善也。"④ 董仲舒对人性的基本理解，是人性中有性有情，正因为人性中有属于"恶"的情的内容，所以不能以善名性。他也承认情是"天之所生"，是人性的先天构成因素。如果"言人之质而无其情，犹言天之阳而无其阴也"⑤，这样的人性是残缺不全的。但人有情，情外发为欲，人欲

① 方立天：《中国佛教"心性论"研探二篇》，《圆光佛学学报》1993 年 12 月，第 183—198 页。
② 严可均辑：《全梁文》，商务印书馆 1999 年版，第 822 页。
③ 苏舆撰：《春秋繁露义证》，中华书局 1992 年版，第 298 页。
④ 苏舆撰：《春秋繁露义证》，中华书局 1992 年版，第 311 页。
⑤ 苏舆撰：《春秋繁露义证》，中华书局 1992 年版，第 299 页。

有破坏礼法制度的倾向，因此，情的品质是恶的。

《汉书·五行志》云："董仲舒治《公羊春秋》，始推阴阳，为儒者宗。"① 董仲舒以阴阳论性情的思路获得了众多的追随者。在董仲舒之后，阴阳观念就普遍地被应用起来了，汉儒论人性也都不离阴阳性情四字，以阴阳论人性因此成为经学时代人学思想的一大特色。《白虎通》卷三《情性》云：

> 情性者，何谓也？性者，阳之施；情者，阴之化也。人禀阴阳气而生，故内怀五性六情。情者，静也，性者，生也。此人禀六气以生者也。故《钩命绝》曰："情生于阴，欲以时念，性生于阳，以就理也。"②

从西汉董仲舒开始，儒生辩论人性就具有浓厚的"务实"色彩，经学家总是试图为伦理道德层面的意识形态找到可以在客观世界中对应的依附方式，以求得发生学上的存在依据。当董仲舒的阴阳论在《白虎通》中经由众多经学家以"气"相结合而表述为"阴气"和"阳气"之后，阴阳性情论的务实气息就更浓重了。有了阴阳二气，人性的善恶就不再是虚说，它有了来源于宇宙（天）的"物"的基础，也就是"气"。五性就是仁、义、理、智、信五种最基本的道德规范；六情则是喜、怒、哀、乐、爱、恶六种情感。显然《白虎通》认为，人的五性六情来自阳施阴化，人从天那里禀受了阴阳二气，也就禀受了它的性和情。《钩命诀》所言情生于阴气，时时要引起对物质的欲念，性生于阳，具有人力教养可以植入的理性。这样，由董仲舒发端、众多思想家从各个方面进行发挥和阐述之后，阴阳性情论终于成为汉代的共识。正是在此基础上，许慎的《说文解字》才对"性""情"二字作了这样的解释："情，人之阴气，有欲者；性，人之阳气，性善者也。"③ 我们从许慎的定义性解释中，可以窥

① 班固：《汉书》，中华书局2005年版，第1082页。
② 陈立撰：《白虎通疏证》，中华书局1994年版，第381页。
③ 许慎：《说文解字》，中华书局1963年版，第217页。

见阴阳性情说在经学时代流行的大概情形，情与性被二重化。

性与情的二重化，其局限性表现为性与情的对立，即性善情恶。性代表最高的天理，情则是满足人的自然需要的欲望。"人欲谓之情，情非制度不节。"① 性与情的二重化与西方人学中灵与肉的二重化有相似之处。卢梭说："良心是灵魂的声音，欲念是肉体的声音。这两种声音往往是互相矛盾的。"② 南北朝时期北齐思想家刘子也认为情与性是相克的。《刘子·防欲》云："情出于性，而情违性；欲出于情，而欲害情。情之伤性，性之防情，由烟冰之与水火也。烟生于火而烟郁火，冰出于水而冰遏水。故烟微而火盛，冰泮而水通。性贞则情销，情炽则性灭。是以珠莹则尘埃不能附，性明则情欲不能染也。"③ 性与情被视为水火不容。只是西方人学中灵与肉的二重化着重强调精神的崇高和肉体的卑贱，从而引导人们对于上帝的信仰，中国古代人学中性与情的二重化则着重强调人性的善良，认为人应当抑制情欲以保持或恢复善良的天性，它具有道德上强烈的自我克制、自我约束的倾向。在这样的情性观念下，"情"的道德指向一直以来并不是积极的，在知识分子对"情"的理解接受的发展中，其价值仍受到普遍否定。

正始时期，"情"已经受到知识界普遍关注。何晏将人性与最高的本体联系起来，他在《论语·公冶长》注中说："性者，人之所受以生也；天道者，元亨日新之道也。深微，故不可得而闻也。"④ 又接受《庄子》的影响，与道家、玄学"圣人无形无名"的命题相结合，提出了影响很大的"圣人无情说"。此说大意是性在形上，与道相通；情在形下，是道或本体的对立物。这样，就形成了一种以性为核心的人学本体论。此后王弼的人性论，在形而上的道路上走得更远。他说："圣人茂于人者神明

---

① 董仲舒：《元光三年举贤良对策》，见严可均辑：《全汉文》，商务印书馆1999年版，第234页。
② ［法］卢梭：《爱弥儿》，见周辅成主编：《西方伦理学名著选辑》，商务印书馆1987年版，第139页。
③ 刘昼：《刘子》，中华书局1985年版，第2页。
④ 何晏集解：《论语集解义疏》，皇侃义疏，中华书局1985年版，第60页。

也,同于人者五情也。神明茂,故能体冲和以通无;五情同,故不能无哀乐以应物。"在性与本体的关系方面,王弼的看法与何晏相似,也认为性(神明)能通虚无的本体,情(哀乐)则属于形物的范围。其与何晏的分歧,主要在于圣人有情抑或无情的问题上。而梁代皇侃在《论语·阳货》的义疏中说:"性情之义,说者不同,且依一家旧释云:性者生也,情者成也。性是生而有之,故曰生也。情是起欲动彰事,故曰成也。然性无善恶而有浓薄,情是有欲之心,而有邪正。"① 主张性无善恶,情有正邪,这是对王弼性情论的一种发挥。王弼《周易略例·明爻通变》中指出"夫爻者何也?言乎变者也。变者何也?情伪之所为也。夫情伪之动,非数之所求也,故合散屈伸,与体相乖。形躁好静,质柔爱刚,体与情反,质与愿违"②,在王弼看来,情有正邪之分,在这基础上又有爻位的正与不正之分。每爻情正则位正,情邪则位不正。怎样才能做到情正位正呢?王弼认为只有以性统情才能做到。以性统情即是"性其情"。这样,由两汉占据统治地位的性善情恶观念,到王弼之情有正邪,对"情"的认识已经有所不同,虽然"情"仍定位为形而下的存在,但已经充分凸现了"情"作为人性的重要部分的地位。圣人是否有情还需要论证,人之有情则是无需强调的了。

"情"与"性"在哲学界成为如此重要的问题,在文学创作中更为显著。前人创作一直重视抒情。屈原作《九章·惜诵》,"惜诵以致愍兮,发愤以抒情";贾谊作《吊屈原赋》,"因以自谕自恨也";刘歆作《遂初赋》"而寄己意";孔臧《杨柳赋序》:"乃作斯赋,以叙斯情"。屈原以来,许多辞赋作者主动袒露了自己的创作动机为抒情。诗歌中更有题名《情诗》者,如曹魏时期徐干有《情诗》,繁钦有《定情诗》。魏晋时期,文士再次经历了一次思想个性的大解放,人生意义的选择不仅更加多元化,而且每一种选择都散发着感性与理性相融合的生命精神,文学作品中

---

① 何晏集解:《论语集解义疏》,皇侃义疏,中华书局1985年版,第240页。
② 楼宇烈校释:《王弼集校释》,中华书局1980年版,第597页。

的抒情色彩更加浓郁。西晋陆机《文赋》云："诗缘情而绮靡，赋体物而浏亮"，"诗"与情感终于在理论上得到了大作家的承认。陆机虽然指出了诗歌源于情感的特征，但是并没有对种特征做出明确正面的价值判断。南朝的文学理论不同，他们对文学作为"情"动之物表现出普遍的欣赏与认同，同时在"情"与"物"之间架起了相互交融的桥梁。在南朝人的文学审美意识中，"情"作为人类最原始、最普遍的生命体验，它的敏感与丰富仿佛随时在等待自然外物的召唤。而情感一旦迸发，又不自觉地向外物寻找依托。"情"由"物"催生，"物"又是"情"的延续，"情"与"物"之间主动与被动的反复交织，构成了文学创作中最为生动的心理进程。

在今天看来，"物感"作为文学发生原理，在南朝那个对山水之美异乎寻常地着迷的特殊时代是具有普遍性的，当时的许多作家的确是因为山水的感发而写作，但是这一理论过分夸大了自然景物的作用，文学创作并不都是只有登上城楼才有兴致作文，只能面对自然山水景物内心才能有所感发。不过，南朝的"物感"说也有重要的意义。外界种种之"物"，摇荡的只是人的性情，"情"是诗歌的灵魂所在，南朝人对诗歌性质与功能的理解，虽然在用语上源于先秦两汉的传统诗学，但都将"人"的最基础的存在作为前提，人生的意义也和这最基础的情感体验关联起来。文论者对情由"物感"的一致看法突出了"情性"在文学创作中的重要地位。南朝人的这种文学观念不仅具有深厚的传统诗学根基，还烙刻着那个时代的宗教印记，在文学批评史上独树一帜。

下编

主体意识

第三章 主体意识与南朝文学批评的类型

　　本书绪论中已经强调，文学批评包含文学理论与批评理论。"文论者"未必都是"文论家"，他可能是文学理论家，也可能是批评家。"文论家"也未必都是"批评家"，因为要成为批评家，尤需具备较高程度的主体意识，表现出较为强烈的主体精神。"主体意识"无论在创作还是批评中都对作品最终呈现的风格起着关键的作用。主体意识的觉醒与强烈程度直接关系着文学活动的自觉程度。在文学创作中，主体意识伴随在情感的萌发之中。凡是客体能够满足主体的主观需要的，主体就会对它产生肯定的情绪体验。置身于情感反映中的创作主体，"与感性对象自始至终保持着直接的依赖关系，它不仅产生于生动的感性直观，而且只有凭借感性对象才能获得生动的表现"①。"我"作为抒情主体的情感起伏会以直接或间接的方式在作品中反复张扬，作者的主体意识主要表现为情感的丰富性。这是文学创作主体的特点，也正符合文学创作作为情感反映的特性。

　　对文学批评来说，主体意识不仅仅是对自己的认识，还有对自己作为"批评者"身份的认识。不可否认，依赖于主体意识来完成的批评活动从发生之始就是自觉的，但自觉并不代表独立。批评的独立还需要批评主体有高度的责任感。责任感是与批评主体的身份意识相关的。身份意识的强烈程度直接影响着批评理论中一系列原则的提出和完善，批评者只有对"批评者"这一身份有自觉的认识，才可能就"批评"本身提出独立的理论。"也可以这样说，批评家对自我身份及其所从事的活动的认识越准

---

① 王元骧：《文学原理》，广西师范大学出版社2002年版，第24页。

确，批评家对自我身份所应担负的责任认识越清楚，批评家对自我身份及其所从事的活动与其他文学活动——如文学创作与文学鉴赏——辨析得越明晰，其文学批评的自觉性与独立的程度也就越高。"① 这就是说，主体意识的自觉程度越高，批评的体系性越强，批评的力度越深，理论个性也越鲜明，批评理论独立的可能性更大。

批评主体意识的觉醒，是批评主体使用批评话语权的先决条件。在中国古代，关于文学批评话语权的问题似乎是个永恒的困境。从学理上来说，只有知识可以决定话语权，仰仗专业知识之外的其他权势来构造文学批评的权威显然是不可取的。但在中国古代士大夫的世界里，话语权更多依赖于知识之外的其他资源。曹植一代文豪，提出要有高于对方的才华才能涉足批评，这一条件随着曹植作品的传播在历朝历代持续产生着影响。文学批评者心理上对创作才能问题既然存在这样的顾忌，批评的重任自然只能由作家或官员来承担。即使是刘勰这样主体意识突出的批评家，也要含蓄地声明自己在创作才能上的资格，这无疑是将文学批评默认为作家或官员的专利。这样一来，文学批评对文学创作的引导作用只能是片面的推波助澜，无法实现批评理论的独立和发展。

由于批评会牵涉到批评资格问题，如果没有特别强烈的批评主体意识，普通人的批评愿望往往在传统习惯或道德压力下消解在不同的心理顾忌中，阻断了文学批评行为的展开。在文论者的身份意识之中，有一些身份对文论者批评主体精神的张扬有一定的阻碍。能够跳出思维定式，不对自我身份进行常规定位，或能够不受自己身份的影响而进行理性批评的人并不多。即使是以知识来行使文学批评的话语权，批评者也要有足够的自我意识和个性来抵抗传统观念的倾轧或防止自己被权势侵蚀。可喜的是，尽管南朝文学批评者在文学创作理论上的表现过于热情，文学批评理论也还是有自己的积累和收获，一百多年中，不少文论者继续着曹丕、曹植对批评原则的阐释和论证，尤其是刘勰与钟嵘，高度张扬着极富个性的批评

① 胡大雷：《传统文论的魅力模式与智慧》，凤凰出版社 2005 年版，第 90 页。

精神，完善着批评理论的建设。

从生理因素来说，个性的彰显要求批评家首先是一个不安分的人。有些研究者将这种不安分概括为攻击型气质。"攻击性"在许多动物学家的研究视野中都是具有破坏性的，但是奥地利动物学家康罗·洛伦兹（Konrad Lorenz）在《攻击与人性》一书中，通过对鱼类、鸿雁、狗、老鼠等多种动物在攻击行为及其效果方面的研究，指出人类与其他动物虽然在社会化程度上有很大差别，但攻击行为同样是作为高级动物的人类的生存本能之一。人类历史上层出不穷地以攻城掠地为目的的战争以及经济领域不正当的竞争，尤其是人类在社交生活中表现出来的异常行为，都能够在动物界中找到基因式的以攻击为动力的行为模式。而且，攻击行为不完全是以邪恶的破坏为目的，攻击甚至是友谊的重要成分之一。"我们不知道到底有多少重要的行为模式是以攻击性为动力，但是我相信为数一定不少。我们能肯定的是，当这种攻击性消迹时，人从早到晚，从刮胡子到艺术或科学的创作，都将缺乏推动力。"[1] 康罗·洛伦兹是现代行为学的创始人，也是诺贝尔奖获得者，他对人类文明发展内驱力的理解很有思想力量，对研究者解读批评家主体意识的迸发也有启示。批评的本质是带有攻击性的，当然批评家可以通过修辞来选择攻击的方式的温和或激烈。英国著名文学批评家 I. A. 理查兹（I. A. Richards）指出："批评家就是价值判断者。"批评必定要指出优点和缺点。在中国的传统文化中，指出优点很容易，指出缺点却需要勇气，言词不慎还容易陷入人身攻击。南朝热衷于发表文学意见的谢灵运与沈约就遭到后世不少恪守"温柔敦厚"准则的儒家学者的非议。如比沈约时代稍后的大儒王通就在其《中说·事君》中说："谢灵运小人哉，其文傲，君子则谨；沈休文小人哉，其文冶，君子则典。"[2] 在中国古代，攻击性气质是不被主流伦理观念所欢迎的。但是对批评这一领域来说，具有攻击性气质的人往往更容易具备内心的自信

---

① ［奥地利］康罗·洛伦兹：《攻击与人性》，王守贞、吴月娇译，作家出版社1987年版，第291页。
② 王通：《中说》，中华书局1985年版，第9页。

与勇气，无论任何人的作品，名门大家也好，文坛新秀也罢，都一视同仁，甚至敢于对文坛公认的大师吹毛求疵，从而带来犀利、新锐的批评意见。而过于安分，或者说完全不具备一点攻击性气质的人，连评说别人作品的意愿都难得萌发，更无从谈及理论的建设。

除了批评欲望中所潜藏的不安分的气质，批评的深度还要求批评主体具备发达的知性分析能力。知性分析能力就是逻辑思考能力。康德在《纯粹理性批判》中区分了感性、理性两种心理机制："如果把心灵的承受性，即当心灵被刺激而接受表象的力量，叫做感性，那么心灵从自身产生表象的力量、认识的主动性，就应该叫做知性。"他还说："知性不能直观，感性不能思维，只有通过它们的联合，才能发生认识。"① 无论在哪一种文化中，抽象知识的获得都是要通过逻辑思考的。逻辑思考势必要凭借某些范畴和概念才能顺利展开。批评家的文论通常篇幅较长，正是因为其中涉及了诸多的范畴与概念，梳理与归纳这些范畴当然需要发达的知性分析能力。

此外，批评的深度还要求批评家具有理论建构的直觉和想象力。直觉作为心理学范畴，是指主体不经过严密逻辑推理就洞悉事物本质的认识过程。上文提到，批评家通常会自觉回顾批评的历史，这回顾有如诗赋作者在大自然面前的情绪感发。在回顾中，直觉敏锐的批评家能立刻感受到其中的洞见或遗憾，进而产生理论完善或理论创造的欲望，这就是一种理论想象。想象与一定的方法结合，就能展开批评实践，从而带来理论建构的实现。

一个优秀的批评家，在文学批评的个性与深度上都不会缺乏。可以说，是否具有个性的深度是判断一个文论者是否能成为批评家的最主要的指标。以这一角度为参照，南朝文论者大约可以分为作者型、帝王型、史官型和专家型四类。这四类文论者的文学批评各有特色，对批评理论的贡献也各不相同。实际上，对先天具有主观色彩的文学批评而言，任何一种

① 转引自童庆炳:《现代心理美学》，中国社会科学出版社 1992 年版，第 727 页。

分类标准都不可能是绝对的，南朝能文者众多，大多数参与文学批评的文论者都有文学创作的实践经历，而且历史的战火不知销毁了多少本应留存下来的文学作品。有些并无文学作品存世的文论者或许也曾创作过诗赋作品，却无可查证。因此，本编对南朝文论者所进行的归类只能是就其最显著的文学批评成就而言的。

第一节　南朝作家型文学批评

从魏晋开始，文学创作者参与文学批评成为一种普遍的现象。不少作家在创作的同时附带进行评论，集作、赏、评三者于一身，例如曹丕、曹植、陆机、陆云、傅玄等。必须强调的是，"作家"，并非泛指有创作经历的人，而是特指创作者中那些醉心文学创作或在文学创作上取得了一定成就的人。南朝时期，在时人对文笔之辨的激烈讨论中，只有诗、赋二体毫无争议地入选了文学的行列。因此，此处的作家指的是南朝时期因诗赋创作而获得时人赞誉的人。

南朝的文学创作是幸运的，文学事业在这个乱世依然占据相当的地位。南朝文学世家之盛、能文者之多，可谓前无古人。在中国古代，作家介入文学批评本是极为常见的现象。朱东润在《中国文学批评史大纲》中论及严羽时，曾感慨："吾国文学批评家，大抵身为作家，至于批判古今，不过视为余事。"① 这本就容易导致"批评不是文学的裁判，而是文学的领导"②。南朝时期，这种现象尤为突出。热衷于探讨文学问题的人，当时几乎都有自己的文集，甚至批评者本人就是时代文风的代表人物。他们一边创作，一边以评论引领自己文学趣味的性质就更明显了。例如刘宋时期的谢灵运、颜延之、袁淑、王微，齐梁时期的张融、虞炎、陆厥、江淹、沈约等，梁陈时期的刘孝绰、王筠、萧子范、徐陵、萧纲等，他们的

---

① 朱东润：《中国文学批评史大纲》，上海古籍出版社2001年版，第182页。
② 罗根泽：《中国文学批评史》，上海书店出版社2003年版，第14页。

文学批评有两个较为突出的特征。

一是形式短小，理论缺乏系统性。纵览南朝作家现存的文学评论，大多为诗序、赋序或只言片语的闲谈杂议。这些评论形式本身带有很强的依附性。诗序、赋序中有很多是自作自序，往往是作家为解释自己的创作动机而作，作家在诗赋序中或追述自己经历的事件，或介绍前人或他人的同题之作。由于随后展开的作品也是作家自己所创作的，不少诗序、赋序在语言风格与抒情基调上都与诗赋本身相同，或者说诗赋序本身就是个人创作的一部分。即使是为他人诗赋作品而作的序，也因为带有推荐、赞美的意图，或评论本身受制于作品的体裁和题材，不宜以过长的篇幅喧宾夺主，因此难以展开充分的议论。诗赋序之外的其他点评文字多产生于聚会、唱和等休闲场合，本就是一种即兴的口头交流，兴之所至，只言片语，点到即止，逻辑性和系统性自然不强。当然，篇幅的短小并不意味着思想的平庸。作家型文学批评虽然大多言论简短，但作者"易得诗人之心"，其感悟也最贴近文学本身的精神，他们凭借自己的直觉和悟性获得独特的感觉印象，并在长期的创作实践中形成了自己独特的审美趣味，对文学现象和具体作品一针见血式的简短评论往往胜过卖弄学识的长篇大论。

二是侧重于总结文学特征和创作技巧。南朝作家撰写的文学评论，核心内容是讨论文学的欣赏标准和创作的技巧。南朝时期的作家，对诗赋创作充满热情，统治者的大力提倡、偏安一隅的安逸生活以及南方千姿百态的自然风光等诸多因素，极大激发了南朝作家的创作热情，创造了南朝浓厚的文学创作氛围。由于文学创作地位的提高，作家之间为了切磋技艺，提高自己的创作水平，或是为了给求教者一定的指导，提出了不少探讨创作技巧的专业意见。其中最具有代表性的当属沈约的声律论。沈约在《宋书·谢灵运传》中认为，前人的作品能够以"韵"取胜是"暗与理合，匪由思至"①。他还进一步对声韵之美的规律作了精密的研究。声律论的

---

① 沈约：《宋书》，中华书局1974年版，第1779页。

价值，在本书"永明之'清丽'"一节中有详论，是时代文学审美意识高度自觉的表现。他在《宋书·谢灵运传》中还点评了古往今来的众多文学家和作品，看起来具有较强的批评色彩，但是仔细体察他在作家评论中使用的品赏标准，主要还是他在创作过程中所发现的语言的音韵规律，审美意识在他的文学批评意识中居于主导的地位。

作家参与文学批评，有着其他评论主体难以取代的优势。作家圈的活动特点使他们能及时掌握最新的创作动向，并且有能力"顾及全人"，对于具体的评论实践是一个有利条件，作家与作家之间的文学切磋，犹如高手对决，越比试，越会促使个体精益求精，催生出只有作家才能意识到的专业话题。丰富的创作经验也能使情感敏锐的作家们率先意识到文学自身的特殊性。因此，南朝作家中的一些论说能力较强的作家，能够非常自信地提炼文学的本质或畅谈文学创作的技巧，在文学特征论、体裁论和创作方法论上做出卓越的贡献。沈约之所以能够对诗赋创作的声韵问题作出这样深入的论述，就与他兼善文笔有重要的关系。沈约不仅在诗赋创作方面颇为时人所重，他还是当时的史学家，在公文撰写、史书编修等方面也是当时的佼佼者。可以说，在沈约的主体意识中，作家意识与学者意识是相互辉映的，作家意识使他能够保持长期创作的习惯，而学者意识则会促使他力图将感性的领悟理论化。

但作家过多地介入批评的弊端也是显而易见的。一般来说，以作家意识为原动力进行文学批评，其批评行为带有一种无意识的主动性，即无意识地把批评视为对自己创作实践的注解，作家通常意识不到批评行为本身也具有理论的体系性。而且，作家意识中的审美意识因为烙刻着浓厚的个人趣味而容易带来排他性，形成较为强烈的派别意识，只支持他们所认同的艺术，而排斥或贬低其他风格流派的艺术。这种孤芳自赏的态度很容易损害他们审美判断的客观性，在批评过程中形成审美偏见。史书中记载的一些文人之间互相嘲讽轻视的轶事，常常就发生在辞人之间。而且，很多作家只愿意听好话，成名以后更少有人听得进一点批评意见。即使有点兴致听听批评家的意见，也不过是想听听颂扬和赞美，增强内心的自豪感。

因此，作家型文学批评通常在批评理论上鲜有建树。

南朝文学之士多如繁星，爱好文学创作的皇帝贵族更是层出不穷，存在着众多的文学集团，可以说文人的地位是相当优越的。我们甚至可以称那些文学集团的人为职业文人。由于文学集团和文学家族的大量出现（规模较大的如萧纲、萧统、萧绎、裴子野文学集团），创作出现了群体的特色。这不仅使南朝作家显得特别多，而且批评家与作家的关系也过于密切。文学批评的阐释权落在职业作家手中，作家本身又处在文学与政治的制度化体系内，大家当然自觉地维护制度体系内的批评话语。当批评者与创作者的身份合二为一，文学批评很容易沦为作品的广告，批评本身的自主性、尖锐性、客观性和包容性必然受到严重影响。对文学批评来说，没有什么比批评家沦为作家的附庸更可悲的了，因此，要维持文学批评的独立品格，批评家与作家保持一定的距离是必要的。

在南朝作家中，只有跨越宋、齐、梁三代的作家江淹表现出少见的批评家气质。江淹的批评家气质，在他的《杂体诗三十首》及其序中有较为明显的体现。江淹模拟前人的诗作，旨在表现他对所拟作家或作品风格的理解。江淹在作家风格理解上所表现出来的审美自觉，上编已有详述。值得注意的是，江淹在《杂体诗三十首序》中对文学批评本身进行了评论。江淹指出，"贵远贱近，人之常情；重耳轻目，俗之恒弊"①，对一般人崇古抑今，不看作品实际，只凭作者名声去定其高下的错误做法深为不满。他还批评当时诗家拘于宗派偏见，泥于时代风气，以一己之好为标准，从而"论甘而忌辛，好丹而非素"的现象，认为这种行为缺乏"通方广恕，好远而兼爱"的博大胸怀。江淹的评论无关文学理论，而是着眼于批评行为本身。他明确提出，对不同风格的诗人不能崇此抑彼，强分高下。在《杂体诗三十首》中，他共选拟了从汉代到刘宋的 29 个作家的作品，外加一首无名氏古诗，共计 30 首。其中汉 3 人，魏 4 人，魏晋之交 2 人，西晋 7 人，东晋 6 人，刘宋 8 人，从数量上看，刘宋作家占多数，没

---

① 胡之骥注：《江文通集汇注》，中华书局 1984 年版，第 136 页。

有"贵远贱近",这也体现了江淹批评理论与批评实践的统一。江淹的这些批评见解,完全抛开了作家审美意识中的排他性,具有更为中立的旁观视角,体现出批评家所特有的主体意识。

第二节 南朝史官型文学批评

南朝文学批评者,有一部分是史官。例如裴松之、范晔、檀道鸾、任昉、沈约、裴子野、萧子显等,作为比较专业的史官,他们在进行文学评论时通常能够自觉贯彻治史的思维和方法,注重对某一文学现象的历史回顾,在此基础上总结文学发展的某些规律。他们的文论通常依附于他们所撰写的史书。比起诗赋作者,他们的文论不但篇幅更长,而且具有较强的逻辑性和批判精神。对文学创作重辞藻而轻内容的风气非常不满。如刘宋时期著名史学家裴松之在《请禁私碑表》中尖锐批判当时碑铭创作中存在"真假相蒙"、华繁失实的不良创作风气,认为其弊由来已久,甚至早在春秋时期卫国孔悝铭鼎、东汉蔡邕为士臣作碑时便已有之。史官的批判精神也使得他们对批评理论有更自觉的认识,例如范晔、裴子野、萧子显的文论,都能够体现史学家的思考力度,如果不挑剔他们的文论对史书的依附形式,这些文论已经是非常专业的文学批评论文。在这一类文论者中,范晔与萧子显对批评理论的建设有较为突出的贡献。

《宋书·范晔传》对范晔的记载史料较为丰富,描述也具有非常强的文学色彩,在这篇传记中,范晔的形象并不那么正面,甚至有些意想不到的反面。范晔在《宋书》本传中的不良形象主要来自四个方面。一是谋划政变。传记中详细记载了范晔投靠宋文帝之弟刘义康,参与拥立刘义康篡位称帝的过程。范晔在政变中扮演了"首谋"的角色。在即将发动政变之际,范晔又突然向宋文帝告密,揭露刘义康"奸心衅迹,彰著遐迩",提醒宋文帝"大梗常存,将重阶乱,骨肉之际,人所难言",并要求宋文帝对刘义康"正大逆之罚"。二是贪生怕死。元嘉八年(431),范晔在征南大将军檀道济手下担任司马。此时北魏大军压境,檀道济奉命率军北伐，范晔"惮行，辞以脚疾"，用"脚疾"作借口来逃避上前线。范晔谋反被捕后，开始以为"入狱便死"，但宋文帝要查清此案，"遂经二旬，晔更有生望。狱吏因戏之曰：'外传詹事或当长系。'晔闻之惊喜。"范晔的贪生怕死甚至受到同案犯孔熙先、谢综等人的讥讽。三是生活颇不检点。元嘉九年，刘义康生母彭城太妃去世，来参加丧礼的范晔在下葬前夕不顾礼仪，"夜中酣饮，开北牖听挽歌为乐"。此举激怒了刘义康，"左迁晔宣城太守"。元嘉十六年，范晔嫡母亡故，"报之以疾，晔不时奔赴，及携妓妾自随"，受到御史弹劾。还好宋文帝"爱其才，不罪也"。即使用今天的道德标准来衡量，范晔的作风也是让人难以接受的。在刑场上，范晔与生母、妻、子诀别，仅只"干笑"而"颜色不作"，可是在与其宠妓爱妾诀别时却"悲涕流连"，丑态百出，遭到同案犯谢综当场嘲讽。范晔被杀抄家，家中"乐器服玩，皆并珍丽，妓妾亦盛饰"，而其母"住止单陋，唯有一厨盛樵薪，弟子冬无被，叔父单布衣"，母子生活环境形成鲜明对照。四是见利忘义。刘义康的心腹孔熙先为了拉拢范晔加入谋反集团，以邀请范晔赌博为名，"熙先故为不敌，前后输晔物甚多"，范晔"既利其财宝"，"遂相与异常，申莫逆之好"。范晔生前的种种行径甚至连他的亲人都无法理解，刑场上，其生母"以手击晔颈及颊"，骂他"主上念汝无极，汝曾不感恩，又不念我老，今日奈何？"其子范蔼"取地土及果皮以掷晔"。① 可见范晔是典型的反面人物。

根研究者考证，沈约撰写《宋书》，参考了其他人的著作，而且当时与范晔有过接触的人，包括审讯、杀害范晔的人都还健在，《范晔传》中所记载的事情几乎都有诏诰、符檄、奏章、辞赋等证据，应该说不存在故意丑化范晔的嫌疑。② 后来李延寿、司马光等史家对《范晔传》都未作改动，甚至作了增补。这不得不让人感慨，范晔在为人上的确有明显的缺陷。他出身显赫，恃才傲物，我行我素，更有飞黄腾达的欲望。《资治通

① 见沈约：《宋书》，中华书局 1974 年版，第 1819—1831 页。
② 参阅刘重来：《沈约〈宋书·范晔传〉考辨》，《文献》1995 年第 3 期，第 137 页。

鉴》卷一百二十四《宋纪》引裴子野论曰："夫有逸群之才，必思冲天之据；盖俗之量，则愤常均之下。其能守之以道，将之以礼，殆为鲜乎？刘宏仁、范蔚宗皆忸志而贪权，矜才以徇逆，累叶风素，一朝而陨，向之所谓智能，翻为亡身之具矣。"① 只比范晔生活时代稍后的裴子野用"忸志而贪权，矜才以徇逆"来剖析范晔，可谓一针见血。宋文帝素爱范晔的才华，得知范晔谋反，说了一段颇为深刻的话："以卿粗有文翰，故相任擢，名爵期怀，于例罪少，亦知卿意难厌满，正是无理怨望，驱扇朋党而已，云何乃有异谋。"② 宋文帝本以为范晔只是因为贪婪无度，在朋党之间传播个人私怨，没想到他竟然意图谋逆，对范晔的人品深感意外。范晔所处的时代，世家大族在政治上、经济上世世代代享有特权，这些特权并不会因为朝代更迭、皇帝易位而改变。在世族心目中，保住自己世家大族的利益比什么朝代更迭更为重要，所谓"殉国之感无因，保家之念宜切，市朝亟革，宠贵方来，陵阙虽殊，顾昒如一"③。帝王夺权需依赖世家大族，政权更替完毕后，国家又会给予这些世家大族更多的特权，世家子弟中举止傲慢、恃才傲物或骄奢腐败者并不少见。范晔作为南朝世家大族的名士，不仅擅长书画音律，而且和当时的许多名士一样喜好饮酒清谈，追逐华服美食，标榜"放达任诞"。他纵情声色、"疏悈傲散"的生活作风在当时名士中并不算稀奇。所以，沈约所记录的范晔"素无行检""轻薄无行"，并不算夸张。

　　尽管范晔有种种"薄行"，但却不能否定他在文学批评中的贡献。由于他本人放浪形骸，对于欲望也毫不遮掩，他所留下来的关于文学批评的意见反而具有真实个性。他是南朝时期最早意识到批评之独特性质的史学家。在谈论文学创作时，范晔曾提到"事""情""韵"三要素，认为这三要素必须服务于"旨"与"意"。"意"是范晔最为重视的作文品文标准。对于批评，范晔同样提出了要以"意"为追求目标。《狱中与诸甥侄

① 司马光：《资治通鉴》，岳麓书社1990年版，第607页。
② 沈约：《宋书》，中华书局1974年版，第1825页。
③ 萧子显：《南齐书》，中华书局1972年版，第438页。

书》云：

> 详观古今著述及评论，殆少可意者，班氏最有高名，既任情
> 无例，不可甲乙辨。后赞于理近无所得，唯志可推耳。博赡可不
> 及之，整理未必愧也。吾杂传论，皆有精意深旨，既有裁味，故
> 约其词句。至于《循吏》以下，及《六夷》诸序论，笔势纵放，
> 实天下之奇作。其中合者，往往不减《过秦》篇。尝共比方班氏
> 所作，非但不愧之而已，欲遍作诸志，前汉所有者悉令备。虽事
> 不必多，且使见文得尽。又欲因事就卷内发论，以正一代得失，
> 意复未果。赞自是吾文之杰思，殆无一字空设，奇变不穷，同合
> 异体，乃自不知所以称之。此书行，故应有赏音者。纪传例为举
> 其大略耳，诸细意甚多。自古体大而思精，未有此也。恐世人不
> 能尽之，多贵古贱今，所以称情狂言耳。①

这一段文字具有强烈的主体意识，充分体现了范晔作为一个批评家的
攻击性气质。他对自己的论述给予了毫不谦虚的赞美，"吾杂传论，皆有
精意深旨"，"至于《循吏》以下，及《六夷》诸序论，笔势纵放，实天
下之奇作"，"赞自是吾文之杰思"，"自古体大而思精，未有此也"。一番
自夸，堪称"狂言"。但是，透过这一番狂言，我们必须承认范晔在理论
上的过人之处。尤其是对于文学创作与理论批评的差别，范晔有明确的认
识。"详观古今著述及评论，殆少可意者。"古今著述及评论，为何没有
能让范晔认可的？盛誉最高的班固，范晔认为"任情无例，不可甲乙
辨"，他自己的著作"博赡可不及之，整理未必愧也"。"整理"亦即总结
归纳，只言片语可以显示博学，却不能看出深度。还说"既有裁味，故约
其词句"，强调了总结提炼的功夫。从这里可以看出，范晔所骄傲的，是
自己"整理""裁味"出来的"意"。对于文学创作的"意"，范晔要求
辞藻、音韵这些修饰应当追随于"意"，而不是让"意"去迁就辞藻音

---

① 严可均辑：《全宋文》，商务印书馆 1999 年版，第 142—143 页。

韵，对"意"本身未提出具体的要求。而批评则不同，不仅要有"意"，也就是思想内容，而且这"意"不能流于肤浅，而是要"精"，要"深"，要"体大而思精"。这需要"整理"，需要"裁味"。虽然范晔对"论"的要求并不是针对文学，但是，范晔所指出的，人们在从事史论时随心所欲没有条理的毛病，又何尝不是文论中最常见的毛病？无论是史论或是文论，终究属于评论，评论与诗赋创作不同，"论"作为独立的一种文体，应当有自己的审美追求。这无疑是一个批评方向、一种批评理想。任何一个对"批评"有着自觉认识的人，都不会追求只言片语的赏析，而是力求有所发现。

范晔的《后汉书》开始设置《文苑传》，比《汉书·艺文志》中的"诗赋略"，更注意到作家独立的身份，表明在范晔的批评意识中，"文人"作为一种类型的存在，有着不同于儒士的特征，应该独立成为一个群体。在《文苑传》中，我们看到所有的人物最后的作品介绍中都是诗、赋等不同体裁的作品，而不是"儒林传"中的德行和学术著作。可见他很清楚文学是有着不同于其他学科的特色的，可惜，虽然范晔非常明确创作是传情的，批评是讲理的，这是创作与批评应有的区别，但他却没有将自己的批评才华实践在文学领域，而是醉心于历史的研究，这真是文学批评史上的遗憾。

与范晔相比，另一位史官型批评家萧子显的攻击力度温和一些。他对于批评作为"论"的性质认识不那么鲜明，也没有对批评主体提出明确的要求。但萧子显不仅是史官，同时也是一个极具创新意识的诗赋作者。他对"文学"的认识更为明确，他对批评史的回顾也更紧扣文学主题。《南齐书·文学传论》中说：

> 若子桓之品藻人才，仲治之区判文体，陆机辨于《文赋》，李充论于《翰林》，张眎摘句褒贬，颜延图写情兴，各任怀抱，共为权衡。①

---

① 萧子显：《南齐书》，中华书局1972年版，第907页。

萧子显在此对曹丕以来试图对文学作品的优劣做出裁判的评论家的批评形式进行了简单的总结，"品藻""区判""辨""论""摘句褒贬""图写情兴"，概括了曹丕以来批评者的批评侧重点。"各任怀抱"一语道出了"批评"的主体性特色，从曹丕到颜延之，这些文学裁判身兼评论与创作双重身份，在作品自序中也常常自陈"怀抱"，但萧子显所说的"怀抱"，比作为文学创作动机的"怀抱"多了几分冷静的选择，属于较为理性的审美趣味。萧子显还指出：

> 三体之外，请试妄谈。若夫委自天机，参之史传，应思悱来，勿先构聚。言尚易了，文憎过意，吐石含金，滋润婉切。杂以风谣，轻唇利吻，不雅不俗，独中胸怀。轮扁斫轮，言之未尽，文人谈士，罕或兼工。非唯识有不周，道实相妨。谈家所习，理胜其辞，就此求文，终然翳夺。故兼之者鲜矣。①

作为对评论与创作都有丰富经验的史官，萧子显敏锐地发现了一个非常重要的现象，就是创作与批评的悖论。在萧子显看来，文学作为"委自天机""独中胸怀"的一种实践活动，其中的心理活动"言之未尽"，而批评者的意见"理胜其辞，就此求文，终然翳夺"，理论的思考会远离文学。"非唯识有不周，道实相妨"，创作与批评走的是感性想象与理性思考两条路。他意识到批评与创作之间不可能是批评指导创作，这就把文学创作与文学批评都各自独立出来了。

南朝史学研究发达，南朝诗赋作者中许多都有治史经历。据《隋书·经籍志》记载，南朝许多知名诗赋作者都编纂过史书，如谢灵运《晋书》三十六卷、《游名山志》一卷、《居名山志》一卷，沈约《晋书》一百一十卷、《新定官品》二十卷，江淹《齐史》十三卷，萧子云《晋书》十一卷、《东宫新纪》二十卷，吴均《齐春秋》三十卷，刘显《汉书音》二卷等等。但与范晔、萧子显等专业史官相比，这些文学家在批评理

---

① 萧子显：《南齐书》，中华书局1972年版，第908页。

论上的问题意识和思考力度方面都薄弱得多。

第三节 南朝帝王型文学批评

南朝时期文学集团兴盛，这与皇族君主、藩王爱好文学密切相关。从刘宋开始，南朝就一直不乏统治者参与文学事业的现象，而且从刘宋到梁表现出越来越积极的趋势。齐文惠太子、竟陵王萧子良、隋王萧子隆都大量招集文士，提倡辞赋创作。召集文人进行集体创作是君主藩王经常组织的文学活动之一。虽然这一时期许多帝王与皇室成员都喜好以领导的身份组织创作诗赋，积极主持文人编撰大型书籍，甚至热衷于文学创作，但真正发表文学评论意见的不多，对批评理论就更无涉猎。在南朝具有帝王身份的文学批评者中，以梁代的"四萧"（萧衍、萧统、萧纲、萧绎）对文学批评涉猎最多，但四人的文学评论风格却各不相同，批评意识的自觉程度和对批评理论的贡献更是大相径庭。

"四萧"中，梁武帝萧衍在位时间最长，也有一定的文学创作经验，但他对文学的批评多附着于对人物的综合评价当中，如"高祖目子野而言曰：'其形虽弱，其文甚壮。'"① 评论裴子野虽然身体文弱，但文章写得很有力量。梁武帝也曾谈及读《孝子传》等书的感受，但未对诗赋等更为典型的文学体裁发表明确的意见。

萧纲虽为帝王，但在位时间不过两年，他的文学见解几乎全部发表于即位之前。作为一个自小对文学创作充满热情的帝王，萧纲的文学批评风格更像一个普通的文学家，文论内容多着眼于创作动机与审美理想，对批评的功能与价值并没有表现出更多的关注。

萧统以"文质彬彬"为文学的审美理想，同时在《文选》的编纂体例中体现出文学批评层面的某种自觉。《文选》虽然对前代流传较广的各部文章总集均有所吸收参考，但在体例上，却有着自己的特色，即删除了

---

① 姚思廉：《梁书》，中华书局1973年版，第443页。

总集编纂传统中附文体辨析、作品品评和作家小传的部分。这说明，萧统已经开始区别对待文学创作与文学批评，他意识到，作品只是纯粹的作品，不能与文学批评言论混为一体。遗憾的是，批评意识在萧统身上仅仅只是有所表露，他对批评的兴趣显然不及作品编选，因此并未因其批评意识而另选批评总集。他在批评上还没有充分展示出属于批评者的主体精神。

在中国古代，政治身份所代表的社会价值是其他身份无法取代的。能否摆脱政治身份所潜藏的心理顾虑进行文学批评，成为检验文学批评者主体意识强弱的重要依据。以帝王身份参与文学批评虽然不存在批评资格上的心理顾虑，但常常因为有着皇族先天的尊贵，使得他们的文论有些独断。南朝帝王中，既有属于作家的审美直觉，又对文学批评的独立性有较为自觉的意识的是萧绎。

一、萧绎的生平与个性

梁元帝萧绎（508—554），字世诚，小字七符。《南史》记载："武帝八男。丁贵嫔生昭明太子统、简文皇帝、庐陵威王续。阮修容生孝元皇帝。吴淑媛生豫章王综。董昭仪生南康简王绩。丁充华生邵陵携王纶。葛修容生武陵王纪。"[①] 萧绎在武帝诸子中地位比较特殊，这与他的母亲有关。《梁书》卷七《高祖阮修容传》曰：

> 高祖阮修容，讳令嬴，本姓石，会稽余姚人也。齐始安王遥光纳焉。遥光败，入东昏宫。建康城平，高祖纳为采女。天监七年八月，生世祖。寻拜为修容，常随世祖出蕃。[②]

据此可知，萧绎的母亲阮氏，早年为齐始安王萧遥光所纳。萧遥光作乱失败后，她转入东昏侯萧宝卷宫中。梁武帝萧衍攻克建康，她被纳为"采女"。"采女"在后宫中地位不高，只是伺候后妃的宫女，实同奴婢，

---

① 李延寿：《南史》，中华书局 1975 年版，第 1307 页。
② 姚思廉：《梁书》，中华书局 1973 年版，第 163 页。

因为生了萧绎而封为"修容"，赐姓"阮"。《金楼子·后妃》云："梁宣修容本姓石，扬州会稽上虞人"，"以升明元年丁巳六月十一日生"，"大同九年太岁癸亥六月二日庚申死于江州之内寝，春秋六十七"。① 升明元年即公元 477 年，天监七年即公元 509 年，若史料为实，则可以推算阮修容生萧绎的时候至少已经三十二岁，这个年龄对于古时候的宫女而言已经不属于妙龄，若无特殊机缘，应该说不容易得到皇帝的青睐。《南史》卷八《梁元帝本纪》记载萧绎出生云：

> 世祖孝元皇帝，讳绎，字世诚，小字七符，武帝第七子也。初，武帝梦眇目僧执香炉，称托生王宫。既而帝母在采女次侍，始褰户幔，有风回裾，武帝意感幸之。采女梦月堕怀中，遂孕。天监七年八月丁巳生帝，举室中非常香，有紫胞之异。武帝奇之，因赐采女姓阮，进为修容。②

此段文字充满神秘色彩，以至于学者认为属于"荒诞神话，自不足信"③。《南史》卷五十三《萧续传》则云："始元帝母阮修容得幸，由丁贵嫔之力。"丁贵嫔是萧统、萧纲的生母，她的参与说明阮修容能够得幸而生萧绎有一段非常曲折的经历，绝非"武帝意感幸之"如此简单。对于这位母亲，萧绎在《金楼子·后妃》中有大篇幅的追述与赞誉，兹节录部分如下：

> 修容诞中粹之至和，涵祥明之纯气。贤明之称，女师之德，言为闺门之则，行为椒兰之表。
> 年数岁能诵《三都赋》《五经指归》，过目便解。
> 及建武之时，始安王遥光聘焉，专掌内政，承上接下，莫不得中。遥光非王氏不被礼遇，每因哂戏之际，同类多侮慢王氏，修容每尽礼谨肃。

---

① 萧绎：《金楼子》，中华书局 1985 年版，第 26 页。
② 姚思廉：《梁书》，中华书局 1973 年版，第 234 页。
③ 曹道衡：《兰陵萧氏与南朝文学》，中华书局 2004 年版，第 206 页。

　　于是辨物书数，诏献秬秠。初习《净名经义》，备该元理，权实之道，妙极沙门。末持《杂阿毗昙心论》，精研无比，一时称首。三十年中，恒自讲说，自为《杂心讲疏》，广有宏益。绎始习方物名，示以无诳。及在幼学，亲承慈训。初受《孝经》《正览》《论语》《毛诗》，及随绎数番，指以吏道，政无繁寡，皆荷慈训。

　　又善许负之术，曾正会登楼，还语人曰："太尉今年必当不济。"时静惠王尚康胜，咸以为不然。曰："行步向前，气韵殊下。若其不尔，不复言相！"其年末，静惠王薨。及昭明入朝，又云："必无嗣立之相。"俄而昭明薨。兼善云气，初至九派，云："天文不利，南方更将有妖气。"时李敬既新平，谓必无敢继踵之者，言之甚正。无何之间，而刘敬宫反。①

　　根据萧绎的记载，这位阮修容虽然出身低微，但学习能力惊人，有着较为全面的学识。"年数岁能诵《三都赋》《五经指归》，过目便解。"后来"初习《净名经义》，备该元理，权实之道，妙极沙门。末持《杂阿毗昙心论》，精研无比，一时称首。三十年中，恒自讲说，自为《杂心讲疏》"。最值得一提的是，萧绎说阮修容能够辨察"云气"和"看相"，曾经预言临川王萧宏之死和萧统之不能嗣立，还预料到刘敬宫（《梁书》作"躬"）的谋反。萧绎对自己母亲的回忆自然不免多有溢美之词，但他"及在幼学，亲承慈训。初受《孝经》《正览》《论语》《毛诗》，及随绎数番，指以吏道，政无繁寡，皆荷慈训"。可见阮修容绝不是平庸的后妃，她经历过齐末权贵萧遥光的宅邸，东昏侯的宫廷，有着非常丰富的社会阅历和政治经验。她不但负责了萧绎的基础文化教育，还持续辅助萧绎走上从政之路。在封建宫廷中，有母凭子贵的传统，也有"子以母贵"的惯例。阮修容虽因为生萧绎而封为"修容"，但"修容"在后宫"九嫔"中，地位不及"淑媛""淑仪"尊贵，因此，萧绎的地位不能和丁贵

---

① 萧绎：《金楼子》，中华书局 1985 年版，第 25—26 页。

嫔所生的萧统、萧纲、萧续相比，甚至不如吴淑媛所生的萧综以及董昭仪所生的萧绩。也许正因为出身的卑微，阮修容尤其注重培养萧绎做到在出身之外的一切方面都高于常人。萧绎在她的培养下自然也具有"心高"的气质。

除了出身的特殊，萧绎自身还存在一个严重的生理缺陷——"盲一目"。《南史》本纪曰：

> 初生患眼，医疗必增，武帝自下意疗之，遂盲一目。乃忆先梦，弥加愍爱。①

对于萧绎的为人，正史记载颇有矛盾。《南史》本纪云：

> 帝性不好声色，颇慕高名，为荆州刺史，起州学宣尼庙。尝置儒林参军一人，劝学从事二人，生三十人，加禀饩。②

同时又说：

> 性好矫饰，多猜忌，于名无所假人。微有胜己者，必加毁害。③

《南史》卷五十三《萧续传》载：

> 元帝之临荆州，有宫人李桃儿者，以才慧得进，及还，以李氏行。时行宫户禁重，续具状以闻。元帝泣对使诉于简文，简文和之得止。元帝犹惧，送李氏还荆州，世所谓西归内人者。自是二王书问不通。④

既然"不好声色"，又发生"西归内人"事件，因为李桃儿与庐陵王萧续反目，并作《送西归内人诗》曰："秋气苍茫结孟津，复送巫山荐枕

---

① 李延寿：《南史》，中华书局1975年版，第243页。
② 李延寿：《南史》，中华书局1975年版，第343页。
③ 李延寿：《南史》，中华书局1975年版，第343页。
④ 李延寿：《南史》，中华书局1975年版，第1321—1322页。

神。昔时惵惵愁应去，今日劳劳长别人。"既"颇慕高名"，又在侯景之乱的过程中坐观成败，阻挠萧纪东下讨伐侯景，在有足够的实力讨伐侯景的时候迟迟不肯出兵，等待侯景谋害皇位的合法继承人萧纲，还伺机杀害了当朝大将萧誉兄弟以及自己的哥哥萧纶。可是侯景废萧纲之后，立的是萧统的孙子萧栋，萧绎很快安排部下朱买臣谋害了萧栋。"会简文已被害，栋等与买臣遇，见呼往船共饮，未竟，并沉于水。"① 这些行为与萧绎在《金楼子》当中屡次引经据典宣传自己所领悟的"仁义道德"以及"君子之风"相去甚远。所谓事实胜于雄辩，他的品质并没有他自己所标榜的那么高尚，以"奸诈"形容其为人处事，恐不过分。《金楼子·杂记》中，萧绎将曹操杀孔融、司马昭杀嵇康、黄祖杀祢衡与"成汤诛独木""吕望诛任嚣"并举，又一再把桓温与诸葛亮并提表示仰慕，可见在萧绎心中，所谓的"奸雄"与"圣贤"并没有严格的界限，重要的是结果的成功，而不是手段或者过程是否道德。当然，无论任何朝代，皇子之间的斗争都一样地残酷，萧绎的所作所为在权利斗争中也是常见的。也许正是因为萧绎对自己的才华颇为自负，才更不能接受不是由他自己来治理国家。

萧绎性格中阴沉残暴的一面在文学创作领域也不时暴露出来。《南史》卷四十四《萧贲传》载：

> 同弟贲，字文奂，形不满六尺，神识耿介。幼好学，有文才，能书善画，于扇上图山水，咫尺之内，便觉万里为遥。矜慎不传，自娱而已。好著述，尝著《西京杂记》六十卷。起家湘东王法曹参军，得一府欢心。及乱，王为檄，贲读至"偃师南望，无复储胥露寒；河阳北临，或有穹庐毡帐"，乃曰："圣制此句，非为过似，如体目朝廷，非关序赋。"王闻之大怒，收付狱，遂以饿终。又追戮贲尸，乃著《怀旧传》以谤之，极言诬毁。②

① 李延寿：《南史》，中华书局 1975 年版，第 1314 页。
② 李延寿：《南史》，中华书局 1975 年版，第 1106 页。

萧贲只是对他的文章提出小小的一点意见，就落得个"收付狱，遂以饿终。又追戮贲尸，乃著《怀旧传》以谤之，极言诬毁"的下场。另一位学士刘之遴"寻避难还乡，湘东王绎尝嫉其才学，闻其西上至夏口，乃密送药杀之。不欲使人知，乃自制志铭，厚其赙赠"①。萧绎的狭隘与残忍，尽显无遗。

阴险多疑是萧绎性格中主导的一面。同时，萧绎性格中又有自强不息、勤学好强的一面。萧绎在南朝"文笔之辨"中不仅对文学的特征做出了精妙的概括，同时分析了古今学者的差异，严厉批评当今儒生学士道貌岸然，虚伪浅薄。在他看来，从战国时期开始，著书立说就是体现一个人学识水平的最佳方式。后人只有遍览前人典籍，"品藻异同，删整芜秽，使卷无瑕玷，览无遗功"，才能真正称得上有才学。《金楼子·戒子》云：

> 凡读书必以五经为本，所谓非圣人之书勿读。读之百遍，其义自见。此外众书，自可泛观耳。正史既见得失成败，此经国之所急。五经之外，宜以正史为先，谱牒所以别贵贱，明是非，尤宜留意。或复中表亲疏，或复通塞升降，百世衣冠，不可不悉。②

《金楼子·聚书》云：

> 吾今年四十六岁，自聚书来四十年，得书八万卷，河间之侔汉室，颇谓过之矣。③

秉持着自己的"才学"论，萧绎一生都在收集和阅读书籍，并深谙读书致用之理。五经是"圣人之书"，正史是"经国之所急"，故为必读书。从六岁起，萧绎就致力于诗歌创作以及各类图书的搜聚，像他这样对学问孜孜不倦地追求，把搜书与著书作为原则来坚持，就不是所有文人的

---

① 李延寿：《南史》，中华书局1975年版，第1252页。
② 萧绎：《金楼子》，中华书局1985年版，第31页。
③ 萧绎：《金楼子》，中华书局1985年版，第34页。

爱好了。他在《金楼子·杂记》中说：

> 余好为诗赋及著书，宣修容敕旨曰："夫政也者，生民之本
> 也，尔其勖之。"余每留心此处，恒举烛理事，夜分而寝。余六
> 岁能为诗，其后著书之中，唯《玉韬》最善。①

萧绎自述喜好文学创作，尤其是诗歌的写作，虽然阮修容不太赞成他从事诗文写作，而是希望他以政务为本，可是萧绎在《内典碑铭集林序》中自云"幼好雕虫，长而弥笃，游心释典，寓目词林，顷常搜聚，有怀著述"②，对文章写作的兴趣一直不减，而且更加致力于著述留名。《金楼子·立言》载，裴子野曾经问过萧绎，周文王、孔子、孙子、韩非子等人撰写著作，都是因为"心有不悦"，而萧绎位高权重、锦衣玉食、高朋满座，几乎没有需要烦恼的理由，为何还要著书立说？萧绎答曰：

> 吾于天下亦不贱也，所以一沐三握发，一食再吐哺，何者？
> 正以名节未树也。吾尝欲棱威瀚海，绝幕居延，出万死而不顾，
> 必令威振诸夏，然后度聊城而长望，向阳关而凯入。尽忠尽力，
> 以报国家，此吾之上愿焉。次则清酒一壶，弹琴一曲，有志不
> 遂，命也如何？脱略刑名，萧散怀抱，而未能为也。但性过抑
> 扬，恒欲权衡称物，所以隆暑不辞热，凝冬不惮寒，著《鸿烈》
> 者，盖为此也。③

裴子野又问萧绎为何不召集身边的文士为自己编著书籍，非要自己亲自写作，萧绎自负地回答："予之术业，岂宾客之能窥。"他虽然渴望著书立名，却不愿意效仿刘安、吕不韦召集宾客共同著书的做法，"常笑淮南之假手，每嗤不韦之托人，由是年在志学，躬自搜纂，以为一家之言"④。萧绎与裴几原的对话颇可表现萧绎追求名节的理想与独立好辩的

---

① 萧绎：《金楼子》，中华书局 1985 年版，第 111 页。
② 严可均辑：《全梁文》，商务印书馆 1999 年版，第 194 页。
③ 萧绎：《金楼子》，中华书局 1985 年版，第 60 页。
④ 严可均辑：《全梁文》，商务印书馆 1999 年版，第 190 页。

个性。他的"上愿"是"棱威瀚海，绝幕居延，出万死而不顾，必令威振诸夏，然后度聊城而长望，向阳关而凯入。尽忠尽力，以报国家"，其次是"清酒一壶，弹琴一曲，有志不遂，命也如何？脱略刑名，萧散怀抱，而未能为也"，这种想法和曹丕、葛洪所倡导的著书思想类似，既想要有助"风教"，遵循儒学建功立业的传统，又希望创立一家之言。萧绎的著述很多，可惜大都散佚。

二、萧绎的文学批评理论

深沉、自负、好强、好辨，是萧绎独特的身世所造就的个性，他能文善诗，心思在萧衍诸子中最为复杂。"性过抑扬，恒欲权衡称物"既是萧绎对自己性格特点的概括，也是他能够在文学批评领域有所成就的性格基础。所谓"抑扬"，即赞誉或褒贬，"权衡"即考量评估，这是一种典型的裁判意识，这种意识虽然也在一定程度上源自个体的攻击性本能，但却卓有成效地驱动着萧绎独立思考、以成一家之言的宏伟目标。在萧氏父子四人中，萧绎的文学创作算不上特别杰出。但是，在强烈的"恒欲权衡称物"的意识驱动下，只有萧绎的文学批评较为全面地覆盖了文学理论和批评理论，理论成就在南朝帝王中雄踞榜首。

一是批评主体的条件。

《金楼子·立言》云：

> 锯齿不能咀嚼，箕舌不能别味，榼耳不能理音乐，鷈鼻不能达芬芳。画月不能擩望舒之影，床足不能有寻常之步。①

每一样事物都有自己的特质与功能，客观对象被感知的程度取决于感知主体的感知能力的高下。锯齿是锯条上的尖齿，虽然是齿，却不能用于咀嚼食物；箕舌指簸箕底伸展向前之宽广处，其状如舌，无法辨别味道；榼是古代盛酒或贮水的器具，器具上的耳不能用于听音乐。这一段话与庄

---

① 萧绎：《金楼子》，中华书局1985年版，第70页。

子"瞽者无以与乎文章之观，聋者无以与乎钟鼓之声"所言同理。推之于文学批评，要感知文学作品之美，需要读者具有基本的素质与鉴赏能力。萧绎认为，这种基本的素质就是才学。《立言》又云：

> 夜光之璧，黄彝之尊，始乃中山之璞、溪林之干，及良工琢磨，则登廊庙之上矣。加脂粉则宿瘤进，蒙不洁则西施屏，人之学也亦如此，岂可不学邪？……若使南海无采珠之民，昆山无破玉之工，则明珠不御于椒室，美玉不佩乎祎裳也。①

有良好的质地，仍然需要后天的打磨，"人之学也亦如此，岂可不学邪？"萧绎认为，如果没有与批评对象匹配的才学，就不能妄自出口批评别人。"世人有才学不胜朋友，而好作文章，苦辱朋友，此谓学螳螂之鈇，运蛞蝓之甲，何足以云？"（《立言》）严厉批评那种才学不如人而妄自评判别人的情况。至此，萧绎对批评主体的条件要求已经比较明确，即要有高于批评对象的学识。这一观点应当是直接承自曹植。曹植《与杨德祖书》云：

> 盖有南威之容，乃可以论于淑媛；有龙渊之利，乃可以议于断割。刘季绪才不逮于作者，而好诋诃文章，掎摭利病。昔田巴毁五帝、罪三王、訾五伯于稷下，一旦而服千人，鲁连一说，使终身杜口。刘生之辩未若田氏，今之仲连，求之不难，可无叹息乎！②

曹植第一次提出，批评者只有具备与批评对象同等条件，最好是有高出批评对象的才华，才能从事批评。萧绎非常欣赏曹植的文章，在《立言》中说："瞳眬日色，还想安仁之赋；徘徊月影，悬思子建之文。此又一生之至乐也。"他对曹植这篇《与杨德祖书》应当比较熟悉。萧绎虽然有很强烈的裁判意识，自称喜欢评论别人的作品，但他在真正进行批评实

---

① 萧绎：《金楼子》，中华书局 1985 年版，第 69—70 页。
② 严可均辑：《全三国文》，商务印书馆 1999 年版，第 159 页。

践的时候却比较谨慎，并不轻易发表评论。萧绎曾作《谢东宫赐白牙镂管笔启》：

> 春坊漆管，曲降深恩；北宫象牙，猥蒙沾逮。雕镂精巧，似辽东之仙物；图写奇丽，笑蜀郡之儒生。故知嵇赋非工，王铭未善。昔伯喈致赠，谏属友人；葛龚所酬，止闻通识。岂若远降鸿慈，曲覃庸陋。方觉琉璃无诮，随珠过侈。但有美卜商，无因则削；徒怀曹植，恒愿执鞭。①

又作《谢东宫赉花钗启》：

> 螢乱九衢，花含四照。田文之珥，惭于宝叶；王粲之咏，恧此乘莲。九官之当，岂直黄香之赋；三珠之钗，敢高崔瑗之说。况以丽玉澄晖，远过玟瑶之饰；精金曜首，高践翡翠之名。②

在这两篇"启"中，前者说亲自见到了"白牙镂管笔"之后，才知道嵇含的《笔赋》与王隐的《笔铭》写得并不好；后者说看到花钗，想到王粲（王粲之作已经不可考）和崔瑗的作品（《三子钗铭》）有何不足。这都表明，萧绎很重视实际的亲身体验，对作品的鉴赏很谨慎。实践证明，对于同一批评客体的评价之所以会产生分歧，见仁见智，评价主体的素质是决定性因素，因为主体既是批评标准的制定者，又是这一标准的执行者，可以毫不夸张地说，批评主体在某种程度上决定了批评科学程度的高低。萧绎本人的才学修养颇高，《南史》《本纪》记载他"聪悟俊朗，天才英发，出言为论，音响若钟。年五六岁，武帝尝问所读书，对曰：'能诵《曲礼》。'武帝使诵之，即诵上篇。左右莫不惊叹。"③ "及长好学，博极群书。""帝工书善画，自图宣尼像，为之赞而书之，时人谓之'三绝'。"④ 在南朝，批评者几乎都擅长诗赋创作，萧绎身为皇室成员以

---

① 严可均辑：《全梁文》，商务印书馆1999年版，第178页。
② 严可均辑：《全三国文》，商务印书馆1999年版，第179页。
③ 李延寿：《南史》，中华书局1975年版，第242页。
④ 李延寿：《南史》，中华书局1975年版，第243页。

及颇有成就的诗赋作家，本无需再提及批评资格的问题，但他在此又重新提出这一批评条件，暗示自己已经具备了这样的批评资格，可见他对文学批评的实践是以一种学术式的态度来进行的，并未因为自己政治身份的优势或诗赋创作的声誉而忽略批评的原则，这种对批评独立性的自觉在同时代的评论者中是极为少见的。

二是审美趣味的包容性。

萧梁时代，文学批评中最为突出的现象是萧纲与裴子野的争论，而萧纲与裴子野似乎都陷入了当局者迷的境况中，态度颇为对立，理论上负责调和这场论争的是萧绎。《金楼子序》云：

> 裴几原、刘嗣芳、萧光侯、张简宪，余之知己也。①

裴子野字几原，裴子野年长萧绎将近四十岁，但萧绎不但与裴子野交往颇多，还引以为知己，《梁书·元帝本纪》云："世祖性不好声色，颇有高名，与裴子野、刘显、萧子云、张缵及当时才秀为布衣之交，著述辞章，多行于世。"② 他常常与裴子野等老臣商略文义，连撰写《金楼子》的初衷以及具体的内容安排，都曾告诉裴子野。在对裴子野文风的评价上，萧绎的态度也与萧纲差别较大。萧纲完全不认可裴子野的文学才能，认为他"了无篇什之美"，仅仅是良史之才。萧绎撰《散骑常侍裴子野墓志铭》云：

> 几原博闻，裁为典坟。比良班、马，等丽卿、云。薰莸既别，泾渭以分。圣皇御极，钦贤盱顾。储后特圣，降情文苑。既匹严、朱，复同徐、阮。如何不惭，卜期不远。③

在这篇墓志铭中，萧绎不但没有否定裴子野的文学才华，而且认为"等丽"于司马相如、扬雄这两位辞赋大家，于徐干、阮瑀也不相上下。

---

① 严可均辑：《全梁文》，商务印书馆 1999 年版，第 191 页。
② 姚思廉：《梁书》，中华书局 1973 年版，第 136 页。
③ 严可均辑：《全梁文》，商务印书馆 1999 年版，第 198 页。

这一评价虽然过誉，但说明萧绎认为裴子野的文学成就与他的史学才华一样值得重视。裴子野好"古体"，与他相交好的刘之遴、颜协、刘显等都擅长古体。刘显即刘嗣芳，也被萧绎视为知己。张简宪即张缵，萧绎的《玄览赋》与张缵《南征赋》的风格非常相近。萧绎与这一群古文体派的人交往，恐怕不完全是交际目的，他是能够真正欣赏他们的文风的。

同时，萧绎与风流求新的萧纲文学集团成员，如庾肩吾父子与徐摛父子，也颇多接触。庾肩吾曾于中大通三年（531）在萧绎西府任职。萧绎在《中书令庾肩吾墓志》中称赞庾肩吾"关吏早逢，凤表真人之气；少微晚映，还彰隐士之星。肩吾气识淹通，风神闲逸，钟鼓辞林，笙簧文苑"①。非常赏识他的才识气度与文学才华。徐陵在而立之年入仕西府，在萧绎手下任职达十四年之久。《陈书·徐陵传》载徐陵为文"颇变旧体，辑裁巧密，多有新意。每一文出，好事者已传写成诵，遂披之华夷，家藏其本"②。萧绎自己的作品中也有不少和萧纲、徐陵等"宫体"风格一致。

在梁代多元化的审美趣味中，萧绎与裴子野、萧统、萧纲都有相合之处，而且几乎都让对方感觉到志趣相投，这种看似博爱中庸的行为在一定程度上可以视为是其阴沉性格的表现，但从批评家的角度来说，能够同时创作出几种不同文风，或是同时欣赏多种不同文风的作品，却正是批评家必须具备的素质。萧绎的批评态度绝不厚此薄彼，具有一种不偏执一端、调和古今的领袖风范，体现出充满思辨色彩的主体精神。思辨是文学批评主体真正有力的武器，然而在当时的文论界，最为缺少的恰恰是辩证这一有力的武器。不同文风的集团代表人物都陷入了唯我是从的自我陶醉。也正是因为萧绎能够坚持站在一个批评主体应有的位置上，对不同的文学风格保持理性与客观地了解与体会，他在"文笔之辨"中对文学特质提出的看法在今天看来才最为合理。

---

① 严可均辑：《全梁文》，商务印书馆 1999 年版，第 198 页。
② 姚思廉：《陈书》，中华书局 1972 年版，第 335 页。

三是创作论与作家论。

说萧绎是"四萧"之中真正的批评家，还在于他讨论文学话题的广泛性。本书一直强调，完整的文学批评应当包括文学理论与批评理论。在当时的所有皇族成员中，只有萧绎对文学的性质、创作原理、批评要素都有所阐发，并积极运用于作家评论。萧绎对文学性质的理解详见上编"文笔之辨的飞跃"部分。在萧绎的文学观念中，文学是"流连哀思，吟咏风谣""情灵摇荡"的。那么，这样的文学又是怎么发生的呢？对此萧绎有以下看法。《与刘孝绰书》云：

> 君屏居多暇，差得肆意典坟。吟咏情性，比复稀数古人；不以委约，而能不伎痒。且虞卿、史迁，由斯而作。①

萧绎以"不以委约，而能不伎痒"概括了创作的动力之一，所谓"伎痒"，说的是如果人有才能，一遇到机会就要表现。"不以委约，而能不伎痒"，是指一个人的创作欲望不会因为遭受了外界的打击而束缚，一定会表现出来。虞卿与司马迁，都是在遭受巨大的屈辱之后才发愤著书的。在萧绎看来，仕途多折之时，命运多难之际，正是创作的开始。萧绎的这一理论充分揭示了创作与现实的内在联系。此外，萧绎又提出：

> 《捣衣》清而彻，有悲人者，此是秋士悲于心，捣衣感于外，内外相感，愁情结悲，然后哀怨生焉。苟无感，何嗟何怨也？②

这就是针对具体的作品写作而言了。萧绎之前，班婕妤有《捣素诗》，开"捣衣"题材之先河，之后谢惠连、颜峻、萧衍、柳恽四人作有《捣衣》诗，颜峻所作已残缺。萧绎也作有《捣衣诗》，不过此处应当是评论前人所作。萧绎在此处的点评已经提出了文学创作的某些原理。他所概括的"内外相感"说，揭示了文学创作特有的思维现象。思维现象是有思维过程与思维对象双重性的，这就是萧绎所提到的"内"与"外"。

---

① 严可均辑：《全梁文》，商务印书馆 1999 年版，第 182 页。
② 萧绎：《金楼子》，中华书局 1985 年版，第 61 页。

如果说理论思考主要是思维现象中"内"（思维过程）的运作，那么文学创作的"感"则格外依赖"外"（思维对象）的刺激。《金楼子·杂记》云：

> 余六岁解为诗，奉敕为诗曰："池萍生已合，林花发稍稠。风入花枝动，日映水光浮。"因尔稍学为文也。①

萧绎最初学习诗歌创作就从外界的自然景物开始，他的许多作品如《春赋》《荡子秋思赋》《秋风摇落》等，都贯穿着内心感受与外界景物的对应关系。应该说，萧绎用"内外相感"来总结文学创作是一种经验。"不以委约，而能不伎痒"与"内外相感"都属于文学创作的实际情况，萧绎一生读书无数，虽然他的这些看法取自传统的理论资源，但能够以丰富的实例证明其正确性，这实际上正反映出，任何学科的理论的建设都不可能一蹴而就。一些原理的呈现，从个体的意识到成为普遍共识，最终能够进入某个系统的原理层面，离不开接受者的传播与补证。

除了探讨文学理论，"四萧"中，萧绎也是最热衷于作家评论的。《金楼子》评论的作者颇多，其中对屈原、宋玉、司马相如、扬雄、曹操、曹植、潘岳、沈约、任昉的评论稍嫌简单，只有只言片语；对班固、张衡、蔡邕、陆机、刘铄、谢朓、何逊几位作者的评价比较集中，其中不少评论颇有创见。

例如评刘铄的《拟古》。《金楼子·说蕃》云：

> 刘休玄少好学，尝为《水仙赋》，当时以为不减《洛神》；《拟古诗》，时人以为陆士衡之流。余谓《水仙》不及《洛神》，《拟古》胜乎士衡。②

刘休玄即刘铄，是宋文帝第四子。逯钦立《先秦汉魏晋南北朝诗》辑录刘铄诗四首，均为拟古诗。《文选》卷三十一"诗·杂拟"类录刘休

---

① 萧绎：《金楼子》，中华书局1985年版，第112页。
② 萧绎：《金楼子》，中华书局1985年版，第42页。

玄《拟古诗二首》，为《拟行行重行行》《拟明月何皎皎》。《南史》卷十四《刘铄传》云："（刘铄）少好学，有文才，未弱冠，《拟古》三十余首，时人以为亚迹陆机。"① 钟嵘《诗品》也将刘铄列为下品。而萧绎认为"胜乎士衡"。萧绎论诗力主"情灵摇荡"，尤其喜爱"流连哀思"之作。而且，萧绎有"内外相感"之说，认为文学创作有待于自然景物和外部环境的刺激。刘铄的《拟行行重行行》，把言志、抒情、咏物巧妙统一，借思妇之语抒发对命运的感慨，用"流尘""绿草""秋兔""明灯"等景物抒写"悲秋"情结，化用《诗经》、汉乐府、魏晋人之诗作成句而成幽远意境，虽名曰"拟"而自成其体，正因为情感真挚，为萧绎所认可。《金楼子·立言》评谢朓：

> 至于谢玄晖，始见贫小，然则天才命世，过足以补尤。②

谢朓在齐梁二代都身负盛誉，梁武帝萧衍尝曰："不读谢诗三日，觉口臭。"萧纲《与湘东王书》称："至如近世谢朓、沈约之诗，任昉、陆倕之笔，斯实文章之冠冕，述作之楷模。"沈约则赞曰"两百年来无此诗也"。萧绎在一片盛赞声中认为谢朓"贫小"，看法可谓与众不同。谢朓之诗多行役之作，情感细腻哀伤，文辞华美，使得作品气势较弱，萧纲认为其"贫小"，或着眼于此。此外，上文曾提到，萧绎对古今文风都颇为欣赏，他欣赏诗歌既重视情感，也重视"师心独运"与丰富的才识。或许在他的眼里，谢朓的创作虽有独特的个性，还缺乏厚重的学识，这也是其诗"贫小"的表现。

再如评潘岳：

> 潘岳赋云："太夫人御板舆，乘轻轩，柳垂阴，车结轨，或宴于林，或宴于汜。兄弟斑白，儿童稚齿。称福寿以献觞，咸一惧而一喜。"嗟夫，天下之至乐，唯斯而已矣！天下之至乐，唯

---

① 李延寿：《南史》，中华书局 1975 年版，第 395 页。
② 萧绎：《金楼子》，中华书局 1985 年版，第 75 页。

斯而已矣！

潘安仁清绮若是，而评者止称情切，故知为文之难也。①

潘岳对贾谧卑言屈膝的秽行，众所周知。以萧绎之博学多识，更不可能不知。不过，这并没有妨碍他对潘岳作品的喜爱。在吟咏潘岳《闲居赋》之时，连叹"天下之至乐，唯斯而已矣！"还认为"瞳眬日色，还想安仁之赋；徘徊月影，悬思子建之文。此又一生之至乐也"。把潘岳的赋与曹植的文相提并论，认为品味两人的作品是人生最大的乐事。甚至为潘岳叫屈，以潘岳作品的"清绮"作为文学创作的一种难以企及的高度，认为一般人只看到潘岳作品中的情感而没有注意到潘岳遣词造句的功力，进而推理到作为创作者来说，抒发情感和驾驭文辞并不是一件容易兼顾的事情，当一个作家所要创作的体裁比较容易引起情感的共鸣的时候，他驾驭文辞的能力就容易被令人感动的情感所遮盖，进而被批评者所忽略。

就作家论来说，萧绎的作家评论有时候以人品为重，有时候以作品本身的情感为重，因此他的评判标准并不统一，具有因人而异的特点。大约他只追求在对某一作家的看法上能与众不同，并没有着力于思考作家评论是否需要一个根本标准来衡量高下的问题。总体而言，虽然萧绎的文学批评理论无论在涉及的范围还是理论深度上都位居同时代之首，勉强可以列入批评家的行列，但他的理论风格更接近作者气质与学者气质，他对批评理论的研究成绩不及他在文学理论上的贡献。文学批评是他著述的一部分，尽管已经占据了不少篇幅，但形式上仍然是子书的依附，这仍然有损于文学批评的独立品格。

第四节 南朝专家型文学批评

曹植《与杨德祖书》指出："世人之著述，不能无病"，又批评"刘

---

① 萧绎：《金楼子》，中华书局1985年版，第75页。

季绪才不逮于作者，而好诋呵文章，掎摭利病"①，对批评的必要性与批评的资格都提出了较为明确的意见。曹丕《典论·论文》以"常人贵远贱近，向声背实；又患暗于自见，谓己为贤"为理由，第一次在文学批评的领域揭示了批评的难度。上文曾述，文学批评在作家手中容易沦为对自我创作的注解和指南。而且，南朝时期文坛的中心在上层贵族，皇室贵族中的文学爱好者更是自觉承担起批评的任务，成为事实上的文坛领袖，文论者中对自己作为"批评主体"具有自觉身份意识并能提出一定批评理论的人并不多。作为一种以品评他人作品为主要内容的言论行为，文学批评行为对一般人来说是会产生行动资格方面的心理顾忌的。如果说，作家以其作品的影响而被自然赋予评论文学的资格，史官以其职业的特性而被赋予评论文学的义务，帝王以其政治地位的高贵而具有文学评论的特权，那不属于上述三者中任何一项的普通人想要涉足文学批评，必须拥有足够的自信。

在南朝文学批评的队伍中，出现了两个既无帝王身份，也非史官、作家的文学批评家，他们以超乎常人的自信，开创了专家型文学批评的理论特点和批评风格。一位是《诗品》的作者钟嵘，另一位是《文心雕龙》的作者刘勰。之所以将他们的文学批评归为专家型，主要因为他们的文学批评具有以下几个鲜明特征。

一、强烈的自信

钟嵘和刘勰在各自的文学评论中都以不同篇幅的文字直接或间接地表达了自己敢于评点文学的自信。钟嵘虽然官名不显，文名不扬，但对文学评论兴趣甚浓。他称自己"轻欲辨彰清浊，掎摭病利"，即总是喜欢把事物的好坏辨析清楚，还直言撰写《诗品》的目的是显示"优劣"与"品第"。尤其对诗歌情有独钟，在众多文学体裁中专评五言诗，表现出非常强烈的文学裁判意识。这种自信的根源正是一个批评家所特有的不安分的

---

① 严可均辑：《全三国文》，商务印书馆1999年版，第159页。

好辨气质。

刘勰的自信其实更甚于钟嵘，只是表达的方式更为含蓄。陆机一代文豪，作《文赋》专论文学创作时尚且感叹"言不尽意"，刘勰却在《文心雕龙》中声称"文之枢纽"。《梁书·刘勰传》载："（《文心雕龙》）既成，未为时流所称。勰自重其文，欲取定于沈约。约时贵盛，无由自达，乃负其书，候约出，干之于车前，状若货鬻者。约便命取读，大重之，谓为深得文理，常陈诸几案。"① 刘勰"自重其文"，敢于拿给当日的文坛领袖人物沈约看，自然是对此书的价值有相当的自信。

二、注重批评理论的建设

整个南朝，文学理论极其兴盛，而且保持着探索的延续性，但批评理论的建设则缓慢得多。范晔、江淹、萧绎、萧子显、刘勰、钟嵘对文学批评的历史有着自觉回顾，表现出较强的主体意识。其中刘勰与钟嵘可说是南朝所有批评者中主体意识最为突出者，对历代文学批评文献进行了点评。他们对批评理论的认识与建设主要表现在以下几个方面的内容：

1. 回顾文学批评的历史。对于专业的批评家来说，进行自觉程度高的批评理论不可能不对自己所进行的活动有所认识，并主动在历史上寻找同类行为，以期有所共鸣或发现。是否对批评的历史有所回顾，是判断一个文论者的文学批评是否充分自觉的重要标志之一。

2. 总结批评弊端或批评方法。陆机曾在《文赋》中指出，"夸目者尚奢，惬心者贵当。言穷者无隘，论达者唯旷"②，认为创作者性情各异，所以对文风的追求也相应不同。这是创作中的常见现象，但批评有自己的独特要求，一些在创作中可以坚持的习惯，例如好远贱近、贵古贱今等，只要有利于作者的创作，就不会成为被防范的对象。但是批评不同，批评并不是以追求情感的释放或审美的愉快为终极目标的，而是追求尽可能公

---

① 姚思廉：《梁书》，中华书局1973年版，第712页。
② 严可均辑：《全晋文》，商务印书馆1999年版，第1025页。

正的价值判断，所以批评家有必要发现与总结一切不利于形成公正结论的不良习惯，并在批评实践中尽可能避免这些弊端的出现。

三、追求论述的深度或个性

批评也有自己的层次，鉴赏就是其中一个基础的层次。从这一层次来说，批评和创作一样，只需要遵从自己个人的审美趣味，采取何种方式鉴赏、要鉴赏到怎样的程度都不那么重要。这种随性而发的批评鉴赏不需要任何准备，评论主体的心理是轻松、愉快的，甚至鉴赏本身也可以是一种文学创作。但这样的批评鉴赏容易造成泥沙俱下的结果，肤浅的鉴赏与精辟的点评在参考价值上是不可等价而言的。批评的更高层次是鉴赏之上的理论建构。正如范晔对史论所提出的高要求一样，真正的批评是有深度的。有深度就不可能是毫无准备、一蹴而就的，它需要批评主体具备一些不同寻常的个性，更要有学养。

四、全面性和系统性

批评的自信通常来源于理论根基的深厚。与作家型、史官型和帝王型文学批评相比，专家型文学批评不但兼具三者的批评风格，而且具有三者都无法企及的全面性和系统性。在《诗品》中，钟嵘探讨了关于五言诗的系列问题，构建了包括诗歌的起源、诗歌的性质与作用、诗歌的创作方法、五言诗的美学内涵、诗歌批评的方法等方面在内的五言诗诗学体系。刘勰的《文心雕龙》所建构的文学批评体系，最为全面地展示了现代意义上的文学批评的内涵，从文学的起源到文学的创作动机、体裁、题材、风格，再到文学欣赏与文学批评的原则与方法，但凡与文学相关的问题，无一不涉，资料之丰富，论述之严密，堪称前无古人，后无来者。

专家型文学批评的出现，使南朝文学批评的理论成就达到了前所未有的高度，可惜，批评理论的系统性在南朝昙花一现，后继无人。魏晋南北朝之后，以鉴赏、点评为主的小品式评论形式日益盛行，中国古代文学批评逐渐远离了逻辑与思辨的方向。

第四章 主体意识与南朝文学批评理论的建设

第一节 钟嵘的诗歌裁判意识

钟嵘的事迹,《梁书》有传,不过稍嫌简略。齐永明三年（485）秋,钟嵘入国子学。因为熟谙《周易》,得到国子祭酒、卫将军王俭的赏识,举荐为本州秀才。钟嵘一生,南齐时期先后做过王国侍郎、抚军行参军、安国令、司徒行参军等职,入梁又先后任临川王行参军、衡阳王宁朔记室、西中郎晋安王记室。晋安王即简文帝萧纲,但钟嵘担任萧纲的记室不久就逝世了,终年约五十一岁,世称"钟记室"。钟嵘一生官位都不高,虽然传入《梁书·文学》（又见《南史·文学传》）,但是大约他在文学创作上的才华并不突出,史传并未记载其有诗赋作品存世,这也是笔者没有将钟嵘的文学批评归入作家型文学批评的主要原因。史载钟嵘熟谙《周易》,但在《周易》研究史上也没有留下有影响的著作。

《诗品》,又称为《诗评》,《隋书·经籍志》云:"《诗评》三卷,钟嵘撰,或曰《诗品》。"[1] 可见隋唐时期对《诗品》已经有两种称呼。著名学者章学诚论《诗品》曰:"《诗品》之于论诗,视《文心雕龙》之于论文,皆专门名家,勒为成书之初祖也。《文心》体大而虑周,《诗品》

---

[1] 魏征等:《隋书》,中华书局1973年版,第1084页。

思深而意远；盖《文心》笼罩群言，而《诗品》深从六艺溯流别也。"①
章学诚认为《诗品》的成就在"思深而意远"，并因此而将钟嵘列为"专
门名家"。从《诗品》的理论深度与批评风格来看，将钟嵘归入"专门名
家"并不为过，但钟嵘在《诗品》中所展示的专业知识体系仅限于五言
诗，因此称之为南朝批评家中的"五言诗裁判"更为合适。

　　南齐谢赫作《古画品录》，分六品评论画家，梁代阮孝绪《高隐传》
也分三品评古今高隐之士，分品评论已经为南朝不少评论家所运用，是一
种时代习见的评论形式。钟嵘认为，"至若诗之为技，较尔可知。以类推
之，殆均博弈"②，表明《诗品》与当时出现的《画品》《书品》《棋品》
等书之间有直接的文化关系。钟嵘兄钟岏曾著《良吏传》十卷，是评品
有政绩的官吏的著作，钟嵘作《诗品》，也许与家庭的学术氛围有关。不
过，钟嵘只称自己的分品欲望来源于"九品论人，七略裁士"。"九品论
人"见班固《汉书·古今人表》，"七略裁士"见刘歆《七略》对历代学
术源流的叙述。从"品"所体现的批评意识来说，钟嵘以"品第"论诗
歌的意义远不止于他对这些学术传统的继承。

　　以"品"为名的书籍很多，不局限于书画艺术类。魏文帝曹丕曾撰
《士品》一卷，《隋书·经籍志》将之与刘邵《人物志》三卷一起归类于
子部名家。梁沈约有《新定官品》二十卷。梁代还有徐宣瑜《晋官品》
一卷，《定官品事》五卷，《百官品》九卷，《梁官品格》一卷。《隋志》
归入史部职官类。此外，还有无名氏《海内士品》一卷，属于杂传。在
以"品"为名的著作中，最常见的是棋品。"棋品类"在《隋志》中归入
子部兵类。据《隋志》记载，魏晋南北朝"棋品类"著作颇多。如范汪
等《围棋九品序录》五卷；范汪等注《棋九品序录》一卷；无名氏《棋
品叙略》三卷；宋员外殿中将军褚思庄撰《棋品》二卷；梁尚书仆射柳
恽撰《棋品》一卷；袁遵《棋后九品序》一卷；梁武帝《围棋品》一卷；

---

① 叶瑛校注：《文史通义校注》，中华书局1985年版，第559页。
② 陈延杰注：《诗品注》，人民文学出版社1998年版，第3页。

陆云公《棋品序》一卷。

从《隋志》对各家的解释可以看到，作为"名家"的"品"，是要"正百物，叙尊卑，列贵贱，各控名而责实，无相僭滥者"；作为职官的"品"，求的是"名书于所臣之策，各有分职，以相统治"；作为"兵家"的"品"，则要"禁暴静乱者"。① 而写作"品"类书籍的人，不是政治权威，便是在棋、画、军事领域有相当专业造诣的人，也就是权威。例如曹丕施行九品中正制，因为他是国家的最高领导；班固"九品论人"代表的是最高统治者的意见；刘歆也是国家图书馆的负责人。如此类推，要品第诗歌，也该是诗歌领域的权威，但钟嵘只是小小文吏，他以卑微记室之位，欲为文学裁判，可见《诗品》的出现固然是时代与传统的产物，更是主体意识高度自觉的结果。

一、"不显优劣""曾无品第"

钟嵘虽然官名不显，文名不扬，却有着一个批评家潜在的不安分的好辨气质，钟嵘称自己"轻欲辨彰清浊，掎摭病利"②，这种容易对外界事物不满、遇事喜欢讲清利弊高下的个性渗透在他对历代文学批评的不满以及对当时诗歌创作和评论现状的批判中。

《诗品序》云：

> 陆机《文赋》，通而无贬；李充《翰林》，疏而不切；王微《鸿宝》，密而无裁；颜延论文，精而难晓；挚虞《文志》，详而博赡，颇曰知言。观斯数家，皆就谈文体，而不显优劣。至于谢客集诗，逢诗辄取；张骘《文士》，逢文即书。诸英志录，并义在文，曾无品第。③

批评家最不会忽略的就是回顾批评的历史。钟嵘对从陆机《文赋》

---

① 魏征等：《隋书》，中华书局 1973 年版，第 1017 页。
② 严可均辑：《全梁文》，商务印书馆 1999 年版，第 602 页。
③ 严可均辑：《全梁文》，商务印书馆 1999 年版，第 602 页。

以来较有影响力的文学批评文献逐一进行了评点，这些文献不但各有各的不足，而且共同的缺点就是"不显优劣""曾无品第"，也就是就文体谈文体，看不出评论者个人的价值判断。他在点评历代文论中表达了诸多遗憾与不满，这种带有批评与否定的评论姿态与同时代的萧子显有很大不同。同样的批评文献，萧子显的评价都是正面的，"若子桓之品藻人才，仲治之区判文体，陆机辨于《文赋》，李充论于《翰林》，张眎摘句褒贬，颜延图写情兴，各任怀抱，共为权衡"，萧子显认为这些前人的文学评论虽然思想出发点不同，但都对文学进行了思考。钟嵘的评论中没有提颜峻、张眎，也没有提曹丕的《论文》，但多了王微的《鸿宝》、谢灵运的《诗集钞》和张骘的《文士传》，这些文学批评文献都出自著名文士之手。对一般人来说，这些知名作家所作出的文学评论具有先天的权威性，但在钟嵘看来却依然有着种种不足之处，这是批评家特有的理论直觉和理论期待，反映出钟嵘是一个有很强裁判意识的人，在他的批评意识中，文学作品的好坏必须由评论者作出明确的判断，只有显优劣、分品第，才能显示出文学批评的特点和价值。他撰《诗品》，就是要给诗歌判定名次，弥补现有文学批评文献的不足。

先看他对前代诗歌的裁决。

《诗品》所评的诗歌作品，既有早于齐梁时期的历代作品，也有与钟嵘同时代、但已亡故的作者的作品。对于受到自己肯定的前人作品，钟嵘通常以直接引用他人评语的方式表达意见。如：

《翰林》叹其翩翩然如翔禽之有羽毛，衣服之有绡縠，犹浅于陆机。谢混云："潘诗烂若舒锦，无处不佳，陆文如披沙简金，往往见宝。"① （卷上《晋黄门郎潘岳》）

谢康乐尝言："左太冲诗，潘安仁诗，古今难比。"② （卷上《晋记室左思》）

---

① 陈延杰注：《诗品注》，人民文学出版社1998年版，第26页。
② 陈延杰注：《诗品注》，人民文学出版社1998年版，第28页。

谢康乐云："张公虽复千篇，犹一体耳。"① （卷中《晋司空张华》）

观厥（梁秀才陆厥）文纬，具识文之情状。② （卷下《梁秀才陆厥》）

否定的意见则以举例批驳的方式表示。如：

世叹其质直。至如"欢言酌春酒""日暮天无云"，风华清靡，岂直为田家语邪?③ （卷中《宋征士陶潜》）

钟嵘对当时人评价陶渊明"质直"是有不同意见的，并以举例方式表示反驳。否定是超越的基础，从这种反驳不仅可以看出钟嵘好辨之个性，也显示了钟嵘不随波逐流的独立人格。

还有一些意见则似乎带有鼓励的性质。例如：

苏、陵、任、戴，并著篇章，亦为搢绅之所嗟咏。人非文是，愈有可嘉焉。④ （卷下《宋御史苏宝生宋中书令史陵修之 宋典祠令任昙绪 宋越骑戴法兴》）

有学者指出，"人非文是，愈有可嘉焉"一语原作"人非文才是愈有可嘉焉"。历来断句有争议。⑤ 若断以"人非文才，是愈有可嘉焉"，则钟嵘认为这一些人不是"文才"，能写出较好的诗歌更值得赞扬。若断以"人非文是，愈有可嘉焉"，则钟嵘认为此四人为人虽不可取，但文才颇高，更可嘉许。无论哪一种理解，都可以看出钟嵘品诗以"文才"为重，指出其人其他方面的不足更衬托文才的地位。对于已经是"文才"的人物，则有更高的审美要求。钟嵘对作为诗歌发展历史纵向轴心的一些上品诗人，以及诸多享有盛名的文人、名士，也并不是只有赞美的声音。如评

---

① 陈延杰注：《诗品注》，人民文学出版社 1998 年版，第 33 页。
② 陈延杰注：《诗品注》，人民文学出版社 1998 年版，第 74 页。
③ 陈延杰注：《诗品注》，人民文学出版社 1998 年版，第 41 页。
④ 陈延杰注：《诗品注》，人民文学出版社 1998 年版，第 65 页。
⑤ 曹旭注：《诗品集注》，上海古籍出版社 1994 年版，第 413 页。

刘桢：

但气过其文，雕润恨少。① （卷上《魏文学刘桢》）

评陆机：

尚规矩，不贵绮错，有伤直致之奇。② （卷上《晋平原相陆机》）

评谢灵运：

颇以繁芜为累。③ （卷上《宋临川太守谢灵运》）

评曹丕：

则所计百许篇，率皆鄙质如偶语。④ （卷中《魏文帝》）

评嵇康：

过为峻切，讦直露才，伤渊雅之致。⑤ （卷中《晋中散嵇康》）

评张华：

虽名高曩代，而疏亮之士，犹恨其儿女情多，风云气少。⑥ （卷中《晋司空张华》）

评颜延之：

又喜用古事，弥见拘束，虽乖秀逸，是经纶文雅才。雅才减若人，则蹈于困踬矣。⑦ （卷中《宋光禄大夫颜延之》）

---

① 陈延杰注：《诗品注》，人民文学出版社 1998 年版，第 21 页。
② 陈延杰注：《诗品注》，人民文学出版社 1998 年版，第 24 页。
③ 陈延杰注：《诗品注》，人民文学出版社 1998 年版，第 29 页。
④ 陈延杰注：《诗品注》，人民文学出版社 1998 年版，第 31 页。
⑤ 陈延杰注：《诗品注》，人民文学出版社 1998 年版，第 31 页。
⑥ 陈延杰注：《诗品注》，人民文学出版社 1998 年版，第 33 页。
⑦ 陈延杰注：《诗品注》，人民文学出版社 1998 年版，第 43 页。

评任昉：

> 但昉既博物，动辄用事，所以诗不得奇。少年士子，效其如此，弊矣。①（卷中《梁太常任昉》）

刘桢、陆机、谢灵运都是《诗品序》叙述诗歌发展历史时盛赞的人物，魏文帝、嵇康、张华、颜延之、任昉也都在政治、道德或文坛上享有极高的地位，钟嵘大胆指出其缺点，体现了一切从自己的品赏原则出发的理论勇气，同时实现了"显优劣"的目的。

再看钟嵘对当代诗歌的裁决。

《诗品》称梁武帝为"方今皇帝"，可知此书最迟成于梁武帝时期，所选皆为谢世作古之人，其中沈约卒年最晚，为梁天监十二年（513），《诗品》成书于梁天监十三年以后是可以肯定的。《诗品》论汉至梁五言诗作者123位，其中齐梁诗人有40人，约占总数的三分之一。虽然钟嵘强调他的选择标准之一是"不录存者"，但所评的作品当中也颇有一些是生前与其交游者。《诗品上序》中说："近彭城刘士章，俊赏之士，疾其淆乱，欲为当世诗品，口陈标榜。其文未遂，感而作焉。"② 刘士章即刘绘，是当时后进文士的领袖。他博学盛才，对当时文坛和评论的现状深恶痛绝，并曾经将这一感受告知钟嵘。此外，钟嵘还称自己与王融、谢朓有过文学上的切磋往来。《诗品下序》曰："齐有王元长者，尝谓余云：'宫商与二仪俱生，自古词人不知用之。'"③ 又说"朓极与余论诗，感激顿挫过其文"。永明年间，钟嵘为国子生，受到卫将军王俭赏识。当时谢朓担任王俭东阁祭酒，两人应该有机会交往并讨论诗歌问题。《诗品》卷下《梁常侍虞羲》云："子阳诗奇句清拔，谢朓常嗟颂之。"④ 虞羲（字子阳）与钟嵘为国子监同学，钟嵘对虞羲诗风的评价，或许也曾是谢朓与他

---

① 陈延杰注：《诗品注》，人民文学出版社1998年版，第52页。
② 严可均辑：《全梁文》，商务印书馆1999年版，第600页。
③ 严可均辑：《全梁文》，商务印书馆1999年版，第605页。
④ 陈延杰注：《诗品注》，人民文学出版社1998年版，第74页。

论诗的内容之一。根据钟嵘的记述，王融曾与他切磋诗歌的音律问题，钟嵘将王融列为研讨音韵的第一人，谢朓、沈约都只不过是步其后尘。而谢朓在评论文学中所表现出来的激情甚至超过了他的创作。谢朓自己的创作虽然极富盛名，但他却常常吟诵虞羲的诗句。

在钟嵘所提及的与之有过交集的文士中，沈约可以算是作家中最为专业的评论家了。《南史》卷七十二《钟嵘传》云：

> 嵘尝求誉于沈约，约拒之，及约卒，嵘品古今诗为评，言其优劣。①

《南史》喜采小说家言，此说未必可信。《诗品》卷下《宋尚书令傅亮》云："季友文，余常忽而不察。今沈特进（沈约）撰诗，载其数首，亦复平美。"② 他在论及沈约作品时称其人为"今"，当是因为二人同处一个时代。虽然史料记载沈约曾拒绝过钟嵘的拜访，但也不排除二人因其他机缘而有所接洽；刘绘、沈约、谢朓、王融、虞羲诸人虽然"其人既往"，但生前与钟嵘有交集，钟嵘对他们的评论也可相当于当代诗歌评论。对于这些颇负盛名的当代作家，钟嵘一样敢于提出批评。如：

> （谢朓）其源出于谢混，微伤细密，颇在不伦。……善自发诗端，而末篇多踬。③（卷中《齐吏部谢朓》）

> 近任昉、王元长等，词不贵奇，竞须新事，尔来作者，浸以成俗。④（《诗品序》）

> 王元长创其首，谢朓、沈约扬其波。三贤或贵公子孙，幼有文辩，于是士流景慕，务为精密。襞积细微，专相凌架。故使文多拘忌，伤其真美。⑤（《诗品序》）

---

① 李延寿：《南史》，中华书局1975年版，第1779页。
② 陈延杰注：《诗品注》，人民文学出版社1998年版，第62页。
③ 陈延杰注：《诗品注》，人民文学出版社1998年版，第48页。
④ 陈延杰注：《诗品注》，人民文学出版社1998年版，第4页。
⑤ 陈延杰注：《诗品注》，人民文学出版社1998年版，第5页。

他并不同意时人对谢朓"古今独步"的评价，批评他"微伤细密，颇在不伦"，批评任昉、王融"竞须新事"，批评王融、沈约、谢朓的创作"文多拘忌，伤其真美"。刘绘（刘士章）是钟嵘心中的"俊赏之士"，钟嵘还直言《诗品》的写作受到刘士章的启发，但这种交情并没有成为钟嵘裁定诗歌名次的障碍，他仍然依据自己的裁判标准将刘绘列入下品。

与九品中正制论人之"上品无寒门，下品无势族"不同，钟嵘并不是根据诗人社会地位和政治地位来评定诗歌成就的高下，而是着眼于作品本身艺术成就的高低，这就使他的"三品论诗"能够真正成为审美的批评，而没有沦为道德评价的附属品。魏武帝、魏明帝、宋孝武帝、齐高帝等人均为帝王，政治地位不可谓不高，但在钟嵘看来，他们的作品或过于"古直"，或过于"精密"，艺术上都有缺憾，不具有五言诗的美学意蕴，所以统统都列于下品。与此相反，像左思尽管出身寒门，政治地位卑微，但在钟嵘看来，其诗作"文典以怨，颇为精切，得讽喻之致"，艺术性和思想性均达到很高的水准，所以仍然被列于上品。一个非常有意义的现象就是，虽然齐梁诗人有40人入选《诗品》，但没有一人列入上品，中品6人，其余34人都列下品。在生前与钟嵘有过交往的诗人当中，只有谢朓、沈约列于中品，其余如王融、刘绘、虞羲均列为下品。《南史·钟嵘传》认为钟嵘之所以在写作《诗品》时有意贬低沈约，将他列入中品，"盖追宿愿，以此报约也"，这种说法颇为后人所怀疑。明人胡应麟云："休文四声八病，首发千古妙诠，其于近体，允谓作者之圣。而自运乃无一篇，诸作材力有余，风神全乏，视彦升、彦龙，仅能过之。世以钟氏私憾，抑置中品，非也。"[①] 四库馆臣也表达了类似的见解："约诗列之中品，未为排抑。"[②] 认为钟嵘将沈约列入中品并非刻意报复，而是沈约诗歌的艺术成就确实不高。后世往往"沈谢"并称，钟嵘对谢朓是颇为欣赏的，尚且将谢朓列于中品，沈约不及谢朓，当然不可能被列于上品。

---

① 胡应麟：《诗薮》外编卷二，中华书局1962年版，第152页。
② 永瑢等：《四库全书总目提要》，商务印书馆1931年版，第94页。

钟嵘的裁判意识还表现在他对当时诗歌创作和评论现状的批评中。《诗品序》云：

> 于是庸音杂体，各为家法。至使膏腴子弟，耻文不逮，终朝点缀，分夜呻吟。①

"庸音杂体"是钟嵘对当时诗歌创作面貌的总体评价，他对这种贵族子弟的作诗热情并不欣赏，因为许多人的创作水平低下，"独观谓为警策，众睹终沦平钝"，"师鲍照终不及'日中市朝满'，学谢朓劣得'黄鸟度青枝'。徒自弃于高明，无涉于文流矣"。不仅如此，对于当时诗坛最为热衷探讨的诗歌声律问题，钟嵘的意见也迥异于时人。"余谓文制，本须讽读，不可蹇碍，但令清浊通流，口吻调利，斯为足矣。"② 钟嵘认为诗歌是用于朗读的，只要语言流畅就行了，不需要斤斤计较是否符合永明"新体"所追逐的精细法则。

当时的诗歌评论就更让他不满。"观王公缙绅之士，每博论之余，何尝不以诗为口实。"大家都热衷论诗，可是"轻薄之徒，笑曹、刘为古拙，谓鲍照羲皇上人，谢朓今古独步"，将评论诗歌者称之为"轻薄之徒"。对五言诗的评论始于曹丕，曹丕在《又与吴质书》中评论刘桢"五言诗之善者，妙绝时人"③。李充《翰林论》评应璩五言诗"风规治道，盖有诗人之旨焉"。东晋简文帝赞美许询五言诗"可谓妙绝时人"。④ 这些评论均属于正面的赞赏。钟嵘之前，第一个在理论上大力肯定五言诗的是大作家江淹。其《杂体诗序》以"五言之兴"来论述诗歌的发展，认为不同时代不同作者的诗歌虽然风格不同，但"蛾眉讵同貌，而俱动于魄，芳草宁共气，而皆悦于魂"，以"动于魄""悦于魂"来描述五言诗的魅力。他所选择拟作的三十首诗歌也均为五言，显示出他对五言诗的重视和

① 严可均辑：《全梁文》，商务印书馆1999年版，第600页。
② 严可均辑：《全梁文》，商务印书馆1999年版，第605页。
③ 严可均辑：《全三国文》，商务印书馆1999年版，第66页。
④ 见李善等注：《六臣注文选》，上海古籍出版社1993年版，第489页。

独到的审美眼光。江淹对五言诗审美价值的肯定和褒扬，或许为钟嵘所承袭。不过，江淹的《杂体诗三十首》主要是通过模拟创作来肯定五言诗的成就，钟嵘的认识显然要专业得多。而且，前人的五言诗评论多以褒扬之面貌出现，钟嵘的评论则充满批判精神，他对文论历史的回顾与对诗歌创作与评论现状的批判，已经明确透露出批评家的锐气与对诗歌这一体裁的情有独钟。故《诗品》中"嵘今所录，止乎五言"一语，有着坚实的理论依据，不仅渗透着钟嵘的裁判意识，也直接彰显了他的专家气质。

通览钟嵘《诗品》对一百多位诗人及其作品的品评，他始终是依据自己的审美原则来进行名次裁定的。钟嵘不仅对古今许多诗歌进行了批评，对影响极大的声律论也提出了批评，言辞非常犀利。在整个南朝，只有钟嵘敢于在自己的文学批评中展开对当代文学的抨击和对著名文士的挑剔，显示出一个专业批评家应有的批判精神。事实证明，如果自己本身在政治上或者文学创作上缺乏必要的影响力，其文学批评几乎不可能产生指导作用。但是，批评通常都是从对文学创作的不满起步的。钟嵘对诗歌"雅正"的要求，对齐梁时代兴起的声律论表示不满，都直接来源于对创作与批评现状的否定。钟嵘对批评历史的回顾，对历代文学的品赏，对当代文学的抨击，对著名文士的挑剔，都显示了一个批评家鲜明的批判精神。像钟嵘这样不受个人恩怨和主观好恶的影响，坚持按艺术标准去客观公正地划分、评判作家作品等级的批评态度，对于文学批评还是有普遍意义和价值的。

二、"嵘之所录，止乎五言"

钟嵘的专家裁判意识，不仅表现在他对作家作品的评论上，还体现在他对诗歌体裁的比较筛选中。诗是中国文学历史上最早发展起来的文体之一，有着源远流长的传统，诗歌不但是文人们抒情的最佳工具，也是许多政治场合最常使用的文体。至齐梁时期，诗歌创作成为时尚，人们竞相吟咏，如痴如醉。钟嵘将这种现状描述为："今之士俗，斯风炽矣。才能胜衣，甫就小学，必甘心而驰骛焉。"① 诗歌发展到南朝，形式已经相当丰富，四言、五言、七言、九言均不乏作者，但根据文献的记载，当时大家竞相学习创作的诗歌主要是五言诗。《南齐书》卷一《高帝本纪》载：

> 尝作五言诗云："访迹虽中宇，循寄乃沧州。"②

《南齐书》卷四十三《谢瀹传》载：

> 世祖尝问王俭，当今谁能为五言诗？俭对曰："谢瀹得父膏腴，江淹有意。"③

《南齐书》卷四十七《谢朓传》：

> 朓善草隶，长五言诗。④

《南齐书》卷五十二《陆厥传》载：

> 厥少有风概，好属文，五言诗体甚新变。⑤

萧子显《南齐书·文学传论》说："少卿离辞，五言才骨，难与争骛。"又说："五言之制，独秀众品。"⑥ 可见，在齐梁时期的语境中，"五言"就是诗歌的代名词。这一现象引发了钟嵘的思考。《诗品序》云：

> 夫四言，文约易广，取效《风》《骚》，便可多得，每苦文繁而意少，故世罕习焉。五言居文词之要，是众作之有滋味者也，故云会于流俗。岂不以指事造形，穷情写物，最为详切者邪？⑦

这段话概括了五言诗和四言诗的差别，肯定了五言诗的优越性，是钟

---

① 严可均辑：《全梁文》，商务印书馆1999年版，第600页。
② 萧子显：《南齐书》，中华书局1972年版，第12页。
③ 萧子显：《南齐书》，中华书局1972年版，第764页。
④ 萧子显：《南齐书》，中华书局1972年版，第826页。
⑤ 萧子显：《南齐书》，中华书局1972年版，第897页。
⑥ 萧子显：《南齐书》，中华书局1972年版，第908页。
⑦ 陈延杰注：《诗品注》，人民文学出版社1998年版，第2页。

嵘选诗"止乎五言"的理论基石，也拉开他作为批评家与普通作家之间批评深度的差异。四言诗在先秦时期曾辉煌一时。汉初《诗》被尊为"经"，四言诗由于在《诗经》中占据主导地位，故而四言也被尊崇为正宗诗体。在魏晋时期，虽然五言诗日益勃兴，为越来越多的诗家所喜爱，但"四言为正"的观念在不少评论家头脑中还根深蒂固。如晋挚虞《文章流别论》中就说："古之诗有三言、四言、五言、六言、七言、八言、九言……古诗率以四言为体，五言于俳谐倡乐多用之。然则雅音之韵，四言为正，其余虽备曲折之体，而非音之正也。"① 钟嵘对五言诗的大力肯定，是对传统诗学"四言为正"之观念的挑战。钟嵘以"指事造形，穷情写物，最为详切"概括出五言诗的特点，认为"是众作之有滋味者也"，将这种特点肯定为五言的优势。他意识到，诗歌语言形式的变化与时代的审美需要有关。先秦两汉的《诗》《骚》传统与文体形式，适应那时的人生价值观。人们所肯定的儒学价值观与《诗》和《骚》语言形式所承载的道德内蕴基本上是匹配的。而由于时代和社会生活的发展，人们的审美需求已经不再是简单的道德体悟。五言较之四言虽然仅差一字，但却显示出极大的优越性，不但给语言表达带来极大的灵活性，而且在反映社会生活、抒发思想感情方面有更大的容量，因此，四言在诗人的创作中不再是主流诗体，是因为人们已经无法在四言中体会到更多的"意"。在诗歌语言形式与人们审美需要的关系上，是人心灵的"意"丰富之后才呼唤诗歌语言形式的改变，而不是诗歌语言改变之后让人们去适应它。在钟嵘对五言形式的理解中，诗歌的语言不再与情感体验以外的意义相关联，这种将心灵感受作为阅读诗歌之唯一动机的认识，具有一种人性的高度，表现出同时代文论家少见的生命精神。刘宋以来，作者们热衷于诗歌创作，尤其注重诗歌创作技巧的探索，对五言本身的意义缺乏认识，钟嵘"止录五言"的宣言，明确将五言诗置于四言诗之上，显示了一个批评家的卓越见解，是他诗歌专家意识的突出表现之一。

———————————

① 严可均辑：《全晋文》，商务印书馆1999年版，第819页。

　　为了凸显五言诗的独立性，钟嵘还专门就五言诗的起源进行了裁定。《诗品序》云：

　　　　夏歌曰"郁陶乎予心"，楚谣曰"名予曰正则"，虽诗体未全，然是五言之滥觞也。①

　　钟嵘认为，夏歌、楚谣中的某些篇章是五言诗的起源。"夏歌"是上古夏朝之歌，"楚谣"则是《楚辞》。"郁陶乎予心"一语出自相传作于夏朝的《五子之歌》第五章，但这一章共有八句，只有"郁陶乎予心，颜厚有忸怩"两句是五言，其余六句均为四言。"名予曰正则"则出自屈原《离骚》中"名余曰正则兮，字余曰灵均"，《离骚》全文更是杂言体。故钟嵘认为"诗体未全"。江淹也曾在《杂体诗三十首序》中将诗歌源头追溯到"楚谣汉风"，应是指战国秦汉时的民间歌谣。但江淹所选拟的作品中没有"楚谣汉风"，故不明具体所指，钟嵘的认识或许是对江淹的说法的一种补充。钟嵘对五言诗起源的认识着眼于字数的形式，这几乎是魏晋以来所有探讨诗歌源头之文论者的共同角度。但是，许多文论者在寻找五言滥觞的时候都把源头找到《诗经》中，如挚虞、任昉、刘勰等，如果单论诗歌而不涉及语言形式，则更普遍将诗歌的起源与《诗经》联系在一起，例如檀道鸾、沈约等人发表了视《诗》《骚》为文学之祖的看法。其实《诗经》中的作品产生的时候，性质比较复杂，三百多篇作品中不乏与后世抒情诗性质相似的作品，但自从被列为经典之后，"诗"这一词汇与后世"五言诗"的"诗"虽然还是同一个字，其性质与发展都已经不是一回事。在中国"重名轻实"的思维习惯下，文论者在论"诗"之时很难完全不受《诗经》之"诗"的困扰，毕竟《诗经》在文人数百年的吟诵中，早已经慢慢进入了他们的审美视野，对文人有着特殊的审美召唤力。《世说新语·文学》中就记载了不少名士品赏《诗经》的事例。钟嵘于四言、五言不强调本末，指出五言之滥觞在夏歌楚谣中，就没有刻意

----

① 陈延杰注：《诗品注》，人民文学出版社1998年版，第2页。

将五言诗与《诗经》相牵连，并且敢于认同新生形式优于传统形式，认为五言诗在诸种文学样式中最有滋味。这种不为传统宗经思维所束缚的看法是相当可贵的。

罗根泽先生在评价钟嵘时曾表示："就算他是批评专家吧，但这种批评专家，在中国也实在太少了。"① 的确，钟嵘论诗，力求彰显"优劣""品第"特色，专选"五言"，显示出他的主体精神中有着较为强烈的专家意识，并且在这一意识的推动下建立起了一套相对完整的诗学批评理论。

第二节 钟嵘的诗学批评体系

钟嵘的专家裁判意识赋予了《诗品》一种前所未有的批评力度，但钟嵘的批评勇气，并不仅仅来自攻击性的好辨天性，还有他对自己诗歌理论知识的自信。钟嵘大胆肯定五言诗的地位，将裁定"优劣"与"品第"作为自己的批评目标，在这一批评目标的背后必定有关于诗歌较为完整的理论自信支撑着他。实际上，由于诗歌在诸多文体中的显著地位，钟嵘之前的许多评论家对诗歌的讨论已经广泛涉及诗歌的起源、诗歌的性质与作用、诗歌的创作方法以及诗歌的美学标准等基本理论问题。在钟嵘专家裁判意识的推动下，这些基础的诗学问题又有了新的解读，诗歌批评的风格与方法也出现了崭新的面貌。

一、诗歌的创作方法

《诗品序》云：

> 故诗有六义焉：一曰兴，二曰比，三曰赋。文已尽而意有余，兴也；因物喻志，比也；直书其事，寓言写物，赋也。宏斯三义，酌而用之，干之以风力，润之以丹彩，使味之者无极，闻

---

① 罗根泽：《中国文学批评史》，上海书店出版社 2003 年版，第 13 页。

之者动心，是诗之至也。①

诗歌创作不要求用事，不需要过于讲究声律，但需要运用"兴""比""赋"三种手法，"宏斯三义，酌而用之，干之以风力，润之以丹彩，使味之者无极，闻之者动心，是诗之至也"。诗歌创作运用"赋""比""兴"，再加上"风力"与"丹彩"，就可以创作出最好的诗歌。

赋、比、兴的名称较早见于《周礼》"六诗"之说与《诗大序》"六义"之说。《周礼·春官宗伯》释"大师"云："大师，掌六律六同"，"教六诗，曰风，曰赋，曰比，曰兴，曰雅，曰颂"。② 《毛诗序》云："故诗有六义焉，一曰风，二曰赋，三曰比，四曰兴，五曰雅，六曰颂。"③ 但《周礼》与《毛诗序》对赋、比、兴都没有作具体的解释。至东汉郑众、郑玄出，才对赋、比、兴有了注，赋、比、兴之名称逐渐为人所熟知。郑玄作为一代经学大师，对赋、比、兴的解释影响较大。郑玄《周礼·春官宗伯》注云：

> 赋之言铺，直铺陈今之政教善恶。比见今之失，不敢斥言，取比类以言之。兴见今之美，嫌于媚谀，取善事以喻劝之。④

郑玄在解释赋、比、兴时还提到了郑司农对比、兴的认识，即"比者，比方于物也。兴者，托事于物"。郑司农即郑众，早于郑玄约六七十年，其对比、兴的解释比较简要，只云"比"是"比方于物"，即用物打比方；"兴"是"托事于物"，即用物依托某事。郑玄则将"比""兴"分别与作者所要表现的内容之性质联系起来，认为"比"运用于表现反面性质的"今之失"，"兴"用于表现正面性质的"今之美"。而"赋"是直接陈述当今政教的善恶。郑玄以美刺理解赋、比、兴，比较牵强，但汉儒后生多遵从郑玄之说，尤其是比与兴，有了表现手法的含义。

---

① 陈延杰注：《诗品注》，人民文学出版社 1998 年版，第 2 页。
② 《十三经注疏》，上海古籍出版社 1997 年版，第 795—796 页。
③ 《十三经注疏》，上海古籍出版社 1997 年版，第 271 页。
④ 《十三经注疏》，上海古籍出版社 1997 年版，第 796 页。

西晋挚虞对赋、比、兴有不同于郑玄的表述，其《文章流别论》云：

> 赋者，敷陈之称也；比者，喻类之言也；兴者，有感之辞也。①

赋、比、兴的基本含义并没有改变，但不再与政教的得失直接对应。不过挚虞还是在解释《周礼·春官宗伯》中"六诗"的时候涉及对赋、比、兴的解释，而不是以赋、比、兴论五言诗的创作。在某种意义上，赋、比、兴作为表现手法很长时间内是解读《诗经》的专利。挚虞之后，将赋、比、兴作为诗歌创作方法来解释的是钟嵘。《诗品序》云：

> 文已尽而意有余，兴也；因物喻志，比也；直书其事，寓言写物，赋也。②

在对"比"的解释上，钟嵘继承了前人将"比"解释为"比喻"的基本含义，但将"比"与"志"直接相联系。在对"赋"的解释上，则继承了传统解释中"赋"作为"直陈"的含义，补充以"寓言写物"。对"兴"，传统解释中就存在与"比"相似的地方。如《诗经·关雎》郑笺云："兴是譬喻之名，意有不尽，故题曰兴。"认为"兴"也是一种比喻，只是比"比"更复杂，故又有"比类"之说。钟嵘则对"兴"重新进行了解释，既不是郑众或郑玄的"比类"，也不是挚虞的"有感之辞"，而是"文已尽而意有余"。钟嵘对兴的解释或许受到郑玄的启发，但郑玄解释"兴"，明确是与"今之美"的政教相关联的，所以"意有不尽"之"意"也是有明确政治针对性的。钟嵘对赋、比、兴的解释打破了前人论述赋、比、兴的顺序，以兴为首，赋居末，对于兴、比、赋的解释也有新的内涵。钟嵘在对"比"的解释中补充以"志"，在对"赋"的解释中加入了"寓言"，在对"兴"的认识中增加了"意"。"寓言"是指有寄托的话，"志""意"都是个人在人生追求与情感体验中复杂的精神内容，

---

① 严可均辑：《全晋文》，商务印书馆 1999 年版，第 819 页。
② 陈延杰注：《诗品注》，人民文学出版社 1998 年版，第 2 页。

钟嵘将这些要求分别分配于赋、比、兴的表现重心之中，又要求在诗歌创作中赋、比、兴三义不可偏废，就能达到"使味之者无极，闻之者动心"的阅读效果，贯彻着对"滋味"的追求，体现出钟嵘对诗歌应当尽可能表现丰富的意蕴的重视。

钟嵘论诗歌创作以兴为首，以"文有尽而意有余"来解释"兴"，是将表现"言外之意"视为诗歌创作最重要的目标，这是一种审美意识的重大变化。钟嵘之前，许多大作家如陆机、谢灵运等，都将以"言""尽意"作为孜孜以求的目标，又视为不可突破的难关，并没有意识到诗歌创作的"尽意"不一定要完全依赖于具体的"言"。魏晋以来，知识分子受王弼"得意忘言"之说的影响非常大，这一学说也促使文论者思考如何在创作中达到语言表达丰富思想的问题。汤用彤《魏晋玄学和文学理论》一文指出："自陆机之'课虚无以责有，叩寂寞以求音'，至刘勰之'文外曲致''情在词外'，此实为魏晋南北朝文学理论所讨论之核心问题也。"① 由"得意忘言"而追求"言外之意"，是玄学对文学理论的启示。钟嵘精通《易》学，所习者即有王弼一家之《易》学。② 那么，他在对《易》学的研习中体会五言诗在以"言"尽"意"上的特点，又在感性阅读中直接体验五言诗"味之无极，闻之动心"的审美愉悦，这种双向互动使他与诗歌创作者在"言不尽意"上有了不一样的体会。诗歌作者所认为不能尽的"意"在他看来能够"有余"，这就是"兴"的作用。故钟嵘以"文有尽而意有余"来解释"兴"，就超越了前人对"兴"与"比"之间简单区分，具有新的审美意蕴，对后世文学理论中"意境"范畴的提出是一种直接的启发。

二、诗歌的性质与功能

神话与诗是中国最早产生的文学类型，由于传统儒家思想中"不语

---

① 见汤用彤：《理学·玄学·佛学》，北京大学出版社 1991 年版，第 315 页。
② 张伯伟：《钟嵘诗品研究》，南京大学出版社 1999 年版，第 43 页。

怪、力、乱、神"等观念以及神话历史化等复杂因素的影响，神话作为独立文学体裁的发展变化远不及诗。诗是中国古代文学体裁中产生最早、变化最多的题材，而追随在文学创作变化之后的文学批评也几乎就是以诗学批评为主，诗歌理论成为文学理论作的重心。时至钟嵘，对诗歌性质与作用的认识至少已经有六种意见是知识分子普遍了解的。

1. 诗言志。（《尚书·尧典》）

2. 《诗》可以兴、可以观、可以群、可以怨。（《论语·阳货》）

3. 诗者，志之所之。在心为志，发言为诗。情动于中而形于言。（《诗大序》）

4. 吟咏情性，以风其上。（《诗大序》）

5. 诗赋欲丽。（曹丕《典论·论文》）

6. 诗缘情而绮靡。（陆机《文赋》）

在这些观点中，"诗言志"是先秦时期关于诗歌本体与功能最为普遍概括的认识，在传统诗学中最具有影响力。对五言诗性质与功能的理解，可以说是钟嵘诗学体系中的观点中情感色彩最为浓烈的部分了。《诗品序》云：

> 动天地，感鬼神，莫近于诗。
>
> 凡斯种种，感荡心灵，非陈诗何以展其义；非长歌何以骋其情？故曰："《诗》可以群，可以怨。"使穷贱易安，幽居靡闷，莫尚于诗矣。

除此之外，钟嵘还以"吟咏情性""摇荡性情"指代诗歌创作。将钟嵘的见解与这些为人熟知的观点相比较可以发现，钟嵘的诗歌作用论几乎已经看不到"诗言志"的影响。"志"在《诗品》中只出现了4次，例如"因物喻志，比也""挚虞《文志》详而博赡，颇曰知言""诸英志录，并义在文，曾无品第""颜延年注解，怯言其志"，这些"志"都与具体的诗歌品赏无关。

　　钟嵘对诗歌性质与作用的表述，有明显传统诗学理论的印记，但是又有所变化。"吟咏情性"一语本也脱胎于《诗大序》，但是《诗大序》的"吟咏情性"是与"以风其上"相关联的，采诗吟唱与讽谏天子的目的直接相关，所谓"国史明乎得失之迹，伤人伦之废，哀行政之苛，吟咏情性，以风其上，达于事变而怀其旧俗者也"。"发乎情"的"变风"，也要"止乎礼义"。钟嵘的"断章取义"已经完全改变了"诗"的所指，诗歌的抒情性不再因为严肃庄重的《诗经》之"诗"的存在而有所顾虑。对诗歌"吟咏情性"本质的认识也带来了钟嵘对诗歌作用与价值的新感悟。

　　"动天地，感鬼神，莫近于诗"一语也见于《诗大序》。《诗大序》云："治世之音安以乐，其政和；乱世之音怨以怒，其政乖；亡国之音哀以思，其民困。故正得失，动天地，感鬼神，莫近于诗。"① 在《诗大序》中，诗能够"动天地，感鬼神"，原因与"治世""乱世""亡国"有关。因此《诗大序》在这一重大作用后紧接"先王以是经夫妇，成孝敬，厚人伦，美教化，移风俗"，将诗歌价值导向经国致用。钟嵘也标举"动天地，感鬼神，莫近于诗"，但是对"故"的陈述已经完全不同，不是治世、乱世与亡国，而是"气之动物，物之感人，故摇荡性情，行诸舞咏。照烛三才，晖丽万有，灵祇待之以致飨，幽微藉之以昭告"。最后归结为"凡斯种种，感荡心灵，非陈诗何以展其义；非长歌何以骋其情？故曰：'《诗》可以群，可以怨'，使穷贱易安，幽居靡闷，莫尚于诗矣"。将诗歌价值定位于个人情感的抒发与满足。

　　钟嵘对"故曰：'《诗》可以群，可以怨。'"的推论，尤其能显示诗歌审美观念的变化。"《诗》可以兴、可以观、可以群、可以怨"，本是孔子之言论，钟嵘于孔子"兴、观、群、怨"之说只选"群"与"怨"，并且以"怨"为主。在钟嵘之前，历代注家对于"群"和"怨"的理解虽在文词上略有不同，但基本上是以西汉经学家孔安国的理解为基础的。孔

---

① 龚抗云等整理：《毛诗正义》，北京大学出版社 2000 年版，第 9 页。

安国认为，"群"乃"群居相切磋"，"怨"是"怨刺上政"①。无论"群""怨"，均来源于政治，人的情绪只因国家的治或乱而起。而钟嵘之"群"与"怨"，来自以下"凡斯种种"：

> 若乃春风春鸟，秋月秋蝉，夏云暑雨，冬月祁寒，斯四候之感诸诗者也。嘉会寄诗以亲，离群托诗以怨。至于楚臣去境，汉妾辞宫；或骨横朔野，魂逐飞蓬；或负戈外戍，杀气雄边；塞客衣单，孀闺泪尽；或士有解佩出朝，一去忘返；女有扬蛾入宠，再盼倾国。②

这些"群"与"怨"中，除了"楚臣去境"，其他各项都已经与讽喻无关。钟嵘认为，人生因为外界的刺激，特别是人世间种种悲情的刺激，不得不通过诗歌来宣泄感情。钟嵘的"兴""怨"来自外界所有可能触动心灵的因素。在他所评论的诗歌当中，没有因为某些诗歌是讽喻政治而评价特高。"诗"不同于"经国文府"，是"吟咏情性"的，这种"情性"纯属个人之原始感受，不必承担"风其上"的重任，也无需"止乎礼义"。他强调，写诗是为了使人生的痛苦得以泄导，精神得以解脱，肯定诗歌的魅力在使人"穷贱易安，幽居靡闷"，这在价值观上更是不同于先秦至两汉时代的政教化文艺观。钱钟书先生在《诗可以怨》一文中曾经指出，钟嵘是主张将诗作为止痛安神的药剂。③ 林语堂在《中国人》这本书中更是直言，诗歌在中国具有宗教的安慰功能。④ 在钟嵘看来，诗歌之所以具有这样有效的安慰功能，是因为诗歌的本质是"吟咏情性"的。"吟咏情性"既是诗歌的性质，同时也是诗歌的作用。"文学的本质与文学的作用在任何顺理成章的论述中，都必定是相互关联的。诗的功用由其本身的性质而定：每一件物体，或每一类物体，都只有根据它是什么，或

---

① 见朱汉民整理：《论语注疏》，北京大学出版社 2000 年版，第 269 页。
② 陈延杰注：《诗品注》，人民文学出版社 1998 年版，第 2 页。
③ 钱钟书：《诗可以怨》，《文学评论》1981 年第 1 期，第 18 页。
④ 林语堂：《中国人》，浙江人民出版社 1988 年版，第 211—212 页。

主要是什么，才能最有效地最合理地加以应用。……同样也可以这么说：物体的本质是由它的功用而定的，它作什么用，它就是什么。"① 从钟嵘对传统诗学言论的节选改造可以看出，"五言诗"之"诗"，与《诗经》的"诗"已经彻底分离。

三、诗歌的审美标准

关于诗歌的美学内涵与审美标准，钟嵘并没有采取分品排名那样明确直观的表述方式，但是从他对作家作品的具体评价中，可以梳理一定的标准。据统计，钟嵘在《诗品》中常用于评诗的概念有以下几个。

1. "意"

《诗品》使用"意"这一概念来点评诗歌达到 14 次，其中 6 次用于论述四言的缺陷和比兴的作用。如：

> 夫四言，文约意广，取效《风》《骚》，便可多得。每苦文繁而意少，故世罕习焉。五言居文词之要，是众作之有滋味者也，故云会于流俗。

> 文已尽而意有余，兴也。

> 若专用比兴，患在意深，意深则词踬。若但用赋体，患在意浮，意浮则文散，嬉成流移，文无止泊，有芜漫之累矣。

其余 8 次用于评价作家。上品 1 次：

> 陆机所拟十四首，文温以丽，意悲而远。惊心动魄，可谓几乎一字千金！（《古诗》）

中品 5 次：

> 善为古语，指事殷勤，雅意深笃，得诗人激刺之旨。（《魏侍中应璩》）

---

① ［美］勒内·韦勒克、［美］奥斯汀·沃伦：《文学理论》，刘象愚等译，上海三联书店 1984 年版，第 18 页。

笃意真古，辞兴婉惬。（《宋征士陶潜》）

一句一字，皆致意焉。（《宋光禄大夫颜延之》）

善自发诗端，而末篇多踬，此意锐而才弱也，至为后进士子之所嗟慕。（《齐吏部谢朓》）

故当词密于范（云），意浅于江（淹）也。（《梁左光禄沈约》）

下品2次：

齐高帝诗，词藻意深，无所云少。（《齐高帝》）

张景云虽谢文体，颇有古意。（《宋征北将军张永》）

2. "情"

"情"在《诗品》中出现了10次，其中用于叙述诗歌原理者4次：

气之动物，物之感人，故摇荡性情，行诸舞咏。

岂不以指事造形，穷情写物，最为详切者耶？

凡斯种种，感荡心灵，非陈诗何以展其义，非长歌何以骋其情？

至乎吟咏情性，亦何贵于用事？

用于评价作家者6次。上品2次：

情兼雅怨，体被文质。（《魏陈思王植》）

言在耳目之内，情寄八荒之表。（《晋步兵阮籍》）

中品2次：

虽名高曩代，而疏亮之士，犹恨其儿女情多，风云气少。（《晋司空张华》）

然情喻渊深，动无虚发。（《宋光禄大夫颜延之》）

下品2次：

惠休淫靡，情过其才。（《齐惠休上人》）

观厥文纬，具识文之情状。（《梁秀才陆厥》）

3. "雅"

"雅"在《诗品》中出现 13 次，除了两次指的是《诗经》中的《小雅》，其余都用于品赏诗歌。上品 1 次：

> 情兼雅怨，体被文质。(《魏陈思王植》)

中品 6 次：

> 过为峻切，讦直露才，伤渊雅之致。(《魏中散嵇康》)
> 雅意深笃，得诗人激刺之旨。(《魏侍中应璩》)
> 虽乖秀逸，固是经纶文雅。(《宋光禄大夫颜延之》)
> 颇伤清雅之调。(《宋参军鲍照》)
> 拓体渊雅。(《梁太常任昉》)

下品 4 次：

> 虽曰以莛叩钟，亦能闲雅矣。(《魏文学徐干》)
> 希逸诗，气候清雅。(《宋光禄谢庄》)
> 檀、谢七君，并祖袭颜延。欣欣不倦，得士大夫之雅致乎！(《齐黄门谢超宗……》)
> 赏心流亮，不失雅宗。(《齐雍州刺史张欣泰　梁中书郎范缜》)

4. "怨"

"怨"在《诗品》中出现 10 次，除了引用孔子"《诗》可以怨"之外，8 次用于具体诗歌评论。上品 5 次：

> 其外《去者日以疏》四十五首，虽多哀怨，颇为总杂。(《古诗》)
> 文多凄怆，怨者之流。(《汉都尉李陵》)
> 《团扇》短章，辞旨清捷，怨深文绮，得匹妇之致。(《汉婕好班姬》)
> 骨气奇高，词采华茂，情兼雅怨，体被文质。(《魏陈思王

植》)

　　文典以怨，颇为清切，得讽谕之致。(《晋记室左思》)

中品 3 次：

　　士会夫妻事既可伤，文亦凄怨。(《汉上计秦嘉　嘉妻徐淑》)

　　泰机"寒女"之制，孤怨宜恨。(《晋处士郭泰机》)

　　所以不闲于经纶，而长于清怨。(《梁左光禄沈约》)

5. "丽"

"丽"在《诗品》中共使用 7 次，用于评价作家者 5 次。上品 2 次：

　　陆机所拟十四首，文温以丽，意悲而远。(《古诗》)

　　丽曲新声，络绎奔发。(《宋临川太守谢灵运》)

中品 3 次：

　　季鹰"黄华"之唱，正叔"绿繁"之章，虽不具美，而文彩高丽。(《晋司徒掾张翰　晋中书令潘尼》)

　　又工为绮丽歌谣，风人第一。(《宋法曹参军谢惠连》)

　　虽文不至，其工丽，亦一时之选也。(《梁左光禄沈约》)

　　从钟嵘在评诗中较为频繁使用的审美概念来看，在钟嵘的诗歌美学意蕴中，"情""意""雅""怨""丽"都是构成诗歌美感的因素，其中"雅"高居榜首，达到 11 次，组合也最为丰富，如清雅（2 次）、雅致、闲雅、渊雅（2 次）、雅意、雅怨等。可以说，在钟嵘看来，"雅"是诗歌之美的核心。

　　其次为"意"与"怨"，分别为 8 次。虽然"意"与"怨"都被钟嵘频繁用于诗歌品赏，但从具体评价来看，"意"比较笼统，分布的品次也覆盖上、中、下三品，以中品居多。而"怨"则比较具体，体味比较细致，有哀怨、清怨、雅怨、孤怨、凄怨等，而且，在 8 位被评有"怨"的诗人中，5 位居于上品，其余中品，没有列入下品的。可见在钟嵘看来，"怨"是继"雅"之外诗歌最重要的美学成分。

再次为"情"，6次。"吟咏情性"是钟嵘对诗歌性质与作用的根本认识，但"情"在具体诗歌品赏中使用的频率并不算高。实际上，"情"是一个概念化的范畴，它在钟嵘的诗歌评论中已经分解到表现"群""怨"的作品中。钟嵘在《诗品序》中指出，"《诗》可以群，可以怨"，实际上在他所品第的诗歌中，"群"的诗很少，"怨"的占了大多数，"怨"其实就是对他所谓的情的具体阐释。

最后是"丽"，5次。"丽"是贯穿于南朝四代文人创作中的核心线索。钟嵘对诗歌之"丽"也是比较重视的，如"绮丽歌谣""文彩高丽""丽曲新声"等等，或针对语言的修饰，或针对内容的清新，具有"丽"之特色的诗歌都在中品以上，钟嵘充分肯定了"丽"的审美作用。

综上所述，钟嵘"味"诗，最重视的是"雅"与"怨"，若无"雅""怨"，"丽辞"也是诗歌之美的重要构成因素。当然，最理想的是"雅""怨""丽"的结合，这就是最完美的诗歌。钟嵘将所有诗人之源划分为"国风"与"楚辞"两派，这两个源头正是"雅"与"怨"的经典代表。36家中，列于上品的诗人大多出于《国风》一脉，如曹植、陆机和谢灵运，而中品诗人除颜延年以外，其他均出于《楚辞》一脉。比较起来，钟嵘无疑更重视《国风》"雅"之一脉。以"雅"为核心，牵动"怨""情""意""丽"，是钟嵘诗歌美学的理想。

四、诗歌的批评方法

前文曾述，批评家需要对批评历史有自觉的回顾，对批评的弊端与方法有所体察，更要在理论中体现个性与深度。因此，要成为批评家，除了具有较为突出的主体意识，还必须具备一定的理论的深度。《梁书》卷四十九《钟嵘传》载："嵘与兄岏、弟屿并好学，有思理。"① 章学诚评价《诗品》："思深而意远。""有思理"与"思深"都说明钟嵘有着较强的

---

① 姚思廉：《梁书》，中华书局1973年版，第694页。

知性分析能力，"意远"则说明钟嵘有着丰富的理论想象力。钟嵘自述其批评理想是"显优劣""分品第"，又以"品"为重心，"品"分而优劣自显。很显然，划分品第是钟嵘《诗品》的一大特色，这一特色也被当代许多研究者视为钟嵘开创的一种根本批评方法，但对"品第"方法评价褒贬不一。一种意见认为，"品第"法"包括置品级与显优劣两个方面的要求，而在显优劣的同时，还可兼有溯源流，分文体，明风格，别高下等多项功能"①。另一种意见认为，钟嵘《诗品》"论高下其实并无一些可操作的硬性标准，而只是对诗作的一种鉴赏印象"，"品列高下带有某种随意性"，这种意见还进一步否定了"品第"法作为具体的文学批评方法的意义和价值，"品第高低，在文学批评中究具何种之意义，似未为研究者所注意。当从文学的史的发展角度，指出某某胜于某某，或者某某第一的时候，这种评论显然反映着评论者的价值判断，这种判断受到评论者个人素质、个人审美倾向和时代好尚的影响，一般说，它并不具备普遍的意义。而且在多数情况下，它也不具备价值。理论研究的意义在于指出特征、规律、经验与此种特征、规律、经验之价值，并不在于论其品第之高下。从这个意义上悦，三品评诗，并不是《诗品》的精华之所在"②。笔者则认为，"品第"的确是《诗品》所呈现的鲜明特色，但"品第"本身不能算是钟嵘使用的一种方法。虽然"品第"作为一种方法不具有普遍意义，作为可贵的"批评意识"却是有普遍意义的。钟嵘自述，是"九品论人"触动了他在诗歌批评上的"品第"欲望。钟嵘坦言自己创作《诗品》的直接动因是受到刘绘的感染。《诗品序》云：

> 近彭城刘士章，俊赏之士，疾其淆乱，欲为当世诗品，口陈标榜。其文未遂，感而作焉。③

刘绘字士章，卒于公元 502 年。《诗品》卷下《宋尚书令傅亮》云：

---

① 蒲震元：《中国意识意境论》，北京大学出版社 1995 年版，第 221 页。
② 罗宗强：《魏晋南北朗文学思想史》，中华书局 1996 年版，第 396—397 页。
③ 陈延杰注：《诗品注》，人民文学出版社 1998 年版，第 3 页。

"季友文，余常忽而不察。今沈特进（沈约）撰诗，载其数首，亦复平美。"① 沈约曾编《集钞》十卷，其中收录傅亮不少诗作，可知钟嵘在撰写"傅亮"一则时参考了沈约的材料。沈约卒于公元513年。从刘绘的去世到沈约的去世，已经相隔十多年，钟嵘本人卒于公元518年，《诗品》完成之时，已经是钟嵘的晚年。这说明《诗品》从酝酿到成书至少历时十一年以上。这足以说明钟嵘之品第高下并不是没有标准的随意性行为，而是煞费苦心的潜心经营。从最初在批评史回顾中意识到"无品第"是文学批评发展中的一个空白，"品第"最终成为钟嵘明确追求的批评理想。"品第"意识不仅显示了钟嵘作为批评专家的独特品格，还带动了钟嵘对中国多种传统逻辑方法在文学批评领域的运用，其价值是应当肯定的。"品第"既然并不算方法，钟嵘实现品第使用的又是什么方法呢？笔者以为至少有如下几个。

（一）溯流别

《诗品》中"溯流别"的方法，表现在具体评论中注重以文学史的纵向继承角度，来点明某一作家风格形成的渊源。章学诚高度评价这种批评方法，认为钟嵘"深从六艺溯流别也"，"如云某人之诗，其源出于某家之类，最为有本之学"②。实际上，"溯流别"这种批评方法，在钟嵘之前的文学批评中也是颇为常用的。历代文学批评文献中，钟嵘独称"挚虞《文志》详而博赡，颇曰知言"。钟嵘所言挚虞《文志》，应是附录于《文章流别集》后的《文章流别志》。《晋书》载，挚虞撰"《文章志》四卷，注解《三辅决录》，又撰古文章，类聚区分为三十卷，名曰《流别集》，各为之论，辞理恰当，为世所重"③；《隋书·经籍志》载"《文章流别集》四十一卷，梁六十卷，志二卷，论二卷。挚虞撰"④。《文章流别集》为文学总集之祖，虽已全佚，但梁时有六十卷，规模较为宏大，挚虞为这

---

① 陈延杰注：《诗品注》，人民文学出版社1998年版，第2页。
② 叶瑛校注：《文史通义校注》，中华书局1985年版，第559页。
③ 房玄龄等：《晋书》，中华书局1974年版，第1427页。
④ 魏征等：《隋书》，中华书局1973年版，第1081页。

一总集而撰写的《志》和《论》应当篇幅也不短，对此钟嵘是充分肯定的。《文章流别志》原书的内容是相当丰富的，至少在"就谈文体"这一点上，钟嵘是充分肯定的，只是遗憾此书不显优劣。钟嵘既对挚虞的《文章流别志》引以为知音，必定对其批评方法有所认同，这种方法也必然会吸收到自己的批评实践中。

溯流别需要有"史"的意识。人类的行为总是需要历史为其提供经验进行指导或为其辩护。"人类的历史意识是随着文明的演进而不断加强的。"① 五言诗发展到齐梁，已经存在不短的历史时段，沈约、萧子良在撰写史书的过程中已经解释了这一段时期内文学发展的显著变化，但那是泛论文学，在诗歌的研究上，属钟嵘之历史意识最为突出，他将入选诗人风格之源追溯至《国风》与《楚辞》。将文学之源追溯至《诗经》与《楚辞》，这也不是钟嵘的发明。沈约《宋书·谢灵运传论》也将汉魏文体的流变上溯到《诗》《骚》，但是，像钟嵘这样集中在五言诗这一种文体，并以"源出于某某"的肯定语气来使用"溯流别"之方法，却是首创，为此颇遭后人非议。如明代王世贞在《艺苑卮言》中说："第所推源出于何者，恐未尽然。"② 纪昀批评《诗品》"唯其论某人源出于某人，若一一亲见其师承者，则不免附会耳"③。《诗品》论述的常见模式之一是"其源出于……"，像钟嵘这样把作家艺术风格的形成仅仅看成是受某一位作家或某一作品的影响所致，乍看确有附会之嫌和简单化的毛病，但是，仔细体会，在所有的"源"中，钟嵘整理出《诗经》《楚辞》两大系统，《诗经》又可分为《国风》与《小雅》（《小雅》一系仅阮籍一家）。在《诗品》所评的123位诗人中，钟嵘追溯了36位诗人的风格渊源，其他诗人虽无明确"源出于"谁，但具体品第文字却是以这36位诗人为参照。因此，这36位诗人又仿佛一个整体的坐标，分流于其他诗人的某一可取之处，又分36家予以分别品评。三品之中，上品11人（不算古诗），

---

① 启良：《中国文明史》，花城出版社2001年版，第4页。
② 丁福保辑：《历代诗话续编》，中华书局1983年版，第1001页。
③ 永瑢等：《四库全书总目提要》，商务印书馆1931年版，第94页。

中品 39 人，下品 72 人。据学者研究，这些数字包含了钟嵘的结构思想与良苦用心。这种系统的以少统多的思维方式正是一种哲学的思维方式，体现了精通《易》学的钟嵘与其他批评家的不同之处。五言诗的流派演变在钟嵘"溯流别"中显得清晰可辨。"溯流别"凸显了《诗经》《楚辞》以及汉魏名家对后代诗人的巨大影响，更反映了晋宋以来诗人重视模拟和学习前代名家的时代风气，因此，钟嵘的"溯流别"也是有一定事实根据的。

（二）比较

世间万物，面貌各异，"比较"可以说是人类在认识客观世界过程中最早总结出来的思维方法。在社会生活的任何一个领域，只要面临决定，就势必意味着存在比较，而且只有比较，才有决定。有史以来的文学批评，在任何一个问题的讨论上都留下了比较的痕迹。钟嵘对"比较"的运用，只能用"精益求精"来形容。他首先将众多诗人大致划分为上、中、下三类，形成一个群体的整体的比较，在这一格局之上，再进行纵、横双向比较。

将《国风》《楚辞》并列为两个坐标，在"溯流别"中把在创作体貌、风格上各有差异的作家分别归入《国风》和《楚辞》两大系统，这种做法可视为钟嵘将所评作家与《国风》与《楚辞》进行纵向比较的结果。

此外，在同一品级、同一流派或不同流派的诗人之间，钟嵘也进行比较。虽然钟嵘声明"一品之中，略以世代为先后，不以优劣为诠次"，但评论当中仍然渗透了优劣之分。例如论王粲：

> 其源出于李陵。发愀怆之词，文秀而质羸。在曹、刘间，别构一体。方陈思不足，比魏文有余。①

"曹、刘"是曹植与刘桢，与王粲同一时代，也同列于上品。钟嵘认

---

① 陈延杰注：《诗品注》，人民文学出版社 1998 年版，第 22 页。

为王粲"在曹、刘间,别构一体",就是拿王粲与刘桢、曹植作横向比较,"方陈思不足"又拿王粲与曹植作比较,认为王粲不如曹植,在同一品中又分优劣。

又如论陆机:

> 其源出于陈思。才高词赡,举体华美。气少于公干,文劣于
> 仲宣。①

陆机也是与王粲、刘桢同为上品的诗人,钟嵘认为他"气少于公干,文劣于仲宣",不如刘桢、王粲。诗人何劭在《诗品》中被列为中品,与何劭同列一组的还有陆云、石崇、曹摅。钟嵘认为这一些人各有特色,但比较之下,"笃而论之,朗陵为最",最终仍判定何劭最好,这也是横向比较中再力图裁定优劣。

对于大部分入选者,钟嵘并不特别说明将之置于此品的原因,但有一些,钟嵘会特别加以说明,这些专门给出了裁定理由的作家有张华、何晏、孙楚、王赞、张翰、潘尼、郭泰机、顾恺之、谢世基、顾迈、戴凯、任昉、沈约。细推钟嵘为自己裁定其优劣而作出的说明,其中同样渗透着不同角度的比较。如晋司空张华:

> 今置之中品疑弱,处之下科恨少,在季、孟之间矣。②

魏尚书何晏、晋冯翊守孙楚、晋著作王赞、晋司徒掾张翰、晋中书令潘尼:

> 并得虬龙片甲,凤凰一毛。事同驳圣,宜居中品。③

晋处士郭泰机、晋常侍顾恺之、宋谢世基、宋参军顾迈、宋参军戴凯:

---

① 陈延杰注:《诗品注》,人民文学出版社1998年版,第24页。
② 陈延杰注:《诗品注》,人民文学出版社1998年版,第33页。
③ 陈延杰注:《诗品注》,人民文学出版社1998年版,第34页。

观此五子，文虽不多，气调警拔，吾许其进，则鲍照、江淹未足逮止。越居中品，佥曰宜哉。①

梁太常任昉：

彦升少年为诗不工，故世称"沈诗任笔"，昉深恨之。晚节爱好既笃，文亦遒变。善铨事理，拓体渊雅，得国士之风，故擢居中品。②

梁左光禄沈约：

观休文众制，五言最优。详其文体，察其余论，固知宪章鲍明远也。永明相王爱文，王元长等皆宗附之约。于时谢朓未遒，江淹才尽，范云名级故微，故约称独步。……约所著既多，今翦除淫杂，收其精要，允为中品之第矣。③

这些特地说明置品原因的作者，均属于中品。钟嵘对这一些人品第归属的裁定格外慎重，比较详细地分析了他们在创作上的优点与不足，分析过程中或以鲍照、江淹为参照，或广泛论及与作者同时代的其他作家，这其实还是实施诗人之间的横向比较。在比较中得出最后的结论，能够显示评论者的阅读视野，对展示结论的客观性是有很大帮助的。

"比较"是《诗品》一个重要的批评方法。钟嵘在比较中分门别类、评定优劣，对这一方法的运用在纵向分析中遵循"异中求同"，横向分析中遵循"同中求异"的思维逻辑。正是通过这种"精益求精"的比较分析，钟嵘才能在诗歌流派衍变的纵横关系中确定出较为稳定的参照群，进而确定各个诗人的位置。

（三）知人论世

"知人"即了解作者，将其创作特色与作者之特殊个性或者特殊经历

① 陈延杰注：《诗品注》，人民文学出版社 1998 年版，第 40 页。
② 陈延杰注：《诗品注》，人民文学出版社 1998 年版，第 52 页。
③ 陈延杰注：《诗品注》，人民文学出版社 1998 年版，第 52 页。

相联系。钟嵘在评论诗人时也自觉地运用了这一方法。如评李陵：

> 其源出于《楚辞》。文多凄怆，怨者之流。陵，名家子，有
> 殊才，生命不谐，声颓身丧。使陵不遭辛苦，其文亦何能至此！①

钟嵘认为，李陵的诗歌有"凄怆"之特色，与他所遭遇的"辛苦"相关，李陵一生命运多舛，落得身败名裂，即"生命不谐，声颓身丧"，但若不是如此，"其文亦何能至此！"

评刘琨：

> 其源出于王粲。善为凄戾之词，自有清拔之气。琨既体良
> 才，又罹厄运，故善叙丧乱，多感恨之词。中郎仰之，微不逮
> 者矣。②

对刘琨的认识与李陵相似，认为其诗歌的"凄戾之词"与"善叙丧乱"都与他遭受的坎坷人生经历有关。

又如评谢灵运：

> 嵘谓若人兴多才高，寓目辄书，内无乏思，外无遗物，其繁
> 富宜哉！③

《宋书·谢灵运传》记载谢灵运情感丰富，"少好学，博览群书"④，钟嵘认为正是这种"兴多才高"的特点使谢灵运诗思不断，语言繁缛富丽。

再如评陶渊明：

> 其源出于应璩，又协左思风力。文体省净，殆无长语。笃意
> 真古，辞兴婉惬。每观其文，想其人德。⑤

---

① 陈延杰注：《诗品注》，人民文学出版社 1998 年版，第 18 页。
② 陈延杰注：《诗品注》，人民文学出版社 1998 年版，第 45 页。
③ 陈延杰注：《诗品注》，人民文学出版社 1998 年版，第 29 页。
④ 沈约：《宋书》，中华书局 1974 年版，第 1743 页。
⑤ 陈延杰注：《诗品注》，人民文学出版社 1998 年版，第 41 页。

钟嵘对陶渊明的评价引起后人争议。钟嵘感叹"每观其文，想其人德"，就是从陶渊明的作品中直接感受陶渊明的人格。认为陶渊明的诗歌简洁明净，没有冗长繁富的语言，与他真率古朴的质直人格一致。还因此人格而将陶渊明定位为"隐逸诗人"，将陶渊明的诗歌创作与他的人生追求直接融合在一起。

《诗品》中有不少诗人，钟嵘仅列其某些事迹而没有给予具体的评论，例如宋监典事区惠恭：

> 惠恭本胡人，为颜师伯干。颜为诗笔，辄偷定之。后造《独乐赋》，语侵给主，被斥。及大将军修北第，差充作长。时谢惠连兼记室参军，惠恭时往共安陵嘲调。末作《双枕诗》以示谢。谢曰："君诚能，恐人未重。且可以为谢法曹造。"遗大将军。见之赏叹，以锦二端赐谢。谢辞曰："此诗，公作长所制，请以锦赐之。"①

这是在叙述区惠恭所经历的一些与诗赋创作相关的事迹，并没有对区惠恭的诗歌风格作任何评价。类似材料在《诗品》中时常可见，这些材料多半是听闻的一些相关事迹，这些事迹甚至跟诗歌本身的优劣并没有直接的关联，钟嵘将这些事迹列入书中，也有"知人"的意味，不过未形成任何结论。

"知人论世"并非钟嵘首创，作为一种具有经典意义的说诗方法，"知人论世"自孟子提出之后就在各个时代持续产生着回响。钟嵘对"知人论世"方法的运用，虽然不如他敢于对知名作家进行"品第"裁定那么具有攻击性气质，但是在分析作者创作特点与其个性经历的关系时，仍需要对诸多个人信息进行筛查选择，所以对批评主体来说，也是需要敏锐的审美观察能力的。

（四）摘句

南朝文人在交往之中，喜欢拈出对方诗文佳句来欣赏，这种风气在当

---

① 陈延杰注：《诗品注》，人民文学出版社1998年版，第65页。

时颇为常见。刘宋初年，山水诗大兴，构思制造佳句，成为风气。刘勰《明诗》谓"俪采百字之偶，争价一句之奇"，当时人欣赏诗歌也颇看重其中的佳句。《南史》卷二十《谢庄传》载：

> 庄有口辩，孝武尝问颜延之曰："谢希逸《月赋》何如？"答曰："美则美矣，但庄始知'隔千里分共明月'。"帝召庄，以延之答语语之，庄应声曰："延之作《秋胡诗》，始知'生为久离别，没为长不归'。"帝抚掌竟日。①

颜延之、谢庄表面上互相嘲讽，不服气，实际内心里还是互相欣赏的。他们所标举的正是对方的佳句和一篇中的精华所在。鉴赏精妙，正挠中对方痒处。这显然是文人之间的雅谑，所以让宋文帝"抚掌竟日"。从这些文人间的交流互动可以感觉到，摘句嗟赏的批评方式是适应创作现实的需要而产生的，是创作现实的反映。当然，辞人之间的摘句实践，名为嗟赏，实则互相标榜、戏谑为欢，还称不上具有方法论的意义。

《南史》卷五十九《江淹传》载：

> （江淹）又尝宿于冶亭，梦一丈夫自称郭璞，谓淹曰："吾有笔在卿处多年，可以见还。"淹乃探怀中得五色笔一以授之。尔后为诗绝无美句，时人谓之才尽。②

可见"美句"是江淹才气的标志。对佳句、美句的品赏盛行于南朝，是一个具有时代意义的现象。汉代辞赋虽追求华丽，未闻有摘句嗟赏之举。《汉书·司马相如传》载汉武帝"读《子虚赋》而善之"，读《大人赋》"飘飘然有凌云之志"，③皆只言赏其全篇，不言赏其何句。《三国志》卷五十三《吴书·阚泽传》曰："权尝问：'书传篇赋，何者为美？'泽欲讽喻以明治乱，因对贾谊《过秦论》最善，权览读焉。"④ 孙权所要

---

① 李延寿：《南史》，中华书局1975年版，第554页。
② 李延寿：《南史》，中华书局1975年版，第1451页。
③ 班固：《汉书》，中华书局1964年版，第2600页。
④ 陈寿：《三国志》，中华书局1982年版，第1249页。

寻找的也是"美篇"而非"秀句"。严羽《沧浪诗话·诗评》云："汉魏古诗，气象混沌，难以句摘。"① 建安以后，五言诗盛行，诗人刻意炼字炼句，"析句弥密，联字合趣，剖毫析厘"②。从现有史料看，从文学批评的角度认识佳句，也始于建安时期。陈琳《答东阿王笺》赞扬曹植诗赋："音义既远，清辞妙句，焱绝焕炳。"③ 此处所说的"妙句"，虽未具体举例，但显然是指作品中的佳句。陆机《文赋》对佳句也有精彩阐发，"或苕发颖竖，离众绝致。形不可逐，响难为系。块孤立而特峙，非常音之所纬"。大意是说，文中时有佳句，出类拔萃，非其他语句所能匹配；佳句自可振起全篇，通体生辉；拙句因佳句得以保存，佳句由于拙句的烘托而显得更美；一篇文章不可能句句皆佳，妙文往往工拙参半；佳句拙句交替出现，使文章富有错落变化之美。

刘宋时期，刘义庆的《世说新语》中的鉴赏颇多摘句形式，虽然只言片语，却涉及到接受心理、感情共鸣等审美体验，充分展示了摘句批评的魅力。只是《世说新语》泛赏魏晋间名士，不专注于文学。萧子显《南齐书·文学传论》中提到"张际摘句褒贬"，说明使用摘句来评论诗歌的现象已经存在。可惜此书不存，钟嵘也没有提及，无法得见其摘句与褒贬之间的关系。

在钟嵘之前，人们对佳句的认识和批评实践还没有大范围地进入专业的文学批评体系中。在钟嵘的《诗品》中，摘句已是诗歌评析的重要批评方法，是为了辅助说理，从而使自己的观点有据可依，类似举例说明。例如反对诗歌用事和拘忌声律，就是通过标举"古今胜语"来体现的。《诗品序》云：

> 至乎吟咏情性，亦何贵于用事？"思君如流水"，既是即目。"高台多悲风"，亦惟所见。"清晨登陇首"，羌无故实。"明月照

---

① 郭绍虞校释：《沧浪诗话校释》，人民文学出版社 1998 年版，第 151 页。
② 《文心雕龙·丽辞》，见詹锳义证：《文心雕龙义证》，上海古籍出版社 1989 年版，第 1302 页。
③ 严可均辑：《全后汉文》，商务印书馆 1999 年版，第 926 页。

积雪"，讵出经史。观古今胜语，多非补假，皆由直寻。……若
"置酒高堂上""明月照高楼"，为韵之首。故三祖之词，文或不
工，而韵入歌唱，此重音韵之义也，与世之言宫商异矣。今既不
被管弦，亦何取于声律邪？①

或运用摘句之法，指证郭璞的《游仙诗》实为"咏怀"之作：

> 但《游仙》之作，词多慷慨，乖远玄宗。而云："奈何虎豹
> 姿。"又云："戢翼栖榛梗。"乃是坎壈咏怀，非列仙之趣也。②

或使用摘句反驳世人对陶渊明的看法：

> 世叹其质直。至如"欢言酌春酒""日暮天无云"，风华清
> 靡，岂直为田家语邪？

在品评诗人时，钟嵘也将是否有佳句作为品第高下的参照。评谢灵运
"名章迥句，处处间起；丽曲新声，络绎奔会。譬犹青松之拔灌木，白玉
之映尘沙，未足贬其高洁也"，认为谢灵运诗虽然"颇以繁芜为累"，但
由于诗中佳句不断闪现，所以并未影响其篇章之美。评谢朓"一章之中，
自有玉石，然奇章秀句，往往警遒"，对谢朓创作的出色句子大加赞赏。

钟嵘对佳句的认识还不止于此，他还注意到佳句与灵感的关系。他在
评论谢惠连时曾引《谢氏家录》云："康乐每对惠连，辄得佳语。后在永
嘉西堂，诗竟日不就。寤寐间忽见惠连，即成'池塘生春草'。故尝云：
'此语有神助，非吾语也。'"③ 显然，佳句在钟嵘心中有着相当重要的分
量，佳句既是他审美经验的来源，也是他决定品第的依据。这就使摘句批
评方法在《诗品》中有了不亚于其他方法的力量，也避免了空谈，更能
体现批评的分量。

---

① 陈延杰注：《诗品注》，人民文学出版社 1998 年版，第 5 页。
② 陈延杰注：《诗品注》，人民文学出版社 1998 年版，第 38 页。
③ 陈延杰注：《诗品注》，人民文学出版社 1998 年版，第 46 页。

（五）比喻

比喻本是古人在文学创作和言语社交中常用的一种修辞方法，目的是为了让言说者所要表达的内容更容易被听者领会。比喻让人联想，具有一般的修辞方法所不具备的效果，先秦诸子的作品之所以充满文学魅力，比喻这一修辞方法功不可没。由于这种修辞方法对帮助主体实现解释功能确实非常有效，故在各个领域的批评中都有所运用，其中以评论人物最为常见。品藻人物是三国以来的热门文化，《世说新语》中对以比喻的方法品藻人物的记载最为集中。余嘉锡《世说新语笺疏》总结说："凡题目人者，必亲见其人，挹其风流，听其言论，观其气宇，察其度量，然后为之品题。其言多用比兴之体，以极其形容。"① 当然，以比喻评文，也历史悠久。例如《诗经》有"吉甫作育，穆如清风"② 之语；班固《答宾戏》："驰辩如波涛，摛藻如春华"③。但是比喻手法在文学评论中的使用远不如在品藻人物中多。刘宋以来，文学评论中使用比喻的次数开始多起来。如谢灵运《拟魏太子邺中集诗》评曹植：

> 良游匪昼夜，岂云晚与早。众宾悉精妙，清辞洒兰藻。④

（《全宋文》卷三十二）

傅亮《侍中王公碑》：

> 识深冬潭，文艳春荣。⑤ （《全宋文》卷二十六）

《南史》卷二十二《王筠传》沈约引谢朓语：

> 好诗圆美流转如弹丸。

沈约《伤谢朓》：

---

① 余嘉锡笺疏：《世说新语笺疏》，上海古籍出版社 1993 年版，第 449 页。
② 程俊英译注：《诗经译注》，上海古籍出版社 1985 年版，第 594 页。
③ 严可均辑：《全后汉文》，商务印书馆 1999 年版，第 247 页。
④ 严可均辑：《全宋文》，商务印书馆 1999 年版，第 320 页。
⑤ 严可均辑：《全宋文》，商务印书馆 1999 年版，第 252 页。

吏部信才杰，文锋振奇响。调与金石谐，思逐风云上。①
（《梁诗》卷七）

沈约《太常卿任昉墓志铭》：

心为学府，辞同锦肆。含华振藻，郁焉高致。②（《全梁文》
卷三十二）

江淹《伤友人赋》：

文攀渊、卿，史类迁、固。譬如冬雪，既华既洁。将似秋
月，至丽至彻。③（《全宋文》卷三十三）

萧琛《和元帝诗》：

奕奕工辞赋，翩翩富文雅。丽藻若龙雕，洪才类河泻。④
（《梁诗》卷十五）

徐勉《和元帝诗》：

覆被唯仁义，吐纳必珪璋。壮思如泉涌，逸藻似云翔。⑤
（《梁诗》卷十五）

到溉《仪贤堂监策秀才联句诗》：

雄州试异等，提庭乃专对。顾学类括羽，奇文若锦缋。⑥
（《梁诗》卷十七）

萧统《七契》：

① 逯钦立辑校：《先秦汉魏晋南北朝诗》，中华书局1988年版，第1653页。
② 严可均辑：《全梁文》，商务印书馆1999年版，第334页。
③ 严可均辑：《全梁文》，商务印书馆1999年版，第360页。
④ 逯钦立辑校：《先秦汉魏晋南北朝诗》，中华书局1988年版，第1803页。
⑤ 逯钦立辑校：《先秦汉魏晋南北朝诗》，中华书局1988年版，第1812页。
⑥ 逯钦立辑校：《先秦汉魏晋南北朝诗》，中华书局1988年版，第1856页。

弱简玉振，下笔兰芬。①（《全梁文》卷二十）

王筠《昭明太子哀册文》：

字无点窜，笔不停纸。壮思泉流，清章云委。②（《全梁文》卷六十五）

萧纲《临安公主集序》：

况复文同积玉，韵比风飞，谨求散逸，贻厥于后。③（《全梁文》卷十二）

萧纲《赠张缵诗》：

既当垂帷学，复折波涛辩。绮思暧霞飞，清文焕飚转。④（《梁诗》卷二十一）

萧绎《侍中新渝侯墓志铭》：

方琮有烛，圆珠无类。义若联环，文同藻绘。⑤（《全梁文》卷十八）

刘孝绰《江津寄刘之遴诗》：

经过一柱观，出入三休台。共擒云气藻，同举霞纹杯。⑥（《梁诗》卷十六）

刘孝仪《和昭明太子钟山解讲诗》：

回舆下重阁，降道访真源。谈空匹泉涌，缀藻迈弦繁。⑦

---

① 严可均辑：《全梁文》，商务印书馆1999年版，第217页。
② 严可均辑：《全梁文》，商务印书馆1999年版，第720页。
③ 严可均辑：《全梁文》，商务印书馆1999年版，第127页。
④ 逯钦立辑校：《先秦汉魏晋南北朝诗》，中华书局1988年版，第1933页。
⑤ 严可均辑：《全梁文》，商务印书馆1999年版，第197页。
⑥ 逯钦立辑校：《先秦汉魏晋南北朝诗》，中华书局1988年版，第1833页。
⑦ 逯钦立辑校：《先秦汉魏晋南北朝诗》，中华书局1988年版，第1893页。

（《梁诗》卷十九）

萧纶《赠言赋》：

> 思若神而泉涌，文如华而玉振。① （《全梁文》卷二十二）

江总《赋得一日成三赋应令诗》：

> 下笔成三赋，传觞对九秋。飞文绮縠采，落纸波涛流。② （《陈诗》卷八）

上述诸人在赞美他人文采或评论诗歌的时候都采用了比喻的方式，而且所选取的喻体也是自然景物，如日月、山川、江河、花草等。这些生动优美的自然景物用于人物品藻时，生动可感，加上古人在品鉴人物时好用比喻的习惯，从评其人兼及评其文是非常自然的倾向。南朝文章大盛，参与文学评论者几乎都是文采杰出的创作者，他们自己的作品就擅长连类比喻，把这种能力运用到文学评论中自然没有太大的难度。但作为一个并未通过任何文学作品展示过创作才华的普通士大夫来说，钟嵘在《诗品》中大量采用比喻的方法来进行文学批评就显得独具一格了。仔细比较《诗品》中所使用的比喻式批评语例可以发现，这些比喻有以下几种呈现方式。

一是征引。如：

> 《翰林》叹其翩翩然如翔禽之有羽毛，衣服之有绡縠。谢混云："潘诗烂若舒锦，无处不佳，陆文如披沙简金，往往见宝。"余常言陆才如海，潘才如江。（卷上《晋黄门郎潘岳》）
>
> 汤惠休曰："谢诗如芙蓉出水，颜如错彩镂金。"颜终身病之。（卷中《宋光禄大夫颜延之》）

钟嵘在评价潘岳、颜延之时使用的比喻并非自己原创，而是直接征引

---

① 严可均辑：《全梁文》，商务印书馆 1999 年版，第 243 页。
② 逯钦立辑校：《先秦汉魏晋南北朝诗》，中华书局 1988 年版，第 2586 页。

李充、谢混、汤惠休等人的比喻式评论。

二是化用。钟嵘所用的比喻几乎都有渊源，但他在借鉴中有所改造。如评范云"清便宛转，如流风回雪"，这喻体应当来自曹植《洛神赋》中的"飘摇兮若流风之回雪"一语。评丘迟诗"点缀映媚，似落花依草"，则是从丘迟的诗歌标题和诗句中直接提取了喻体。丘迟有不少以"花""草"为题的诗，如《玉阶春草诗》《芳树诗》等，又有不少描写落花、细草的诗句，如"细草藉龙骑"（《侍宴乐游苑送徐州应诏诗》）、"寒花委砌"（《九日侍宴乐游苑诗》）、"共取落檐花"（《答徐侍中为人赠妇诗》）等。经过钟嵘的化用，不仅作家之间创作特点的差别更加鲜明，评论本身也多了几分意象化的文学感染力。例如钟嵘评论谢灵运：

> 然名章迥句，处处间起；丽典新声，络绎奔会。譬犹青松之拔灌木，白玉之映尘沙，未足贬其高洁也。①

东汉王充认为自己的书"不能纯美"，在《论衡·自纪》中，他自己将这一缺点比喻为"丰草多落英，茂林多枯枝"，意为小疵不影响整体之美。之后葛洪在评价王充时也沿用了类似的比喻，认为王充作品中的小瑕疵"犹邓林枯枝，沧海流介，未易贬者"②。钟嵘也是在评论谢灵运的创作虽有瑕疵、然瑕不掩瑜之时使用了比喻，"青松之拔灌木，白玉之映尘沙"与葛洪"邓林枯枝""沧海流介"虽有相同的本体，但钟嵘其对喻体的选择更具有色彩的生动性，更接近文学家在创作状态下的一种审美追求，也更具有一种意象化的效果。

一般来说，批评家擅长的是以抽象的语言对文学的规律进行提炼，即使批评家试图用形象生动的语言或比喻的方法来表达阅读文学作品的感受，也常常将这种补充放置在抽象的判断之后。钟嵘在《诗品》中所使用的比喻也大多用于对批评对象的风格特征作出总体判断之后的补充描述。为何钟嵘偏爱以比喻而不是抽象的概念性语言来表达自己的裁决结

---

① 陈延杰注：《诗品注》，人民文学出版社1998年版，第29页。
② 李昉等编：《太平御览》，中华书局1960年版，第2697页。

果？这应该是《周易》"言不尽意"思想在文学批评领域的回应。钟嵘精通《周易》，《周易》针对"言不尽意"提出了"立象以尽意"的解决方法。正如诗人以内心的思想情感为"意"，能够承载此"意"的外物就成了"象"。对钟嵘的文学批评来说，诗句作为比喻的本体，本身就是"意"，要理解诗句的意，最好的方法就是创造能够代表诗句意义的"象"来做喻体，以便对应自己所要评论的诗句的风格。在钟嵘笔下，比喻不仅仅是辅助说理的工具，更力图呈现审美的意境，是对"立象以尽意"的努力。刘宋以来，诸人在诗文评论中使用的比喻都未超出"清风""波涛""春华"等自然景物的范围，是比较简单的，而且，由于评论比较随意，文论者通常没有意识到用比喻来构筑自己的审美意境。形象比喻"较能充分地体现批评家意识和作家意识相遇、相认、相融合时的初始经验。同时也容易诱发读者的想象，对作品的韵味产生创造性的理解"①。比喻这种方法在《诗品》中虽然不如溯源流、知人论世的方法那么贯穿始终、那么具有思辨性，却最显文采，最能体现钟嵘在审美上的创造性。

　　《诗品》从萌生写作愿望直到成书，经历十多年时间才形成现有的格局。为实现"品第"的目标，钟嵘至少使用了溯源流、比较、知人论世、摘句、比喻等方法。这些方法都不是钟嵘的发明，却在钟嵘的"思理"统领下互相帮助，共同完成了钟嵘"品第"的心愿，其中一些方法的实践还颇有艺术创造性。正如世间任何事物都处于一定的联系中一样，钟嵘之溯源流、比较、知人论世、摘句等方法作为具体的批评方法，都是为他最后的"品第"服务的。《诗品》的多种批评方法，在实际运用中具有综合性的特点。《诗品》与其他文学批评专著的差别之一就在于钟嵘使用的方法。钟嵘品评的公正、分类的系统，都来源于他的哲学造诣。众所周知，玄学有《老》《庄》《易》三大议题。钟嵘的祖上如钟繇、钟会都对《老子》一书有所研究。《梁书》以及《南史》本传均记载钟嵘"明《周易》"，张伯伟《钟嵘〈诗品〉研究》认为钟嵘所习者即有王弼一家之

---

① 赖力行：《中国古代文学批评学》，华中师范大学出版社 1991 年版，第 95 页。

《易》学，《诗品》的思维模式"尤其受到王弼所倡导、发挥的'以寡统众'的思维方法的影响"①。这一哲学基础给了钟嵘思考问题的高起点，是他理论深度的根基。

当然，虽然钟嵘为实现品第运用了上述诸多批评方法，并不意味着他的评价就是完全公允的，后世评论家对他的批评提出异议的不乏其人。如明代胡应麟认为与萧统的《文选》和刘勰的《文心雕龙》相比，《诗品》"体裁虽具，不出二书范围。至品或上中倒置，词则雅俚错陈"②；王世贞认为："迈、凯、昉、约，滥居中品。至魏文不列乎上，曹公屈第乎下，尤为不公，少损连城之价。"③ 其实，没有人的审美标准可以让所有人满意。钟嵘在《诗品序》中有言在先："至斯三品升降，差非定制，方申变裁，请寄知者耳。"何况，钟嵘评论的都是诗坛名人，完全甩掉了曹植等人所主张的"才不如人，免开尊口"的批评压力，这应该是南朝文化思想解放对文学批评的重要意义之一。

第三节 刘勰的多重主体意识

一、作家意识

刘勰的事迹，《梁书》本传所记不详。据牟世金、杨明照、曹道衡、刘跃进等学者考证，大约可知其生于泰始三年（267）④；18 岁左右入定林寺，"家贫不婚娶，依沙门僧佑"⑤，在定林寺帮助僧佑搜集、整理佛经；31 岁时开始撰写《文心雕龙》，37 岁书成之时，曾负书等候于沈约车前，"约便命取读，大重之"⑥；获得沈约赏识之后，刘勰以奉朝请起

---

① 张伯伟：《钟嵘〈诗品〉研究》，南京大学出版社 1999 年版，第 47 页。
② 胡应麟：《诗薮》内编卷二，中华书局 1962 年版，第 39 页。
③ 《艺苑卮言》卷三，见丁福保辑：《历代诗话续编》，中华书局 1983 年版，第 1001 页。
④ 牟世金：《刘勰年谱汇考》，巴蜀书社 1988 年版，第 7 页。
⑤ 姚思廉：《梁书》，中华书局 1973 年版，第 710 页。
⑥ 姚思廉：《梁书》，中华书局 1973 年版，第 712 页。

家，十年之间先后任临川王萧宏记室、车骑将军夏侯详仓曹参军、太末令、仁威南康王萧绩记室，兼昭明太子萧统中宫通事舍人；52 岁时，迁步兵校尉，同年僧佑去世，"刘勰撰碑文"；① 因为擅长佛理，刘勰任步兵校尉不足一年便解职，奉梁武帝之命与沙门慧震于定林寺撰理佛经；大约 55 岁时，刘勰"启求出家"，获准，"乃于寺变服，改名慧地"；② 刘勰正式出家不足两年便去世，享年约 57 岁。从现存史料的记载来看，刘勰是一名多次参与修纂编订佛经的僧人。虽然说南朝佛教发达，王室贵族或文人墨客与僧人交往密切的现象十分常见，但刘勰撰写《文心雕龙》时已投身佛门十余年，以僧人之身，不精研佛理而专心"论文叙笔"，作洋洋巨著《文心雕龙》，只为说明"文之枢纽"，这多少让人觉得奇怪。《文心雕龙·序志》云：

予生七龄，乃梦彩云若锦，则攀而采之。③

《释名·释言语》："文者，会集众采以成锦绣，会集众字以成词义，如文绣然也。"④ 用锦绣来比喻文学或者描述文学创作过程，是古代常见的方式。陆机《文赋》："炳若缛绣，凄若繁弦。"⑤ 相传司马相如曾论赋的创作需"合纂组以成文，列锦绣而为质"⑥。《世说新语·赏誉》："著文章为锦绣，蕴五经为缯帛。"⑦ 《诗品》引孙绰语评价潘岳"文灿若披锦，无处不善"。《文心雕龙》中的其他部分也不乏类似比喻，如《才略》云："一朝综文，千年凝锦。"⑧ "彩云"也好，"锦"也好，都与"文""采"有关。早有学者指出，既然是自己做的梦，自己不说别人是无从知晓的，故自云其梦通常有所寄寓。在中国，托梦示意甚至有自己的学术根

① 曹道衡、刘跃进：《魏晋南北朝文学编年史》，人民文学出版社 2000 年版，第 421 页。
② 姚思廉：《梁书》，中华书局 1973 年版，第 712 页。
③ 詹锳义证：《文心雕龙义证》，上海古籍出版社 1989 年版，第 1907 页。
④ 刘熙：《释名》，中华书局 1985 年版，第 51 页。
⑤ 严可均辑：《全晋文》，商务印书馆 1999 年版，第 1025 页。
⑥ 成林、程章灿译注：《西京杂记全译》，贵州人民出版社 1993 年版，第 65 页。
⑦ 余嘉锡笺疏：《世说新语笺疏》，中华书局 1983 年版，第 432 页。
⑧ 詹锳义证：《文心雕龙义证》，上海古籍出版社 1989 年版，第 1833 页。

源。先秦不少著作都有说梦的事例，如《庄子》喜欢用梦来说理，《列子》也喜欢利用奇幻的梦来发表意见。《庄子》是两晋南朝文人最熟悉的"三玄"之一，文人在接受玄风濡染的同时，未必不受这种托梦示意手法的感染。当时诗歌辞赋中常见感梦之作，东汉王延寿，曹魏时期的文士徐干、缪袭等人还专作《梦赋》描叙做梦的状态。魏晋南北朝志怪小说中时有对奇幻梦境的叙述，散文中也常有以梦说理的写法。以梦幻预示人生的做法，不但不是刘勰独创，而且肯定也寄托了他对自己某种理想人格的强烈企求和渴望。对刘勰来说，在时隔二十多年后的学术著作中讲自己幼年在梦中摘下了如锦绣般美丽的彩云，这个梦不但浪漫，而且颇有一些典故，应该不是闲来之笔。《晋书·罗含传》载：

> （罗含）尝昼卧，梦一鸟文彩异常，飞入口中，因惊起说之。朱氏曰："鸟有文彩，汝后必有文章。"自此后藻思日新。①

《南史·江淹传》载：

> 又尝宿于治亭，梦一丈夫自称郭璞，谓淹曰："吾有笔且在卿处多年，可以见还。"淹乃探怀中，得五色笔一以授之。尔后为诗绝无美句，时人谓之才尽。②

文士梦见自己得到或失去五色笔或彩锦这些色彩斑斓的物件，大多与解说文采有关。对刘勰这个梦的解读也应着眼于此。那么，撰写一部文学批评著作时为什么要暗示自己在文学创作上的才能呢？《文心雕龙·议对》云：

> 夫动先拟议，明用稽疑，所以敬慎群务，弛张治术。故其大体所资，必枢纽经典，采故实于前代，观通变于当今。理不谬摇其枝，字不妄舒其藻。又郊祀必洞于礼，戎事必练于兵，佃谷先晓于农，断讼务精于律。然后标以显义，约以正辞，文以辨洁为

① 房玄龄等：《晋书》，中华书局1974年版，第2403页。
② 李延寿：《南史》，中华书局1975年版，第1451页。

能，不以繁缛为巧；事以明核为美，不以环隐为奇：此纲领之大
要也。①

枢纽经典、采故实于前代、观通变于当今，这段文字几乎就是刘勰自
己思考问题的方法和实践批评的程序概括。"郊祀必洞于礼，戎事必练于
兵，佃谷先晓于农，断讼务精于律"，说明从事任何行业之前都必须对此
行业的基本性质和程序有实践，那么"论文先作乎文"就是很必要的了。
对于文学批评主体素质的认识，曹植、葛洪都有所表述。曹植旗帜鲜明地
提出了"才不过若人，辞不为也"的原则，葛洪更是对批评主体作为文
学接受者的素质与能力作了详细的论述。刘勰的这个梦，正是对曹植与葛
洪的回应，是对自己主体素质的声明。南朝文学的创作以"丽"的追求
为核心，当时文人在文或笔的写作上都讲究藻采。驾驭文辞是作家最基本
的才能。刘勰在撰述著作之时首先叙述自己的童年之梦，"目的可能也在
暗示他从小与文学若有宿缘"②，更可能是为了暗示自己在文学创作上的
才华，以回应前人文论中对批评主体的要求。

刘勰如此含蓄地对自己的文采进行暗示，也算是有感而发。《梁书·
刘勰传》载刘勰"为文长于佛理，京师寺塔及名僧碑志，必请勰制文"③。
碑志类文章的写作固然需要一定的文学基础，但比起诗赋类的文学创作，
文采上的优势并不明显。虽然刘勰并没有诗赋作品流传下来，但是并不代
表刘勰没有实际创作的体验，可是终其一生，刘勰的这种才能都没有得到
当时人的注意。从刘宋到齐梁，王室贵族对文学的扶持可谓一朝胜过一
朝，但史籍中记载的多次文学盛会，都未提及刘勰。作为一个长期被视为
佛教徒的僧人，刘勰在众人眼中仅是"长于佛理"，他对文学的兴趣和创
作能力是不可能在那一群贵族文人中得到重视的。《文心雕龙》撰成之
前，从未有人注意到他的文采。虽然刘勰曾得到东宫太子萧统的礼遇，受

---

① 詹锳义证：《文心雕龙义证》，上海古籍出版社 1989 年版，第 898 页。
② 周勋初：《刘勰的两个梦》，见周勋初：《魏晋南北朝文学论丛》，江苏古籍出版社 1999 年版，
第 164 页。
③ 姚思廉：《梁书》，中华书局 1973 年版，第 712 页。

到沈约的赏识,可都是在《文心雕龙》撰成之后。但显然刘勰对自己的文采相当自负,只能通过托梦来暗示自己并不是一个只擅长寺塔碑志写作的平庸之辈。刘勰小心翼翼又煞费苦心地在《序志》中追忆小时候"梦攀若锦之彩云",正在暗示他是一位出色的文学创作者。实际上也的确如此,刘勰的《文心雕龙》作为一部议论性的专著,却表现出以下几个鲜明的文学特征。

1. 对偶精工

《文心雕龙》中的对偶句式如:

> 故寂然凝虑,思接千载;悄然动容,视通万里。吟咏之间,吐纳珠玉之声;眉睫之前,卷舒风云之色。其思理之致乎?① (《神思》)

> 人之禀才,迟速异分;文之制体,大小殊功。相如含笔而腐毫,扬雄辍翰而惊梦;桓谭疾感于苦思,王充气竭于思虑;张衡研《京》以十年,左思练《都》以一纪。虽有巨文,亦思之缓也。② (《神思》)

> 若乃改韵从调,所以节文辞气。贾谊枚乘,两韵辄易;刘歆桓谭,百句不迁。亦各有其志也。③ (《章句》)

以上三例,第一则是言对,其突出特点在于精巧,可以说是工稳巧丽之典范。刘勰的"是以言对为美,贵在精巧"不为虚语,他自己在创作实践中实实在在地贯彻着这一主张。第二则和第三则都是事对,并且一为正对,一为反对。刘勰虽然说"反对为优,正对为劣",但他自己的正对并不劣,可以说是"理圆事密,联璧其章",效果非常好。特别第三则是反对,确实做到了"理殊趣合""幽显同志",也收到很好的效果。可以说,在上述几种对偶方法上,刘勰以自己的创作实绩,为人们树立了

---

① 詹锳义证:《文心雕龙义证》,上海古籍出版社 1989 年版,第 975 页。
② 詹锳义证:《文心雕龙义证》,上海古籍出版社 1989 年版,第 989 页。
③ 詹锳义证:《文心雕龙义证》,上海古籍出版社 1989 年版,第 1276 页。

典范。

不仅如此，在对偶句式的安排设置上，刘勰也有独到之处。我们看下面这两段文字：

> 章表奏议，则准的乎典雅；赋颂歌诗，则羽仪乎清丽；符檄书移，则楷式于明断；史论序注，则师范于核要；箴铭碑诔，则体制于弘深；连珠七辞，则从事于巧艳：此循体而成势，随变而立功者也。① （《定势》）

> 是以草创鸿笔，先标三准：履端于始，则设情以位体；举正于中，则酌事以取类；归余于终，则撮辞以举要。② （《熔裁》）

这两段文字，对偶特别精严，词少单设，语多双行，工稳妥帖，一字难移。尤其在对偶句式上，采取四六间隔作对的方式，非常工整。此外，刘勰使用对偶不但注重工整，还注意句式的灵活多变，并不死守一种模式，往往变换句式，长短结合，从总体上看便不显呆板，而有错综变化之美。这种运用在《文心雕龙》中颇为普遍，不一一列举。刘勰对于对偶这种修辞手法的认识颇深，专辟《丽辞》一篇，集中探讨对偶问题，把对偶分为言对、事对、反对、正对四类，并指出言对易，事对难；反对优，正对劣。所讲的对偶注意事项是十分精当的。

2. 妙用典故

《文心雕龙》一书总体上用典不算太多，故无卖弄学识之弊，而且所用典故并不冷僻。如《议对》云：

> 文以辨洁为能，不以繁缛为巧；事以明核为美，不以环隐为奇。此纲领之大要也。若不达政体，而舞笔弄文，支离构辞，穿凿会巧。空骋其华，固为事实所摈；设得其理，亦为游辞所埋矣。昔秦女嫁晋，从文衣之媵，晋人贵媵而贱女；楚珠鬻郑，为

---

① 詹锳义证：《文心雕龙义证》，上海古籍出版社 1989 年版，第 1124 页。
② 詹锳义证：《文心雕龙义证》，上海古籍出版社 1989 年版，第 1182 页。

薰桂之椟，郑人买椟而还珠。若文浮于理，末胜其本，则秦女楚珠，复存于兹矣。①

这一段文字意在说明文章写作具有实在的内容，比虚无的文辞修饰重要，以"晋人贵媵而贱女""郑人买椟而还珠"之典故加以说明，不顾内容而追求文辞的繁缛，就与典故中的人舍本逐末的行为无异。这两个典故为人所熟知，并不生僻，用于阐发文浮于理、华过其实的创作弊端也很贴切，在使用典故辅助说理上比较生动自然。

又如《物色》：

是以诗人感物，联类不穷。流连万象之际，沉吟视听之区。写气图貌，既随物以宛转；属采附声，亦与心而徘徊。故"灼灼"状桃花之鲜，"依依"尽杨柳之貌，"杲杲"为出日之容，"漉漉"拟雨雪之状，"喈喈"逐黄鸟之声。②

此处用典较多，皆出自《诗经》。刘勰将《诗经》中的词语巧妙融会于自己的陈述推理之中，使之成为句意的一部分，如果不特别标出，甚至不知是用典。可见刘勰用典不仅恰当合适，而且还妙于融化，如同已出，真正做到了他自己所说的"用旧合机，不啻自其口出"③。

3. 声韵和谐

刘勰对声律非常重视，也有较为清楚的认识。认为文学创作要积累才学，静心酝酿，"然后使玄解之宰，寻声律而定墨；独照之匠，窥意象而运斤"④。专辟《声律》一篇探讨文学创作中文辞的音声之美。故他在写作《文心雕龙》的时候，虽不如时人在诗赋创作时那样精细讲究平仄，也非常自觉地注意语言音调的和谐动听。如注意隔句用韵，尤其是脚韵。

---

① 詹锳义证：《文心雕龙义证》，上海古籍出版社1989年版，第898页。
② 詹锳义证：《文心雕龙义证》，上海古籍出版社1989年版，第1733页。
③ 《文心雕龙·事类》，见詹锳义证：《文心雕龙义证》，上海古籍出版社1989年版，第1433页。
④ 《文心雕龙·神思》，见詹锳义证：《文心雕龙义证》，上海古籍出版社1989年版，第980页。

《文心雕龙》各篇的"赞",是典型的韵文,如《夸饰》赞曰"夸饰在用,文岂循检。言必鹏运,气靡鸿渐。倒海探珠,倾昆取琰。旷而不溢,奢而无玷",再如《附会》赞曰"篇统间关,情数稠迭。原始要终,疏条布叶。道味相附,悬绪自接。如乐之和,心声克协",音调抑扬起伏,韵脚整齐顺畅,靡靡可听,读之朗朗上口,充满音乐美。

4. 语辞精美

讲究词采之美是南朝文学创作的普遍要求,而骈体文对词采的要求更高。也正因为此,骈文才有"美文"之称。《文心雕龙》全书以骈文写作,充分展示了他在文学创作上的文采。刘勰对文采的认识有与当时人一致之处,即以对偶、声律、辞藻等为文采。不过他认为经书散文中的精彩话语也属文采。从总体上说,《文心雕龙》在辞采上的主要特色是语言精美巧丽,同时又没有华而不实之弊。例如首篇《原道》云:

> 夫玄黄色杂,方圆体分。日月叠璧,以垂丽天之象;山川焕绮,以铺理地之形。……傍及万品,动植皆文:龙凤以藻绘呈瑞,虎豹以炳蔚凝姿。云霞雕色,有逾画工之妙;草木贲华,无待锦匠之奇。夫岂外饰,盖自然耳。至于林籁结响,调如竽瑟;泉石激韵,和若球锽。①

刘勰创作《原道》篇,本是为了说明文学产生的根源。为了说明文学与世界万物起源之间的内在联系,刘勰大量列举自然界中给人带来视觉冲击力的事物。这些文字藻采纷呈,丽辞云簇,色彩明艳,非常精美。仔细推究,他所描述的不过就是天地自然的本色。在《文心雕龙》中,像《原道》《物色》这样对偶精工、文采飞扬的骈体论文无处不在,无怪乎《文心雕龙》的研究专家范文澜先生夸赞刘勰"全书用骈文来表达致密繁富的论点,宛转自如,意无不达,似乎比散文还要流畅,骈文高妙至此,可谓登峰造极"②。

---

① 詹锳义证:《文心雕龙义证》,上海古籍出版社1989年版,第2页。
② 范文澜:《中国通史简编》(修订本)第二编,人民出版社1949年版,第418页。

《文心雕龙》五十篇，其中讨论文学创作方法的就不下二十篇，《比兴》《事类》《丽辞》《声律》《夸饰》等篇更是详细讨论了文学创作中的诸多修辞技巧。若仅长于撰写碑文，刘勰不大可能对几十种文学体裁都阐释得如此透彻。这些讨论文学修辞技巧的篇章，应该就是刘勰自己数年进行文学创作的经验总结。因此，刘勰向众人分享的那个幼时摘彩云的故事虽然很可能并不存在，但他在《文心雕龙》中表现出来的骈文功底，足以给他足够的自信去附会那样一个有着广泛受众基础的梦。

二、儒生意识

《文心雕龙·序志》云：

> 齿在逾立，则尝夜梦执丹漆之礼器，随仲尼而南行。旦而寐，乃怡然而喜，大哉！圣人之难见哉，乃小子之垂梦欤！①

这是刘勰向世人分享的另一个梦，这个梦与孔子有关。刘勰梦见自己曾经手执典礼上使用的礼器，跟随孔子向南而行。众所周知，孔子南行，是为了广宣自己的治国思想与文化理念。刘勰说自己梦醒后对这个梦感到非常欣喜，甚至怀疑梦中带他南行的人不是孔子，而是孔子门下的其他后辈。刘勰对得到孔子门人托梦那份毫不掩饰的惊喜，等于宣告了自己儒家信徒的身份。刘勰还在《序志》中说自己创作《文心雕龙》并非喜欢与人辩论，而是因为信奉"君子处世，树德建言"的人生价值观。立德、立功、立言本是儒家思想中实现人生不朽的三个途径，刘勰将"树德建言"视为自己的追求，这是对儒家人生价值观的践行。与刘勰第一个梦对自己创作才华的含蓄暗示不同，刘勰的儒士气几乎渗透在《文心雕龙》的各个篇章中。

1. 高调的宗经态度

刘勰对经典是高唱赞歌、极力维护的，为此还专门开设《征圣》《宗

---

① 詹锳义证：《文心雕龙义证》，上海古籍出版社 1989 年版，第 1907 页。

经》两个专篇来阐释他对经典的尊崇。这种高姿态的宗经态度首先表现在他对儒家经典的理解上。《文心雕龙·宗经》云："经也者，恒久之至道，不刊之鸿教也。"① 经典是讲述永恒不变的哲理的，经典中的经验与方法被刘勰视为可以永远有效指导人们立身行事的真理。经典之所以在他心中具有这样的分量，与中华民族对历史的高度重视有直接关系。中华民族历史意识起源之早，对"以史为鉴"传统的重视力度之大，可谓举世罕见。从口耳相传的神话、传说，到上自天子下至民间都未曾间断的祭祖之风，还有历朝历代备受重视的史官设置与史书编撰，以及朝臣策士写作章、表、书、策时必定引经据典的作风，随处可见中国古代士大夫对历史的敬重。刘勰所推崇的那些先秦经典，其本身就是在中华民族历史意识驱动下的成果。"在一定意义上，《诗》《书》《礼》《易》《春秋》这些中华文化的原创性经典，都是周代先民尤其是其中的知识者在社会文化变革之际形成的语言自觉与历史自觉的结晶，都凝结着中华民族原初的生命文化精神。"② 很显然，刘勰对经典中所蕴涵的文化精神有着高度的认同感，这种认同感驱使他在文学研究的问题上自觉地承担维护经典的责任。《宗经》篇将经书视为一切文章的源头，"故论说辞序，则《易》统其首；诏策章奏，则《书》发其源；赋颂歌赞，则《诗》立其本；铭诔箴祝，则《礼》总其端；记传盟檄，则《春秋》为根。并穷高以树表，极远以启疆，所以百家腾跃，终入环内者也"③，刘勰认为后世所有文体都跳不出五经的圈子，这种判断虽然不一定在每一种文体上都经得起推敲，但的确有他自己的依据，也暴露出中国古代文体演进过程中思想资源的局限性。

此外，刘勰对儒家经典的崇拜还表现为他对注经事业的尊崇。《序志》云：

> 敷赞圣旨，莫若注经，而马郑诸儒，弘之已精，就有深解，

---

① 詹锳义证：《文心雕龙义证》，上海古籍出版社1989年版，第56页。
② 周光庆：《中国古典解释学导论》，中华书局2002年版，第2页。
③ 詹锳义证：《文心雕龙义证》，上海古籍出版社1989年版，第78—79页。

未足立家。唯文章之用，实经典枝条。①

刘勰本来也是立志对经典进行阐发的，然而马融、郑玄等大儒对经典的注疏已经非常精到，即使他自己仍有一些见解，也无法再自成一家，只有关于文章写作作为"经典枝条"，还可以加以研究，以弘扬经典之理。汉代立五经博士，许多儒生一生专攻一经，出现了许多经学派别，也出现了许多经学家，创造了许多关于经典的解释方法。尤其是郑玄，号称"通儒"，他遍注群经，创建了声训的方法，发展了义训的方法，启用了形训的方法，训释词语，诠次章句，或循文立训，或旁稽博证，建构起经学研究中的训诂传注体解释模式。训释词语、辨析体例、以意逆志都是训诂传注的基本特征。在撰写过程中，刘勰也的确将大儒注经之模式广泛运用于文体阐释和作家作品评论。刘勰在《序志》中将自己的著作体例总结为"原始以表末，释名以章义，选文以定篇，敷理以举统"，许多研究者都认为这种体例来源于挚虞的《文章流别论》。挚虞本人就是一位资深儒士，他的文体辨析模式是典型的经学家的解释模式。《指瑕》篇云："若夫立文之道，字以训正，义以理宜。"② 也就是说文字要通过训释，才能用得正确，文义要凭借理论，才能加以发挥。刘勰在撰写《文心雕龙》时采用"原始以表末，释名以章义"的方式对三十多种文体进行分类辨析，这种做法与儒生的注经方式并没有本质的区别。刘勰对文字训释是相当重视的，他在进行文体辨析时，第一步就是"释名以章义"，实际上就是运用训诂方法解释各种文体的名称。如《诏策》：

> 策者，简也；制者，裁也；诏者，告也；敕者，正也。《诗》云"畏此简书"，《易》称"君子以制度数"，《礼》称"明君之诏"，《书》称"敕天之命"，并本经典以立名目。③

刘勰在这里对"策""制""诏""敕"进行训释，都是引用先秦经

---

① 詹锳义证：《文心雕龙义证》，上海古籍出版社 1989 年版，第 1909 页。
② 詹锳义证：《文心雕龙义证》，上海古籍出版社 1989 年版，第 1539 页。
③ 詹锳义证：《文心雕龙义证》，上海古籍出版社 1989 年版，第 730 页。

典作为依据。其中不少文体名目的解释都直接来自于大儒注经。如刘勰释"策"为"简也"。《仪礼·聘礼》云:"百名以上书于策。"郑氏注云:"策,简也。"① 刘勰对"策"这一文体的解释和郑玄对"策"的注解一模一样。又如刘勰释"诏"为"告也"。《周礼·秋官司寇·司盟》:"凡邦国有疑会同,则掌其盟约之载,及其礼仪,北面诏明神。"郑氏注云:"诏之者,读其载书以告之也。"②《文心雕龙》中像这样吸取名儒经注来阐释文学体裁含义的例子不在少数,只要是马融、郑玄经注曾经作过解释的文体,他几乎都悉数引用。刘勰对文体的训释方式,模仿儒生注经的痕迹非常浓厚,就像将文学视为一经来实践其注经心愿一样。

一般而言,过于依赖历史会导致创新精神的萎缩,但刘勰高调声明自己的宗经态度,又并非缺乏创新精神,而是源于对经典的强烈认同感。这种认同感最终上升为一种审美情感。在刘勰心中,五经各有各的妙处,"《诗》主言志,诂训同《书》,摛风裁兴,藻辞谲喻,温柔在诵,故最附深衷矣",就连最深奥的《尚书》也是"览文如诡,而寻理即畅"。"此圣文之殊致,表里之异体者也。"这些经书"至根柢深,枝叶峻茂,辞约而旨丰,事近而喻远。是以往者虽旧,余味日新"③,刘勰几乎是把六经当作精美的文学作品来品味的。在刘勰之前的任何文学批评文献中,作者都没有对经书表现出如此鲜明的审美情感。刘勰自觉以治经之法治文学,在文体辨析中与鸿儒们对经典的训释相唱和,是他深具儒生之气的表现之一。

2. 文士的品行与责任

刘勰的儒生气质,还表现在对文士品行的要求上。儒家对文士的要求,历来是文、德并重的,但文、德之间,仍以德为先。所谓"太上有德,其次有立功,其次有立言"④,人生之不朽,莫先于立德,这一点深

① 《十三经注疏》,上海古籍出版社1997年版,第1072页。
② 《十三经注疏》,上海古籍出版社1997年版,第881页。
③ 《文心雕龙·宗经》,见詹锳义证:《文心雕龙义证》,上海古籍出版社1989年版,第77页。
④ 《左传·襄公二十四年》,见《十三经注疏》,上海古籍出版社1997年版,第1979页。

为刘勰所服膺，特设《程器》篇论述文人品行，他对"文人之疵"的深刻认识，最能体现一个儒士特有的社会责任感。《程器》云：

> 略观文士之疵：相如窃妻而受金，扬雄嗜酒而少算，敬通之不修廉隅，杜笃之请求无厌，班固谄窦以作威，马融党梁而黩货，文举傲诞以速诛，正平狂憨以致戮，仲宣轻锐以躁竞，孔璋憁恫以粗疏，丁仪贪婪以乞货，路粹餔啜而无耻，潘岳诡祷于愍怀，陆机倾仄于贾郭，傅玄刚隘而詈台，孙楚狠愎而讼府。诸有此类，并文士之瑕累。①

这一段话列举了在文学创作上负有盛名的 16 位作家性格品行的缺点。文人无行，如果仅仅是个别现象，倒也未必值得将道德缺陷与文学创作相关联。可是，当文人的道德缺陷以一种群像之姿逐渐呈现出来的时候，就值得批评家思考道德与创作之间的关系了。《宋书》卷五十五《傅隆传论》云："自曹氏应命，主爱雕虫，家弃章句，人重异术。"② 汉末曹操从当时局势出发，不拘一格招揽人才，"负污辱之名，见笑之行，不仁不孝而有治国用兵之术。其各举所知，勿有所遗"③，无论个人有什么样的不良品行，都可以任用。这种人才选举制度作为一种权宜之计，在当时的局势中的确能够迅速招揽到一批具有一技之长的人。尽管曹操本人也未必真正信任他所招揽的这些人才，但这一制度的确在某种程度上加宽了魏晋士人无视礼教、纵情放诞的大门。曹丕在《与吴质书》中已经批评"古今文人，类不护细行，鲜能以名节自立"④，但曹丕只是揭露了文人无行的现象，并未点名道姓。文人无行，虽然不始于魏晋，但汉魏之际是思想解放的重要转型期，人们逐渐淡漠经学而重视辞赋诗文。这种思想解放一方面使得文士敢于直面自己的真实情感，在诗赋创作中一展怀抱，另一方面

---

① 詹锳义证：《文心雕龙义证》，上海古籍出版社 1989 年版，第 1870 页。
② 沈约：《宋书》，中华书局 1974 年版，第 1553 页。
③ 曹操：《举贤勿拘品行令》，见严可均辑：《全三国文》，商务印书馆 1999 年版，第 22 页。
④ 严可均辑：《全三国文》，商务印书馆 1999 年版，第 66 页。

也在个人生活和政治生涯中暴露出与传统儒家道德规范严重抵牾的行为举止。《世说新语·任诞》记载了不少魏晋时期文人品行不堪的一面。因此，刘勰将文人品行作为一个专题提出来，不仅是对儒家传统道德观念的维护，也表现出一个批评家因责任感而萌生的忧虑之情。

时代稍后于刘勰的颜之推，就把矛头戳向众多知名文士。《颜氏家训·文章》云：

> 然而自古文人，多陷轻薄：屈原露才扬己，显暴君过；宋玉体貌容冶，见遇俳优；东方曼倩，滑稽不雅；司马长卿，窃赀无操；王褒过章《僮约》；扬雄德败《美新》；李陵降辱夷虏；刘歆反覆莽世；傅毅党附权门；班固盗窃父史；赵元叔抗竦过度；冯敬通浮华摈厌；马季长佞媚获诮；蔡伯喈同恶受诛；吴质诋忤乡里；曹植悖慢犯法；杜笃乞假无厌；路粹隘狭已甚；陈琳实号粗疏；繁钦性无检格；刘桢屈强输作；王粲率躁见嫌；孔融、祢衡，诞傲致殒；杨修、丁廙，扇动取毙；阮籍无礼败俗；嵇康凌物凶终；傅玄忿斗免官；孙楚矜夸凌上；陆机犯顺履险；潘岳乾没取危；颜延年负气摧黜；谢灵运空疏乱纪；王元长凶贼自诒；谢玄晖悔慢见及。凡此诸人，皆其翘秀者，不能悉纪，大较如此。……今世文士，此患弥切。①

颜之推对文人的批评比刘勰更加严厉，点名批评的作家学者达到三十六人之多，几乎已经囊括了战国以来最为著名的文史名人，还深感当代文人无行的现象愈发严重。颜之推后期主要生活在北方，刘勰在南方，两人对社会上大量文人出现道德瑕疵的现象都有同感，刘勰还认为"文既有之，武亦宜然"，社会道德的沦丧不仅存在于文人当中，也广泛存在于武将之中。可以推想当时文士的品行与儒家传统道德已经有了相当大的差距。有意思的是，颜之推和刘勰虽然都对社会上文人的品行瑕疵问题表示

---

① 赵曦明注：《颜氏家训注》，中华书局1985年版，第81—86页。

了不满，但是他们的道德标准却有不小的差距。在他们俩所批评的文人当中，有一些是同一个人，但所举的事例却不同。例如对于扬雄，颜之推认为他"德败《美新》"，刘勰仅说他"嗜酒而少算"，道德标准宽容得多；颜之推批评阮籍"无礼败俗"，刘勰根本都没有将阮籍列入无行的队伍中。甚至颜之推认为有品行问题的一些人还被刘勰褒扬为道德楷模，"若夫屈贾之忠贞，邹枚之机觉，黄香之淳孝，徐干之沉默，岂曰文士，必其玷欤？"无论是谁，在他对别人进行道德评判的时候，总是以自己的道德理想为参照的。在刘勰看来，"盖人禀五才，修短殊用，自非上哲，难以求备。然将相以位隆特达，文士以职卑多诮，此江河所以腾涌，涓流所以寸折者也。名之抑扬，既其然矣，位之通塞，亦有以焉"①，每个人都有自己的长处和短处，不能要求一个人在各方面都没有缺点。至于为何社会上对文人的负面评价特别多，刘勰认为是文人社会地位普遍低下造成的。

　　在今天看来，刘勰虽然已经觉察到了文人道德品行上的缺失应该与文学创作有某种联系，但是他在论证中只是通过从文人队伍中找出一些在他看来没有道德问题的文人作为证据，试图避免使文人无行的观点成为定律，又坚持认为除非圣人，否则都会有缺点，以此作为文人容易出现道德瑕疵的台阶。这种做法太过乐观，而且没有总结出文人的真正的品行弱点。《颜氏家训·文章》云："每尝思之，原其所积，文章之体，标举兴会，发引性灵，使人矜伐，故忽于持操，果于进取。今世文士，此患弥切，一事惬当，一句清巧，神厉九霄，志凌千载，自吟自赏，不觉更有傍人。"② 颜之推认为，文学创作是抒发个人内心的情感与欲望的，一个人只会对自己的情感产生认同，陷入对自己情感世界的陶醉与自夸，孤芳自赏、旁若无人。这种看法更为后人所认同。姚思廉在《梁书·文学传论》中也表达了类似的观念："魏文帝称古之文人，鲜能以名节自全，何哉？夫文者妙发性灵，独拔怀抱，易迩等夷，必兴矜露。大则凌慢侯王，小则

---

① 詹锳义证：《文心雕龙义证》，上海古籍出版社 1989 年版，第 1885 页。
② 赵曦明注：《颜氏家训注》，中华书局 1985 年版，第 87 页。

傲蔑朋党，速忌离尤，启自此作。若夫屈、贾之流斥，桓、冯之摈放，岂
独一世哉，益恃才之祸也。"① 欧阳修在《答吴充秀才书》中亦指出："夫
学者，未始不为道，而至之者鲜焉。非道之于人远也，学者有所溺焉尔。
盖文之为言，难工而可喜，易悦而自足。世之学者，往往溺之，一有工
焉，则曰，吾学足矣。甚者至弃百事不关于心，曰：吾文士也，职于文而
已。此其所以至之鲜也。"② 姚思廉和欧阳修的看法与颜之推类似，都认
为搞文学创作的人情感太丰富，沉迷于文学创作的人太爱惜自己的情感和
才华，内心傲慢，不切实际，或是沉溺在自己的情感世界里，逃避现实，
有小我而无大义。特别是抒情特性易使文人在心理上产生不切实际的优越
感，表现在行为上则目中无人、恃才傲物，进而招致祸害。

　　刘勰所处的时代，虽然文学观念发生了显著变化，但是，士庶对立及
文人的处境却未产生大的变化，世人众口一词对文人人品的攻击，除文人
自身原因外，还包括许多社会因素。文人的贫弱与卑下，与社会的动荡之
间存在着不可调和的矛盾。乱世本就容易引发人性中卑劣的一面，文人也
在所难免。刘勰一句"文士以职卑多诮"，一语道破历代文人的生存困
境。在封建社会，文人没有社会地位，就意味着远离权势富贵，其相貌服
饰、政治理想、生活作风等诸多方面被讥讽嘲笑的几率都远高于权贵，即
便是文士最为擅长的文学创作，其情感指向也未必能够得到正确的理解。
如果连文士自己也自我放弃，认为"吾文士也，职于文而已"，就容易失
去崇高的道德追求，在创作上陷入尖酸自嘲的狭隘世界。所以对"文人无
行"的裁定，并不是一个简单的是非选择，而是取决于裁定者对文学特质
和道德底线的理解。刘勰洞悉了文人的一些个性与道德缺陷，同时又给予
充分的理解，这种看似包容的批评姿态其实正是儒家哲学特有的中庸
思维。

　　那么，在刘勰心目中，理想的文人应该具有怎样的品行和道德修养

---

① 姚思廉：《梁书》，中华书局1973年版，第485页。
② 李逸安点校：《欧阳修全集》，中华书局2001年版，第663页。

呢？从刘勰的自序可以看出，参与教化、建功立业、修身立德都是刘勰所追求的。他对文士的期望主要来自孔子的"文德说"与"文质说"，但是他将"德"与"质"分解在了对品德、修养、胆略、才识、气度等方面的具体要求上。在他心目中，文士首先是要达于政事。《程器》云：

> 盖士之登庸，以成务为用。鲁之敬姜，妇人之聪明耳。然推其机综，以方治国，安有丈夫学文，而不达于政事哉？……是以君子藏器，待时而动。发挥事业，固宜蓄素以弸中，散采以彪外，楩柟其质，豫章其干；摛文必在纬军国，负重必在任栋梁，穷则独善以垂文，达则奉时以骋绩。若此文人，应《梓材》之士矣。①

刘勰笔下这一段对文人道德理想的呼唤，糅和了诸多儒家经典的思想火花。"君子藏器，待时而动"，回应的是《周易》的思想；"穷则独善以垂文，达则奉时以骋绩"，隐藏的是《孟子》的影子；"君子处世，树德建言"又是《左传》的价值观。刘勰希望文士读书报国，为国所用则尽心从政，有所作为；不为国家所用，就应该致力创作，立言不朽。王充早说过："夫文人文章，岂徒调墨弄笔，惟美丽之观哉！"②曹植也说："岂徒以翰墨为勋业，辞赋为君子哉！"③"学而优则仕"以及"树德建言"作为中国古代"士"阶层的人生理想，因为兼顾到了治世与乱世两种基本的政治环境，有着悠久的历史和强劲的延续力量，是历朝历代儒生们寻找人生价值的指路标。刘勰说："安有丈夫学文，而不达于政事哉？"认为一个人只要读了书，就必须懂得管理政事。这种渴望将文学的意义与治理国家相衔接的思想，与曹丕提出的"文章经国之大业，不朽之盛事"没有太大的区别。当然，刘勰也强调了，仅有学问还是不够，君子要想达于政事，还需要机遇。士大夫在平时的日常生活中，应该先积累才学，练

---

①　詹锳义证：《文心雕龙义证》，上海古籍出版社1989年版，第1888页。
②　黄晖撰：《论衡校释》，中华书局1990年版，第868页。
③　严可均辑：《全三国文》，商务印书馆1999年版，第160页。

就一身本领来等待统治者的赏识，待时机一到，就可充分发挥自己的才能，这就是"君子藏器，待时而动，发挥事业"。"藏器"是深藏利器，也就是储备好达于政事的品行与能力。对文士来说，最好的"利器"就是学识渊博。《文心雕龙·才略》云：

> 战代任武，而文士不绝。诸子以道术取资，屈宋以《楚辞》发采。乐毅报书辨而义，范睢上书密而至，苏秦历说壮而中，李斯自奏丽而动。若在文世，则扬班俦矣。荀况学宗，而象物名赋，文质相称，固巨儒之情也。①

刘勰热烈赞美文质彬彬的巨儒。在他看来，无论一个人在"政化""事绩"与"修身"上取得多大成就，最终必然会通过文章的内容和文采体现出来。《事类》云："故魏武称张子之文为拙，以学问肤浅，所见不博，专拾掇崔杜小文，所作不可悉难，难便不知所出。斯则寡闻之病也。"② 文士在讲究文辞的基础上更应当学识渊博，避免寡闻之病，这样才可能在机遇面前顺利从政。38 岁以前，刘勰于定林寺潜心撰书，《文心雕龙》成书后受到沈约赏识，此后逐渐步入仕途，起家奉朝请，后官至太末令，而且颇有政绩。刘勰的人生，几乎就是"学文以达政"的示范。

其次要文武双全。《程器》云：

> 文武之术，左右惟宜。郤縠敦书，故举为元帅，岂以好文而不练武哉？孙武《兵经》，辞如珠玉，岂以习武而不晓文也？③

要求文士也应该习武，这种期待就不仅是具有儒家思想的影子，而是太过理想主义了。进一步推想，能让文士气质极强的僧人刘勰憧憬文人"习武"，应是文士的贫弱已经达到了令人忧虑的境地。《颜氏家训·涉务》指出："梁世士大夫，皆尚褒衣博带，大冠高履，出则车舆，入则扶

---

① 詹锳义证：《文心雕龙义证》，上海古籍出版社 1989 年版，第 1770 页。
② 詹锳义证：《文心雕龙义证》，上海古籍出版社 1989 年版，第 1422 页。
③ 詹锳义证：《文心雕龙义证》，上海古籍出版社 1989 年版，第 1891 页。

侍，郊郭之内，无乘马者。周弘正为宣城王所爱，给一果下马，常服御之，举朝以为放达。至乃尚书郎乘马，则纠劾之。及侯景之乱，肤脆骨柔，不堪行步，体羸气弱，不耐寒暑，坐死仓猝者，往往而然。建康令王复性既儒雅，未尝乘骑，见马嘶喷陆梁，莫不震慑，乃谓人曰：'正是虎，何故名为马乎？'其风俗至此。"① 足见晋、宋以来士习浮华是代代相承的。的确如此，南朝文人给后人留下的感觉是苍白贫弱，不堪军国重任。颜之推所见，对生活在南方的刘勰来说也是不陌生的。他对文士提出的文武双全的渴望，体现了一个儒士强烈的社会忧患意识。

达于政事与文武双全虽然不能完全概括刘勰心目中文士的理想人格，但是却是刘勰的人才思想中最核心的内容。这种思想以传统儒家理想人格为依据，又加重了文采要求的分量，试图将文人打造成文质彬彬、可进可退、能文能武的全能型人才。而颜之推、姚思廉与欧阳修的观察论述从一定程度上揭示了文学特性与"文人无行"之间的某种必然联系，尤其在揭示"文人无行"的现象上更为广泛犀利。相比之下，刘勰对文士"达于政事""文武兼备"的期望显得过于浪漫和理想主义。其实作为博观深鉴之人，刘勰未必没有意识到文士的弱点，然虽不能至，心向往之，刘勰对文士的道德期待反而衬托出了他自己内在的文士气。

3. 有益于教化的文学观

刘勰对文学的道德教化作用极为重视，常常用道德教化的眼光来看待文学。在《征圣》中，刘勰着重分析了文学对"政化""事迹"和"修身"三方面的重要作用。尤其是"政化"和"修身"两方面，直接点明了文学对道德教化和道德修养的重要作用。刘勰力主宗经，其中一个重要原因是经书具有道德教化的作用。刘勰把经说成是"恒久之至道，不刊之鸿教"，说经书完全是为了教化，并不科学，不过从中可以看到，他对经书的教化作用是极为推崇的。被誉为"文章奥府"和"群言之祖"的经书如此重视道德教化，那么作为"经典枝条"的其他文学体裁，自然应

① 赵曦明注：《颜氏家训注》，中华书局 1985 年版，第 199 页。

当在道德教化方面发挥重要作用。因此，刘勰论述各种文体时，特别关注它们的道德教化意义。如：

> 诗者，持也，持人情性；"三百"之蔽，义归"无邪"，持之为训，有符焉尔。① （《明诗》）

> 夫乐本心术，故响浃肌髓，先王慎焉，务塞淫滥。敷训胄子，必歌九德，故能情感七始，化动八风。② （《乐府》）

> 原夫登高之旨，盖睹物兴情。情以物兴，故义必明雅；物以情观，故词必巧丽。丽辞雅义，符采相胜……此立赋之大体也。然逐末之徒，蔑弃其本，虽读千赋，愈惑体要；遂使繁华损枝，膏腴害骨，无贵风轨，莫益劝诫。③ （《诠赋》）

> 诸侯建邦，各有国史。彰善瘅恶，树之风声。……世历斯编，善恶偕总。腾褒裁贬，万古魂动。④ （《史传》）

诗歌、乐府、辞赋和史传是重要的文体。从上面的几段引文来看，刘勰论述文体时，从不同的角度，强调了各种文体在道德教化方面的作用。教化论重视文学的外部价值，故必然对文学创作及审美特征提出规范性的要求。而刘勰作《文心雕龙》，本来就有意于纠正当时过分追求绮丽以至于柔靡的诗风，于是吸取教化论的理论原则，张扬风雅比兴的审美旨趣，意图执正驭奇，树立理想的文风。强调文学的社会教化作用，希望文学有补于世，这种功利主义的文学思想也是儒家的特产。刘勰既然对儒家经典有着近乎迷恋的崇拜，其文学观念自然散发着儒生的味道。

三、专家意识

刘勰在《序志》中还说了一句颇有深意的话：

---

① 詹锳义证：《文心雕龙义证》，上海古籍出版社 1989 年版，第 171 页。
② 詹锳义证：《文心雕龙义证》，上海古籍出版社 1989 年版，第 229 页。
③ 詹锳义证：《文心雕龙义证》，上海古籍出版社 1989 年版，第 304 页。
④ 詹锳义证：《文心雕龙义证》，上海古籍出版社 1989 年版，第 562 页。

形同草木之脆，名逾金石之坚，是以君子处世，树德建言，
岂好辩哉？不得已也！①

这里提到一个词："好辩"。本书曾指出，文论者要成为批评家，在
个性上理应具有不安分的气质，甚至是攻击性气质。《梁书·刘勰传》
记载：

除仁威南康王记室，兼东宫通事舍人。时七庙飨荐，已用蔬
果，而二郊农社，犹有牺牲；勰乃表言二郊与七庙同改。诏付尚
书议，依勰所陈。②

根据学者考证，刘勰天监十年（517）任仁威南康王萧绩记室，兼东
宫通事舍人，此表应当就作于此时。③刘勰所陈关于二郊及七庙祭品改革
的表，现已不存，但此表当时曾交付尚书徐勉审议，徐勉自天监六年起任
吏部尚书，"博通经史，多识前载。朝仪国典，婚冠吉凶，勉皆预图
议"④，刘勰所撰之表能通过徐勉的审核，必是辨析得当、令人信服的。

这表明刘勰是非常喜欢对事物发表看法并促使其改进的。《文心雕
龙》中对前人意见有不少驳论，一部《文心雕龙》就是"好辩"的产物，
然而在《序志》中，刘勰用"不得已"来解释自己"好辩"的性格，试
图与"好辩"划清界限。他显然没意识到好辩与挑剔都是批评家必须具
备的气质，文学批评发展史上对批评理论颇有贡献的曹丕、曹植与葛洪，
都是自信善辩之人。

除了不为自己所承认的好辩气质，刘勰对批评发展历史的回顾与评价
还显出批评家特有的专家意识。《序志》云：

魏典密而不周，陈书辩而无当，应论华而疏略，陆赋巧而碎
乱，《流别》精而少功，《翰林》浅而寡要。又君山、公干之徒，

---

① 詹锳义证：《文心雕龙义证》，上海古籍出版社 1989 年版，第 1903 页。
② 姚思廉：《梁书》，中华书局 1973 年版，第 710 页。
③ 曹道衡、刘跃进：《魏晋南北朝文学编年史》，人民文学出版社 2000 年版，第 394 页。
④ 姚思廉：《梁书》，中华书局 1973 年版，第 379 页。

吉甫、士龙之辈，泛议文意，往往间出。并未能振叶以寻根，观澜而索源。不述先哲之诰，无益后生之虑。①

刘勰对历代文论进行了回顾，他说"详观近代之论文者多矣"，表明刘勰是主动把自己纳入"论文者"的行列的，他把论文者与作文者身份明确区分开来，把"论文"的文章与其他的文章区别开来。虽然讨论文学的文章很多，但刘勰认为各有各的缺点，尤其是都没有做到"振叶以寻根，观澜而索源"，也就是说没能梳理清楚文学内部复杂的渊源与流变。如果说，刘勰的两个梦暗示自己从事文学批评的资格与责任，那么，他在《序志》中对历代文论的点评则是要明确告诉我们，他是一位可以避免批评"辩而无当""华而疏略""精而少功""浅而寡要"的高水平的批评家。这一番话不仅散发着一种自信甚至是自负的气息，也将刘勰自己对批评的审美期待展露无疑。批评的存在意义首先是指导创作，而后是进行价值判断。罗根泽《中国文学批评史》指出："固然批评的职责不只在指导作者，还在指导读者；但既不能指导作者，则批评的职责已失去一半，批评的价值也失去一半。"② 刘勰显然对批评家的职责有清醒的认识，故严厉批评当时的文学创作"去圣久远，文体解散，辞人爱奇，言贵浮诡，饰羽尚画，文绣鞶帨，离本弥甚，将遂讹滥"，他企图改变创作风气，以期"益后生之虑"。

刘勰之前，并非没有有自觉意识的批评家，他们对批评家的责任也有所知悉。如曹丕，他的《论文》属于他《典论》的一个部分，也就是将自己的批评视为"一家之言"的分支，像曹丕这样的批评家是把文学批评视作其批判社会、指导人生的言论的。又如陆机与沈约，陆机的《文赋》论述文士写作时的"用心"，即文学创作的全过程，其意当然是指导人们创作；沈约的《宋书·谢灵运传论》专门强调声律问题，也是企望人们用此理论贯穿于实践之中。这一类批评家把自己的批评视作对具体创

---

① 詹锳义证：《文心雕龙义证》，上海古籍出版社 1989 年版，第 1918 页。
② 罗根泽：《中国文学批评史》，上海书店出版社 2003 年版，第 7 页。

作实践、创作风气的指导。颜延之《庭诰》提到"挚虞《文论》，足称优洽"。但都没有明确认识到自己正在探讨的问题有何存在意义。刘勰集各类批评家之责任于一体。《序志》中称自己撰写文学批评著作，是"君子处世，树德建言"，就是要专门以文学"成一家之言"，并暗示自己是受到孔子召唤而撰写文学批评著作的。《知音》篇末赞语所云"洪钟万钧，夔旷所定。良书盈箧，妙鉴乃订。流郑淫人，无或失听。独有此律，不谬蹊径"，为创作立规范、定准则，对前人的作品给以恰当的评价。"并未能振叶以寻根，观澜而索源"的发现与钟嵘对历代文论"曾无品第""不显优劣"的发现性质类似，都是一种理论直觉，昭示着刘勰自己将要实践的批评理想。刘勰从事批评工作的专业自信，在此展露无遗。

对批评历史的自觉回顾是文论者向批评家发展的基本指标，但这仅仅是刘勰批评专家意识的表现之一。相比钟嵘，刘勰更为强烈的专家意识主要表现在对历代批评弊端的总结上。在刘勰看来，由于批评行为非常容易发生，也就存在许多弊病与误区。《知音》中着重提出了批评最常见的三大弊端。

其一是"贵古贱今"。

> 夫古来知音，多贱同而思古。所谓"日进前而不御，遥闻声而相思"也。昔《储说》始出，《子虚》初成，秦皇汉武，恨不同时；既同时矣，则韩囚而马轻，岂不明鉴同时之贱哉！……故鉴照洞明，而贵古贱今者，二主是也。①

刘勰将"贵古贱今"作为《知音》篇当中第一个需要批评的批评误区，可见这的确是一般文学批评者非常容易陷入的批评定势。

"贵古贱今"可以说是封建社会普遍的保守思想下的思维方式，是儒家在文化思想上的弊病。孔子"祖述尧舜，宪章文武"，高呼"郁郁乎文哉，吾从周！"这位"圣人"在社会变革中选择复古主义的做法过于依赖

---

① 詹锳义证：《文心雕龙义证》，上海古籍出版社1989年版，第1837页。

曾经存在的历史经验，其流弊则是后世儒生将"郁郁乎文哉"的代表五经作为认识世界的唯一资源。这种思维模式带到文学批评中，自然也是想当然的以古为贵。

当然，"贵古贱今"的思想也一直被有识之士抨击。早在两汉之交，桓谭就在《新论·闵友》中说过："世咸尊古而卑今，贵所闻，贱所见也，故轻易之。"① 东汉王充在《论衡·案书》中也说："夫俗好珍古不贵今，谓今之文不如古书。夫古今一也，才有高下，言有是非，不论善恶而徒贵古，是谓古人贤于今人也。"② 也指出文学创作中存在"好珍古不贵今"的错误倾向。王充之后，葛洪本着"时移世改"的历史演进观点，大胆批评俗儒以"古人所作为神，今世所著为浅"③ 的恶劣倾向，《抱朴子·钧世》一篇旗帜鲜明地反对"贵古贱今"，提倡"今胜于古"。刘勰继承了桓谭、王充、葛洪的思想，对"古"与"今"采取了折中评价的态度，即不论"古"或"今"，其中都有好的和坏的东西，这种态度是比较实事求是的。刘勰的自我定位中，儒士占据了重要的位置，他自己也是以六经为"文章之渊府"的。他能够"宗经"而不迷古，反对批评中的"贵古贱今"，这是与他的文学发展观相一致的。刘勰《时序》篇中已经明确文学是随着时代的发展而发展的，虽然文章之源在于经典，但六经之后的好作品应该得到公正的评价。刘勰对"贵古贱今"的批判使他能够在"选文以定篇"中选择许多不曾被文学批评者重视的作品，自觉贯彻了他对批评应当"评理若衡"的要求。

其二是"崇己抑人"。

> 至于班固、傅毅，文在伯仲，而固嗤毅云"下笔不能自休"。及陈思论才，亦深排孔璋，敬礼请润色，叹以为美谈。季绪好诋诃，方之于田巴，意亦见矣。故魏文称"文人相轻"，非虚谈

---

① 桓谭：《新论》，上海人民出版社 1977 年版，第 61 页。
② 王充：《论衡》，岳麓书社 1991 年版，第 257 页。
③ 杨明照校笺：《抱朴子外篇校笺》，中华书局 1997 年版，第 594 页。

也。……才实鸿懿，而崇己抑人者，班、曹是也。①

"崇己抑人"是古代士大夫常见的通病，这种弊端在作家之间尤为突出。曹丕《典论·论文》已经有感于文人的这一显著特点，感叹"文人相轻，自古而然"，并指出原因在于文人"暗于自见，谓己为贤"，"各以所长，相轻所短"。刘勰对曹丕的观点深表赞成，"故魏文称'文人相轻'，非虚谈也"。刘勰继承了曹丕的"君子"意识，在批评班固对傅毅的嘲笑、曹植对陈琳的贬抑的时候，能够指出班固和曹植之所以会有那样的态度，共同原因都是评论对象与自己"文在伯仲"，这就比曹丕的"文人相轻"之看法更为深入，意识到作家若不能超脱于作家的身份，就无法做到公允的批评，批评应当有专门人员进行。刘勰自己也是个"傲岸泉石"的"才士"，他能够清醒看到有才之士之间这种批评弊端，是他作为专业批评家理想精神的表现。

其三是"信伪迷真"。

> 至如君卿唇舌，而谬欲论文，乃称"史迁著书，咨东方朔"，于是桓谭之徒，相顾嗤笑。彼实博徒，轻言负诮，况乎文士，可妄谈哉！……学不逮文，而信伪迷真者，楼护是也；酱瓿之议，岂多叹哉！②

信伪迷真就是信虚伪而不明真相，从而导致胡说八道，以楼护为代表。《汉书·游侠传》载，楼护"为人短小精辩，论议常依名节，听之者皆竦"③。他倚仗自己能言善辩，不知道从哪里听来司马迁著《史记》咨询过东方朔，于是被桓谭诸人嗤笑。这种错误通常是因为"学不逮文"造成的。刘勰对专业批评者的素质要求比较高，"博学"是其中之一，浅薄之人很难做到坚持实事求是，其言论遂成"妄谈"，一般的微贱之人则更容易犯此弊病，口出"轻言"。

---

① 詹锳义证：《文心雕龙义证》，上海古籍出版社 1989 年版，第 1841 页。
② 詹锳义证：《文心雕龙义证》，上海古籍出版社 1989 年版，第 1843 页。
③ 班固：《汉书》，中华书局 2005 年版，第 2744 页。

自从曹植在文学批评中指出"人各有好尚"的心理之后，人与人之间审美趣味的差异及其原因在刘勰笔下得到了多方面的申述。《知音》篇云："慷慨者逆声而击节，酝藉者见密而高蹈，浮慧者观绮而跃心，爱奇者闻诡而惊听。会己则嗟讽，异我则沮弃。"① 对那些只以个人的好尚衡量和评价文学作品的片面做法提出严厉的批评，再次呼应了前人对批评弊端的认识。不过刘勰对批评中这些弊端的产生表示了理解，认为"知多偏好，人莫圆该"。

除了"贵古贱今""崇己抑人""信伪迷真"三种导致批评无法公平准确的常见弊端，刘勰在其他篇章当中还提出了一些批评中出现的弊端。例如"信口开河"：

> 子建士衡，咸有佳篇，并无诏伶人，故事谢丝管，俗称乖调，盖未思也。② （《乐府》）

"盖未思也"就是犯了想当然的错误，刘勰一般称此类未经思索的言论称为"轻言"或"妄谈"，《知音》篇将楼护"轻言负诮"的行为比作赌徒，文士不是"博徒"，更加不能信口开河。

又如"盲从权威"：

> 然子夏无亏于名儒，浚冲不尘乎竹林者，名崇而讥减也。③ （《程器》）

> 盖人禀五材，修短殊用，自非上哲，难以求备。然将相以位隆特达，文士以职卑多诮，此江河所以腾涌，涓流所以寸折者也。④ （《程器》）

> 杜笃之诔，有誉前代；吴诔虽工，而他篇颇疏，岂以见称光

① 詹锳义证：《文心雕龙义证》，上海古籍出版社 1989 年版，第 1847 页。
② 詹锳义证：《文心雕龙义证》，上海古籍出版社 1989 年版，第 260 页。
③ 詹锳义证：《文心雕龙义证》，上海古籍出版社 1989 年版，第 1881 页。
④ 詹锳义证：《文心雕龙义证》，上海古籍出版社 1989 年版，第 1885 页。

武，而改盼千金哉！① （《诔碑》）

俗情抑扬，雷同一响。② （《才略》）

韦诞所评，又历诋群才。后人雷同，混之一贯，吁可悲矣！③
（《程器》）

公干笺记，丽而规益，子桓弗论，故世所共遗。④ （《书记》）

以上这些人又犯了盲从权威、屈服势利的毛病，批评不从作品出发，而是先顾虑评论对象的地位和名声。地位高有名望者，缺点不容易被人揭露，而地位底下的则会被吹毛求疵地挑剔批评，这就是世上贬抑、褒扬等态度的由来。大部分人盲从权威或者统治者的意见，就会导致批评意见的单一。

还有"人身攻击"：

世人为文，竞于诋诃，吹毛取瑕，次骨为戾，复以善骂，多
失折衷。若能辟礼门以悬规，标义路以植矩，然后逾垣者折肱，
捷径者灭趾，何必躁言丑句，诟病为切哉！⑤ （《奏启》）

文士之间的批评常常变味，从作品批评蔓延到人身攻击。曹丕曾批评"文人相轻"，作家们"暗于自见，谓己为贤"，只有"君子审己以度人，故能免于斯累而作论文"。"君子"就能够谨慎从事，不容易犯"文人相轻"的毛病。曹植《与杨德祖书》说："夫钟期不失听，于今称之；吾亦不能妄叹者，畏后世之嗤余也。"⑥ 曹植所引证的钟子期对俞伯牙的正确赞赏，一直被人们视为批评的典范。那么批评不能看不到批评对象的好，也不能只认为自己好，否则会引起后人嗤笑。批评者常常缺乏批评应有的理性。《文心雕龙·程器》批评韦诞"历诋群才"。韦诞"历诋群才"，见

---

① 詹锳义证：《文心雕龙义证》，上海古籍出版社 1989 年版，第 421 页。
② 詹锳义证：《文心雕龙义证》，上海古籍出版社 1989 年版，第 1798 页。
③ 詹锳义证：《文心雕龙义证》，上海古籍出版社 1989 年版，第 1869 页。
④ 詹锳义证：《文心雕龙义证》，上海古籍出版社 1989 年版，第 939 页。
⑤ 詹锳义证：《文心雕龙义证》，上海古籍出版社 1989 年版，第 870 页。
⑥ 严可均辑：《全三国文》，商务印书馆 1999 年版，第 159 页。

《三国志·王粲传》裴松之注引《魏略》："仲将（韦诞）云：'仲宣伤于肥戆，休伯都无格检，元瑜病于体弱，孔璋实自粗疏，文蔚性颇忿鸷。'"①韦诞在评论作家时，根本没有就作品发言，而是大谈王粲、阮瑀等人身材、性格方面的缺点，口德欠佳。刘勰指出"竞于诋诃"常见于"奏"，也就是说在"奏""启"类文章中容易出现人身攻击，但刘勰对"何必躁言丑句，诟病为切"深表不满，认为将批评的权利用来"历诋群才"是不可取的。

> 文帝以位尊减才，思王以势窘益价。②（《才略》）
> 及云之论机，亟恨其多，而称"清新相接，不以为病"，盖崇友于耳。③（《熔裁》）

同情政治上的弱者或发"愤"之人，赞扬自己的亲戚朋友，这样的批评就又陷入感情用事了。

刘勰对历代批评不良风气的指责实际上是呼唤批评回归理性。批评家之所以有别于一般作者或读者，正因为他们能持衡，以理性的原则对待文学鉴赏。南朝文人集团兴盛，从事文学批评者大多同属于一个集团，有着类似的思想、价值观和历史渊源，批评界声音自然比较一致。这一些"信口开河""盲从权威""感情用事""人身攻击"等批评弊端之间常常互为因果、递进等关系，最终的结果都会导致批评结果的不公正。

虽然刘勰发现了批评进行时候的诸多弊端，他自己也会偶尔犯之。《通变》云：

> 榷而论之，则黄唐淳而质，虞夏质而辨，商周丽而雅，楚汉侈而艳，魏晋浅而绮，宋初讹而新。从质及讹，弥近弥澹，何则？竞今疏古，风末气衰也。④

---

① 陈寿：《三国志》，中华书局1982年版，第604页。
② 詹锳义证：《文心雕龙义证》，上海古籍出版社1999年版，第1798页。
③ 詹锳义证：《文心雕龙义证》，上海古籍出版社1999年版，第1203页。
④ 詹锳义证：《文心雕龙义证》，上海古籍出版社1999年版，第1089页。

刘大杰《中国文学批评史》认为，在刘勰看来，"商周以后的文学是每况愈下"，他虽然批评了"贵古贱今"，却也没有明确表示今文胜古，而且对近代"去圣久远，文体解散，辞人爱奇，言贵浮诡，饰羽尚画，文绣鞶悦，离本弥甚，将遂讹滥"（《序志》）的创作面貌极为不满。如此说来，刘勰也是有一些贵古贱今的倾向的，只是这种倾向被他为经书大张旗鼓的呐喊声掩盖了。当然，"人们一旦完全觉醒到认识了真理，我们就没有理由认为过去错误的回忆能够有足够的力量把他们拉回到荒谬和没有代价的屈从中去"[①]。正是因为刘勰对批评的误区进行了全面透视，充分张扬了批评的理性特征，才使《文心雕龙》中的大部分评论基本做到了理性、客观、公正、准确。

刘勰的自我定位对文学批评的发展与独立具有重要意义。文学创作的独立不一定同时伴随批评的独立。在中国文学批评发展的早期阶段，文学没有从经学、史学中独立出来，文学批评也一样，文学作品的解说者不是哲学家就是经、史学者。曹植最早对批评者的创作才能提出要求，认为"有南威之容，乃可以论于淑媛；有龙泉之利，乃可以议于断割"[②]。因此，具有独立精神的批评家并不那么容易出现。一个人如果有着较高的创作水平，自然使他有坚实的依据来进行批评。但如果一个人对创作并不见得擅长，只要具有批评的理性思维，也应当有权利涉足批评，批评只有在这一意义上才可能实现批评身份的独立。刘勰就是如此，虽然刘勰当日有"文集行于世"，但不见他有诗赋作品传世，故不知他是否创作过诗赋等文学作品。刘勰强调自己与文学的渊源，强调自己与儒家圣人的关系，强调历代文学批评文献的不足，都是刘勰对自我的发现与评价。"我是一个有才华的文人，是一个有责任感的儒生，更是一个有能力的批评家"——这是刘勰给自己的基本定位。正是在这种主体精神的支撑下，他才完成了《文心雕龙》这部前无古人、后无来者的著作。人贵有自知之明，充分认

---

① 〔英〕威廉·葛德文：《政治正义论》第一卷，何慕李译，商务印书馆1980年版，第74页。
② 严可均辑：《全三国文》，商务印书馆1999年版，第159页。

识自我是人贵为万物之灵的智力优势。"批评"作为"论"之文体，是一种文学创作；作为对作品的关照，则是一种鉴赏。可是批评毕竟不是纯抒情的创作，也不能是"吾自得之"的鉴赏，批评是为获得真理。刘勰不以创作上的平凡而声称要担负起文学批评在指导人生、指导创作、指导读者等方面的重任，是真正具有批评主体意识的批评家。

第四节　刘勰的批评理论体系

本书绪论中曾引述了罗根泽先生对"文学批评"的界说，他认为狭义的文学批评只是"文学裁判"，而广义的文学批评应当包括文学裁判、批评理论及文学理论三大部分。对于批评理论来说，完整的批评理论至少应当包括批评本体、批评对象、批评主体、批评方法四个方面。刘勰追求"体大虑周"，他的主体意识不仅仅表现为对文学文体论、创作论等文学理论问题集大成式地辨析，对批评理论也做出了具有系统性的论述。

一、批评的性质与类型

"广义而论，文学批评是对文学作品以及文艺问题的理性思考。"①"文学"就是批评的对象，只是"文学"不仅是文学作品。本书绪论中指出，"文学批评"一词是舶来品，"批评"在中国古代只是校注眉批，与当今"批评"概念最为匹配的概念是"论"。曹丕的《典论·论文》被誉为文学批评史上第一篇文学专论，泛论了文体风格、批评原则等问题，是典型的文学批评，曹丕也称作"论"。《文心雕龙》中，未出现类似"批评者……也"之类的定义。《序志》云"详观近代之论文者多矣"，也将讨论文学问题的人称作"论文者"，可见刘勰也是用"文论"来指称文学批评的。

---

① ［英］T. S. 艾略特《批评的功能》，见［英］洛奇编：《二十世纪文学评论》上册，葛林译，上海译文出版社 1987 年版，第 141 页。

"论"就是批评,论的性质与对象就是批评的性质与对象。对于"论"的性质和特点,刘勰有着明确的认识。《文心雕龙·论说》对"论"带有定义性的解释有两种,其一为"圣哲彝训曰经,述经叙理曰论,论者,伦也,伦理无爽,则圣意不坠",其二为"论也者,弥纶群言,而研精一理者也"。在第一种定义中,刘勰是将"论"作为体裁中的一种来考源的。这种做法只是刘勰宗经思维的惯性,他习惯在字源上为每一种体裁寻找尽可能高贵的出身。刘勰认为"论者,伦也"的根据是《释名》所谓"论者,伦也,有伦理也"。刘勰加上了"圣意不坠",是为了便于把"论"与孔子的《论语》直接联系起来,这样可以将《论语》看作"论"的源头。因此这一定义中的"论"与我们所要理解的批评相去甚远。第二种定义才是"批评"意义上的对"论"的解释。

《论说》进一步指出:

> 详观论体,条流多品:陈政,则与论说合契;释经,则与传注参体;辨史,则与赞评齐行;诠文,则与叙引共纪。①

这里明确指出了"论"的四个领域:陈政、释经、辨史、诠文。文学批评与政治批评、历史批评、伦理批评一样,是批评的一种,这就给了文学批评一个明确的定位。明确了文学批评的文体性质是"论",刘勰还进一步指出文学批评有八种形式。

> 故议者,宜言;说者,说语;传者,转师;注者,主解;赞者,明意;评者,平理;序者,次事;引者,胤辞;八名区分,一揆宗论。②

议、说、传、注、赞、评、序、引是文论的八种形式,这是相当专业的批评分类。一般人通常只注意到明确属于议、评、序形式的文论文献,而忽略注释文字或口头意见的批评性质。刘勰指出:

---

① 詹锳义证:《文心雕龙义证》,上海古籍出版社 1989 年版,第 669 页。
② 詹锳义证:《文心雕龙义证》,上海古籍出版社 1989 年版,第 673 页。

若夫注释为词，解散论体，杂文虽异，总会是同。若秦延君之注《尧典》，十余万字；朱普之解《尚书》，三十万言。所以通人恶烦，羞学章句。若毛公之训《诗》，安国之传《书》，郑君之释《礼》，王弼之解《易》，要约明畅，可为式矣。①

可见，刘勰认为注释的文字虽是只言片语，繁杂分散，但归总起来看还是同于论文，从中不仅可以看到注释者对文字的解释和考据，而且还可以看到注释者对对象的理解、阐释和评价，还是有其批评意义和作用的。

又如"说"这一形式：

说者，悦也；兑为口舌，故言资悦怿；过悦必伪，故舜惊谗说。说之善者，伊尹以论味隆殷，太公以辨钓兴周，及烛武行而纾郑，端木出而存鲁，亦其美也。②

刘勰将"说"体理解为口舌之说，也就是认为"说"是口头言论，侧重于解决问题。其实，"说"既可以是口头语言，也可以是书面语言，"说"在南朝以后也逐渐多起来，如韩愈的《师说》、柳宗元的《捕蛇者说》等。虽然"说"只是一种语言活动，但作为批评的一种，刘勰还提出一定的要求，认为"说"必须真实可信，他指出："凡说之枢要，必使时利而义贞；进有契于成务，退无阻于荣身。自非谲敌，则唯忠与信。报肝胆以献主，飞文敏以济辞。此说之本也。""说"必须注意分寸，不宜过巧也不宜过拙。这与他主体意识中对理性批评的追求相一致。

先秦以来，文论形式丰富多样，从最广义的"文学"涵义看，议、说、传、注、赞、评、序、引的确都可以成为文论的形式。

二、批评的对象与要求

《文心雕龙·序志》说："夫'文心'者，言为文之用心也。"明确指

---

① 詹锳义证：《文心雕龙义证》，上海古籍出版社 1989 年版，第 701 页。
② 詹锳义证：《文心雕龙义证》，上海古籍出版社 1989 年版，第 707 页。

出了自己的研究对象是"为文"。《知音》云:"形器易征,谬乃若是;文情难鉴,谁曰易分?"《时序》感叹:"时运交移,质文代变,古今情理,如可言乎?"要探究"文",又表示了对"文情""古今情理"是否可探的怀疑。不过,刘勰虽然有所怀疑,更多的时候还是肯定探究的可行,如:

> 天道难闻,犹或钻仰;文章可见,胡宁勿思?① (《征圣》)
>
> 世远莫见其面,觇文辄见其心。岂成篇之足深,患识照之自浅耳。② (《知音》)
>
> 原始以要终,虽百世可知也。③ (《时序》)
>
> 故铺观列代,而情变之数可监;撮举同异,而纲领之要可明矣。④ (《明诗》)
>
> 夫情动而言形,理发而文见,盖沿隐以至显,因内而符外者也。⑤ (《体性》)
>
> 赞曰:理形于言,叙理成论。词深人天,致远方寸。⑥ (《论说》)
>
> 类此而思,理斯见也。⑦ (《丽辞》)
>
> 详观近代之论文者多矣。⑧ (《序志》)

汉代以来,以经国教化为思想出发点的儒家文艺观成为社会主流,经学对文学评论的渗透也是非常明显的。东汉王逸撰《楚辞章句》,尊《离骚》为"离骚经",称"凡百君子,莫不慕其清高、嘉其文采、哀其不

---

① 詹锳义证:《文心雕龙义证》,上海古籍出版社1989年版,第52页。
② 詹锳义证:《文心雕龙义证》,上海古籍出版社1989年版,第1885页。
③ 詹锳义证:《文心雕龙义证》,上海古籍出版社1989年版,第1713页。
④ 詹锳义证:《文心雕龙义证》,上海古籍出版社1989年版,第210页。
⑤ 詹锳义证:《文心雕龙义证》,上海古籍出版社1989年版,第1011页。
⑥ 詹锳义证:《文心雕龙义证》,上海古籍出版社1989年版,第721页。
⑦ 詹锳义证:《文心雕龙义证》,上海古籍出版社1989年版,第1324页。
⑧ 詹锳义证:《文心雕龙义证》,上海古籍出版社1989年版,第1915页。

遇"①。屈原以一己之力，多角度呈现了文学创作的语言和情感特征，但
这种成就并没有使文学创作在当时的价值评判体系中得到应有的重视，文
学创作的地位可以说长期以来低于传统的"建功立业"。扬雄等以文学才
华著称于世的作家将文学创作视为"雕虫篆刻""壮夫不为"，这种轻视
文学创作的传统为文学批评的展开设置了极大的障碍。《文心雕龙》鲜明
的宗经态度中存在着将一切文章纳入经学的企图，这种企图本质上是不利
于彰显文学独立性的，没有文学就没有文学批评，自然也不利于文学批评
的独立。不过，刘勰在具体的实践中，对文学批评的对象又有很清楚的认
识。从上述意见可看出，刘勰认为，文章不如天道复杂，不如经典深奥，
天道与圣人之理都可以研究清楚，文章乃是白纸黑字，岂有无法认识之
理？他以"文"为研究对象，这"文"的范围非常宽泛，不仅包括各体
裁文章的写作，也包括"文情""文理"，还有文中的"情变之数"，以及
"论文者"的文论。文学批评的对象正是与文学相关的所有问题。

　　明确了文学批评在文体上"论"的性质及常用形式，刘勰对"论"
提出了特别要求。从"论也者，弥纶群言，而研精一理"这一定义来看，
"论"的基石在"理"，这是批评的特点。这一点刘勰反复强调。《论
说》云：

　　　　是以论如析薪，贵能破理。斤利者，越理而横断；辞辨者，
　　反义而取通；览文虽巧，而检迹知妄。唯君子能通天下之志，安
　　可以曲论哉？②

　　　　原夫论之为体，所以辨正然否。穷于有数，究于无形，钻坚
　　求通，钩深取极，乃百虑之筌蹄，万事之权衡也。故其义贵圆
　　通，辞忌枝碎，必使心与理合，弥缝莫见其隙；辞共心密，敌人
　　不知所乘，斯其要也。③

---

① 洪兴祖撰：《楚辞补注》，中华书局1983年版，第3页。
② 詹锳义证：《文心雕龙义证》，上海古籍出版社1989年版，第699页。
③ 詹锳义证：《文心雕龙义证》，上海古籍出版社1989年版，第696页。

提出了"论"贵"圆通"的观点。文学批评作为批评的一种，在说理的层面也必须做到"圆通"。对于"诠文"之"论"，还有"圆通"之外的一些要求，如：

> 详观近代之论文者多矣……各照隅隙，鲜观衢路。① （《序志》）
>
> 是以近世为文……多失折衷。② （《奏启》）
>
> 夫篇章杂沓，质文交加，知多偏好，人莫圆该。……各执一偶之解，欲拟万端之变，所谓"东向而望，不见西墙"也。③ （《知音》）
>
> 文帝以位尊减才，思王以势窘益价，未为笃论也。④ （《才略》）
>
> 韦诞所评，又历诋群才。后人雷同，混之一贯，吁可悲矣！⑤ （《程器》）
>
> 四家举以方经，而孟坚谓不合传，褒贬任声，抑扬过实，可谓鉴而弗精，玩而未核者也。⑥ （《辨骚》）
>
> 挚虞品藻……徒张虚论，有似黄白之伪说矣。⑦ （《颂赞》）

刘勰认为，过去的文学批评"各照隅隙，鲜观衢路"都只注重某一个方面，这显然不符合"圆通"的要求。许多人的评论实践也是要么"雷同"，要么"失折衷"，或纯属"伪说"，都不够"圆该"，不够"精""核"，也就不是"笃论"。从这些批评我们不难看出，"论"的存在是必然的，但必须"平理若衡，照辞如镜"。亦即公平、准确。这是刘勰对文

---

① 詹锳义证：《文心雕龙义证》，上海古籍出版社 1989 年版，第 1915 页。
② 詹锳义证：《文心雕龙义证》，上海古籍出版社 1989 年版，第 870 页。
③ 詹锳义证：《文心雕龙义证》，上海古籍出版社 1989 年版，第 1847 页。
④ 詹锳义证：《文心雕龙义证》，上海古籍出版社 1999 年版，第 1798 页。
⑤ 詹锳义证：《文心雕龙义证》，上海古籍出版社 1989 年版，第 1869 页。
⑥ 詹锳义证：《文心雕龙义证》，上海古籍出版社 1989 年版，第 144 页。
⑦ 詹锳义证：《文心雕龙义证》，上海古籍出版社 1989 年版，第 331 页。

学批评性质与要求的认识。很显然，刘勰努力倡导客观理性的批评，这样一种主张，来自刘勰丰富的批评实践，与他自觉总结历代批评行为中暴露的诸多弊端相关。关于这一点，详见上节刘勰对历代批评弊端的总结。《知音》云：

> 质文交加，知多偏好，人莫圆该。慷慨者逆声而击节，酝藉者见密而高蹈；浮慧者观绮而跃心，爱奇者闻诡而惊听。会己则嗟讽，异我则沮弃，各执一隅之解，欲拟万端之变，所谓"东向而望，不见西墙"也。①

在这段话中，刘勰接触到了一个非常重要的理论问题，就是审美判断的差异性问题。审美判断的差异乃是一种普遍的现象，作品的批评受着鉴赏者自身的主观条件的左右，如性格豪壮者喜欢激昂慷慨的作品，性格沉静者则对于缜密含蓄的作品情有独钟，等等。不同气质的人对于不同格调的作品共鸣程度不同，这是鉴赏实践中存在的事实。刘勰把这一事实提出来了，他把这种差别看作是一种偏好。偏好是人类行为文化中一种规律性的现象，这里不仅仅有性格、气质不同的原因，还有学养的原因。长期的学养熏陶，可以形成一个人的独特的审美趣味，形成他的批评标准。关于这一点，刘勰没有明确论述，他只提到"慷慨者""酝藉者""浮慧者""爱奇者"，这些都属于性格。不同性格的人各有偏爱，不可能完全公正、客观地评论作品。《知音》云"文情难鉴，谁曰易分?"文学作品本身包含各种各样的构成要素，"音实难知"，要对这各种因素的成败优劣作出正确的判断，实在不易。而批评者同样是各式各样的，各人的学识素养、各人的识见、各人的爱好各异，都给客观公正的批评带来许多困难。所以刘勰又感叹"音实难知，知实难逢，逢其知音，千载其一乎!"相对于"音实难知"的"难"而言，"知实难逢"的"难"似乎更难解决，因此刘勰格外重视鉴赏与评论中的理性。

---

① 詹锳义证：《文心雕龙义证》，上海古籍出版社 1989 年版，第 1847 页。

北齐刘昼曾著《刘子》，其中卷十《正赏》篇论赏评云："赏者，所以辨情也；评者，所以绳理也。赏而不正，则情乱于实；评而不均，则理失其真。理之失也，由于贵古而贱今；情之乱也，在乎信耳而弃目。古今虽殊，其迹实同；耳目诚异，其识则齐。识齐而赏异，不可以称正；迹同而评殊，未得以言评。"① 充分强调了评赏中的理性准则。但是，绝对公正的、纯客观的批评事实上不可能存在，审美差异的存在是不可能避免的，故有学者认为刘勰提出要"评理若衡"，"与其说是一种使批评趋于完美的美好愿望，不如说是一种理论不成熟的表现"②。不过笔者认为，"评理若衡"固然是理想主义的要求，实际上是不可能实现的，但是，在刘勰以前，文学批评者并未意识到自己以个人"好尚"来从事评论有何不妥。刘勰是不赞成以鉴赏代替批评的，他区别了以"理性"评判为主的批评与以"玩赏"为主的一般鉴赏。批评要对作品作全面的理性分析，要尽量避免陷入情感冲动之中，因为不超脱个人情感就不能对作品作出公允的评价。他对批评的认识具有非常专业的特色，其看法并非不成熟，而是文学批评高度自觉、走向独立的表现。

三、批评主体的素质

一切文学活动都依赖于人这一主体。在某种程度上，我们可以说，实际上并不存在"批评"这种东西，存在的只是"批评者"，但"批评者"绝不等同于"批评家"。批评者首先是读者，这一点刘勰明确给予了说明。《知音》云："观文者披文以入情。"刘勰所言之"观文者"，即从事阅读活动的具体读者。他指出，"观文者"范围很广，上至帝王，如"昔《储说》始出，《子虚》初成，秦皇、汉武、恨不同时"，下及文士，如"而固（班固）嗤毅（傅毅）云""及陈思（曹植）论才，亦深排孔璋（陈琳）"，乃至地位低下之"博徒"，比如"信伪迷真"的楼护。

---

① 刘昼：《刘子》，中华书局 1985 年版，第 63 页。
② 罗宗强：《魏晋南北朝文学思想史》，中华书局 1996 年版，第 291 页。

笔者认为,《知音》中的"观文者"大体可分为两类:一类是鉴赏者,另一类则是批评者。具有一定的鉴赏能力,是对批评者的最基本要求。《知音》云:

> 盖闻兰为国香,服媚弥芬;书亦国华,玩绎方美;知音君子,其垂意焉。①

这是说,兰花作为最好的香花,佩戴它会感到更为芬芳。佳作也是最好的香花,反复体味方能感受其美之所在。刘勰十分注重这类"玩绎",认为只有"玩绎",方能体味作品的"美"。《知音》"赞"云:

> 洪钟万钧,夔旷所定。良书盈箧,妙鉴乃订。②

意为万钧大钟,是由乐师夔与旷定的音;世上优秀的作品,要经过鉴赏与评论才能确定其价值。刘勰在此处又充分肯定了"妙鉴"的作用,认为作品的价值,是通过鉴赏与评论才能确定的。与曹植对一定要有高于对方的才华才能从事批评的要求相比,刘勰对批评者素质的基本要求显然宽松得多,他承认批评是一种从精神愉快出发的审美活动,充满情感的鉴赏是批评的基础,不过,批评者与一般的鉴赏者的要求又有不同。《乐府》篇云:

> 然俗听飞驰,职竞新异,雅咏温恭,必欠伸鱼睨;奇辞切至,则拊髀雀跃。诗声俱郑,自此阶矣!③

一般的鉴赏者只是从自己的好尚出发,追求一时的快乐,跟他们讲论道理则无法沟通。一般人的阅读见解浅薄,缺乏理性,也不必上升到理论高度。读者必须具备一些鉴赏者未必具有的素质,才能进行更深层的批评。也就是说,批评者虽然一定先为读者,但又不能是浅薄的读者,还应当具备"博学"的素质。刘勰在许多篇章中都强调了"博"的可贵,如:

---

① 詹锳义证:《文心雕龙义证》,上海古籍出版社 1989 年版,第 1861 页。
② 詹锳义证:《文心雕龙义证》,上海古籍出版社 1989 年版,第 1863 页。
③ 詹锳义证:《文心雕龙义证》,上海古籍出版社 1989 年版,第 255 页。

强志足以成务，博见足以穷理，酌古御今，治繁总要，此其体也。①（《奏启》）

是以综学在博，取事贵约，校练务精，捃理须核，众美辐辏，表里发挥。②（《事类》）

故陈思称扬、马之作，趣幽旨深，读者非师传不能析其辞，非博学不能综其理。③（《练字》）

是以桓谭疾其虚伪，尹敏戏其浮假，张衡发其僻谬，荀悦明其诡诞：四贤博练，论之精矣。④（《正纬》）

然仲瑗博古，而铨贯有叙；长虞识治，而属辞枝繁。⑤（《议对》）

博明万事为子，适辨一理为论。⑥（《诸子》）

虽然刘勰是在讨论文体与创作的过程中提到"博"的作用的，但"铨贯有叙""精""核""穷理"的搭配也很明显是他对批评的要求，只有"博明万事""博古""博练""博学"，才能"穷理"。刘勰对批评者的"博"与创作者的"博"的要求是有区别的。《神思》云"博见为馈贫之粮"，这里的"博见"主要指见闻，就是创作者本身应具备丰富的阅历与知识，只要"博而能一"，激情到来时，就可能写出好文章来。批评是要评理的，作为批评者的"博"，则是要"博学"。鲁迅在《对批评家的希望》一文中说道："我对于文艺批评家的希望却还要小。我不敢望他们于解剖裁判别人的作品之前，先将自己的精神来解剖裁判一回，看本身有无浅薄卑劣荒谬之处，因为这事情是颇不容易的。我所希望的不过愿其有一点常识，例如知道裸体画和春画的区别……更进一步，则批评以英美

---

① 詹锳义证：《文心雕龙义证》，上海古籍出版社1989年版，第862页。
② 詹锳义证：《文心雕龙义证》，上海古籍出版社1989年版，第1427页。
③ 詹锳义证：《文心雕龙义证》，上海古籍出版社1989年版，第1455页。
④ 詹锳义证：《文心雕龙义证》，上海古籍出版社1989年版，第120页。
⑤ 詹锳义证：《文心雕龙义证》，上海古籍出版社1989年版，第895页。
⑥ 詹锳义证：《文心雕龙义证》，上海古籍出版社1989年版，第656页。

的老先生学说为主，自然是悉听尊便的，但尤其知道世界上不止英美两国，看不起托尔斯泰，自然也是自由的，但尤希望先调查一点他的行实，真看过几本他所做的书。"① 鲁迅先生的文章通常有具体的针对性，语调也颇刻薄，撇此不论，强调文学批评家应当具有广博的学识则是十分清楚的。史载刘勰"早孤，笃志好学。家贫，不婚娶，依沙门僧祐，与之居处；积十余年，遂博通经论……然勰为文长于佛理，京师寺塔及名僧碑志，必请勰制文。有敕与慧震沙门于定林寺撰经证"②，又"博通经论，因区别部类，录而序之。今定林寺所藏，勰所定也"③，可见刘勰具有网罗经典、区别部类等整理佛经的经验。学术界对刘勰第一次投身定林寺的动机颇有争议，但无论如何，他生性爱智，在定林寺"积十余年"，可以想见他在此期间不仅纵横于诸子百家、汉魏晋宋的书林之间，且于兵略智术以至琴棋书画无不涉猎。《文心雕龙》里几乎无一字无来历，内容包涵兵略、音律、书法、棋奕，说明他批评视野的开阔和辨名析理的逻辑性是以"博学"为前提的。这种编书经验以及广涉群书对他网罗古今文章，分门别类加以论述，写出体大思精的文学批评著作是功不可没的，故刘勰大力倡导批评者"博学"的重要性。

除了基本的鉴赏能力与博学，刘勰还认识到批评主体应有的其他素质。《知音》云：

> 夫志在山水，琴表其情，况形之笔端，理将焉匿？故心之照理，譬目之照形，目瞭则形无不分，心敏则理无不达。然而俗监之迷者，深废浅售，此庄周所以笑《折扬》，宋玉所以伤《白雪》也。④

《知音》篇提及的这些基本素质为"目瞭""心敏"与"见异"。"目

---

① 王得后、钱理群主编：《鲁迅作品全编·杂文卷上》，浙江文艺出版社1998年版，第104页。
② 姚思廉：《梁书》，中华书局1973年版，第712页。
③ 姚思廉：《梁书》，中华书局1973年版，第710页。
④ 詹锳义证：《文心雕龙义证》，上海古籍出版社1989年版，第1857页。

瞭"是"心敏"的比喻说法，指眼睛亮、心思敏慧，能准确地理解与掌握作品的各种特点。"见异"指能发现作品的卓越光彩之处。刘勰接着说，具备了"目瞭""心敏"，实现了"见异"，也就是能够"深识鉴奥"了，所谓"夫唯深识鉴奥，必欢然内怿，譬春台之熙众人，乐饵之止过客"，能够如此，批评家内心的欢悦自然不言而喻。但很显然，"目瞭""心敏"与"见异"，都是需要"博学"来支撑的，"博"可以说是"目瞭"与"见异"的前提。

总体而言，公正、博学、目瞭、心敏、见异是刘勰对批评主体素质的要求。

四、批评的方法

"对于从事分析的人来说，如果他是学者或者批评家，方法就是才能的一半。"① 刘勰《知音》篇云："文情难鉴，谁曰易分?"《明诗》也说："然诗有恒裁，思无定位，随性适分，鲜能通圆。""知音其难哉!"批评的存在固然有必要，但是文学作品情感复杂，人的思虑也千差万别，使得批评的进行很困难。刘勰感叹"音实难知"，也是为了凸显自己提炼批评方法的不易。"方法一般有三种不同的涵义。其一是指科学地认识某种特定对象的思维方法;其二是关于方法的理论、学说，即方法论;其三是指研究法，即具体方法、工具、手段的体系。"② 刘勰对批评方法的研究显然属于"具体方法、工具、手段的体系"，带有很强的可操作性。

刘勰认为，要想在文学中实现客观、准确的批评，基本的方法就是"博观"。《知音》云：

> 凡操千曲而后晓声，观千剑而后识器。故圆照之象，务先博观。③

---

① ［俄］契诃夫：《契诃夫论文学》，汝龙译，人民文学出版社 1958 年版，第 78 页。
② 潘凯雄、蒋原伦、贺绍俊：《文学批评学》，人民文学出版社 1991 年版，第 302 页。
③ 詹锳义证：《文心雕龙义证》，上海古籍出版社 1989 年版，第 1850 页。

大量阅读作品，才有所比较，才有可能从比较中判断优劣。这可以说是一个经验性的见解。上一节中，我们曾论述刘勰作为一个批评家的自信之一就是全面洞悉了批评行为中的弊端。罗宗强先生认为："他看到了批评中批评者的主观因素的作用，看到了性格与审美差异的关系，足见他敏锐的理论洞察力。他提出博观以避免偏爱的批评，这也是很有见地的。"①关键是，如何进行"博观"呢？《知音》云：

> 是以将阅文情，先标六观：一观位体，二观置辞，三观通变，四观奇正，五观事义，六观宫商。斯术既行，则优劣见矣。②

刘勰认为，知音虽难，掌握"六观"，就可以鉴别作品的优劣。"六观"就是"博观"的具体实践方法。

"一观位体"，就是首先看文章的体裁、体制大小与"文情"是否相称。这显示了刘勰对各文体规格的重视。不同文体都有自己特定的写作形式和风格，不能混淆。刘勰的观"文体"近似傅玄的"文体论"，认为每一种文体都应当严格遵循该文体的写法和应有的"情理"。刘勰批评曹植在《文皇诔》末"百言自陈"，认为这不符合诔文的基本要求，"其乖甚矣"，就未免迂腐。对一些日常使用的应用文，要求具有统一的格式是合理的，但是，对于一些抒情作品，局限于文体便有碍情感的抒发。

"二观置辞"，是说要看作品是如何置言遣词的。文学是语言的艺术，语言是塑造形象的工具，语言的缺陷势必影响到作品的思想内容和艺术形式两个方面。《情采》篇云："圣贤书辞，总称文章，非采而何！"③"故情者，文之经，辞者，理之纬；经正而后纬成，理定而后辞畅，此立文之本源也。"④ 这就是说作品的辞采形式也很重要，因为读者要通过辞去体会出作者的内在感情，由辞而明义，辞和义是不能分开的。"文附质"

① 罗宗强：《魏晋南北朝文学思想史》，中华书局1996年版，第291页。
② 詹锳义证：《文心雕龙义证》，上海古籍出版社1989年版，第1853页。
③ 詹锳义证：《文心雕龙义证》，上海古籍出版社1989年版，第1147页。
④ 詹锳义证：《文心雕龙义证》，上海古籍出版社1989年版，第1157页。

"质待文"是"置辞"的准则。"锤字坚而难移",合适的语言一旦确定就不再改变了,这就是遣词的最高要求。如果一篇作品的情理符合该文体的基本要求,则要看他的措辞是否恰当了。刘勰将"置辞"紧接"文体"之后,是有一定道理的。

"三观通变",是说要看作品通古变今的情况,看是否能继承前人的优秀传统而又具有独创性。《通变》篇云:"变则堪久,通则不乏。"①《物色》篇云:"古来辞人,异代接武,莫不参伍以相变,因革以为功,物色尽而情有余者,晓会通也。"② 对创作者来说,"通变"需要融会贯通的能力,对批评者而言,能否发现作者这一能力则需要广泛阅览前人作品,并加以比较。南朝文学创作者在继承与革新问题上普遍存在"竞今疏古""逐奇失正"两种倾向,刘勰是反对因袭模拟的,但也反对一味追求新变而丢掉传统。

"四观奇正",是说要看作品的词句构思是否能"执正以驭奇"。"通变"有很多种,有一些作品虽然也吸收了前人的经验,但如果只是"穿凿取新",而非"以意新得巧",则还是不可取。刘勰对"奇"的欣赏是比较谨慎的。由于要求文学作品的思想内容要真实,风格要典雅,对"奇"自然有所限制。但他并不反对幻想和新奇,只是要求"执正驭奇",不赞成"逐奇失正"。简言之,就是要"酌奇而不失其真",把真实和新奇幻想结合起来。《定势》篇云:"渊乎文者,并总群势;奇正虽反,必兼解以俱通;刚柔虽殊,必随时而适用。"③ 因为正奇虽反,各有其用,刚柔虽殊,各具其美,应该"随时而适用",使二者结合,就能更好地发挥文学作品的艺术感染力。作为批评家,就是要考虑到作家的不同特点,充分注意作品的不同形式、体裁以及不同的创作方法和艺术风格,以辨识其艺术上的高低、好坏和得失,作出客观公正和准确的评论。

"五观事义",是说要看作品引用的事义是否贴切,恰当。《文心雕

---

① 詹锳义证:《文心雕龙义证》,上海古籍出版社 1989 年版,第 1106 页。
② 詹锳义证:《文心雕龙义证》,上海古籍出版社 1989 年版,第 1758 页。
③ 詹锳义证:《文心雕龙义证》,上海古籍出版社 1989 年版,第 1120 页。

龙·事类》篇分析指出，文学创作需要典故"据事以类义，援古以证今"。典故运用得当，引证得好，则"事得其要，虽小成绩，譬寸辖制轮，尺枢运关也"①。如果盲目地旁征博引，不关主题，或者"信伪迷真"，谬误间出，那就反而会损害作品的思想内容。南朝文士为了用典故而堆砌典故，刘勰对此是不赞同的。他认为评判文学作品的好坏，不在于它所运用典故的多少，而是看它是否用得简约而精要。

"六观宫商"，是要看作品的声律，这是从音乐美的角度提出的批评要求。一篇作品如果其他方面都好，可是音律不协，声韵不和，不能琅琅上口，也是美中不足的。

综上所述，刘勰的"六观"，是考察作品的六个角度。批评者应当从体裁风格、词句的运用、继承与创新、表达的奇正、典故的运用、声律的处理等六个方面对作品进行逐步考察，就能够"披文以入情""沿波讨源"，一篇作品的优劣就可以分辨出来，解决"音实难知"的问题。"六观"看起来似乎都着眼于作品的形式，实际上，刘勰已经说"将阅文情，先标六观"，这样层层推进地考究一篇作品，还是为了看出它的"文情"。《知音》篇之所以没有再论述"文情""文理"，乃是对这一重要问题已经在《情采》《定势》《物色》等有关创作的篇章中详细阐述过了。他之所以将"六观"作为考察文学作品的基本步骤，是因为他熟悉写作的步骤。一般的创作正是先根据自己的情感来选择相应的体裁，通过语言表达心中所想，在写的过程中借鉴曾经有过的作品，根据自己的实际学识来避免重复，进而通过适当运用典故和语言的修饰来加强渲染感情的浓度，这每一个步骤都能体现作者水平的高下。《文心雕龙》各篇的写作势必也经过了这样一个创作过程。因此，刘勰自然能够提出以"六观"来考察作品的优劣。

具有创作经验者自然可以领会这"六观"，一般人如何能掌握这"六观"？刘勰指出，"凡操千曲而后晓声，观千剑而后识器"，那只有反复细

①　詹锳义证：《文心雕龙义证》，上海古籍出版社1989年版，第1431页。

致地玩味了。作为鉴赏与批评方法的"博观",不仅仅是对作品全方位的解读,要想实现公正、准确的批评,"博观"还要求批评者广泛地占有专业材料。刘勰的文学研究近似于学术史,其注重文献的特色尤其明显。例如对屈原作品的评价,排列了淮南王刘安、班固、王逸、汉宣帝刘询和扬雄五人的意见,这里除了司马迁的意见没有列举外,也就是当时知识分子所能见到的所有汉代名人对屈原的意见了。对这些名人,刘勰敢于指出他们"鉴而弗精,玩而未核者也","精""核"需要非常仔细地体悟文本和大量占有材料,刘勰敢于这样批评前人,主要就是因为他的"博观"。

在刘勰之前,关于文学创作的方法或者说写作技巧在一些知名作家当中曾经得到具体的归纳,例如陆机和沈约都曾对创作中的某一问题津津乐道,但对于文学研究的方法,并没有人如此清晰地进行归纳。"随着整个人类思维的日益发展,人们不再笼而统之地讨论和研究所谓方法问题,而是依据其普遍性程度与适用范围的标准将方法划分为若干个层次。……即哲学层次、逻辑层次和具体学科的层次。"① 实际上,"六观"的运用并不那么简单,例如观"奇正"与"通变",在最后的判断上势必关系到道德批评、心理批评、社会批评等更为高层抽象的方法。由于文学批评的对象是"文学及其相关问题",而文学活动自然要涉及到外部世界、作者、读者等环节和彼此间的关系,文学批评的方法也必然因为文学活动的丰富性与复杂性而发生多层次的融合,刘勰的"六观"看起来是极具操作性的实践方法,但仍然需要某种哲学层次上的方法作为根本支撑,需要大量使用逻辑学层次的方法,而道德、社会、历史、心理等角度也是同时贯穿其中的。也就是说,"六观"作为方法,都可以在这三个层次上找到各自相应的位置。例如"通变",在哲学层次上看,这种方法首先强调文学和历史的关系,将文学视为运动发展中的产物。从逻辑学层次上看,这种方法也不可不运用诸如归纳、演绎等形式逻辑的方法。对"变"的判断也必然涉及道德、心理等因素。

---

① 潘凯雄、蒋原伦、贺绍俊:《文学批评学》,人民文学出版社1991年版,第307页。

当然，我们不能忘记，文学批评的对象只能是"文学"而不是其他，因此也只有从文学出发来研究文学的方法，才能够称之为文学批评的方法。刘勰的"六观"对文学从内容到形式全面总结了方法，可以说是实实在在的文学批评方法。

实际上，任何一种具体的方法背后，都有某种哲学思想作为自己实践方法的理论支持，缺少哲学理论支撑的方法不能称之为具有普遍意义的方法，而只能是一种技巧或手段。而任何一种文学批评方法，其背后也总隐藏着一个哲学上的思维认知问题需要明确。批评方法和认知观念之间存在着某种一致性。它深刻影响着批评方法的理论体系和具体的技巧手段。刘勰的"六观"就和他的思维认知观念有着密切的联系。刘勰坚信"文情"可知、"文理"可鉴，这种信心来自传统认知思维发展中所创造的一些有效解释方法。

孔子早就说过，"《诗》可以兴、可以观、可以群、可以怨"，并提倡"告诸往而知来者"。① 创造了体验与联想的方法。《左传·襄公二十五年》记载孔子云："《志》有之，言以足志，文以足言。不言，谁知其志？言之无文，行而不远。"② 这是就诗歌创作者而言的，有"志"则必须发于"言"，"不言，谁知其志？"有"言"则必须形诸"文"，"言之无文，行而不远"。三者相互依存，有序排列，隐含着人类表达由志向言再向文发展的内在结构。这一结构为"文"的接受者留下一点暗示：欲知其志，则必须析其言；欲析其言，则必须解其文。至于如何具体运作，孔子并未论述。

孟子从人性皆善、圣人与凡人同类的论点出发，提出"强恕而行"的认知方法。因为"凡同类者，举相似也"③，人同此心，心同此理，在一定的条件下，运用一定的方法，此心就可以在特定的情景中体察、感应

---

① 《论语·学而》，见《十三经注疏》，上海古籍出版社1997年版，第2458页。
② 李梦生：《左传译注》，上海古籍出版社1998年版，第803页。
③ 《孟子·告子》，见金良年：《孟子译注》，上海古籍出版社1995年版，第238页。

对方的思想情感。何况还有"万物皆备于我矣"① 作为主观保证。所谓"万物皆备于我",焦循《孟子正义》认为就是"知识已开,故备知天下万事"。这就意味着,主体已经逐步具有了可贵的认识能力和知识结构,既能备知天下万事,也能备知天下万心,既有"恕"的要求,也有"恕"的能力。这样,"强恕而行"的可能性以及重要意义,就是毋庸置疑的。这种认知思维运用到文化典籍解读行为中,就形成了"以意逆志"的方法。"以意逆志"说的"志",由《尚书》"诗言志"、《国语》"献诗陈志"以及孔子所论"不言,谁知其志"中的"志"演变而来,指的是诗歌作者以"辞"与"文"写出来的思想感情。② "志"总是蕴含在诗中,等待着阅读者的领悟与融会。这样"以意逆志"就在"强恕而行"的人性论基础上成为毋庸置疑的解读文本的基本方法之一。

魏晋时期,天才哲学家王弼建立了"触类而思"的逻辑推理方法,倡导在解读文化经典的过程中,"触"文本语言表达与思想主题之"类",连类以想之,引申以思之,在意义阐释上就有新的发现。《周易·系辞》云"书不尽言,言不尽意""圣人立象以尽意"。意象之所以比语言更能"尽意",是由于"它能为物体、事件和关系的全部特征提供结构等同物"③,而且"象"以立体、动态等诸多特征显示出比"言"更强大的张力。因此,它能够改变语言符号的概括性和抽象性,激起人们许多前逻辑的感觉,触发许多属于人们感受上的经验,从而作出每个人特有的解释。④ 因此,"以意逆志"与"触类而思"这些传统的认知思维,为人们正确解读文本,进而在解读基础上有所发挥提供了理论信心。

"六观"方法之实践当然不仅仅以上述两种认知思维为基础,还依赖于其他的思辨思维。既然圣人孔子已经说"文"肯定是"志"的体现,哲人孟子也成功实践了"以意逆志",王弼又发明了"触类而思""无中

---

① 《孟子·尽心》,见金良年:《孟子译注》,上海古籍出版社 1995 年版,第 272 页。
② 参阅周光庆:《中国古典解释学导论》,中华书局 2002 年版,第 345 页。
③ [美]阿恩海姆:《视觉思维》,滕守光译,光明日报出版社 1986 年版,第 341 页。
④ 周光庆:《中国古典解释学导论》,中华书局 2002 年版,第 60 页。

生有"的认知观念,这些都是"六观"之方法能够顺利运用的理论依据。有了这些根本的智力认识,刘勰要想对"文学"这一事物进行全面的论述,自然是信心十足的。这就是为什么刘勰会在《知音》的最后鼓励批评者"夫唯深识鉴奥,必欢然内怿,譬春台之熙众人,乐饵之止过客,盖闻兰为国香,服媚弥芬;书亦国华,玩绎方美"。只要认真地钻研,深入地推究,系统地整理,体察作者的心志,融入作者的情感,以自己的心灵关照文本的义理,即使与创作者"世远莫见其面",也能超越历史时空"观文辄见其心"。

刘勰的批评理论在《文心雕龙》中的分量虽然不及文体论和创作论厚重,但他所总结的批评理论是继曹丕、曹植、葛洪之后最为完善的批评理论。可惜的是在南朝这个乱而好文的时代,批评理论的光芒在文学理论的辉煌成就面前是稍嫌暗淡的,南朝的批评理论还没有确立起足够强大的位置和理论品格,即使是最符合批评家各项指标的刘勰,也没有对文学创作产生多少影响。

当代批评家陈晓明在讨论当代文学创作与批评的关系时指出:"长期以来,人们阅读文学理论与批评主要是从中获取一些关于当前文学现象的一些解释,这表明理论批评本身就不是一个自足的体系。文学理论批评应有自身思考问题的出发点,它提出自身的问题,解决自身的难题,它才能构成自身的知识体系。"① 如果说,文学批评的功能与地位在当代真如陈晓明先生所指出的那般尴尬,那么就不难理解为何在南朝这样一个重"文"的时代,文学批评理论建设依然如此艰难。

首先,文学批评的功能没有获得足够的社会认可。在南朝文坛,批评并不是一门学科,文学评论意见是否具有权威性主要取决于评论者的创作地位或社会权势。知名作家或达官贵人中当然也有真正理解文学的,如曹丕、曹植、谢灵运、沈约、萧绎等,但不可否认这些身份为其评论在传播中确立起权威性起到了关键的作用,因为普通大众早就默认了这些身份所

---

① 陈晓明:《文学批评的位置与品格》,《作家》1997年第4期,第74页。

具有的话语权。因此，整个魏晋南北朝，文学批评理论地位与价值不但从属于子书这一门类，甚至从属于文学创作。文学类评论极少能以"一家之言"的独立姿态问世，而是通常附着在综合性的专著当中。如曹丕《论文》乃是洋洋数卷的论著《典论》中的一篇；萧绎对文学特征的精彩归纳，也是间杂于他的专著《金楼子》中，因为只有撰写专著才够分量以实现"立言不朽"的人生追求；萧子显在对历代文论的回顾中，用"各抒怀抱"来形容历代的文学批评著作；刘勰《文心雕龙》也表示了"余心有寄"的理想。文学批评即使不是从属于子书，也最多只是个人的情感寄托。文学批评既然是心灵中某种情感的寄托，批评理论在主体意识最强烈的批评家心中也没有文学创作那样的价值，这自然非常不利于批评理论自身的独立。将文学批评功能仅限于指导作家创作更是阻碍了批评理论自己的理论建设。实际上，倘若批评者本身不具有文学创作的名声，想要通过文学批评直接影响作家创作几乎是不可能的。

其次，批评者本身的知识水平不足。南朝文学创作已经出现了它自身唯美与娱乐的目标和特征，而且这种创作在顽强地逃离批评。这本为批评提供了良好的契机，应促使批评不断去探索新的起点，解决新的疑难，迎接新的挑战，然而事实上批评却和创作形成了相互赞美、共同陶醉的关系。这并不是提倡文学批评要与文学创作隔离，但文学批评想要获得与文学创作同等的价值认可，或者想要脱离对子书的依附而获得自己的"不朽"地位，就必须有勇气和创作形成某种相互关照与对抗的关系。但很显然，回答批评理论的问题比回答文学本身的问题要困难得多，批评理论的建立比文学理论的探索更需要理性与逻辑，对主体理论水平的要求也高得多。文学批评的本质还是美学问题，美学问题是与哲学——特别是心灵哲学和道德哲学的问题联系在一起的。文学批评需要挖掘创作中那些使人感到正当和快乐的审美经验，是对审美经验的二次审美判断。审美判断不完全属于道德判断，却与道德判断有着千丝万缕的联系，当你的研究对象和研究本身都属于较为纯粹的主观感受时，批评者还如何证明批评中所作出的解释和评价是具有权威性的？绝对正确公平的解释是否存在呢？

从南朝批评理论成果的实际水平来看，与文学创作中表现出的积极创造力不同，批评领域过分依赖历史的文化习惯极大地阻碍了知识分子对理论知识的更新速度。在文学理论的探索中，依赖古人是一个突出的现象，这似乎是政治经验的折射。古代制度作为一种经验的确是一个基础，何况当中包含很多原理性的东西，成为千古不变的规律。因此，大部分文学批评者倾向于维护旧有的规范，真正致力于探讨批评规律的人不多。"中国古代文论，很少作抽象的纯理论的说明。批评家总是将理论批评贯彻于实际批评之中的。指导创作实践，总结创作经验，纠正不良文风，是古代文论著作所担负的主要任务。"① 这是事实，也是批评发展的瓶颈。批评理论对作家、作品以及批评行为所进行的解读与质疑，只有当其以知识本身的深度和说服力突破传统的思维定势时，才可能让创作者及政治权贵臣服，真正创造批评的理论品格并产生实际的影响。否则，批评与创作的理想关系，只能永远停留在理论的憧憬之中。

---

① 张伯伟：《中国诗学研究》，辽海出版社 2000 年版，第 159—160 页。

参考书目

B

陈立撰：《白虎通疏证》，《四库全书》本。

徐崇：《补南北史艺文志》，《二十五史补编》本。

钱仲联校注：《鲍参军集注》，上海古籍出版社1980年版。

李延寿：《北史》，中华书局1987年版。

杨明照校笺：《抱朴子外篇校笺》，中华书局1997年版。

C

董仲舒：《春秋繁露》，《四库全书》本。

姚思廉：《陈书》，中华书局1982年版。

赵幼文校注：《曹植集校注》，人民文学出版社1984年版。

杨伯峻编著：《春秋左传注》，中华书局1990年版。

胡大雷：《传统文论的魅力模式与智慧》，凤凰出版社2005年版。

D

刘肃撰：《大唐新语》，《笔记小说大观》本，广陵古籍刻印社1984年版。

蔡邕：《独断》，上海古籍出版社1990年影印本。

蒋寅：《大历诗风》，上海古籍出版社1992年版。

F

刘明今：《方法论》，复旦大学出版社2000年版。

陈丽虹：《赋、比、兴的现代阐释》，中国美术学院出版社2002

年版。

G

章太炎讲演：《国学概论》，曹聚仁记录，巴蜀书社 1987 年版。

［奥地利］康罗·洛纶兹：《攻击与人性》，王守贞、吴月娇译，作家出版社 1987 年版。

道宣：《广弘明集》，上海古籍出版社 1991 年影印本。

释慧皎：《高僧传》，汤用彤校注，中华书局 1992 年版。

高路明：《古籍目录与中国古代学术研究》，江苏古籍出版社 1997 年版。

陈允吉：《古典文学佛教溯缘十论》，复旦大学出版社 2002 年版。

蒋寅：《古典诗学的现代诠释》，中华书局 2003 年版。

胡大雷：《宫体诗研究》，商务印书馆 2004 年版。

H

范晔：《后汉书》，中华书局 1965 年版。

班固：《汉书》，中华书局 1983 年版。

陈国庆编：《汉书·艺文志注释汇编》，中华书局 1983 年版。

萧涤非：《汉魏六朝乐府文学史》，人民文学出版社 1984 年版。

李伯齐校注：《何逊集校注》，齐鲁书社 1989 年版。

僧祐：《弘明集》，上海古籍出版社 1991 年影印本。

汤用彤：《汉魏两晋南北朝佛教史》，北京大学出版社 1997 年版。

张溥辑：《汉魏六朝百三家集》，江苏古籍出版社 2002 年版。

葛晓音主编：《汉魏六朝文学与宗教》，上海古籍出版社 2005 年版。

J

朱彝尊：《经义考》，《四库全书》本。

萧绎：《金楼子》，《丛书集成初编》本。

戴名扬校注：《嵇康集校注》，人民文学出版社 1962 年版。

房玄龄等：《晋书》，中华书局 1982 年版。

胡之骥注：《江文通集汇注》，中华书局 1984 年版。

钟士伦：《〈金楼子〉研究》，中华书局2004年版。

L

《礼记》，中华书局影印《十三经注疏》本。

金涛声点校：《陆机集》，中华书局1982年版。

丁福保辑：《历代诗话续编》，中华书局1983年版。

姚思廉：《梁书》，中华书局1987年版。

黄晖撰：《论衡校释》，中华书局1990年版。

汤用彤：《理学·玄学·佛学》，北京大学出版社1991年版。

［美］查尔斯·L.斯蒂文森：《伦理学与语言》，姚新中等译，中国社会科学出版社1991年版。

陈引驰编：《刘师培中古文学论集》，中国社会科学出版社1997年版。

郁沅、张明高主编：《六朝诗话钩沉》，中国广播电视出版社1997年版。

王得后、钱理群主编：《鲁迅作品全编》，浙江文艺出版社1998年版。

［英］汤因比：《历史研究》，刘北成、郭小凌译，上海人民出版社2000年版。

［法］蒂博代：《六说文学批评》，赵坚译，生活·读书·新知三联书社店2002年版。

曹道衡：《兰陵萧氏与南朝文学》，中华书局2004年版。

郝润华：《六朝史籍与文学》，中华书局2005年版。

贾奋然：《六朝文体批评研究》，北京大学出版社2005年版。

M

［德］黑格尔：《美学》，朱光潜译，商务印书馆1997年版。

宗白华：《美学散步》，上海人民出版社1998年版。

N

萧子显：《南齐书》，中华书局1983年版。

李延寿：《南史》，中华书局 1987 年版。

曹道衡、沈玉成：《南北朝文学史》，人民文学出版社 1991 年版。

曹道衡：《南朝文学与北朝文学研究》，江苏古籍出版社 1999 年版。

曹道衡、刘跃进：《南北朝文学编年史》，人民文学出版社 2000 年版。

P

[比] 乔治·布莱：《批评意识》，郭宏安译，百花洲文艺出版社 1993 年版。

[瑞士] 费尔迪南·德·索绪尔：《普通语言学教程》，高名凯译，商务印书馆 1999 年版。

Q

严可均辑：《全上古三代秦汉三国六朝文》，中华书局 1985 年版。

R

刘劭：《人物志》，上海古籍出版社 1990 年影印本。

[英] 休谟：《人类理解研究》，关文运译，商务印书馆 1997 年版。

S

《诗经》，中华书局影印《十三经注疏》本。

陆世仪：《思辨录辑要》，《四库全书》本。

姚振宗：《隋书经籍志考证》，《二十五史补编》本。

章宗源：《隋书经籍志考证》，《二十五史补编》本。

司马迁：《史记》，中华书局 1975 年版。

陈寿：《三国志》，中华书局 1982 年版。

魏征等：《隋书》，中华书局 1982 年版。

永瑢等：《四库全书总目》，中华书局 1983 年版。

余嘉锡笺疏：《世说新语笺疏》，中华书局 1983 年版。

[苏] 列·斯托洛维奇：《审美价值的本质》，凌继尧译，中国社会科学出版社 1984 年版。

王先谦撰集：《释名疏证补》，上海古籍出版社 1984 年影印本。

沈约：《宋书》，中华书局 1987 年版。

曹旭注：《诗品集注》，上海古籍出版社 1994 年版。

洪湛侯：《诗经学史》，中华书局 2002 年版。

启功：《诗文声律论稿》，中华书局 2002 年版。

T

茅坤选编：《唐宋八大家文钞》，《四库全书》本。

胡震亨：《唐音癸签》，《四库全书》本。

逯钦立校注：《陶渊明集》，中华书局 1982 年版。

李昉等编：《太平御览》，中华书局 1985 年影印本。

W

陈懋仁注：《文章缘起注》，《丛书集成初编》本。

葛洪：《西京杂记》，《四部丛刊》本。

刘永济校释：《文心雕龙校释》，中华书局 1962 年版。

李善注：《文选》，中华书局 1974 年版。

范文澜注：《文心雕龙注》，人民文学出版社 1978 年版。

杨明照：《文心雕龙校注拾遗》，上海古籍出版社 1982 年版。

［日］僧空海：《文镜秘府论校注》，王利器校注，中国社会科学出版社 1983 年版。

叶瑛校注：《文史通义校注》，中华书局 1985 年版。

詹锳义证：《文心雕龙义证》，上海古籍出版社 1989 年版。

骆鸿凯：《文选学》，中华书局 1989 年影印本。

周一良：《魏晋南北朝史论集续编》，北京大学出版社 1991 年版。

程章灿：《魏晋南北朝赋史》，江苏古籍出版社 1992 年版。

郁沅、张明高编选：《魏晋南北朝文论选》，人民文学出版社 1996 年版。

罗宗强：《魏晋南北朝文学思想史》，中华书局 1996 年版。

周勋初：《魏晋南北朝文学论丛》，江苏古籍出版社 1999 年版。

敏泽、党圣元：《文学价值论》，社会科学文献出版社 1999 年版。

徐公持编著：《魏晋文学史》，人民文学出版社1999年版。

黄侃：《文心雕龙札记》，上海古籍出版社2000年版。

吴云主编：《魏晋南北朝文学研究》，北京出版社2001年版。

汤用彤：《魏晋玄学论稿》，上海古籍出版社2001年版。

孙昌武：《文坛佛影》，中华书局2001年版。

韩泉欣校注：《文心雕龙》，浙江古籍出版社2001年版。

张少康等：《文心雕龙研究史》，北京大学出版社2001年版。

董学文、张永刚：《文学原理》，北京大学出版社2001年版。

张少康集释：《文赋集释》，人民文学出版社2002年版。

王元骧：《文学原理》，广西师范大学出版社2002年版。

李士彪：《魏晋南北朝文体学》，上海古籍出版社2004年版。

王立群：《〈文选〉成书研究》，商务印书馆2005年版。

［美］勒内·韦勒克、［美］奥斯汀·沃伦：《文学原理》（修订版），刘象愚等译，江苏教育出版社2005年版。

X

逯钦立辑校：《先秦汉魏晋南北朝诗》，中华书局1983年版。

顾绍柏校注：《谢康乐集校注》，中州古籍出版社1987年版。

曹融南校注：《谢宣城集校注》，上海古籍出版社1991年版。

童庆炳：《现代心理美学》，中国社会科学出版社1992年版。

魏耕原：《谢朓诗论》，中国社会科学出版社2004年版。

Y

颜之推：《颜氏家训集解》，王利器集解，上海古籍出版社1982年版。

姜绍书：《韵石斋笔谈》，《四库全书》本。

欧阳询等撰：《艺文类聚》，中华书局上海编辑所1965年版。

倪璠注：《庚子山集注》，中华书局1980年版

［英］A．J．艾耶尔：《语言、真理与逻辑》，尹大贻译，上海译文出版社1981年版。

吴兆宜注:《玉台新咏笺注》,中华书局 1985 版。

黄霖、吴建民、吴兆路:《原人论》,复旦大学出版社 2000 年版。

[法] 爱弥尔·涂尔干、[法] 马赛尔·莫斯:《原始分类》,汲喆译,上海人民出版社 2000 年版。

郭茂倩编:《乐府诗集》,中华书局 1982 年版。

Z

《周礼》,中华书局影印《十三经注疏》本。

《周易》,中华书局影印《十三经注疏》本。

范文澜:《中国通史》,人民出版社 1978 年版。

郭绍虞:《中国文学批评史》,上海古籍出版社 1979 年版。

[英] 威廉·葛德文:《政治正义论》,何慕李译,商务印书馆 1980 年版。

吕德申:《钟嵘诗品校释》,北京大学出版社 1986 年版。

张伯伟:《钟嵘〈诗品〉研究》,南京大学出版社 1999 年版。

姚名达:《中国目录学史》,上海书店 1984 年版。

曹道衡:《中古文学史论文集》,中华书局 1986 版

李泽厚、刘纲纪:《中国美学史》,中国社会科学出版社 1987 年版。

褚斌杰:《中国古代文体概论》,北京大学出版社 1990 年版。

赖力行:《中国古代文学批评学》,华中师范大学出版社 1991 年版。

陈良运:《中国诗学体系论》,中国社会科学出版社 1992 年版。

肖万源、徐远和主编:《中国古代人学思想提要》,东方出版社 1994 年版。

王运熙、顾易生主编:《中国文学批评通史》,上海古籍出版社 1996 年版。

刘跃进:《中古文学文献学》,江苏古籍出版社 1997 年版。

王瑶:《中古文学史论集》,北京大学出版社 1998 年版。

吾淳:《中国思维形态》,上海人民出版社 1998 年版。

傅刚:《〈昭明文选〉研究》,中国社会科学出版社 2000 年版。

张伯伟：《中国诗学研究》，辽海出版社 2000 年版。

孙立：《中国文学批评文献学》，广东人民出版社 2000 年版。

郁华志：《中国古代杂体诗通论》，北京大学出版社 2001 年版。

朱东润：《中国文学批评史大纲》，上海古籍出版社 2001 年版。

徐复观：《中国艺术精神》，华东师范大学出版社 2001 年版。

周光庆：《中国古典解释学导论》，中华书局 2002 年版。

罗根泽：《中国文学批评史》，上海书店 2002 年版。

彭德：《中式批评》，湖南美术出版社 2002 年版。

［美］宇文所安：《中国文论：英译与评论》，王柏华、陶庆梅译，上海社会科学出版社 2003 年版。

王钟陵：《中国中古诗歌史》，人民出版社 2005 年版。

詹福瑞：《中古文学理论范畴》，中华书局 2005 年版。

李壮鹰、李春青主编：《中国古代文论教程》，高等教育出版社 2005 年版。

后　记

　　博士毕业已经十年，当初渴望以"批评意识"的角度细细解剖魏晋南北朝文学批评进程的初衷始终没有改变。只是当时心浮气躁，急于用西式的理论话语去统领古代东方的思维成果，不少史料并未沉下心来细细咀嚼，便匆匆拽入自以为科学的理论框架，直到沉淀多年再进行修改的时候，才发现思想的火花固然可贵，但严谨的论证才是学术的品格。

　　感谢当年参加我开题报告的吴熊和老师、胡可先老师、沈松勤老师、林家骊老师，他们竟然宽容地将这样一个抽象的论题交给了我这个曾经只爱风花雪月的小女子，并且从文献的搜寻、理论的难度、研究的视角与方法等方面给我提出了许多写作的意见，这些意见不仅渗透在整篇论文的撰写与修改过程中，也将陪我度过今后的学术岁月。

　　尤其要感谢我的硕士导师张明非教授和博士导师韩泉欣教授。是张明非教授对中国古代诗歌的精彩解读，吸引我进入了古代文学的殿堂。是韩泉欣教授鼓励我用自己的视角去重审中国古代文学批评的发展。记得韩泉欣教授在出国度假期间还不忘仔细审阅我的论文初稿并提出了详细的修改意见，但我第二次所交稿还是存在诸多错漏，给导师的阅读带来了极大不便，导师从写作思路到行文格式一一指出其错误。两位导师的研究方法和生活理念都让我受益终生。

　　十年了，对我来说，这本书承载了我太多的人生印记。多少良师益友、同门情谊，都凝聚在一页页、一行行的文字之中。在撰写论文的过程中，我结识了那个与我携手走过多年婚姻的伴侣，我曾在柴米油盐的日常生活和孤芳自赏的学术思索中吃力地追逐着各种欲望，为此走过了好长一段痛并快乐着的时光，终于明白量力而行才会走得健康长久。

论文终于出版了，我已经做好心理准备去接受来自同行及各方友人的批评指正。其实我的人生理想并没有改变，无论工作还是做人，我都想守住自己内心的骄傲，尽我最大的努力做好我自己想做和我答应别人去做的每一件事情。

潘慧琼

2016 年 5 月 7 日

于安徽蚌埠龙子湖边某陋室